Collection dirigée par Glenn Tavennec

Cat Clarke

traduit de l'anglais (Angleterre) par Alexandra Maillard

roman

ISBN 978-2-221-13644-7 ISSN 2258-2932
(édition originale : ISBN : 978-1780870458, Quercus, Londres)

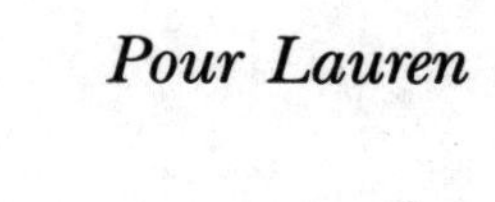
Pour Lauren

Prologue

Le garçon d'à côté...

Quel cliché à la con, vous ne trouvez pas ? Celui du mec qui pourrait être Le Bon après que plein de mauvais garçons vous ont littéralement pulvérisé le cœur. Nous sommes toutes passées par là. Sauf que les choses ne se sont pas complètement déroulées de cette façon, pour elle. Elle n'a pas eu besoin de croiser de mauvais garçons pour comprendre qu'il était Le Bon, même si ce représentant-là de la gent masculine allait littéralement lui pulvériser le cœur. Parce que dans cette histoire précise, Le Bon était très, TRÈS gay. Ça tire un peu le cliché vers le haut, non ?

Il a suffi que ce garçon et sa famille emménagent dans une maison un peu plus jolie et un peu plus grande que celle de la fille pour qu'il devienne le centre de sa vie à elle. Ils avaient tous les deux sept ans, à l'époque.

C'est elle qui a fait le premier pas – un geste étonnamment audacieux, pour une petite créature aussi timide. Elle l'a observé durant une demi-heure par un trou au bas de la clôture, pour voir s'il était du genre à arracher les ailes des mouches ou un truc du style. Mais non. Lui était étendu sur le dos au milieu de la pelouse, à vérifier que le ciel au-dessus de sa tête était bien le même que celui qu'il avait laissé à Manchester. Elle a mis un petit moment à comprendre ce qu'il faisait. Évidemment. Elle a même cru qu'il était mort. *J'ai vraiment trop de bol,* s'est-elle dit. *Non seulement Emily est partie vivre à l'autre bout du monde, et il faut que l'espèce de crétin qui vient d'emménager dans sa maison décède là, comme ça, dans son jardin.*

Elle a failli lui balancer un caillou en pleine tête histoire de vérifier s'il était en vie, avant d'opter pour une solution plus raisonnable : lui poser directement la question.

« Excuse-moi ?... » Ses parents étant très bien élevés, cette petite fille était elle-même très bien élevée.

Comme le garçon peut-être mort ne répondait pas, elle a répété plus fort : « Excuse-moi ! Tu es mort ? »

Le garçon a alors tourné lentement la tête vers le trou dans la clôture. Ses yeux étaient couleur de ciel et ses cheveux dorés comme... de l'or.

Il l'a regardée à travers ses paupières plissées. « Non. Je m'appelle Kai. Et toi, tu es morte ? »

La fille a éclaté de rire. « Bien sûr que non !
— Tant mieux… On va pouvoir devenir amis. »
Cette façon de s'exprimer avait beaucoup plu à la fille.

Un excellent début… La suite a été satisfaisante, elle aussi. Et la fin ? Disons que la fin laisse plus à désirer. La fille en aurait écrit une très différente, si elle l'avait pu. Une bonne histoire finit par un happy end – c'est une règle de base, en matière de narration.
Le garçon d'à côté ne devrait pas mourir.

PREMIÈRE PARTIE

1

Kai me manque plus que je ne saurais le dire. Aucun mot ne pourrait l'exprimer ; c'est trop énorme. Un gigantesque trou noir s'est formé dans ma vie. Je dois lutter pour qu'il ne m'aspire pas, pour ne pas disparaître. Kai représentait tout pour moi. Ça semble peut-être un peu exagéré, mais ça ne l'est pas. Nous avions élevé le concept d'inséparabilité à des niveaux jamais atteints, lui et moi. Au bout d'à peine une semaine, le père de Kai retirait deux lattes de la clôture pour nous permettre de passer d'un jardin à l'autre selon nos envies.

Maman a trouvé ça chou, au début – elle nous surnommait les Siamois. Nous avons même été des triplés, pendant les premières années : Kai, moi, et sa petite sœur, Louise. Une espèce de rayon de soleil édenté à crinière blonde, qui nous suivait partout que ça nous plaise ou non.

Il existe une photo vraiment très mignonne de nous, qui date de l'époque où nous avions huit, neuf ans, Kai et moi. À Halloween. Kai était censé s'habiller en enchanteur, mais il avait voulu se déguiser comme moi. Il faut reconnaître qu'il faisait mieux la sorcière, avec son visage vert, ses fausses verrues fabriquées dans une boîte de Rice Krispies, sa robe en vrai tissu et pas en sac-poubelle noir. Son père lui avait même bricolé un vrai balai. Louise était en fée – une fée incroyablement rose et brillante, qui brandit une baguette vers son frère pour contrer ses pouvoirs maléfiques. Cette photo et son cadre rouge ont longtemps trôné sur ma table de nuit, jusqu'à ce que je la remplace par une autre de nous deux – Kai et moi – il y a quelques années de ça.

Le fait que Kai me pique la vedette à chaque Halloween, et que les gens se sentent attirés par lui d'une façon qu'ils n'éprouvaient jamais à mon égard (ni à l'égard de Louise) ne m'a jamais posé problème.

Je n'aurais même pas su *comment* être jalouse de Kai. Je crois qu'il m'intimidait, d'une certaine façon.

Kai était intelligent, drôle, gentil. Il avait dix ans, le jour où j'ai compris que je voulais l'épouser. Ma conception du mariage n'était peut-être pas tout à fait réaliste, à l'époque, puisque je nous voyais vivre dans des maisons mitoyennes. Je n'avais quand même pas été jusqu'à nous imaginer avec des enfants. Ben non ; où auraient-ils habité, d'abord ?

Je me suis sentie dévastée, le jour où Kai et sa famille ont déménagé, un peu après mon dixième anniversaire – même si leur nouvelle maison se situait à quatre minutes à pied de la mienne (quatre minutes et vingt-trois secondes à allure normale, m'a fièrement informée Kai le lendemain du déménagement).

C'est vers mes onze ans que maman a commencé à s'inquiéter de me voir passer tout mon temps avec lui, et à cette période qu'elle nous a empêchés de dormir dans le même lit (ce qui lui a valu une réaction absolument indignée de ma part, et moyennement indignée de la part de Kai, qui ne s'offusquait jamais de rien ou presque). Elle n'a pas dit pourquoi nous ne devions plus dormir ensemble. Ça m'avait mise tellement en colère que je ne lui avais plus parlé pendant trois heures et demie, délai au bout duquel elle avait réussi à me traîner au rez-de-chaussée avec la promesse d'une tartine de Nutella.

« Il n'y a pas une fille dans ta classe que tu aimerais inviter à dormir à la maison ? » m'avait demandé maman dans la voiture un jour que nous allions au supermarché. Je me souviens qu'elle m'avait jeté un petit coup d'œil avant de se reconcentrer sur la circulation.

« Nan…

— Et cette fille, là, cette Jasmine dont tu parlais sans arrêt ?

— Quoi ? Jasmine ? Oh non ! Elle est trop chiante. Elle n'a que deux sujets de conversation : les chevaux, et les cheveux. Tu as vu ses cheveux ? Ils sont trop pourris, genre hyper longs, et tout. Carrément dégueu. »

Maman avait alors tendu la main pour tirer sur les miens. Ils étaient super courts – beaucoup trop –, ce dont je me moquais complètement, à l'époque. C'était pratique. « Ça peut être très beau, des cheveux longs. Louise a de très beaux cheveux longs, tu ne trouves pas ? Tu devrais laisser les tiens pousser un peu. Ça t'irait super bien. »

J'avais fait la moue en croisant les bras bien haut sur ma poitrine. « Tu veux dire que je serais jolie, c'est ça ? »

Maman avait réussi à hausser les sourcils à mon attention sans quitter la route des yeux. « Toi, ma chérie, tu es la plus jolie fille du monde, même si tu l'ignores. »

Le lendemain de mon treizième anniversaire (soit deux jours avant *son* treizième anniversaire), j'avais demandé à Kai s'il me trouvait belle. Ça faisait longtemps que j'avais envie de lui poser la question, mais, flippée qu'il se moque de moi, je m'étais toujours dégonflée au dernier moment.

Nous mations un DVD allongés sur son lit. Il s'était assis et m'avait obligée à l'imiter. Ensuite, il avait fabriqué un cadre avec ses mains devant mon visage en me disant de le regarder droit dans les yeux et de ne pas sourire sur un ton tellement grave que je n'avais pas pu m'empêcher de rire.

« Arrête ça ! C'est une question sérieuse qui nécessite une réponse sérieuse ! » Il avait plissé les yeux avant de hocher lentement la tête.

« Contente-toi de répondre, espèce d'imbécile ! » Il avait mis du temps à s'exécuter. J'avais dû faire une grimace affreuse...

« Très bien, voilà quelles sont mes conclusions : tes traits sont super symétriques. Tu as le teint clair et une peau magnifique alors que tu ne sors presque jamais. Tes yeux sont ravissants, ton nez parfait. Tes cheveux sont... bon, moins j'en dirai là-dessus, mieux ça vaudra. Tes lèvres sont pulpeuses juste comme il faut, et tes dents super droites. Donc en résumé, je dirais que tu es carrément jolie. Félicitations ! »

J'avais attrapé un oreiller que je lui avais balancé en pleine tête. « Merci, Einstein ! Je ne m'attendais pas à un commentaire aussi... scientifique ! »

Kai avait éclaté de rire. « Je savais que tu apprécierais un peu d'objectivité sur le sujet. » (Kai adorait utiliser des mots longs.)

Rouge de honte, j'avais baissé la tête. « Jem ? Qu'est-ce qu'y a ? J'ai dit que tu étais jolie ! Ça devrait te faire plaisir... non ? C'est cette histoire de cheveux ? Oh, excuse-moi, je suis désolé si je t'ai vexée. Tes cheveux sont parfaits. Vraiment. Non, sincèrement. Est-ce que je t'ai déjà menti ?

— J'en sais rien, moi... Alors ? Tu m'as déjà menti ?

— Non ! Jamais ! »

Il aurait mieux valu ne pas insister, pour nous épargner tous les deux… ce que, bien sûr, je n'avais pas fait.

« OK, très bien. Réponds-moi honnêtement : est-ce que tu me trouves jolie ? » avais-je demandé sans le regarder en face.

— Je te l'ai dit, non ? avait-il répondu d'une voix douce.

— Pas exactement.

— Jemima Halliday… je vous trouve très belle. »

J'avais alors levé les yeux pour vérifier s'il se moquait de moi. Il avait paru sérieux, ce que j'avais pris pour un signe positif. « Ça te dirait de m'embrasser ? » J'avais dû éprouver un courage incroyable, ce jour-là.

Je ne sais pas à quel genre de réaction je m'étais attendue, mais pas à un rire hystérique, en tout cas. Kai avait arrêté de rigoler lorsqu'il avait croisé mon regard. « Je peux savoir ce qu'il y a de drôle ?

— Désolé, Jem. C'est juste que… Je pensais que tu savais. » Il avait presque grimacé.

— Que je savais quoi ?

— Que je suis gay. »

Je n'y avais jamais pensé. L'idée ne m'avait même jamais effleuré l'esprit. Parce que les garçons âgés de douze ans et trois cent soixante-deux jours ne pouvaient pas être gays. J'avais vu des homos à la télé, mais adultes. Le seul mec homo en chair et en os de ma connaissance était un cousin éloigné de papa, et je ne l'avais croisé qu'une fois. Il m'avait fait danser à un mariage, ou disons qu'il m'avait tellement fait tourner dans tous les sens que j'avais eu super mal au cœur. Il avait passé le reste de la soirée à danser avec son sublime petit ami, après ça. Je n'avais jamais vu auparavant deux hommes le faire.

J'avais essayé d'avoir l'air cool, genre comme si des gens m'avaient révélé leur homosexualité tous les jours. « Oh, ça... Ouais, je l'savais carrément. T'inquiète, j'étais juste en train de déconner. » Kai ne m'avait pas crue, mais il n'avait pas insisté, parce qu'il était comme ça.

Mon rêve d'épouser Kai venait d'éclater en mille morceaux. Mais la conviction qu'il était le garçon parfait ne m'a jamais quittée pour autant ; le garçon parfait pour moi, disons. J'ai quand même tout fait pour ne plus y penser ensuite, parce que c'était trop douloureux.

Seules quatre personnes savaient que Kai était gay : ses parents, qui l'acceptaient sans problème, moi, que cette idée déboussolait carrément. Et Louise, qui l'a découvert plus tard, et a très mal réagi.

Je n'ai jamais vraiment compris comment Louise l'avait appris ; Kai avait toujours refusé de me le dire. Mais les choses ont changé après ça, entre nous trois. Elle ne nous a plus suivis partout comme un gentil petit toutou. Louise m'a manqué, même si je passais mon temps à dire qu'elle me gonflait. Et à Kai aussi, même s'il n'aimait pas en parler. J'avais pu me rendre compte que Louise n'était pas *du tout* OK au sujet de l'homosexualité de son frère un jour qu'elle nous avait surpris lui et moi en train de reluquer des mecs torse nu sur Internet (enfin, disons qu'il les avait reluqués, et que je m'étais contentée d'abonder dans son sens). Elle avait levé les yeux au ciel en faisant un bruit de gorge parfaitement identifiable : du dégoût.

Kai avait aussitôt fermé la fenêtre du navigateur, cramoisi comme si sa sœur l'avait chopé en train de se livrer à un truc honteux. Cette petite scène m'avait sidérée. « Quoi ? » avais-je lancé à Louise.

Elle avait tripoté ses cheveux (un tic énervant qu'elle avait pris au bahut) avant de lâcher un « rien » un peu pâlot à mon goût.

« Ah ouais, vraiment ? On dirait pas... » Kai avait alors posé une main sur mon poignet en me disant de laisser tomber. Je m'étais dégagée. « Louise ? Tu aimerais dire quelque chose au groupe ? » Mon slogan du moment préféré, à l'époque ; je l'avais piqué à mon professeur d'anglais, que je détestais au plus haut point.

Louise avait soupiré avant de se concentrer sur une mèche de cheveux, comme si chercher des fourches serait toujours plus intéressant que de discuter avec moi et Kai. « C'est, genre... dégueu. » Une autre manie que Louise avait prise au cours des derniers mois : une façon de s'exprimer complètement différente, et qui faisait péter les plombs à ses parents.

Comme je ne voyais pas de quoi elle parlait, je lui avais demandé de préciser ce qu'elle trouvait dégueu.

Elle avait recommencé à soupirer, mais très fort, cette fois. « Des garçons qui aiment des garçons… Le père de Becky dit que c'est un péché. »

Je n'avais jamais entendu Louise parler de Becky auparavant, alors du père de Becky… J'avais éclaté de rire. « Tu plaisantes, j'espère ? » Le regard que Kai et sa sœur avaient échangé à ce moment-là avait répondu à ma question. Ils avaient déjà eu cette discussion. « Qu'est-ce que le père de Becky y connaît, de toute manière ? »

Louise m'avait regardée à travers ses yeux plissés. « C'est un homme d'affaires super important. Il roule en BM.

— Grand bien lui fasse… »

Mon sarcasme avait fait un flop. « Je le *sais*, d'accord ? Il dit que c'est sûrement juste une phase de toute façon. » Louise avait soudain eu l'air fuyant.

Kai avait serré mon poignet plus fort, sans rien ajouter. J'avais parlé à sa place, du coup. « Qu'est-ce qui est probablement juste une phase ?

— Kai… Qu'il est… enfin, tu vois, quoi… homo. »

Hallucinant… La colère s'était aussitôt emparée de moi. « Retire tout de suite ce que tu viens de dire ! Immédiatement ! »

Louise avait fait la moue. « Pas question, et tu ne peux pas m'y obliger. »

Je reculais ma chaise pour me lever et aller régler son compte à Louise lorsque Kai m'avait attrapé le poignet. « Laisse tomber, Jem. S'il te plaît. Elle ne comprend pas ; c'est bon. Vraiment. »

Louise s'était contentée de sourire, bien consciente que son frère la protégerait même si elle l'attaquait. Pour la première fois de ma vie, je l'avais détestée. La petite sœur édentée aussi adorable qu'une poupée et un peu casse-pieds était devenue quelqu'un d'autre. Du jour au lendemain ou presque. Et je n'aimais pas, mais pas du tout cette nouvelle personne.

Kai avait dit que ce n'était pas grave. Que Louise était jeune et qu'elle finirait par s'y habituer. Je lui avais alors rappelé qu'elle avait à peine un an de moins que nous et qu'elle devrait se contrefoutre que son frère soit gay justement parce qu'il était son frère, mais ça n'avait servi à rien.

Louise avait quand même fini par changer de point de vue. Ou disons que je ne l'avais plus entendue balancer de grosses conneries devant moi. Peut-être parce que nous avions commencé à nous ignorer, elle et moi – sans en décider. Je n'arrivais pas à lui pardonner son attitude vis-à-vis de Kai, et elle... eh bien, je n'ai jamais très bien su pourquoi elle s'était mise à me zapper. Sans doute parce que je me teignais les cheveux, m'habillais en noir, écoutais de la musique digne de ce nom pendant qu'elle devenait populaire et superficielle ? C'était comme si une sorte de divergence spirituelle avait opéré entre nous, plaçant Kai au milieu. Kai qui nous aimait autant l'une que l'autre, et souhaitait juste qu'on s'entende, sa sœur et moi. Il n'a jamais vu son rêve se réaliser. Il ne passera jamais son permis. Il n'ira plus boire de coups au pub. Il ne votera pas non plus. Et ne tombera plus amoureux.

Kai ne fera rien de tout ça. À cause de ce qu'ils lui ont infligé.

2

L'idée de vivre sans Kai m'était insupportable. Mon cerveau refusait d'accepter la situation. La perspective d'aller au lycée tous les jours… seule. De passer mes soirées et mes week-ends seule. Le reste de mon existence, sans lui à mes côtés. C'était atroce.

Je n'ai même pas pu sortir de mon lit, les deux premiers week-ends. Maman était dans tous ses états. Elle m'a suppliée de lui parler, implorée de me lever et de reprendre le cours de ma vie. C'est à peine si je l'entendais. J'étais devenue hyper douée pour évacuer tout et tout le monde de ma tête. Tout le monde sauf lui. Je ne pensais qu'à Kai. Penser à autre chose qu'à lui m'aurait donné l'impression de le trahir. Comme s'il aurait pu le savoir.

Pendant cette période, maman et papa ont flippé que je me suicide. Un conseiller psychologique du bahut leur avait confié qu'il y avait un « risque significatif » que je passe à l'acte. Je ne peux pas leur en vouloir de l'avoir envisagé, vu que je n'arrêtais pas de réfléchir à la question.

Après moult délibérations, mon choix s'était porté sur les médocs – une manière silencieuse et paisible de mourir. Et moins traumatisante pour mes parents, aussi. Je savais que ce serait de toute façon traumatisant pour eux, mais beaucoup moins que de me retrouver pendue dans le garage, ou au fond de la baignoire avec les veines ouvertes. Ou en purée au pied du pont.

J'ai commencé à parler de suicide à quatorze ans ou quelque chose dans le genre. Certaines personnes sont sportives, musiciennes, collectionnent des miniatures d'animaux… Moi, mon truc, c'était la mort. Les gens ne s'en rendaient pas forcément compte, même si mes cheveux et mes vêtements noirs me rangeaient direct parmi les emos ou les goths, ou dans je ne sais quelle catégorie de la population qui n'avait juste rien, mais strictement rien à voir avec moi. C'est pour ça que je ne pouvais pas blairer mes congénères. Personne ne me connaissait ; personne à part Kai. Lui seul m'aimait vraiment, m'écoutait déblatérer sur le monde, sur l'injustice qui y règne, sur le fait que je n'y serais jamais heureuse, que je détestais mes parents, que personne ne me comprenait. Il ne s'énervait jamais, dans ces cas-là, et ne changeait pas non plus de sujet. Il écoutait. Je ne mesurais pas la chance que j'avais d'avoir quelqu'un qui m'écoutait vraiment, à cette époque-là. Quelqu'un qui me cernait à tous les niveaux. M'aimait alors que je n'étais qu'une sale garce et une pleurnicheuse. Bon, d'accord, je n'étais pas comme ça vingt-quatre heures sur vingt-quatre. On s'amusait aussi beaucoup, tous les deux. On se faisait rire. Meilleurs amis pour la vie, voilà comment on voyait les choses. Et même si j'aimais parler de mort et de suicide, on pensait sincèrement vieillir ensemble (même si ça ne serait pas ensemble « ensemble »). Mais Kai ne vieillira jamais.

J'étais certaine de vouloir en finir. Il n'y avait aucune autre option possible. J'allais vider la boîte de Valium de ma mère. Il restait trente et une pilules. Ça suffirait largement.

Je me réveillais tous les matins en me disant que cette journée était la bonne, pour chaque fois découvrir une excellente raison de ne pas passer à l'acte. Maman n'arrêtait pas de me harceler pour que je retourne au bahut, et moi de lui répéter de me laisser tranquille. Vu que je refusais catégoriquement de mettre un orteil dehors, elle a même convaincu notre médecin traitant d'appeler à la maison pour me renvoyer en cours plus tôt que prévu. Mais le lycée ne me posait pas de problème, tant qu'il s'agissait de se concentrer sur le boulot, parce que (comme tout le monde le répétait du matin au soir), c'était l'année du bac blanc. Comme si j'aurais pu en avoir quelque chose à foutre…

Un mois jour pour jour après la mort de Kai, j'étais enfin prête. Il y avait quelque chose de… poétique, dans cette date. J'ai tout fait pour ne pas penser à papa, à maman et à Noah, en me disant qu'ils s'en remettraient, le temps passant. Qu'ils comprendraient. C'est dingue, les mensonges qu'on peut se raconter quand ça nous arrange. Plus barge encore, la quantité de mensonges qu'on avale lorsqu'on est vraiment super désespéré.

J'ai écrit une espèce de jolie petite lettre bien classique pour expliquer que j'étais désolée, que je les aimais énormément, et qu'ils ne devaient pas se reprocher mon geste. Complètement nase, mais c'était tout ce que je pouvais leur offrir. C'était toujours mieux que rien. Ou moins pire, disons.

Mon père et ma mère s'étaient relayés pour rester à la maison, au cours des semaines précédentes. Ils avaient été jusqu'à poser des vacances pour s'assurer que je ne me suicide pas. Mais leurs patrons ont fini par se montrer moins cool, au bout d'un moment. Du coup, mes parents ont dû se résoudre à me laisser seule quelques heures par jour.

Ils étaient donc au boulot et Noah à l'école. Ils me découvriraient morte, à leur retour à la maison. Je prendrais un verre d'eau, ou une bouteille peut-être, vu qu'il y aurait beaucoup de pilules à avaler. Je ne tenais pas à caler au bout de dix comprimés. Ce serait un vrai désastre, si je tombais dans les pommes, parce qu'on me transporterait d'urgence à l'hôpital pour me faire un lavage d'estomac, et que je devrais affronter mes parents, et Noah, après ça.

Penser à Noah était le plus douloureux. Il ne comprendrait pas. Il n'avait que dix ans et, allez savoir pourquoi, il trouvait encore sa grande sœur super géniale. Il ne la voyait pas comme le reste du monde : une emo. Une ratée. Une goth. Une zarbe.

Il ne fallait pas penser à Noah. Papa et maman lui donneraient toute l'attention dont il aurait besoin pour compenser le traumatisme du décès de sa sœur. Ils le gâteraient, et lui offriraient même ce VTT dont il rêvait depuis tellement longtemps. Voilà quel style de mensonge je me racontais.

Après une bonne douche bien chaude, j'ai été faire une razzia dans le frigo pour me préparer un sandwich. Mon dernier repas... J'aurais préféré autre chose, genre les lasagnes de ma mère ou du chinois, mais maman n'avait plus cuisiné de lasagnes depuis la mort de Kai et j'estimais complètement taré (oui, même moi) de commander un festin chinois avant de me foutre en l'air.

J'ai trouvé le sandwich sec, super pourri, alors qu'il contenait mes ingrédients favoris, avec trois tonnes de mayo en plus. Je n'ai pas pu en avaler la moitié. Sans doute à cause de son image dans mon estomac – tout mâché et en partie digéré. Je risquais vraiment de m'étouffer dans mon propre dégueulis. Des tas de gens meurent comme ça. Les médocs vous assomment, votre estomac se rebelle, vous gerbez, mais comme vous êtes encore dans les vapes, vous vous asphyxiez et vous vous noyez dans votre vomi. Carrément crade. Vraiment.

Je regrettais de ne pas y avoir pensé plus tôt, et lavais soigneusement mon couteau, mon assiette, et la planche à découper quand on a sonné à la porte. Le facteur, à tous les coups ; notre boîte aux lettres ne peut accueillir que des enveloppes fines, tellement elle est petite.

Ça a recommencé à sonner. *Va-t'en ! Mais dégage, putain !* J'ai plaqué mes mains sur mes oreilles pour bloquer le son. *Pourquoi est-ce qu'ils ne me foutent pas la paix ? Pourquoi est-ce qu'ils ne me foutent pas tous juste la paix ?* Chaque sonnerie m'a fait l'effet d'un coup de poignard.

Soudain, celui ou celle en train de sonner a commencé à tambouriner avec les poings. Ensuite, j'ai entendu une voix, une voix que j'ai aussitôt reconnue, et qui s'est mise à crier : « Jem ! Je sais que tu es là, alors viens ouvrir cette putain de porte ! Je ne vais pas rester plantée devant chez toi toute la journée. Jem ! »

Je me suis figée sur place. Louise... *Eh merde !*

Impossible de la zapper. Peu importent mes sentiments à son égard, elle était quand même sa sœur. Kai n'aurait pas apprécié que je l'esquive. Il aurait même été ravi que notre douleur commune nous rapproche, Louise et moi.

J'ai marché péniblement jusqu'à la porte d'entrée pour surprendre Louise en train de regarder par la boîte aux lettres comme une espèce de grosse tarée.

« Putain, c'est vraiment pas trop tôt... »

Je n'ai pas pu dire un mot, à sa vue. C'était comme de me regarder dans un miroir, mais un miroir carrément étrange. On était toujours aussi différentes – elle ne s'était pas teinte en noir ni quoi. Ses cheveux étaient bien plus blonds que ce doré absolument magnifique dont la nature les avait dotés, son frère et elle. Cependant elle n'était pas maquillée, ce qui était franchement incroyable pour une nana comme elle – ou pour ces filles faciles et populaires qu'elle avait pour amies. Son expression était parfaitement reconnaissable, parce que je l'avais vue chaque fois que je m'étais regardée dans un miroir depuis la mort de Kai. Du désespoir. Comme si nous vivions dans un endroit que personne d'autre ne pouvait atteindre. J'ai même failli la serrer contre moi, pendant un instant (et souhaité qu'elle me prenne dans ses bras), mais elle aurait sans doute pété les plombs. Je l'avais suffisamment zappée pendant les funérailles de son frère pour ne pas me lancer dans un plan câlin, là maintenant. Bon, je l'avais entre autres évitée à cause de la minicrise de panique super bizarre que j'avais eue en plein milieu de l'office, et qui avait obligé maman à m'emmener dehors.

« Tu comptes me faire entrer un jour, oui ou merde ? » Ah ! Cette bonne vieille Louise…

« Bien sûr. Désolée. Entre. » Je me suis écartée sur le côté pour la laisser passer. Elle tenait dans ses mains une grande enveloppe marron.

Elle a foncé droit dans le salon et s'est assise sur le canapé. Je n'en revenais pas qu'elle ait l'air si différente sans maquillage.

« Heu… Tu veux un thé ou autre chose ? » J'étais allée me planter sur le seuil de la cuisine.

Louise a juste secoué la tête sans prendre la peine de répondre *non, merci.*

Du coup, j'ai été me percher sur le fauteuil de papa dans l'angle opposé au canapé – aussi loin de Louise que possible sans quitter la pièce – en m'efforçant de ne pas montrer à quel point le report de mon suicide me rendait nerveuse. « Alors… comment tu vas ? » Une question stupide, mais on fait tous ça, dans des moments gênants – poser des questions débiles dont on ne souhaite pas vraiment connaître les réponses.

Elle m'a asséné un regard méprisant, comme ceux dont je gratifiais papa et maman chaque fois qu'ils me posaient cette même question. « Je ne peux pas rester. Je suis seulement venue te remettre quelque chose. » Elle a agité l'enveloppe. « Ce n'est pas pour te faire flipper, OK ? Tu dois promettre de ne pas péter les plombs… »

J'ai hoché la tête. Tout ce qu'elle voulait, du moment qu'elle parte le plus vite possible et me laisse continuer mes petites affaires de suicide.

Louise s'est alors levée du canapé pour venir me remettre l'enveloppe, que j'ai aussitôt retournée pour voir ce qu'il y avait écrit sur le recto. *Eh merde...*

« Tu as promis de ne pas péter les plombs... » Un vague hochement de tête n'est pas vraiment la même chose qu'une promesse, mais je n'ai rien dit. Je n'arrivais plus à parler. « Ça vient de lui. »

Je l'ai tout de suite su. Évidemment. L'écriture sur l'enveloppe m'était presque aussi familière que la mienne (quoiqu'en plus nette).

Louise a poursuivi, répondant aux questions qui fusaient dans mon esprit. « Il m'a laissé un mot dans lequel il demande de te la remettre aujourd'hui et pas un autre jour – un mois jour pour jour après... Bref. Il a écrit que si je ne le faisais pas, il reviendrait me hanter... J'imagine que c'était censé être drôle. Je ne sais pas ce que cette enveloppe contient, donc ça ne sert à rien de me poser la question. Et il m'a aussi demandé de ne pas en parler à maman et à papa. Ni à la police. J'imagine qu'il vaudrait mieux que tu n'en parles pas, toi non plus, du coup. Bon, voilà... J'ai fait ce qu'il m'a demandé. » Son visage a donné l'impression de se replier sur lui-même comme une feuille de papier roulée en boule. « Je dois... » Elle a quitté la pièce à toute allure sans finir sa phrase. J'ai entendu la porte d'entrée claquer immédiatement après.

J'aurais pu la suivre pour voir si elle allait bien, mais je ne pensais qu'à cette enveloppe, que je tenais entre mes mains comme la chose la plus précieuse et la plus fragile du monde.

JEM (en lettres majuscules violettes, soulignées trois fois. En violet… Ma couleur préférée).

En minuscules, en dessous :

Si jamais Louise ne t'a pas remis cette lettre le 23 novembre, je te donne la permission de raconter à tout le monde qu'elle est persuadée qu'elle et M. Franklin vont se marier un jour et qu'ils auront des enfants. Et qu'elle s'est lancée dans la confection d'un album top secret dans lequel elle note plein d'idées pour leur mariage. (M. Franklin est un des plus jeunes profs du bahut. Il porte ses chemises avec les manches retroussées et sa cravate toujours desserrée. Sûrement pour se la jouer genre cool. Je voulais bien croire que Louise l'aimait bien, tout ça, mais l'histoire du mariage et de l'album était des conneries. Kai passait son temps à inventer des histoires débiles pour me faire rire.)

Si jamais tu t'aperçois que Louise a ouvert l'enveloppe et lu son contenu, je t'autorise à raconter qu'elle a laissé Barney Jennings l'embrasser pendant cinq secondes pour le remercier d'avoir pu copier son devoir de maths. (Barney Jennings avait des dents horribles, un visage très gras, et un grave problème avec l'hygiène. Il n'y avait pas moyen que Louise lui ait permis d'approcher.) Et pour finir : *à toute, meuf ! XXX.*

J'ai suivi le tracé des trois baisers du bout du doigt, la gorge serrée.

À toute, meuf !

3

J'étais assise en tailleur sur mon lit avec l'enveloppe posée devant moi, tiraillée entre l'envie de l'ouvrir et d'aller prendre les comprimés.

La curiosité a été la plus forte. Du coup, je l'ai déchirée, puis j'ai répandu son contenu sur le matelas. Plusieurs enveloppes blanches plus petites ont atterri sur ma couette. Douze en tout. Chacune portait le nom d'un mois – tracé avec le même gros feutre mauve dont Kai s'était servi pour la grande enveloppe. « À ouvrir en premier, c'est clair ? » était écrit sur celle correspondant à novembre.

J'ai jeté un coup d'œil dans la grande enveloppe pour voir si elle ne contenait pas autre chose, persuadée qu'il y avait un truc coincé dans le pli du bas : un oiseau en origami absolument magnifique fabriqué dans du papier à lettres. Noté dessus en petites majuscules, on pouvait lire :

« JE SUIS LE PETIT OISEAU ORIGAMI DE LA JOIE. JE NE SUIS PAS, JE RÉPÈTE, JE NE SUIS PAS UN JOUET ! JE SUIS LÀ POUR TE RÉCONFORTER QUAND TU ES DÉPRIMÉE, ALORS, SOURIS, PUTAIN, ESPÈCE DE DÉBILE ! »

Je n'ai pas pu m'empêcher de rire. Du Kai tout craché.

J'ai porté l'oiseau à mes narines pour le renifler. Il sentait peut-être Kai – son après-rasage hyper cher à l'odeur citronnée que j'adorais, et qui m'a désespérément manqué, tout à coup. La seule pensée qu'elle ait pu disparaître pour toujours de mes souvenirs m'a fait littéralement paniquer. Évidemment, l'oiseau origami sentait seulement le papier.

Je l'ai posé sur mon oreiller avant d'attraper l'enveloppe « novembre ». Il y avait quelque chose de noté au verso. « *Enveloppe fermée grâce à de gros baisers bien baveux – avec la langue et tout.* » J'ai soulevé le rabat en tremblant à l'idée de déchirer ces mots…

L'enveloppe contenait des feuilles couleur crème entièrement recouvertes de l'écriture incroyablement nette de Kai.

J'ai fermé les yeux histoire de me calmer, inspiré profondément, et me suis mise à lire.

Ma très chère Jemima,
Hé ! Ne me regarde pas comme ça ! Ce n'est pas ma faute si c'est ton vrai prénom. Tu devrais être habituée depuis le temps, ma

petite demoiselle. Mais commençons par le début : primo, tu as plutôt intérêt à lire ce qui suit parce que sinon, tu risques de faire un truc débile. Et je t'en voudrais carrément si tu faisais ça. Quand je dis carrément, je veux dire genre pour toujours. Je suis certain que tu ne feras pas un truc pareil, mais on ne sait jamais dans la vie, comme on dit. Ce n'est pas comme si tu n'avais jamais abordé le sujet, Mademoiselle Morbide. Bref… Je suis venu (bon, d'accord, pas ~~tout à fait~~…) t'annoncer que tu peux et que tu vas très bien t'en sortir sans moi. T'as plutôt intérêt à ne pas mourir, d'ac' ? Je me sens déjà assez con à perdre mon temps comme ça. Tu ne voudrais pas que ton Kai chéri adoré se sente super con et qu'il soit super énervé après toi, hein ?

Deuxio : je suis désolé. Désolé à un point que je ne peux même pas exprimer. Les gens n'arrêtent pas de s'excuser pour des conneries. Mais il y a une chose que j'aimerais que tu saches : je suis super méga désolé. Désolé genre dix sur l'échelle de Richter. J'espère que tu me pardonneras un jour. Tu risques de me

détester pendant un certain temps, et je ne te le reprocherais pas. Je serais carrément furax, à ta place. Ce que j'essaie de te dire, c'est que je comprends ce que tu ressens, là tout de suite, mais que ça ne durera pas cent sept ans. Fais-moi confiance. Si jamais mes paroles ne suffisent pas à te convaincre, pense à mon sourire ravageur. Ça devrait t'aider.
Ou alors, regarde la photo dans ton téléphone. Allez, arrête, tu sais très bien laquelle. « D'une beauté diabolique... » Ton commentaire, mot pour mot, si je me rappelle bien. (S'il ne s'agissait pas d'une note écrite et si je n'étais pas franchement contre ce genre de truc débile, je parierais que tu es grave émue, avec les paupières qui palpitent et tout...)
Ne t'inquiète pas, je ne t'ai pas écrit une lettre de suicide. Je ne vais pas me la jouer « pauvre Kai ! » ni quoi. Tu sais très bien pourquoi je fais ça. Je n'ai rien à « gagner » là-dedans. Ce qui est fait est fait. Mais au moins, tu pourras lire ces lettres, après tout ça... Sauf si j'ai trop flippé et que je me suis dégonflé. Dans ce cas, tu n'auras pas ces mots sous les yeux parce que j'aurai tout balancé

dans le broyeur du bureau de papa. Mais je ne me dégonflerai pas. Pas du tout, même. Je suis désolé. T'inquiète, j'arrête de m'excuser comme ça sans arrêt, mais putain, Jem, ce que tu vas me manquer !

Tu es ma personne préférée au monde. Tu le sais, n'est-ce pas ? Je t'aime plus que la chaîne Histoire... T'imagines ? Plus que mes lunettes de soleil (et je les kiffe grave, mes lunettes aviateur). Je t'aime plus que Tim Riggins. Je t'aime plus que toutes ces choses réunies. Ça fait vraiment un super gros tas d'amour. Infini, en fait. Pardonne-moi de dégouliner de sentiments comme ça.

Jem. (C'est un « Jem » sérieux, genre « Jem, écoute-moi bien ».) Tu dois surmonter ça. Tu dois aller de l'avant, vivre ta vie, tout exploser, comme on avait dit qu'on le ferait.

Bon, j'abrège. Je n'avais pas prévu de me répandre comme ça, mais tu sais comment je peux être. Pas super succinct, le mec. Tu as dû remarquer qu'il y a une lettre pour le

23 janvier, 23 février, etc., etc. Pas la peine de te faire un dessin. S'il te plaît, s'il te plaît, S'IL TE PLAÎT !!! Ne les ouvre pas avant la date notée dessus ! Ce serait tricher, et j'ai horreur de me faire arnaquer. (Petite confession : j'ai triché au Monopoly chaque fois que nous y avons joué. Tu n'aurais vraiment pas dû me laisser tenir la banque... Tout ce pouvoir m'est monté à la tête. C'est toi la responsable dans cette histoire, du coup. Si, si, vraiment.)

Bon, c'est tout ce que j'ai pour novembre... À part les deux services que j'ai à te demander. Est-ce que tu pourrais veiller sur Louise pour moi, s'il te plaît ? Je sais que tu ne l'aimes pas beaucoup, mais elle est ma sœur. Quelqu'un doit s'occuper d'elle. Ce serait mon boulot, normalement, mais j'ai foiré. Je n'ai vraiment pas été un bon frère, Jem, et ça me brise le cœur. Je ne sais pas ce que tu peux faire, exactement. Être là pour elle, peut-être ? Au cas où...

L'autre chose qu'il faudrait que tu fasses pour moi, c'est éviter de tourner en boucle sur cette histoire. Ce qui est fait est fait. C'est malheureux, et Dieu sait que j'aurais vraiment préféré ne pas en arriver là, mais c'est fait. Tu dois passer à autre chose, OK ? Je ne veux pas que tu commences à jouer les Miss Détective ou je ne sais quoi. Ça n'a plus d'importance. Plus rien n'a d'importance, dans cette histoire. Ce qui compte maintenant, c'est toi. Tu dois t'occuper de TOI. Tu vas faire des choses magnifiques dans ce monde, je le sais. J'en suis sûr.

Je te reparle le mois prochain, Cornichon.

PS : je pense que tu serais super jolie en blonde. Je l'ai toujours pensé. Pourquoi tu n'essaierais pas ? Allez, fais-le pour moi. Je crois que je suis en train de te faire ce qu'on appelle du « chantage affectif », mais je n'aime pas beaucoup cette expression. Elle ne sonne pas super bien. Le terme « défi » conviendrait mieux. Jemima Halliday, je te mets au défi de te décolorer en blonde… juste pour quelque temps. (Oui, je sais, je me comporte comme un vrai gosse, mais c'est comme ça…)

4

Chaque mot m'a frappée en plein cœur, comme des petites lames bien pointues. J'ai relu la lettre cinq fois, en pleurant un peu plus fort, au point de ne plus distinguer les mots, au bout d'un moment.

Ensuite, je suis restée longtemps roulée en boule avec mes pensées en vrac dans ma tête. Le Monopoly… Cette photo de Kai… Il ne l'a jamais su, mais je la regardais chaque soir avant de m'endormir. Je ne sais pas pourquoi, mais quand je la matais, la vie me semblait un peu moins pourrie. J'avais la sensation que les choses finiraient par s'arranger. Que la présence de Kai dans ce monde le rendait plus lumineux, plus accueillant. Je ne mate plus cette photo, depuis sa mort.

Je n'arrivais pas à croire que Kai se soit infligé tout ça, mais d'un autre côté, ça lui ressemblait bien. Même quand il était au plus bas, que sa vie n'était qu'un champ de ruines, il pensait toujours à moi. Il n'y avait pas un seul atome d'égoïsme en lui. Les gens considèrent souvent le suicide comme un acte égoïste, et ça l'est peut-être, dans certains cas. Mais ce que Kai avait enduré était mille fois plus que ce que quelqu'un devrait se taper. Je ne lui ai jamais reproché son geste, pas vraiment. Ça m'a juste brisé le cœur de ne pas avoir su lui donner envie de rester ici. De tenir deux années de plus, le temps de quitter ce trou paumé pour aller tenter notre chance à Londres. C'était le plan. Ça avait toujours été le plan.

Kai avait raison. Je lui en avais voulu, en fait. Mais pas tout de suite. La première semaine n'avait été que souffrance – brute, laide, sinistre. Ensuite, elle avait changé. La tristesse avait encore été là – toujours aussi énorme –, mais elle s'était rapidement transformée en sentiment d'abandon. La conviction que Kai était la seule personne au monde à pouvoir me réconforter ne m'avait pas quittée. J'aurais souhaité qu'il me prenne dans ses bras, qu'il me serre très fort et me dise que tout irait bien sans lui ; comment osait-il ne pas être là pour moi ? Il avait toujours été présent pour moi, m'avait rassurée chaque fois que j'en avais eu besoin, et il me plantait au pire moment. Pour de bon. Je lui aurais cassé la gueule, si je l'avais pu. Je l'aurais secoué en hurlant : « Comment tu as pu me faire un coup pareil ? »

J'étais à la fois en colère, et troublée par ce sentiment. Cependant cet état n'a pas duré très longtemps, lui non plus. C'est à ce moment-là que j'ai décidé de me suicider. Je me suis sentie mieux aussitôt après. J'avais un but sur lequel me concentrer, un objectif à atteindre. Sauf que les lettres de Kai changeaient tout.

J'ai sorti mon mot – ma note de suicide – du tiroir de ma table de nuit. Ce qui m'avait paru tellement sensé une heure plus tôt semblait soudain juste pathétique. Alors je l'ai déchiré en minuscules morceaux au cas où maman déciderait de fouiller ma poubelle.

Impossible de passer à l'acte, après ça. Même si je le voulais. Vraiment. L'idée de m'endormir pour toujours me paraissait délicieuse. Je me sentais si fatiguée...

Mais je ne pouvais pas lui faire un coup pareil. À Kai. Plus maintenant. Je ne pouvais pas ignorer ce qu'il avait fait pour moi. Il n'était pas question que je l'abandonne ; je l'avais suffisamment laissé tomber de son vivant.

Je n'en revenais pas du timing de son plan. C'était comme s'il m'avait tellement bien connue – dans mes moindres détails, et mon âme avec – qu'il avait anticipé quel jour précis je passerais à l'action. Il l'avait su, alors que je l'avais moi-même ignoré. La partie rationnelle de mon cerveau comprenait que c'était stupide, bien sûr ; une simple coïncidence complètement dingue dont la vie est remplie. Celle-là s'avérait seulement beaucoup plus sinistre, point barre.

J'allais devoir me montrer patiente. D'une façon ou d'une autre, il faudrait trouver le moyen d'affronter chaque journée sans lui. Je jouerais le jeu. Je lirais ses lettres aux dates fixées, même si cette attente me mettrait à la torture. Elles m'aideraient peut-être (ou pas).

Douze mois. Une année. Je survivrais une misérable année, pour lui. Mais une fois ce délai passé…

Mais chaque chose en son temps : je devais d'abord dégotter du décolorant pour cheveux.

Le soleil m'a fait cligner des yeux ; un vrai hérisson sortant de l'hibernation. Ça a été un petit choc de me rendre compte que rien n'avait changé, que le monde avait continué de tourner pendant que j'étais restée enfermée dans ma chambre. J'allais acheter la version blonde de ma teinture noire habituelle à la boutique lorsqu'une fille m'a arrêtée dans la rue. Elle avait environ mon âge, et un teint orange carotte.

« Excuse-moi… C'est juste pour une petite question… Est-ce que tu te teins les cheveux ? »

Ils m'avaient déjà arrêtée – les apprentis coiffeurs qui écumaient les rues à la recherche de nouveaux clients. Je les avais toujours esquivés – pourquoi dépenser trente euros pour rien ? Mais les cheveux de cette fille étaient top. Leur couleur semblait naturelle alors qu'ils étaient décolorés. Vous devez voir de quoi je parle. Et moi qui croyais que seules les Californiennes avaient des blonds pareils...

Elle m'a montré comment aller au salon. Ils faisaient moitié prix sur la coupe et les mèches pour les étudiants. J'ai jeté un œil à mon portefeuille, pour m'apercevoir que j'avais pile-poil la somme sur moi. Un vrai coup du destin. Comme si Kai s'était arrangé pour mettre cette fille (Kayleigh ? Son prénom commençait par un K, putain !) sur mon chemin.

Le coiffeur n'a pas pu s'empêcher de faire la grimace en voyant mes cheveux. « Ne t'inquiète pas, fillette, tes cheveux seront nickel en deux temps, trois mouvements. Fernando est un magicien, tu peux lui faire confiance. » J'ai bien failli prendre mes jambes à mon cou en hurlant. Les gens qui parlent d'eux à la troisième personne se situent tout en haut de ma liste « trucs de merde ». Mais j'ai pensé à Kai, et serré les dents (en essayant de ne pas regarder les sourcils trop épilés de Fernando). J'ai passé en revue différents échantillons de teinture, pour finir par dire que je voulais la même chose que Kayleigh. Le magicien des ciseaux m'a souri d'un air entendu. « Oh ! Décidément... Notre Kayleigh est notre meilleure pub ! » Il a jeté un coup d'œil furtif par-dessus son épaule avant de se pencher vers moi. « C'est juste dommage pour le “bronzage”, tu ne trouves pas ? » a-t-il commenté en dessinant des guillemets en l'air avec les doigts.

J'ai ri. Cette séance ne serait peut-être pas aussi cata. C'était bizarre de rire à nouveau après tout ce temps, mais les muscles de mon visage semblaient encore fonctionner. Et ça faisait un bien fou. J'ai demandé à Fernando de me faire des mèches sur la moitié de la tête, vu que je n'avais pas assez d'argent pour me payer la tête entière, mais il m'a regardée en grimaçant avant de déclarer : « Ne t'inquiète pas, chérie, je vais te débarrasser de ce noir… comment on dit déjà ? Ah oui, noir croque-mort ! Et ensuite… (Il s'est interrompu pour ébouriffer mes mèches raides et ternes.) Ensuite, on laissera agir la magie de Fernando ! » J'ai souri malgré la référence au deuil. Je n'allais quand même pas pleurer dans un endroit nommé Kool Cutz.

Deux heures plus tard, j'étais ratatinée sur mon fauteuil face au miroir, accablée par le bavardage incessant de Fernando. Mes cheveux encore mouillés n'enlevaient rien à mon choc. Je me teignais en noir depuis mes treize ans. Ma couleur naturelle ne ressemblait à rien. Une espèce de châtain fadasse, style boue séchée. Et je me retrouvais carrément blonde. Fernando avait autant assuré que promis.

Mes yeux avaient l'air super bleus. Ils avaient toujours été bleutés, mais là, ils paraissaient bleus *bleus*. Non, sérieux. Genre bleu perçant. Tout mon visage semblait différent, d'une certaine façon. Moins pâle.

Moins comme celui de quelqu'un qui aurait à peine mis un orteil dehors en quatre ans.

Mon choc a été encore plus grand après que Fernando a arrêté de jouer avec les ciseaux et de manier le sèche-cheveux. Il s'est reculé pour admirer son œuvre avec un regard suffisant. « *Madre de Dios*, je suis vraiment trop doué ! »

Il avait raison ; il avait vraiment accompli un petit miracle. Je ne me ressemblais pas. Ça m'a fait flipper un peu, pour être parfaitement honnête. On s'habitue à voir la même chose chaque jour dans le miroir. Au point qu'on ne se demande plus de quoi on a l'air – moi pas, en tout cas. Contempler soudain quelqu'un d'autre – une blonde, putain ! – est une expérience pour le moins déconcertante.

« Ah ! Les garçons vont faire la queue devant chez toi avant que tu aies eu le temps de dire "ouf", tu peux croire Fernando, a-t-il commenté tandis qu'il balayait les cheveux coupés de mon cou.

— Pourquoi ? Vous pensez que ce n'est pas déjà le cas ?

— Ha ha ! Tu es drôle. Je t'aime bien, toi. Reviens quand tu veux ! »

Quel grossier personnage !

Tout le monde était déjà là, à mon retour à la maison. Maman rangeait les courses, papa coupait des oignons et Noah était allongé sur le canapé. Cette scène était tellement normale qu'elle m'a stoppée net dans mon élan. J'avais été grave dans ma bulle, ces derniers temps, de sorte que je n'avais pas pensé à eux une seule seconde. Ou disons que lorsque j'avais pensé à eux – groupés autour de mon cadavre, en train de lire ma lettre –, je n'avais pas réellement pensé à eux, mais à moi.

Noah n'a même pas levé le nez lorsque je suis passée devant lui ; il était en mode zombi, et matait la télé bouche bée. Papa me tournait le dos. Maman s'est interrompue au beau milieu d'une phrase, un paquet de bacon dans une main, et une tête de brocoli dans l'autre.

« Oh ! » Ma mère a écarquillé les yeux et tordu les lèvres, comme si elle s'était demandé comment réagir devant cette vision.

Papa s'est avancé vers moi en tenant un énorme couteau. « Ben ça, alors… »

Je n'ai rien dit. J'ai juste continué de jouer nerveusement avec une mèche de cheveux.

Maman a posé le sac de courses et s'est précipitée vers moi avant de prendre mon visage entre ses mains. « Oh, Jem ! On était tellement inquiets de ne pas te trouver à la maison. Tu n'as pas eu mes messages ? (Elle a continué sans me laisser le temps de répondre.) Mais je comprends mieux, maintenant ! Tu es magnifique, ma chérie. Comment tu as eu cette bonne idée ? Tu dois te sentir beaucoup plus… lumineuse, non ? » Elle a caressé mes cheveux. Je n'avais pas besoin d'un lissage, vu le talent de Fernando.

Les commentaires de maman auraient mérité que je râle un peu, mais je ne voyais pas très bien quoi dire. J'ai préféré me rabattre sur l'option « devenir rouge comme une tomate ».

Papa a flanqué un petit coup de coude à maman. « Hé, Cath, elle ne te rappelle pas quelqu'un au même âge ? ! » Une remarque carrément terrifiante...

Ma mère a gloussé avant de lui donner un coup de hanche. « J'aurais bien voulu être aussi jolie ! Non, elle tient son visage de toi. »

Il fallait fuir avant qu'ils se mettent à se bécoter (ou pire). « Je... heu... je monte ranger ma chambre. À toute ! »

Maman n'a plus caché son plaisir. « Tu as besoin d'aide, ma chérie ? »

J'ai secoué la tête. « Non, merci ! Et... heu... Je vais sûrement retourner au bahut demain. » Ces paroles étaient sorties de ma bouche malgré moi. Je n'avais même pas envisagé de retourner en cours avant de les prononcer.

Papa et maman ont échangé un regard, et maman m'a serré le bras. Elle avait les larmes aux yeux, mais j'ai fait comme si de rien n'était. « C'est bien, ma grande. » J'ai hoché la tête et quitté la cuisine avant de me mettre à chialer.

Noah m'a regardée, cette fois. Sa réaction ? « Baaaaaaah ! Mais qu'est-ce que tu as fait ? ! Tu as l'air toute fausse, toute… bizarre. » Cette réflexion m'a arraché un sourire. Je ne pouvais pas en attendre moins de la part de ce petit merdeux.

Le spectacle de ma chambre m'a presque autant choqué que ma nouvelle coupe, mais pas dans le bon sens du terme, pour le coup. Elle était répugnante. Je ne me rappelais pas quand j'avais changé les draps pour la dernière fois. Il y avait des vêtements partout et, au milieu, quatre tasses, trois assiettes, et sept paquets de chips. Quant à l'odeur…

J'avais crié à maman de me laisser tranquille lorsqu'elle avait tenté d'intervenir, et chaque fois, au lieu de me balancer que je n'étais qu'une petite conne, elle avait hoché la tête avant de repartir sans m'infliger de commentaire. Le simple fait d'y penser me donnait envie d'aller cacher ma honte mille pieds sous terre. Les choses changeraient. J'avais une année pour le prouver. Je deviendrais une meilleure fille, au cours de cette année. C'était le minimum que je pouvais faire.

Je prendrais chaque jour comme il viendrait. Encore trente avant la prochaine lettre de Kai…

5

Ma vie avait commencé à partir en live sans que je m'en rende compte au début de l'année scolaire. Aucun panneau ATTENTION ! CETTE ANNÉE VA TOUT CHANGER n'avait clignoté devant moi. Rien ne m'avait paru différent, au retour des grandes vacances ; les gens populaires avaient été toujours aussi populaires (en plus bronzés et resplendissants de santé que la plupart d'entre nous), les impopulaires toujours aussi impopulaires, et les rejetés toujours aussi rejetés. J'appartenais à cette dernière catégorie, même si je n'étais pas assez geek pour qu'on me zappe complètement. Il pouvait m'arriver de me retrouver la cible d'un goth ou d'un emo à la ramasse, bien sûr, mais ça restait gérable.

Il n'y avait qu'un seul nouveau : Max. Quand un nouveau débarque, on le teste toujours pour savoir dans quelle catégorie le mettre. Est-ce qu'il donne envie d'aller lui parler ? Est-ce qu'on le sent bien ?

Est-ce qu'il est l'Un des Leurs ? J'ai affiché Max direct. Grand et svelte, des cheveux noirs soigneusement décoiffés, un sourire nonchalant : il était l'Un d'Eux. Max s'est retrouvé d'ailleurs happé par la bande des gens populaires en deux temps, trois mouvements exactement comme prévu.

Groupe Populaire était le surnom (totalement dépourvu d'imagination) que j'avais donné à notre soi-disant groupe de branchés. Il comptait six membres – désormais sept avec Max. Je n'arrêtais pas de les observer, de parler d'eux, de les analyser. Kai me suivait toujours dans ces cas-là, sauf quand je passais à Louise ; parce que aussi incroyable que cela puisse paraître, elle faisait partie de cette troupe.

À la fin de la troisième, je m'étais concocté une nouvelle théorie : Allander Park était un zoo, et chaque élève incarnait un représentant du règne animal. J'avais pris le plus grand soin à classer chaque membre du Groupe Populaire par espèce. (Kai avait beau dire que j'avais vraiment du temps à perdre, il mettait toujours son grain de sel.)

Lucas Mahoney était le plus facile à répertorier. Il était clairement un lion. Il en avait même la crinière – bon, d'accord, avec plus de gel qu'un lion. Blond et baraqué, il passait son temps à se pavaner comme le roi de la putain de savane. Toutes les minettes du bahut craquaient pour lui à un moment ou à un autre. Sauf moi. Et les lesbiennes planquées parmi nous.

Kai trouvait que Sasha Evans était la lionne du groupe – elle sortait avec Lucas, après tout. Mais c'était mon délire, alors c'était à moi d'en décider. Cette nana m'évoquait plus un léopard – ondulant et sexy. Elle avait des cheveux colorés brun chaud, et un corps parfait. Je la détestais.

Stu Hicks était le bouffon officiel d'Allander Park. Il aimait jouer avec la nourriture. Oui, il était ce genre de gars – le genre à fourrer des frites dans son nez pour faire marrer les filles. Et elles riaient, comme si elles l'avaient trouvé super drôle… Il était plus petit que les autres mecs, mais maigre et musculeux, sans doute à cause des arts martiaux. J'ai fini par opter pour un chimpanzé… Les chimpanzés dégagent tous quelque chose d'un peu sinistre.

Bugs était le mec spé du groupe. Gigantesque et roux, il évoquait une grosse tranche de viande avec du moisi orange dessus. Il était l'une des stars de l'équipe de rugby, ce qui ne suffisait pas à faire de vous quelqu'un de populaire, en général. Peut-être était-il l'exception qui confirmait la règle ? Il avait tout le temps une fille pelotonnée dans ses bras, en tout cas, ce dont les autres mecs semblaient se contrefoutre. Tous savaient qu'il ne serait jamais un rival – pas vraiment. Bugs entrait dans la catégorie des ours. Un ours super inutile dont la race aurait dû s'éteindre depuis des siècles.

Et Amber Sheldon… Des cheveux roux teints, des seins énormes, et un rire idiot haut perché qui me donnait des envies de meurtre : un perroquet coloré et bruyant. Un du genre à s'arracher ses propres plumes sans s'en rendre compte.

J'avais secrètement décrété que Louise était un serpent, mais sans le dire à Kai, bien sûr. Ce choix n'avait aucune justification, en dehors du fait que je détestais vraiment les serpents. Et que ça aurait en partie expliqué comment elle avait fait pour intégrer la bande des branchés alors qu'elle était dans la classe d'en dessous.

Voilà ce à quoi le Groupe Populaire ressemblait. On aurait dit des extraterrestres venus envahir la Terre avec un plan diabolique visant à dominer le monde – et avec des cheveux brillants et des blagues pour initiés en option.

Deux semaines plus tard, Max et Louise sortaient ensemble. Louise n'avait jamais eu de vrai petit copain auparavant, à part ce bref flirt avec Stu l'année précédente. Pourquoi s'embêter avec un seul mec lorsqu'on peut en changer tous les jours ? Pourquoi choisir un unique parfum de glace quand on peut alterner entre chocolat, vanille et café (ou prendre deux parfums différents dans la même coupe… Bon, je sais, c'est carrément dégueu, mais si les rumeurs à propos de Louise étaient exactes, elle était vraiment ce genre de nana). Kai détestait que les gens considèrent sa sœur comme une salope, ce que tout le monde pensait pourtant.

Max et Louise sont vite devenus experts en démonstrations publiques d'affection, au point qu'ils auraient foutu la honte à Lucas et Sasha. C'est dire. Non, franchement, c'était à gerber. Je les ai surpris un jour dans une classe vide. La seule chose que je peux balancer à propos de cette petite scène, c'est qu'elle ne l'aurait pas fait du tout dans un film interdit aux moins de douze ans. Et que je l'ai matée quelques secondes de plus que nécessaire. Je ne suis pas une sale perverse ni quoi, mais c'était un peu comme quand il y a eu un accident super grave sur l'autoroute, genre avec la police et des ambulances partout ; on sait qu'on ne devrait pas regarder la personne allongée sur le brancard, que ça ne nous apportera rien, et pourtant, la curiosité l'emporte. Que ceux qui ne sont pas curieux dans ces cas-là me jettent la première pierre.

Bref. Je n'ai jamais parlé à Kai de la drôle de prestation à laquelle j'avais assisté. Un grand frère n'a pas besoin d'être au courant de certaines choses concernant sa petite sœur, et celle-là en faisait partie. Les gens bavaient déjà assez sur elle. Mais d'après Kai, Louise était vraiment amoureuse de Max. Ce que j'ai aussitôt traduit par un « Dieu merci, elle ne saute plus sur tout ce qui bouge ! ».

Les rangs des élus accueillaient un nouveau membre – la frangine de Kai, qui n'était plus la traînée du bahut –, pendant que le reste d'entre nous s'apprêtait à retrouver sa vie normale. On pourrait croire que je faisais une obsession sur des gens à qui je ne parlais jamais. Eh bien oui, je faisais effectivement une fixation sur eux. Mais qu'est-ce que j'aurais pu faire d'autre ? Les cours me saoulaient, et Kai était mon seul ami. Disons que c'était une sorte de hobby ou un truc dans le genre. Un hobby très triste et très étrange, encore plus facile à pratiquer depuis l'ouverture d'une salle commune réservée aux élèves du lycée. Cet endroit était un élément clé du plan de notre chef d'établissement visant à faire de nous des adultes. Il n'avait pas utilisé ces termes exacts, le jour de la Grande Inauguration de ce nouvel espace, mais pas loin.

Il y avait eu un autre petit changement dont j'ai oublié de parler, une erreur que je devrais réparer, par souci d'exhaustivité. Nos rapports, avec Kai, s'étaient légèrement transformés. On se téléphonait encore presque tous les soirs, juste histoire de vérifier qu'aucun événement crucial n'était survenu dans nos vies respectives pendant les quelques heures que nous n'avions pas passées ensemble, mais pour la première fois depuis que nous nous connaissions, je n'arrivais pas toujours à le joindre. Il ne décrochait plus systématiquement son portable, et mettait parfois une heure avant de répondre à mes textos. Ça pourrait sembler normal, voire sain, mais les choses ne s'étaient jamais passées de cette façon entre Kai et moi.

Je n'ai rien dévoilé, au début, pour ne pas paraître en manque d'affection. Je l'étais clairement, mais je préférais donner le change, genre tout va bien. La situation n'était d'ailleurs pas si atroce, vu que Kai finissait par me rappeler ou m'envoyer un texto. Ça m'ennuyait quand même parce que c'était différent, et que j'ai toujours détesté le changement. Le changement me rend nerveuse, ce qui est plutôt comique, quand j'y pense.

Je n'ai jamais pu cacher mes sentiments à Kai – il savait comment se frayer un chemin au milieu de mes défenses avec une facilité hallucinante. Il n'avait qu'à demander : « Qu'est-ce qui se passe, Cornichon ? » pour que je vide mon sac en deux temps, trois mouvements. (Si quelqu'un d'autre ose un jour m'appeler Cornichon, je lui casse la gueule. Kai avait une dérogation spéciale qui lui permettait de me donner des surnoms affectueux super zarbes.) On traînait dans ma chambre un jour quand il m'a demandé ce qui n'allait pas. Je lui ai alors tout déballé (toute rouge et en marmonnant), et comme toujours, il a super bien réagi. Il m'a réconfortée en m'assurant qu'il n'y avait pas de quoi s'inquiéter – que j'étais toujours sa seule et unique super meilleure amie dans ce monde –, avant de passer à autre chose, histoire de me changer les idées. Du coup, je n'ai rien vu arriver. « Oh, dis donc, j'ai une nouvelle incroyable à t'annoncer ! Vraiment super intéressante. Sauf que tu risques de ne pas la trouver aussi intéressante que ça, mais écoute-la jusqu'au bout, d'accord ? »

Kai introduisait toujours ses annonces de cette façon – en rendant les choses plus importantes qu'elles ne l'étaient. Il ne pouvait pas s'en empêcher. J'ai hoché la tête. Nous étions étendus sur son lit, côte à côte, à fixer le plafond. On faisait ça souvent.

« Bon… Il va y avoir une fête. Chez Max. Et nous sommes invités.

— Quoi ? ! » J'avais compris ce qu'il avait dit, mais deux mots – cruciaux – manquaient. Un « ne » entre le « nous » et le « sommes », et un « pas » entre le « sommes » et « invités ».

« Je sais ! Bon, en tout cas, c'est ce samedi. Tout le monde y va. Les parents de Max ne seront pas là, et sa maison est genre gigantesque… enfin, d'après Louise. » Il parlait hyper vite, ce qu'il ne faisait que lorsqu'il était excité.

Je me suis redressée pour enfoncer un doigt dans son estomac un peu trop fort. « Explique qui est "tout le monde", tu veux ?

— Aïe ! Écoute, je sais que mes tablettes de chocolat sont plutôt résistantes, mais vas-y mollo, OK ! » Il s'est assis en se massant le ventre, avant de soulever sa chemise pour l'inspecter comme si je l'avais frappé au point de laisser une marque. Mon estomac a failli se retourner de nervosité, à la vue du sien. Heureusement, Kai baissait bientôt sa chemise.

« Tout le monde… ça veut dire tout le monde. Tu sais bien, la bande habituelle, quoi. »

Non, je ne savais pas, et lui non plus, visiblement.

« Quoi, tu parles d'eux ? ! Du Groupe Populaire ? !

— Ouais, j'imagine qu'ils y seront tous. Mais il n'y aura pas qu'eux. Ce serait vraiment une fête de merde, autrement. Je crois que le frère de Max sera là avec des potes de fac, ou un truc du genre. Tu n'as pas entendu parler de ça au bahut ? »

Non, je n'avais pas entendu parler de cette fête. Mais il aurait fallu communiquer avec d'autres êtres humains que Kai, pour ça. Ce que je préférais éviter, étant donné que ça ne m'apportait jamais rien de bon. Kai parlait aux gens, parce qu'il était du genre sociable. Il était mon lien avec le monde réel. Je ne ressentais pas le besoin de m'investir plus que ça à partir du moment où Kai le faisait pour moi.

« Tu es sûr qu'on est vraiment invités ? Non, sérieux, Kai. Tu as déjà parlé avec Max, toi ?

— Je te rappelle qu'il sort avec ma sœur, quand même. Mais c'est Louise qui nous a invités, c'est vrai. Elle est un peu la coorganisatrice de la soirée.

— Ta sœur t'aurait dit de m'inviter ? Heu, tu racontes vraiment n'importe quoi, là.

— Bon, OK, elle ne l'a peut-être pas vraiment présenté comme ça, mais elle sait qu'on est toujours fourrés ensemble, toi et moi, alors si elle m'invite moi, tu es forcément invitée aussi. Non, vraiment. C'est un peu comme si on était mariés ou un truc du genre. Oh… Imagine deux secondes ! Toi et moi, mariés ! Ouh là… Revenons à nos moutons : oui, c'est vrai, Louise n'en a rien à foutre de toi, mais c'est parce qu'elle ne te connaît pas comme moi. Personne ne te connaît comme je te connais. C'est tout le problème, d'ailleurs. » Il s'est levé pour aller changer la musique.

« Désolée. Je ne m'étais jamais considérée comme un boulet auparavant. » J'ai cru que j'allais fondre en larmes, tout à coup. Je n'aimais pas pleurer devant lui. Je réservais ça aux moments où j'étais seule à la maison.

Kai m'a regardée en souriant. « Ne déforme pas mes paroles, tu veux, espèce de petite coquine. Ce que je dis, c'est qu'on devrait y aller. On ne sait jamais, ça pourrait même être… Argh ! Heu… Drôle ? Boire un coup, danser… tomber deux charmants étrangers au teint mat. »

Cette seule idée m'a remplie d'horreur. Ce style de fête était un cauchemar absolu, pour moi, ce que Kai savait parfaitement. Il savait à quel point ce genre de perspective me rendait nerveuse, et assurait toujours dans ces cas-là. Mais il semblait avoir vraiment envie de se rendre à cette soirée… Pourquoi ?

« Et pourquoi ta sœur t'aurait invité, d'abord ? C'est un peu comme de la pollinisation croisée ou je sais pas quoi. Qu'est-ce qui lui prend de bouleverser l'ordre naturel de l'univers, comme ça ? C'est mal, de faire un truc pareil ! »

Kai a soupiré. « Je croyais que c'était moi le comédien de nous deux. Et pourquoi tu penses que Louise ne m'invite pas aux fêtes où elle va, *d'abord* ?

— Parce que tu me dis tout, gros débile. »

Il a bondi à genoux sur le lit et pris mes mains entre les siennes avant de me lancer un regard de chien battu.

« S'ilteplaîtviensavecmois'ilteplaîtviensavecmois'ilteplaîtviensavecmois'ilteplaît ? » Le regard de chien battu de Kai était une arme très efficace. Elle atteignait chaque fois sa cible. Mais là, c'était différent – il m'en demandait trop.

Gémir était le meilleur système de défense. « Mais pourquoi ? Qu'est-ce qui te prend de vouloir traîner avec ces gens ? Ils sont tout faux, de vrais flambeurs…

— Absolument pas, Mademoiselle Je-Juge-Tout ! Il serait temps de bousculer un peu nos habitudes, tu ne trouves pas ? Allez, soyons fous… Bon, d'accord, même s'il y a plus barré que d'accepter ce genre d'invite, mais c'est un début, non ? Dis-moi que tu viens ! Si tu viens, je t'aimerai pour toujours !

— Tu m'aimeras pour toujours que j'y aille ou pas, espèce de crétin. » Je m'apprêtais à renoncer, surtout pour l'obliger à se taire.

Il sentait que la victoire était à portée de main, mais que le moindre faux pas foutrait tout en l'air.

Il s'est contenté de me regarder, et d'attendre que je veuille bien répondre.

« OK, c'est bon, je viens. Mais à certaines conditions. Primo : je ne danse pas. Deuxio : ne t'attends pas à ce que je m'éclate. Tertio : ne t'imagine pas que je serai agréable avec les gens. Quatrièmement : j'ai le droit de partir quand je veux, et tu n'as pas le droit de faire ta tête de chien battu pour m'obliger à rester. Cinquièmement : c'est toi qui finances l'alcool, et je te préviens, y a pas moyen que j'affronte cette soirée à jeun. Sixièmement : euh... il n'y a pas de sixièmement. Et arrête de sourire comme un débile, tu veux ? »

Kai a vraiment eu du mal à prendre un air sérieux.

« J'accepte solennellement les conditions susmentionnées concernant la prochaine fête prévue dans la demeure du sieur Max Miller. Mademoiselle Halliday, vous venez de conclure un marché », a-t-il proféré en me tendant la main.

6

« C'est une super mauvaise idée », ai-je lâché entre deux haut-le-cœur. Je me souviens m'être demandé ce qu'une flaque de vomi devant la porte d'entrée de la maison de Max ferait comme effet.

Kai m'a prise par le bras avant de se pencher vers moi. « Ça va être super, promis. Et j'ai ma chemise porte-bonheur sur moi. Est-ce que la Chemise de la Chance nous a déjà laissé tomber ? » Il sentait tellement bon… J'ai respiré son odeur, ce qui m'a un peu calmée. Le délire à propos de la Chemise de la Chance était une connerie, mais tant que Kai serait près de moi, tout irait bien. Ce sale moment serait bientôt terminé. Je pourrais toujours rentrer à la maison quand je le voudrais, de toute manière – un argument que je m'étais repassé la journée entière, sans qu'il apaise mon anxiété.

Max a ouvert la porte en souriant. Ses dents étaient incroyablement blanches et alignées – de vrais petits soldats au garde-à-vous. « Hé, salut ! Entrez ! Dépêchez-vous, Stu s'apprête à balancer Chuck dans le feu. » Cet accueil chaleureux s'adressait à Kai ; j'avais à peine eu droit à un coup d'œil.

Kai a traversé la maison à toute allure vers le gros son de basses qui montait du jardin. Nous avons fait un arrêt devant le frigo (un de ces énormes machins hyper tendance) pour y ranger les bières que nous avions apportées. J'en ai profité pour en garder une dans la main tout en cherchant du regard le décapsuleur, que Max, plus rapide que l'éclair, a aussitôt brandi comme un magicien qui sortirait un lapin de son chapeau.

« Heu… merci.

— Tu es Jem, c'est ça ? Désolé, je ne me suis pas présenté. Je suis Max. » Il m'a tendu la main.

« Ouais, enchantée de… heu… de te rencontrer. » Sa poigne était ferme, mais pas trop macho. Et pas moite. Kai m'a donné un petit coup de coude pendant que nous suivions Max dans le jardin. « Tu vois ? Je t'avais dit que ça se passerait bien ! » m'a-t-il murmuré à l'oreille. Un peu prématuré, n'ai-je pu m'empêcher de penser.

Des torches enflammées étaient disséminées à travers le jardin, au milieu duquel un énorme feu crépitait. Je me suis aussitôt demandé si les parents de Max apprécieraient beaucoup la grande brûlure qu'ils trouveraient demain au lieu de leur pelouse immaculée.

Ça m'aidait, de me concentrer sur le jardin, les torches, et le feu, parce que je voyais moins les invités, du coup. Ce n'était pas leur nombre qui m'embêtait, même s'ils étaient vraiment super nombreux. Et en dehors du contexte du bahut, de leur environnement normal, par-dessus le marché. C'était plutôt qu'ils avaient tous l'air différents... un peu dangereux, d'une certaine façon.

J'ai gardé mes réflexions pour moi ; Kai n'aurait pas compris. Il aurait hoché la tête en m'adressant un regard indulgent, mais il ne m'aurait pas suivie. Personne ne m'aurait suivie, d'ailleurs. Louise a accouru vers nous pile à ce moment-là, avant de passer ses bras autour de Max. Elle n'avait pas de manteau. En fait, la plupart des filles n'en portaient pas, même si la température n'était pas franchement tropicale. Elle a embrassé Max comme s'il venait de rentrer de six mois de traversée en mer – une attitude tellement désespérée que je me suis presque sentie gênée pour elle. Et pourquoi faisait-elle un truc pareil devant son frère ?

Max s'est d'ailleurs écarté. « Hé... Doucement, tigresse ! »

Louise a fait la moue – exactement la même expression que son frère, mais en beaucoup moins séduisante. Ensuite, elle s'est tournée vers nous. « Salut, frangin ! Et salut, Acolyte Spéciale. » Ses yeux avaient quelque chose d'étrange – leurs pupilles étaient super dilatées. Elle avait dû gober quelque chose.

« Ma très chère sœur. Puis-je te rappeler que tu as promis d'être gentille, ce soir… », a lancé Kai.

Louise a haussé les épaules, et fait un cœur avec les mains en disant « tout ce que tu voudras… » sur un ton parfaitement crétin. Ensuite, elle a attrapé Max par le bras pour l'entraîner vers le feu. Pendant un instant, j'ai cru qu'elle allait trébucher et tomber la tête la première dans les flammes.

Une heure plus tard, je n'avais plus qu'une idée en tête : me casser aussi vite que possible. J'avais descendu deux bières, ce qui faisait beaucoup pour quelqu'un qui ne buvait presque jamais. Kai et moi avons réussi à trouver deux personnes plutôt sympa avec qui parler. Bon, disons que Kai a fait la conversation, et que je me suis contentée d'opiner, de picoler ma bière à petites gorgées, et de sourire au bon moment. Il me jetait un coup d'œil chaque fois que le sujet aurait dû m'intéresser, mais je n'ai relevé aucun de ses regards.

J'étais focalisée sur les gens autour du feu. La stricte hiérarchie sociale du lycée était parfaitement respectée, ce qui m'aurait fait rire si la situation avait été moins tragique. Les élèves les plus populaires se trouvaient près du feu. Ils étaient nimbés d'une lueur orangée qui leur donnait une beauté surnaturelle (sauf Bugs… personne à part une mère aimante trouverait Bugs beau). Certains dansaient. Sasha collait Lucas d'une façon carrément suggestive.

Bugs tenait Stu par la cravate, et frottait les articulations de ses doigts sur son crâne rasé. Ni l'un ni l'autre n'avait de petite amie. Stu était une sorte de Louise *bis*, sauf qu'il était considéré comme un étalon et pas comme une pute. Pas étonnant que ces deux-là aient fait des cochonneries ensemble, l'année précédente. Stu passait son temps à mater les filles, au bahut, d'une façon vraiment spéciale : comme s'il les notait dans sa tête, calculait si ça pouvait valoir le coup de s'emmerder à essayer de faire rire une telle ou une telle. Tout le monde (y compris Kai) semblait le considérer comme inoffensif, mais il y avait quelque chose d'inquiétant, chez lui... Un truc prédateur, vraiment pas rigolo. Ce dont je n'avais jamais parlé avec lui, bien sûr.

Max et Louise se tenaient à l'écart des autres. Louise n'avait pas *du tout* l'air de se marrer, vue de loin. Elle agitait les bras dans tous les sens, et avançait son menton avec une certaine agressivité. Max avait les mains levées en signe de reddition. Dommage que la musique ait été aussi forte, parce que ce spectacle était mille fois mieux que la télé. Kai avait eu raison, sur ce coup. Je m'amusais, ou disons que ma curiosité était satisfaite.

J'allais m'intéresser à la conversation que Kai avait avec Mec Chiant et Fille Chiante lorsque Louise est rentrée en trombe dans la maison. Max ne l'a pas suivie, même si elle aurait aimé qu'il le fasse, vu le petit coup d'œil qu'elle a jeté par-dessus son épaule en pénétrant dans la cuisine. Mais Max ne l'a pas regardée. Il s'est contenté de gagner l'autre bout du jardin avec l'air aussi en colère qu'elle. Mmm... Très intéressant.

Kai m'a attrapée par le bras pile à ce moment-là. « Excusez-nous, mais il faut que j'aille boire quelque chose. » Il ne s'adressait pas à moi, mais aux Chian-chiants.

« Tu veux bien lâcher mon bras ? lui ai-je dit une fois près de la maison.

— Et toi, tu ne pourrais pas arrêter deux secondes, non ? Putain ! Tu pourrais au moins faire semblant de t'intéresser aux gens ! » Il était sérieux. Vraiment sérieux.

« Et puis quoi encore ? Ils sont tellement chiants que j'aimerais avoir du double vitrage à la place des oreilles. Non, du triple vitrage ! » J'ai gloussé de rire à ces paroles.

« Tu es bourrée ou quoi ? Oh non, c'est pas vrai, ne me dis pas que tu es bourrée... T'as bu que deux bières ! Comment tu peux être dans cet état ?

— Je ne suis pas bourrée ! Et allez me chercher une autre bière immédiatement, mon brave ! »

Kai a levé les yeux au ciel avant d'ouvrir la porte de la cuisine. L'endroit était blindé. On a vraiment dû jouer des coudes pour accéder au frigo. Vu qu'il ne restait plus aucune bière, Kai nous a chopé deux sodas alcoolisés.

« C'est ta dose, m'a-t-il dit après avoir trinqué avec moi. Ensuite, tu passes au jus d'orange. »

Je lui ai adressé une petite révérence, qui a valu un coup de coude à un mec qui passait par là. « À vos ordres, capitaine ! »

Kai a soupiré. « Putain, je te préfère vraiment à jeun… Bon, qu'est-ce que tu dirais si on se séparait un peu ? Je me ferais bien un trip loup solitaire, là tout de suite.

— OK, comme tu veux. Va te livrer à tes trucs de loup. Moi et mon inquiétante boisson bleue pouvons très bien nous en sortir sans toi.

— Tu dois me promettre de parler à quelqu'un que tu ne connais pas. Qu'est-ce que tu penses du mec, là-bas ? Il a l'air normal, et il n'est pas de notre bahut, ce qui est un bon point pour lui. »

Kai a fixé le pauvre garçon avec un regard pas super subtil. Mais le mec en question semblait effectivement normal, voire sympathique. « D'accord, je vais aller lui parler, si ça te fait plaisir. Maintenant, dégage, espèce de papillon social ! »

Kai m'a embrassée sur la joue avant de se frayer un chemin parmi la foule. J'ai jeté un autre coup d'œil au garçon que Kai avait repéré, et qui s'est retourné pile à ce moment-là, comme s'il avait senti que je le matais. Super gênant… J'ai pris un air concentré, et avalé une gorgée de liquide bleuté.

Garçon Sympathique me regardait toujours, lorsque j'ai levé les yeux. Trop la honte. Il m'a adressé un petit sourire avant de me tourner le dos. Il n'y avait pas moyen que j'aille lui parler. Pour lui dire quoi, d'abord ? « Tu viens ici souvent ? », ou « Super fête, dommage pour les invités », ou encore « J'aime bien ta chemise. Elle te va super bien ». Sa chemise lui allait effectivement très bien, mais d'une façon plutôt naturelle – pas comme Lucas, qui mettait toujours des T-shirts blancs trop serrés pour exhiber ses muscles.

Je me suis sentie prise au piège, soudain. J'aurais eu besoin que Kai me rappelle comment les gens normaux se comportaient dans ce genre de situation. J'ai même eu du mal à respirer, tout à coup. Il faisait trop chaud. De l'air frais… Il me fallait de l'air frais. Et de l'espace. La cuisine était beaucoup trop bondée. Tous ces gens en train de rire, de plaisanter, de m'écraser à moitié… J'ai trébuché vers la porte en renversant le verre de quelqu'un et en marchant sur le pied d'une autre personne au passage. Je n'irais pas jusqu'à prétendre que ce pied s'était retrouvé exprès sur mon chemin, mais bon…

« Qui a invité cette folle ? » ai-je entendu en refermant la porte derrière moi. J'aurais été incapable de dire si cette voix appartenait à quelqu'un que je connaissais ou à un parfait étranger, mais j'avais déjà entendu ce genre de commentaire à mon propos auparavant.

Je me suis instantanément sentie mieux, une fois dehors. L'air était frais, en effet. J'ai inspiré lentement en m'efforçant de ne pas penser au mec de la cuisine. Non, il ne m'avait pas souri, y avait pas moyen. Il avait dû regarder la personne à côté de moi. Ouais, c'était sûrement ça.

J'ai avalé une autre gorgée de boisson bleue dégueu histoire de m'occuper. Je n'avais aucune envie de parler. Si j'avais aimé parler aux gens, je l'aurais fait au bahut, où il y avait toujours de bonnes raisons de le faire – pour emprunter les notes de quelqu'un ou un truc du genre. J'ai jeté un coup d'œil à ma montre : même pas dix heures. Kai et moi étions convenus de partir à onze heures. J'aurais pu rester plus tard – papa et maman n'étaient pas chiants côté couvre-feu –, mais Kai avait accepté de partir tôt en échange de l'immense faveur que je lui avais faite en venant. Je trouvais un peu étrange qu'il ait insisté pour que je l'accompagne à cette soirée, en y réfléchissant, vu comme il m'avait plantée. (J'ai réussi à museler la petite voix dans ma tête en train d'insinuer que Kai avait fui parce que je m'étais montrée trop infecte.)

Kai n'était pas près du feu. Il y avait un tas d'autres torses – beaucoup d'autres, même –, mais pas celui, glorieux, de Kai. Certains garçons mimaient une espèce de danse rituelle autour des flammes en se frappant la poitrine et en criant. Lucas le Lion les menait, bien sûr. Sa cage thoracique était barrée de marques écarlates. On aurait dit de la peinture, ou du rouge à lèvres, plutôt. Il avait dû transpirer, parce que sa peau luisait dans la lumière de la flambée. Son jean pendait au point qu'on voyait l'élastique noir de son caleçon.

Les filles reluquaient toutes Lucas. Quelle bande d'idiotes… J'ai tourné les talons pour rejoindre un petit sentier qui serpentait vers le fond du jardin. J'ai buté dans un couple en plein ébat sur l'herbe derrière un fourré, et poussé un juron retentissant, que leurs grognements et leurs gémissements ont dû couvrir. J'ai aussitôt reconnu la fille – Amber Sheldon, alias la Fille Perroquet –, mais pas le garçon. Son visage était enfoui dans le cou de sa camarade de jeu, et son cul nu ne fournissait pas plus d'indications.

J'ai passé mon chemin. Je n'en revenais pas que des gens fassent des trucs pareils dans la vraie vie. Baiser dans un jardin à une soirée ? L'adjectif humiliant ne qualifierait même pas ce genre de comportement. Ces gens n'avaient-ils donc aucun amour-propre ? Cela dit, à la place d'Amber Sheldon, je n'en aurais pas beaucoup non plus.

Il y avait un jardin potager et une serre, au fond du jardin. Je n'avais jamais mis un pied dans une serre, mais le moment semblait venu. J'ai jeté un coup d'œil par une vitre pour vérifier qu'aucun autre cul nu – ni aucun autre organe nu – ne sévissait dans le coin. Les lieux paraissant vides, je suis entrée. Il faisait étrangement chaud, à l'intérieur, ce qui m'a étonnée (et en dit long sur mon état d'ébriété). Jusqu'à ce que je me souvienne de l'effet de serre et me mette à rire comme une baleine, pour me couvrir aussitôt la bouche, parce que c'était vraiment trop taré de se marrer comme ça.

Il y avait un banc en bois avec des pots bien alignés posés dessus et remplis de trucs verts en train de pousser. On entendait à peine la musique. L'endroit était calme, et chaud... À vous donner envie de piquer un petit roupillon. Un grand fauteuil trônait dans un coin vers le fond. Il semblait me supplier de venir m'asseoir. On se serait dit dans Boucle d'or.

Je me suis laissé tomber sur la galette en fermant les yeux, soulagée d'échapper un peu à la folie de la fête. Je me reposerais une heure avant d'aller retrouver Kai et de le traîner par la peau des fesses loin de cet endroit de malheur. Mais je serais capable d'affronter d'autres fêtes, avec des abris aussi paradisiaques que celui-là.

Sauf que mon refuge s'est vite retrouvé investi. Par un chimpanzé. Un putain de chimpanzé en rut...

7

« Salut, fille bourrée ! Tu es là ? Allô ! »

Je n'ai pas reconnu cette voix, au début, mais je n'en avais pas besoin pour savoir qu'elle appartenait forcément à quelqu'un que je n'avais pas envie de voir. Je me suis ratatinée sur le fauteuil histoire de passer inaperçue, mais il y a eu un grand fracas suivi d'un « merde » retentissant ; l'intrus avait percuté le banc.

« Ah ! Te voilà… Qu'est-ce que tu fabriques, cachée là ? » Stu Hicks… Torse nu, avec un BITE gribouillé au feutre noir dessus. J'ai aussitôt prié que ce soit de l'encre indélébile.

« Je ne me cache pas… »

Stu m'a pointée du doigt en secouant la tête, tout sourire. « C'est toi ! Je te connais ! Tu es cette fameuse nana, c'est ça ? »

J'aurais voulu me lever, mais il se tenait debout au-dessus de moi. Il puait la bière, la sueur, et une autre odeur… Le singe. J'ai soupiré, avant d'avaler une dernière gorgée de boisson bleue. « Cette nana ? Oui, je suis bien une fille. Bravo ! Tu as gagné. Maintenant, est-ce que tu veux bien dégager et me laisser tranquille ?

— Hé ! Pas la peine de me parler comme ça ! J'essayais juste d'être sympa. Bon, reprenons depuis le début. Salut ! Moi, c'est Stuart. Enchanté de te rencontrer. » Il s'est baissé si bas que son visage s'est pratiquement retrouvé sur mes genoux. Certainement le but de la manœuvre…

« Heu, moi, c'est Jem.

— Jem ! C'est ça ! Je savais bien que je te connaissais. Je n'oublie jamais un visage ; c'est un de mes nombreux talents. » Son sourire n'était pas si affreux, lorsqu'il ne jouait pas les gros lourds. Ce mec avait même l'air humain, en fait. « Ça te dérange si je m'assois ? » Il est venu se percher sur l'établi sans attendre que je réponde. Ses jambes pendues dans le vide frôlaient les miennes. « Je suis complètement claqué… Ces cons m'ont obligé à faire le tour du jardin avec Bugs sur le dos. Ce crétin m'a chevauché comme un putain de canasson ! »

Je me suis retenue de rire, ce dont Stu s'est aperçu. « Mais elle peut sourire ! Je commençais à me poser la question.

— Tu n'as pas froid ? »

Il a baissé les yeux comme s'il avait oublié qu'il ne portait rien en haut. « Nan, je suis solide comme un roc. En plus, il fait carrément bon, là-dedans, non ? Un vrai petit nid douillet… »

J'ai haussé les épaules. Je ne savais plus quoi dire. Stu me scrutait, la tête penchée sur le côté, les yeux légèrement plissés. Il m'analysait, plus précisément. « Je peux t'embrasser ? »

Je ne m'étais pas attendue à ça. « Pourquoi tu voudrais faire un truc pareil ? »

Il a haussé les épaules à son tour. « J'en sais rien. Parce que je m'ennuie, j'imagine. » Il a levé les mains devant mon air atterré. « Je déconne ! » Il a de nouveau haussé les siennes. « J'adore embrasser… et tu as l'air sympa. Ce qui fait deux bonnes raisons de vouloir le faire, je trouve. »

La tête me tournait. Stu Hicks, alias l'Étalon, voulait m'embrasser moi. Il devait déconner. Forcément. Je me suis mise à tousser de nervosité. « C'est une blague, c'est ça ? Tes potes sont en train de nous mater ou un truc du genre… »

Stu a bondi de son perchoir pour s'agenouiller devant moi. La pensée absurde, et éthylisée, qu'il allait peut-être sortir une bague en diamant de la poche de son jean et me demander en mariage m'a traversé l'esprit. Mais il a posé ses mains sur mes cuisses. Je n'ai rien fait pour l'en empêcher. « Ce n'est pas une blague, m'a-t-il dit à voix basse d'un ton super sérieux, crois-moi. »

Crois-moi… Les gens qui disent ce genre de chose sont généralement très peu dignes de confiance.

Quand ils n'essaient pas de vous pousser à faire ce que vous ne voulez pas. Sauf que j'étais bourrée, et qu'un garçon cherchait à m'embrasser. Une excuse carrément nase, certes, mais je n'en avais pas d'autre en stock. Une partie de mon cerveau me murmurait que c'était vraiment une idée à la con, un truc que je ne ferais jamais à jeun. Mais une autre, plus présente et autoritaire, me disait : *allez, vas-y, fais-le. Vis un peu. Tu t'en fous, s'il te fait des bisous baveux... Ça pourrait même être drôle...*

Stu a souri. « Gentille fille... » Il s'est approché, et je l'ai imité, en me montrant un peu plus provocante. Son odeur de sueur et de bière me soulevait presque le cœur. Nos lèvres se sont frôlées. J'ai failli éclater de rire. *C'est complètement barge*, ai-je pensé. Mais je m'étais déjà prise au jeu, à ce moment-là. Ses baisers étaient doux. Pas du tout comme je les avais imaginés. J'ai posé une main sur son torse. Son cœur battait la chamade. Au bout de deux minutes, Stu s'est écarté. « Putain, mes genoux me font un mal de chien... Tu ne veux pas descendre me rejoindre ? »

Le regard que je lui ai alors lancé devait suinter de scepticisme, vu l'adorable sourire auquel j'ai eu droit. « Sérieux, je me remets à peine d'une blessure de taekwondo... Viens m'aider. »

Je me suis laissé glisser le long de ma chaise en plaquant mon dos contre les pieds. Les mains de Stu

ont aussitôt recommencé à me caresser les cuisses.
« Là… C'est mieux, non ? »

J'ai haussé les épaules. Quelque chose chez ce garçon avait réussi à me transformer en idiote décérébrée et manipulable. C'est moi qui l'ai embrassé, cette fois. Jem la Bourrée avait apparemment décidé que c'était trop marrant d'embrasser Stuart Hicks.

Avant même que je comprenne quoi que ce soit, Jem la Bourrée était allongée sur le sol poussiéreux d'une serre, avec un garçon au-dessus d'elle. Un mec dont les baisers sont devenus soudain beaucoup moins doux. La langue de Stu fouillait ma bouche. Un vrai rendez-vous chez le dentiste… Ses mains étaient partout – sur mes seins, entre mes jambes… Elles n'arrêtaient pas de tâter, caresser, sonder, comme si elles n'arrivaient pas à décider où se poser.

La partie de mon cerveau qui ne pensait pas que c'était une bonne idée a cherché à se faire entendre plus fort, tout à coup. Elle criait pratiquement. Mais Stu a alors fait un truc tellement agréable que je n'ai plus pu respirer.

J'ai retrouvé mes esprits lorsqu'il a commencé à déboutonner mon jean pour glisser ses doigts dans ma culotte. J'ai attrapé sa main. « Allez… », m'a-t-il murmuré à l'oreille. Son souffle chaud m'a évoqué celui d'un chien. « Je veux juste te faire du bien. »

J'ai éclaté de rire. « C'est le truc le plus ringard que j'aie jamais entendu ! Ne me dis pas que ça marche ! »

Il a arrêté de m'embrasser dans le cou, et jeté un coup d'œil étrange. J'ai senti le poids de son corps, à ce moment-là. « Tu ne me crois pas ? » Sa main s'est mise à courir de haut en bas sur mon estomac. Ça chatouillait.

« Sans dèc'... Je ne te connais même pas.

— Il ne tient qu'à toi de changer ça... » Il a plongé vers mes lèvres pour m'embrasser de nouveau. Ses doigts cherchaient toujours à se faufiler à l'intérieur de ma culotte. Lorsqu'ils ont réussi, j'ai trouvé ça tellement bon (sérieux) que j'ai tout de suite su qu'il fallait arrêter Stu. Immédiatement.

J'ai repoussé sa poitrine. « Je... je dois y aller... »

Il m'a embrassée pour m'empêcher de parler. « Tu plaisantes, là ?

— C'est l'heure. Mes parents me tueront si je rentre en retard. » J'ai commencé à me tortiller pour me dégager, sans que Stu bouge d'un pouce. « Est-ce que tu pourrais... heu... te pousser, s'il te plaît ?

— Allez... On n'a qu'à... ça ne sera pas long, promis.

— Non, vraiment, il faut que j'y aille. »

Stu ne souriait plus. Ce fameux regard était revenu. Celui qui aurait suggéré à n'importe quelle fille avec une moitié de cerveau de se tenir loin de ce mec. Je m'étais fourrée dans un sacré pétrin. Je me serais baffée toute seule.

Stu m'a alors attrapée par les poignets pour les bloquer de part et d'autre de ma tête. « Tu ne vas nulle part tant que je ne te l'ai pas dit. » Son ton était tellement menaçant qu'il m'a vraiment foutu la trouille. J'étais glacée. *Je vais me faire violer. Ça ne peut pas m'arriver. Je ne peux pas me faire violer par ce mec !*

Je ne pouvais pas bouger – du tout. Stu était incroyablement fort. Les muscles de ses bras étaient tendus comme des cordes. Je pouvais seulement bouger la tête. Ce que je me suis empressée de faire, pour lui flanquer un coup de boule en plein sur le nez. « Ah, putain ! Putain ! » Stu a porté les mains à son visage avant de rouler sur le côté.

J'ai bondi sur mes pieds et me suis plantée au-dessus de lui. Du sang gouttait entre ses doigts. « Pourquoi tu as fait ça, putain, espèce de connasse ? Salope ! » Il m'a regardée avec des yeux remplis de larmes.

Je tremblais de la tête aux pieds, le souffle court. Je savais que j'aurais dû courir chercher de l'aide, mais Stu était tellement pathétique. Il n'y avait plus rien de menaçant chez lui. « Tu allais me…

— Te quoi ?… » Sa voix était nasale, lourde de sang.

« Tu sais très bien… »

Il a grogné. Du sang a giclé sur sa poitrine. « Quoi… genre te violer ? Non, mais tu es complètement barrée, ou quoi ? Je déconnais, putain !

C'était vraiment pas la peine de me péter le nez, espèce de pauvre folle. »

Le doute s'est immiscé, à ces paroles. « Non, tu... » Je ne le croyais pas. Absolument pas. Mais s'il disait la vérité ? « Tu déconnais ? »

Il s'est hissé tant bien que mal sur ses pieds en posant une main ensanglantée sur le banc pour s'aider. « Évidemment, que je déconnais ! Tu penses vraiment que je n'ai pas autre chose à foutre dans la vie que de violer des filles ? » Il a secoué la tête en me regardant comme si j'étais bonne à enfermer. « Ils ont raison, à propos de toi, tu sais... Tu es vraiment tarée. »

J'ai secoué la tête pour essayer d'effacer le trouble et la confusion qui avaient remplacé la peur dans mon esprit. « J'ai eu... j'ai eu peur. »

Stu a secoué la tête de dégoût. « Tu ne l'as jamais fait comme ça ? Les filles adorent, en général. Mais peu importe. Tu n'es pas mon genre, de toute façon. » Qu'une personne qui ait autant saigné ait pu m'asséner un regard aussi dédaigneux me dépassait complètement.

Des filles aimaient qu'on les traite de cette façon ? J'avais vraiment du mal à le croire. C'était tellement... tordu. Et je n'avais pas imaginé son regard... si ? Cette force, cet instinct de domination. Les gens se livraient peut-être vraiment à ce genre de choses... Ou alors, j'étais franchement tarée. Je ne savais plus quoi penser. J'aurais tout donné pour pouvoir me retrouver chez moi dans mon lit et faire comme si de rien n'était. Comme si je n'avais pas failli coucher avec un mec que je méprisais, et qui avait, ou non, tenté de me violer.

Stu a commencé à chercher quelque chose pour essuyer le sang. J'ai sorti un mouchoir de ma poche. « Tu ne devais pas rentrer chez toi ? Le couvre-feu... Il est plus que temps d'aller au lit, petite fille.

— Je... je suis désolée. Je ne voulais pas... »

Il s'est avancé vers moi pour me coincer contre le mur. Son regard était dur, impitoyable. « Toi, ma chérie, tu es ce qu'on appelle une allumeuse. Tu aurais intérêt à changer d'attitude si tu ne veux pas qu'il t'arrive des bricoles un jour... » Sa voix n'était qu'un murmure rauque. L'odeur rouillée du sang séché a failli me faire vomir.

« Tu me menaces ? » J'ai repoussé son torse très fort. Stu a trébuché en arrière.

Il a éclaté de rire, mais un rire dénué d'humour. « Même pas en rêve, chérie. Je suis un gentleman ! Prends-le plutôt comme un conseil d'ami. Maintenant, dégage. Si jamais tu racontes ce qui vient de se passer à qui que ce soit... » Il n'a pas eu besoin de terminer sa phrase.

8

J'ai attrapé ma veste et couru dehors sans lui laisser le temps d'ajouter quoi que ce soit. Rien n'avait changé dans le monde réel. Le feu crépitait toujours, les gens étaient encore ivres. Personne n'aurait pu se douter de ce qui venait d'arriver. En me forçant vraiment, j'aurais presque pu me convaincre moi-même que j'avais rêvé. Mais je sentais encore les doigts de Stu sur mon corps, sa langue dans ma bouche, et la panique que j'avais éprouvée.

Je me suis précipitée vers un coin à l'écart avant de sortir mon portable avec des mains tremblantes pour envoyer un texto à Kai : *Maison. Tout de suite. STP. X.*

J'ai attendu quelques minutes – aucune réponse. Je n'arrêtais pas de regarder derrière moi, redoutant à moitié que Stu me saute dessus comme ces psychopathes de films d'horreur.

Très bien. Reprends-toi. Kai a dû laisser son téléphone quelque part. Tu vas trouver Kai, et rentrer chez toi. Tout va bien. Calme-toi. J'avais déjà décidé de ne rien dire à Kai, mais pas consciemment. Ce n'était pas une option envisageable. Il ne comprendrait pas. Il n'y avait pas moyen qu'il comprenne comment j'avais pu faire un truc pareil. Comment je m'étais retrouvée dans cette situation. Il ne saisirait même pas que j'aie pu embrasser Stuart Hicks. Il serait déçu.

Comment lui expliquer ce qu'il venait de se passer ? Que dire pour justifier mon comportement ?

J'étais bourrée.

J'étais curieuse.

J'étais excitée.

Il était là.

Et pas toi.

J'ai passé une main dans mes cheveux. Frotté l'arrière de mon jean. Inspiré profondément. Et marché vers la mêlée. *Allez, tiens bon. Plus que quelques minutes. Tu seras bientôt chez toi.*

Kai n'était nulle part. J'ai interrogé deux, trois personnes (les plus sympathiques), qui ne l'avaient pas vu. Ensuite, j'ai été jeter un petit coup d'œil au rez-de-chaussée de la maison : Bugs faisait semblant de baiser Lucas, qui essayait d'attraper un truc dans le frigo ; un couple s'activait sur le canapé sous les yeux de témoins qui riaient en commentant la scène ; des garçons mataient un film porno sur l'ordinateur du bureau ; assis dans un coin, Stu contemplait son téléphone portable avec un air satisfait (et de gros morceaux de coton dans le nez). J'ai pu tourner les talons sans qu'il me voie.

Je me suis retrouvée dans le hall d'entrée (heureusement vide) à me demander quoi faire. J'ai rappelé Kai, qui ne répondait toujours pas. Si jamais il s'était barré, il aurait vraiment droit à la tronche. Et si jamais il s'amusait quelque part sans moi, il aurait droit à la super méga tronche. J'ai hésité à aller regarder à l'étage, mais une barrière pour enfant avec un « ACCÈS INTERDIT ! Oubliez de respecter cette interdiction, et je vous tue (Bugs et Stu : je vous tuerai deux fois, alors n'y pensez même pas) » empêchait d'emprunter l'escalier.

Vu la petite scène du salon, je préférais ne pas penser à ce qu'il se passait au premier. Je n'avais vraiment pas besoin de me faire un ennemi de Max. Stu me suffisait largement. Si Kai se trouvait là-haut, il devrait se démerder tout seul. Je lui ai envoyé un texto pour lui dire que je rentrais, et qu'il profite bien de son aventure de loup solitaire. J'ai ressenti un immense soulagement, en refermant la porte d'entrée derrière moi, au point que je suis restée plantée là quelques secondes pour le savourer… jusqu'à ce que j'avale une énorme bouffée de fumée à la place. Louise était assise dos au mur, une bouteille de vin dans une main, et une clope dans l'autre. La classe…

« Hé, Louise, salut ! Tu n'aurais pas vu Kai, par hasard ? Je le cherche depuis des heures, et personne n'est capable de me dire où il est. »

Elle s'est tournée vers moi. J'ai vu instantanément qu'elle avait pleuré. Des larmes continuaient de rouler le long de ses joues. « Et si tu foutais le camp et que tu rentrais chez toi ? » Sa voix était sourde, chargée de mucosités.

Dire que j'avais failli lui demander si elle allait bien… Charmant. « OK. Ça a été un vrai plaisir de parler avec toi… comme d'hab'. Bon, si jamais tu vois Kai, tu lui diras que j'ai dû rentrer à la maison ? Je ne me sens pas très bien. »

Elle m'a regardée comme si je venais de lui demander de résoudre une équation particulièrement complexe, avant de lâcher un « ouais » pas très convaincant.

« Merci. C'est sympa. » Je suis restée cool dans l'espoir que cette attitude l'énerve un peu plus.

J'ai eu froid et je me suis sentie très seule, en rentrant à la maison. Je n'arrêtais pas de trembler. Il ne faisait pas froid, pourtant. J'en voulais à mort à Kai de m'avoir poussée à l'accompagner à cette fête à la con pour me planter une fois là-bas ; à Stu pour ce qu'il avait fait, et peu importe ce qu'il avait fait ; à Louise qui se comportait comme une über-salope à la moindre occasion. Et à moi pour tellement de raisons que ma tête ne tarderait pas à exploser.

J'ai géré la phase la plus délicate de mon retour à la maison – les parents – un peu malgré moi. Papa était déjà couché, et maman m'attendait dans le salon. Elle était assise sur le canapé et sirotait une tasse de thé. Quelle butée... Combien de fois lui avais-je dit de ne pas m'attendre ! Elle m'a posé un tas de questions sur la fête, auxquelles j'ai répondu en modifiant légèrement la vérité. Son intérêt était si sincère, tellement adorable, que j'ai failli éclater en sanglots. Jusqu'à ce qu'elle gâche tout. « Je suis tellement contente que tu te fasses de nouveaux amis. Ce n'est jamais bon de mettre tous ses œufs dans le même panier. »

J'ai haussé les yeux au ciel. « Kai n'est pas un panier, chère Mère. Kai est mon meilleur ami.

— Je le sais, ma chérie, et tu sais comme j'adore Kai ! Mais c'est bien, pour une fille, de passer du temps avec d'autres filles. » J'ai embrassé maman sur le front et me suis levée. Je n'étais pas d'humeur à me disputer avec elle. « Si vous le dites, Mère. »

Elle a lâché un discret « tss-tss ! » avant de dire : « Et arrête avec les "Mère" ! Tu m'appelles comme ça quand tu veux me faire taire. »

J'ai haussé les sourcils, mutique. « Allez, va te coucher, a déclaré maman sur un ton rieur. On va chez Ikea demain matin, et il n'est pas question que tu te défiles parce que tu es fatiguée... ou parce que tu as la gueule de bois. » C'était à son tour de hausser les sourcils et de sourire d'un air complice. J'en ai profité pour filer. Maman se fichait que je boive un coup de temps en temps ; elle était plutôt cool sur le sujet, en général.

Les larmes ont commencé à couler à peine la porte de ma chambre refermée. Elles n'auraient pas dû me surprendre, et pourtant. Une fois allongée sur mon lit, je me suis mise à sangloter, et à sangloter jusqu'à ce que mes canaux lacrymaux soient complètement desséchés, et mon oreiller trempé.

Je n'arrêtais pas de penser à Stu. C'est un peu comme dans un mauvais rêve. Comme si une chose pareille n'avait pas pu m'arriver à moi ; la Terre avait dû changer d'axe ou se mettre à tourner en sens inverse, et m'avait envoyée dans cette serre à la place d'Amber Sheldon, de Louise, ou d'une autre de ces filles qui passaient leur temps à moitié nues. Pourquoi Stu m'avait-il suivie là-bas ? Il avait dû me suivre, parce que je le voyais mal se passionner pour l'horticulture. Mais qu'est-ce qui m'avait pris de laisser ce mec m'embrasser ? Ça allait à l'encontre de mes principes. Son intérêt m'avait-il flattée ? J'étais peut-être comme toutes ces filles, après tout.

Et la grande question à laquelle je n'aurais jamais de réponse : qu'est-ce qui se serait produit si je ne l'avais pas arrêté ?

9

On a entendu sonner alors qu'on déballait nos courses Ikea, maman et moi. J'étais en train de lui demander pourquoi elle avait éprouvé le besoin d'acheter deux cents bougies chauffe-plat, et elle de me répondre qu'elle avait envie de « jolies lumières d'appoint ».

Kai… Planté sur le seuil de la porte, l'air penaud et fatigué, les cheveux en bataille ; un look qu'il ne s'autorisait jamais en public, d'habitude. Il portait un vieux T-shirt trop petit d'au moins deux tailles. Une bande de peau apparaissait entre son haut et son jean. « Avant que tu dises quoi que ce soit, je suis désolé de ne pas avoir écouté tes messages. Et tu n'aurais pas dû rentrer chez toi toute seule – c'était vraiment très con de ta part. »

Je l'ai entraîné à l'intérieur, puis à l'étage sans lui laisser le temps d'ajouter quoi que ce soit. « Ma mère ne sait pas que je suis rentrée seule, et je préférerais que ça reste comme ça, merci beaucoup. Mais où est-ce que tu étais passé, putain ? »

Il a plongé tête la première sur mon lit. « Je suis tellement fatigué ! a-t-il déclaré, la voix à moitié étouffée par la couette.

— Kai ! Je t'ai cherché partout !

— *Je* t'ai cherchée partout ! Et j'ai perdu mon téléphone, du coup, j'ai passé une bonne partie de la nuit à jouer les détectives. » Impossible de savoir s'il mentait ou non, étant donné que je ne voyais pas sa tête.

« Et moi, j'ai demandé à tout le monde où tu étais passé, mais personne n'a été foutu de me répondre.

— Peut-être parce que quatre personnes seulement connaissaient mon nom ! Bref. Mais je crois que tu as des choses beaucoup plus intéressantes à me raconter, ma petite demoiselle... » Il s'est tourné sur le dos. Son T-shirt remonté découvrait son ventre lisse et plat. Cette vision m'a fait penser à Stu. « Ramène tes fesses par ici, toi, d'abord. » Kai a tapoté l'espace vide à côté de lui sur le lit. Je me suis allongée sur le côté face à Kai. Son visage était vraiment magnifique, de profil.

« Vas-y, ne te gêne pas...

— Heu... Je préfère faire ça en privé dans ma chambre, en général.

— Bah ! T'es trop dégueu...

— Hé ! Tu sais que c'est le truc le plus sympa que tu m'aies jamais dit... Bref... Bon, dis donc...

Alors comme ça, il paraît qu'on a fait des trucs sales avec Stuart Hicks dans la remise, cette nuit, mmm ? » Il s'est tourné sur le côté, assez près pour m'embrasser. « T'inquiète, j'ai dit à ce colporteur de ragots que c'était carrément impossible vu que Stuart Hicks est immonde, et qu'il doit avoir plus de MST à lui tout seul qu'une clinique tout entière. Mais ce sale cafteur n'a rien voulu écouter. Il m'a dit qu'on t'avait vue te diriger vers un coin sombre du jardin avec le sieur Hicks sur tes talons… Alors ? Qu'avez-vous à dire pour votre défense, Halliday ? Mensonge, ou vérité ? » J'ai essayé de rester calme alors que mon cœur battait à tout rompre et que les joues me brûlaient. « Mensonge ! Et franchement, ça me vexe carrément que tu me poses la question. Et c'est qui ce cafteur à la con, d'abord ? » J'ai tenté de me dérider un peu, parce qu'un visage inexpressif peut faire beaucoup plus suspect. C'était comme mon ton ; il aurait été plus outré si les insinuations de Kai avaient été fausses. Si cet imbécile m'avait accusée de m'envoyer en l'air avec Stu Hicks deux jours auparavant, je crois que je lui aurais carrément éclaté la tronche.

Kai s'est contenté de me regarder sans proférer un mot. J'ai fait comme lui, sachant qu'il craquerait avant moi. Ce qui n'a pas loupé. « Je ne peux pas balancer mes sources. Je n'aurais même pas dû te parler de ces rumeurs, vu qu'elles sont forcément fausses. C'est ce que j'ai répliqué à mon informateur, d'ailleurs. Mais je devais quand même vérifier. On ne sait jamais ce qui peut arriver dans la vie. Le crépitement d'un feu, des étoiles dans le ciel… Ce genre de décor serait capable de donner des envies d'aventure à une petite fille, non ? » Il a agité ses sourcils, ce qui m'a fait éclater de rire.

« Kai, on parle de moi ou de toi, là ? Tu ne serais pas en train de me dire que tu as passé une bonne partie de la nuit à faire des trucs sales avec un garçon, par hasard ? Non, tais-toi… C'est Bugs, c'est ça ? Je me suis toujours demandé, pour lui. Alors, c'était comment ? Gluant et dégueu, j'imagine… »

Kai a porté une main à son front avant de faire semblant de tomber dans les pommes. « Ah ! Mon plus sombre et plus intime secret vient d'être percé à jour ! Bugs est tellement viril. Une vraie bête…

— Tiens, j'y pense, nous n'avons jamais parlé de Max. Dans quelle catégorie tu le mettrais ? Réfléchis bien avant de répondre – c'est super important. »

Kai a éclaté de rire avant de secouer la tête. « Tu sais quoi, Jem ? Tu réfléchis beaucoup trop. J'aime bien ce côté-là chez toi, d'ailleurs, mais n'empêche, tu es complètement tarée. »

Un point pour lui.

Les rumeurs sont allées bon train, au lycée, le lundi suivant. Tout le monde parlait de la fête, surtout les gens qui n'avaient pas été invités. Kai a relayé les siennes : il y avait eu une orgie dans la chambre des parents de Max ; quelqu'un avait donné du *space cake* au chien ; Stu Hicks avait essayé de prouver qu'il était super fort en fonçant tête la première dans un arbre, et s'était retrouvé avec le nez cassé.

Kai semblait enchanté de sa dernière trouvaille. Pas étonnant, vu ce qu'il pensait de Stu. Il a même tapé de joie dans ses mains lorsqu'il a aperçu l'autre crétin à la pause. « Oh mon Dieu ! C'était donc vrai ! Non, mais mate-moi un peu cette tronche ! » J'ai bien cru qu'il s'étranglerait de rire. J'ai essayé de ne pas grimacer devant cette vision : Stu avait un pansement blanc en travers de l'arête du nez, et d'horribles contusions jaune violacé sous les yeux.

Mais il semblait se porter plutôt bien, à part ça, rigolant et plaisantant comme d'habitude. Les gens n'arrêtaient pas de lui demander comment il allait, et il adorait ça. Je l'ai vu me regarder depuis le banc où il recevait sa cour, à un moment ; son regard a glissé sur moi comme si de rien n'était. Au lieu de me sentir soulagée, j'ai failli aller lui rappeler ce qu'il s'était passé entre nous. Lui rappeler mon existence. Kai avait raison ; j'étais complètement tarée.

Les choses ont commencé à partir en vrille le mercredi soir suivant. Je faisais mes devoirs dans ma chambre, à essayer de ne pas penser à Stu lorsque mon téléphone a sonné. Kai. Ou disons que le numéro présenté était le sien, mais que la voix à l'autre bout du fil ne ressemblait pas du tout à la sienne. « Tu as ouvert ta boîte mail ?

— Pas aujourd'hui, pourquoi ? Tu m'as encore envoyé un lolcat ? »

J'ai allumé mon portable pour ouvrir Internet.

« Je ne sais pas quoi faire. Je… heu… Regarde tes mails, OK ? »

Là-dessus, il a raccroché. Je me suis demandé de quoi il pouvait bien parler. Pourquoi Kai avait-il paru si grave ?

Parce que la situation était super grave.

10

J'ai ouvert ma boîte mail. Elle contenait trois nouveaux messages. Un de Kai, envoyé dans la matinée – un lolcat… Le deuxième était un spam. Le troisième provenait d'un expéditeur inconnu : Capitaine Outrage. Le mail avait été envoyé à Kai, mais on avait dû me mettre en copie cachée.

Il y avait un lien vidéo en document attaché, sur lequel j'ai cliqué, alors que je n'ouvre jamais les fichiers de source non identifiée, d'habitude. La qualité était assez pourrie – l'image avait du grain, et la personne qui avait tenu la caméra (ou le téléphone… oui, un téléphone, plutôt) avait beaucoup tremblé. On voyait deux mecs. L'un d'eux était assis au bord d'un lit, l'autre agenouillé face à lui, la tête cachée dans l'entrejambe de son partenaire. Pas très difficile de deviner ce qu'ils faisaient. Le visage et le torse du type sur le lit avaient été assombris grâce à un effet spécial ou un truc du genre. Pas complètement, mais son visage et son corps n'étaient qu'un tas de pixels, comme ils le font à la télé pour camoufler l'identité de quelqu'un.

L'autre mec (ou garçon, plutôt) n'avait pas eu droit au même traitement. Je l'aurais reconnu de toute manière, qu'il ait porté sa fameuse Chemise de la Chance ou non. Le plan sur l'arrière de son crâne m'aurait suffi. Alors que je ne l'avais jamais vu faire *ce genre de chose.* Très peu de gens l'auraient identifié… s'il n'avait pas tourné sa tête vers la caméra en s'essuyant la bouche une fois ses petites affaires terminées. Il n'avait pas l'air de se rendre compte qu'il était filmé.

Histoire d'écarter tout doute potentiel, le cadre s'est fixé sur son visage, et n'a plus bougé de là pendant plusieurs secondes d'affilée. Il avait les cheveux en bataille, et souriait. Ce sourire était tellement *lui* que j'ai cru que mon cœur allait exploser de tristesse, à ce moment-là.

Kai…

J'ai refermé mon ordi, dévalé les escaliers, et franchi la porte d'entrée à toute vitesse. Quatre minutes trente-deux secondes plus tard, je sonnais chez Kai. Louise est venue ouvrir. Elle semblait beaucoup mieux se porter que la dernière fois que je l'avais vue. Elle n'a même pas pris la peine de me dire bonjour, ce qui m'allait très bien. Je suis passée à toute allure devant elle avant de foncer droit à l'étage.

La chambre était plongée dans le noir. Au point que j'ai cru que Kai n'était pas là, au début. Jusqu'à ce que j'aperçoive ses pieds nus sous le bureau. Il s'était caché en dessous comme un animal en pleine hibernation. « Kai. C'est moi. Tu peux sortir de là, tu sais », ai-je dit doucement comme à un chat que j'aurais essayé de faire sortir de sa tanière.

Aucune réponse.

Je me suis assise par terre devant lui. « Kai ? Parle-moi. S'il te plaît... »

Toujours rien.

« Dis donc, tu trouves ça drôle de me foutre la trouille, ou quoi ? S'il te plaît, dis quelque chose... »

Il s'est éclairci la voix. Elle semblait rouillée. « Alors... tu l'as vue ?

— Ouais, je l'ai vue. C'est rien, Kai. Vraiment. Il n'y a pas de quoi avoir... honte.

— Ah ouais ? T'as qu'à jeter un coup d'œil à mes mails. On en reparle après. »

Son ordinateur était posé sur son lit. Je l'ai ouvert, et j'ai attendu qu'il veuille bien reprendre vie. L'écran était couvert de mails non lus. J'ai cliqué sur l'un d'eux au hasard, et aussitôt regretté de l'avoir fait. La violence des propos m'a sauté au visage : *j'espère que tu vas vite mourir du sida, sale pédé !*

Je n'ai reconnu aucune des adresses – la plupart étaient visiblement fausses. Des gens s'étaient cassés à créer des comptes bidon pour pouvoir envoyer ces horreurs sans risquer de se faire prendre. Putain ! Combien de personnes avaient reçu ce lien ? J'ai ouvert un autre message : *j'ai toujours trouvé que tu faisais tarlouze. On dirait que tu as aimé ça, espèce de salope.*

« Y en a combien ?

— Il y en avait dix-sept, la dernière fois que j'ai regardé. »

Vingt-neuf. Vingt-neuf nouveaux messages avaient été envoyés. « Oh, Kai, je suis désolée ! Les gens sont vraiment trop cons. Quelle idée de faire un truc pareil ? Il faut être vraiment taré. »

Kai a éclaté de rire. « Pourquoi ? Pourquoi veux-tu qu'ils aient besoin d'un prétexte pour révéler l'homosexualité d'un pédé ? Ils ont dû se dire qu'ils rendaient service à la communauté ou un truc du genre.

— Quand… quand est-ce que tu as reçu le mail ?

— J'ai découvert la vidéo dans ma boîte à mon retour du bahut. Je ne sais pas qui se planque derrière ce Capitaine Outrage, mais il me l'a envoyée en premier. »

J'ai fait défiler les mails pour le retrouver. L'objet du message disait : *prêt à jouer un peu ?*

« OK ! Bon, essayons de réfléchir à ça calmement. Kai, tu comptes sortir de là, oui ou merde ?

— Je… je peux pas.

— Comment ça, tu peux pas ?

— Je ne veux pas que tu me voies.

— Ne sois pas bête. Kai, c'est moi... Est-ce que je peux au moins allumer ?

— J'aimerais mieux pas. » Son ton m'a paru tellement désespéré, sa voix si faible, si pathétique... Tellement pas Kai.

Je me suis sentie complètement impuissante. « Tu veux qu'on en parle ? Je pense vraiment qu'on devrait en parler.

— Il n'y a rien à dire. Tout le monde est au courant.

— Tu t'en fous. Tu es homo, et après ? Plein de gens sont homos. C'est normal.

— Ah ouais ? Tu n'as qu'à aller répéter ça à tous les gens qui m'ont envoyé des mails, et qui me traitent de pédophile. J'adore ! Pédophile... Comme si j'étais un déviant sexuel parce que je préfère coucher avec des mecs...

— Personne ne pense ça. Enfin, personne d'important, disons. Tes parents sont plutôt cool sur le sujet, non ? Il y aura toujours des cons sur cette planète, et tu le sais. Mais on s'en fout ! Allez... » J'étais certaine que mes propos seraient complètement à côté de la plaque, mais je n'avais pas pu m'empêcher de les formuler.

— Je n'étais pas prêt, Jem. Je n'étais pas prêt à faire mon coming-out. J'aurais aimé le faire à ma manière, tu comprends ? Mais même en dehors de ça... Cette vidéo est...

— Gênante. D'accord, elle est gênante...

— Gênante ? Non, mais tu déconnes ou quoi ? C'est trop la honte, tu veux dire ! Comment tu te sentirais, si on avait balancé une vidéo de... une vidéo comme ça partout sur la toile, hein ? Bien ? Putain, Jem, j'ai besoin de soutien, là. » Il a commencé à sangloter.

Je suis allée m'asseoir sous le bureau près de Kai. L'espace était vraiment exigu. J'ai penché ma tête vers lui. « Je suis là pour toi. Pour tout. On va traverser ça ensemble, d'accord ? Ça va aller. Demain, tu te pointeras la tête haute au bahut. Tu n'as rien à te reprocher. Qu'ils aillent se faire foutre tous autant qu'ils sont ! Ces connards peuvent te mettre la honte seulement si tu leur accordes de l'importance... Et de toute façon, ils verront, dans un an, quand on aura quitté ce trou merdique alors qu'eux ils seront encore ici, à bosser chez McDo ou je ne sais quoi. Pense à notre plan – Kai et Jem vont prendre Londres d'assaut et TOUT EXPLOSER ! Encore une minuscule année à tenir, et c'est bon. »

Il m'a tendu la main en laissant échapper un long souffle tremblant. « OK.

— Vraiment ? C'est un vrai OK, ou un OK-arrête-avant-que-je-te-flanque-mon-poing-dans-la-figure ? »

Il a ri doucement. Un progrès, me suis-je dit. « C'est un vrai OK. Sans dèc'.

— OK. Ça y ressemble plus. Bon, écoute... Je vais trasher ces messages à la con, d'accord ? Tu es interdit de boîte mail jusqu'à ce que ce bordel soit calmé. Et il va se calmer, je te le promets.

— Tu es vraiment une super amie, tu sais… »

Je lui ai tapoté le genou. « La meilleure. Et tu n'es pas si mal dans ton genre, toi non plus. »

J'ignore pourquoi je n'ai pas demandé à Kai qui était ce mystérieux garçon. J'ai dû penser qu'il me l'aurait dit s'il l'avait voulu. Sa vie privée avait déjà été suffisamment envahie. Ce n'était pas la peine d'en rajouter. Ce qui ne signifiait pas que je n'étais pas curieuse. L'adjectif « curieuse » n'approchait même pas la réalité. Je *mourais* d'envie de connaître le nom de Mister Pixel. Je ne pouvais m'empêcher de me demander pourquoi Kai n'avait pas parlé de lui quand il était venu chez moi, dimanche. Au moins maintenant, je comprenais mieux les raisons de ses petites disparitions. Mais pourquoi ne m'avait-il rien confié, putain ? Il me disait toujours ce genre de truc, d'habitude ; il me l'aurait raconté, s'il avait ferré un vrai mec en chair et en os.

Bon d'accord, je ne lui avais rien révélé pour Stu. Mais ça n'était pas la même chose. Mettons que je préférais me convaincre que c'était différent. Il n'empêche que si quelqu'un avait secrètement filmé la petite scène dans la serre pour l'envoyer au monde entier par mail, je ne me serais plus pointée au bahut. Ni dans aucun autre endroit, d'ailleurs.

Mais Kai était plus costaud que moi. Il traverserait cette tempête. Clair.

J'ai fini par réussir à le faire sortir de sous son bureau, et même eu le droit d'allumer. Il avait une tête affreuse, l'air totalement anéanti. Je l'ai serré contre moi en lui répétant que ça irait, que les gens avaient la mémoire courte, qu'un nouveau scandale éclaterait bientôt, que la personne qui avait dévoilé ça était vraiment une sous-merde qui n'avait rien de mieux à faire dans la vie. Mes paroles ont paru avoir un impact, parce qu'il a opiné, et même souri deux fois.

J'ai trashé ses mails sans en lire aucun, et en ai remis une couche côté encouragements avant de partir. Kai a pratiquement dû me virer à coups de pied au cul, et répéter « Je vais bien ! » jusqu'à ce que je le croie vraiment.

Kai arrivait toujours à me faire gober ce qu'il voulait.

11

Je suis allée sonner chez Kai, le matin suivant, comme chaque jour de l'année scolaire depuis des années. J'étais prête à me lancer dans la bataille. Les réactions des gens m'inquiétaient, mais je me sentais de taille à les affronter. Kai et moi surmonterions cette épreuve ensemble.

Mme McBride est venue ouvrir, l'air encore plus crevée que d'habitude. Elle est infirmière, et travaille de nuit aux urgences. Chaque fois que je la croisais, soit elle buvait un café, soit elle bâillait, soit elle courait quelque part. J'étais fatiguée rien que de la regarder. « Jem, chérie, je crois que Kai ne va pas aller en cours aujourd'hui. Il ne se sent pas très bien. »

Rien de surprenant. Je me serais coupé un bras avec un couteau rouillé pour ne pas devoir retourner au bahut pendant quelque temps, à sa place. « Je peux le voir ?

— Tu devrais repasser après les cours. Là, il dort, le pauvre chéri...

— OK. Dites-lui que... Dites-lui que j'espère que ça ira mieux bientôt. »

Mme McBride m'a adressé un regard larmoyant. « Je le lui dirai. Je n'ai pas l'habitude de le voir malade – je ne me souviens même pas à quand remonte la dernière fois ! Eh oui, il est fort comme un bœuf, mon garçon. Bon, je vais lancer une machine, et après, zou, au lit ! Passe une bonne journée, Jem. »

Mme McBride a refermé la porte, me laissant plantée là à me demander s'il n'y aurait pas moyen que je sèche les cours moi aussi. Mais je devais y aller ; je devais les affronter. Pour lui.

La situation n'était vraiment pas terrible. Les gens me dévisageaient, ce qui était nouveau. Une expérience complètement inédite, et détestable. Ils avaient tous sorti leurs portables qu'ils mataient en rigolant par petits groupes. Peut-être regardaient-ils des vidéos de chiens en train de faire du skate, ou un truc du genre... ? Je devais arrêter avec ma parano... mouais.

Des gens qui ne m'avaient jamais parlé m'ont demandé comment Kai se portait. La plupart n'étaient que des crétins aux sourires suffisants, mais un ou deux de ces imbéciles m'ont paru sincères. Garçon Chiant et Fille Chiante m'ont semblé réellement concernés, ce qui m'a fait regretter de m'être comportée comme une salope avec eux. Mais leur intérêt était tout de même mesuré – chiant.

J'ai envoyé plusieurs SMS à Kai, tous restés sans réponse. Très bien. Je lui laisserais la journée pour se remettre, mais après, il faudrait qu'il assume. C'était vraiment affreux, de retourner seule au bahut. Je me suis sentie perdue comme jamais – ou comme mon premier jour dans cet endroit. Tout me semblait sinistre, hostile. J'ai dû regarder ma montre une bonne centaine de fois, en espérant que le temps passe plus vite et que je puisse aller retrouver Kai.

J'ai évité la cafète, à l'heure du déjeuner. La torture que je me sentais capable et acceptais d'endurer avait des limites. Du coup, j'ai été m'asseoir par terre dans une classe vide, sous la vitre intérieure pour qu'on ne me voie pas, et commencé à grignoter une pomme en m'apitoyant sur mon sort. Je m'inquiétais surtout pour Kai, bien sûr, mais vu qu'il n'était pas là, je m'octroyais le droit de m'apitoyer sur ma petite personne.

Kai rebondirait. C'était clair. Il le fallait, de toute façon. Il n'avait pas le choix.

Vers la fin la pause dèj', Louise a débarqué. Pour une fois dans ma vie, j'ai été contente de la voir. Je suis sortie de ma cachette. Elle a sursauté de trouille. « Merde ! Qu'est-ce que tu... ? Non, ne dis rien, je préfère ne pas savoir.

— Comment il va ?

— Il s'en remettra, m'a-t-elle répondu, son visage de marbre.

— Putain, j'espère bien ! Il était super mal, hier soir. Si jamais je trouve qui a fait ça, je te jure que je...

— Que tu quoi ? »

J'ai haussé les épaules. « Je... j'en sais rien. C'est juste que... que j'ai l'impression de ne rien pouvoir faire, et ça m'énerve.

— Mais tu ne peux rien faire. Ni toi ni personne. Même pas Kai. À part se comporter comme si de rien n'était, et attendre que ce bordel se calme. » Elle semblait résignée, épuisée. Exactement comme sa mère.

« Ça ne t'intéresse pas de savoir qui se cache derrière ça ? »

Louise a secoué la tête avant regarder par la fenêtre. Une partie de foot était en cours. Stu Hicks était en pleine célébration de but. Max et Lucas se tapaient dans la main comme si un truc incroyable venait d'arriver – et pas un simple but pourri contre des garçons plus jeunes d'un an. Ce que les mecs peuvent être pathétiques, par moments... Louise s'est enfin tournée vers moi. « Quelle importance ? Ce qui est fait est fait.

— Comment tu peux dire ça ? On pourrait aller voir la police. Il y a des lois contre ce genre de truc... » Je n'étais pas sûre de ce que j'avançais, mais ça semblait plausible.

« Tu penses vraiment que Kai aimerait que la police voie cette vidéo ? Ça arrangerait ses affaires, c'est sûr ! Kai serait encore plus humilié, et les gens te détesteraient encore plus… en admettant que ce soit possible.

— J'en ai rien à foutre, de ce que les gens pensent de moi ! Je veux juste trouver qui lui a fait ça. Tu t'en fous ? Pas de problème. Je vais m'en occuper toute seule.

— Tu as conscience d'être ridicule, j'espère ? »

Curieusement, je m'en rendais parfaitement compte.

Je voulais la blesser. « Tout va bien entre toi et Max ? » lui ai-je demandé en prenant mon ton le plus adorable et le plus innocent.

Louise a cligné des yeux quelques secondes. « Ce ne sont pas tes affaires, mais oui, les choses vont super bien.

— Vraiment ? Parce que j'ai eu l'impression que vous vous disputiez l'autre soir, à la fête… »

Elle a haussé les épaules avant d'attraper son sac posé sur le rebord de la fenêtre. « C'était rien. Ça fait partie d'une relation, de s'engueuler de temps en temps. Mais ça vaut carrément le coup, côté réconciliation sur l'oreiller. » Elle m'a adressé un sourire suffisant. « Mais je ne t'apprends rien, n'est-ce pas ? Oh, désolée… J'oubliais que tu n'as jamais eu de petit copain. Quelle conne… »

Elle m'a tapoté l'épaule et laissée plantée là, à réfléchir à ce que j'aurais pu répliquer. *Eh bien, je ne suis pas la pute du bahut, moi, au moins.* Ce qui aurait été carrément nase, à tous points de vue.

Je détestais cette fille autant que j'adorais son frère. C'était comme si elle avait été le prix à payer pour la chance d'avoir quelqu'un d'aussi hallucinant contre que Kai dans ma vie. Ce qui valait franchement la peine. Ou disons que là, debout seule au milieu de cette classe, les joues cramoisies de honte… les plateaux de la balance semblaient à peu près à l'équilibre.

Cette journée au bahut m'a réservé une autre surprise désagréable. Je suis rentrée dans Stu au milieu d'un couloir entre les cours. Et quand je dis rentrée dedans, je parle au sens littéral du terme. Je serais prête à jurer sous serment qu'il l'a fait exprès, ce que je ne réussirai jamais à prouver.

« Oups ! Désolée… » Voilà ce que j'ai dit. Parce que c'est la réaction qu'on a dans ce genre de situation, quand on ne s'est pas encore rendu compte qu'il s'agit de quelqu'un à qui on flanquerait bien un coup de boule (encore !).

Il m'a attrapée par les épaules comme si j'allais tomber – sauf que ce n'était pas le cas. J'ai senti ses pouces s'enfoncer dans mes clavicules. « Oh, c'est toi !

— Heu… est-ce que tu pourrais… ? Je vais être en retard en cours de maths. »

Il s'est penché plus près pour murmurer à mon oreille au lieu de me lâcher. « Dis donc, tu es du genre en retard, à ce que je vois… Le couvre-feu… les maths… Je me demande ce que ce sera après… En retard pour tes règles ? Ah ben non. Comment tu pourrais tomber enceinte en traînant tout le temps avec un gay ? » Son visage était si proche du mien que les gens ont dû penser qu'il se passait un truc entre nous. Stu a ri et m'a embrassée sur la joue sans me laisser d'autre choix.

Je me suis frotté la pommette avec la manche de mon pull. « Ne me touche plus jamais !

— N'aie pas peur. Je ne te toucherais pas même si on me payait. » Il a fait semblant de trembler de dégoût, comme s'il m'avait trouvée physiquement repoussante.

« Tout pareil. Dommage que tu n'aies pas été dans le même état d'esprit samedi. » Je ne sais pas pourquoi j'ai répliqué. J'ignore d'où ce courage m'est venu. Je me serais carapatée sans rien dire, normalement.

« Ouais, c'est sûr… Oh, mais, à propos de samedi, je ne t'ai pas dit ? C'était un pari, espèce de pauvre conne. Et toi, c'est quoi ton excuse ? Alors ?

— Tu mens !

— Si tu le dis, chérie. Ça a été un vrai plaisir de parler avec toi, en tout cas. Bon, je file. Des choses à faire, des gens à voir… »

Il s'est éloigné la tête haute en me laissant clouée là avec une impression de… une impression de quoi, exactement ? Difficile de trier dans mes sentiments : il y avait de la colère, clair. De l'énervement. De la gêne. Rien que de très gérable. Et rien de très surprenant. Mais une autre émotion affleurait. Quelque chose comme de la déception. Et de la tristesse. Ce qui n'avait vraiment aucun sens.

12

J'ai foncé droit chez Kai, après les cours. J'ai eu la surprise qu'il m'ouvre lui-même la porte. Et de le voir sourire. Il m'a fait entrer avant de remonter directement dans sa chambre. Il était resté retranché là-haut comme un chiot trop enthousiaste enfermé à l'étage. Je me suis traînée derrière lui comme si j'avais vécu la pire journée de ma vie. Ce qui n'était pas loin de la vérité.

Kai s'est assis à son bureau, où il semblait avoir passé tout son temps à travailler. Quatre tasses à café vides traînaient dessus, ce qui était vraiment inhabituel, connaissant son côté tatillon.

« Heu… tu as l'air… un peu mieux.

— C'est parce que je me sens mieux, merci.

— Vraiment ? » Il aurait du mal à me convaincre. Surtout vu son état de la veille au soir.

« Vraiment. » Il n'arrêtait pas de gigoter. Ses mains tapotaient ses cuisses en rythme.

« Kai, coucou, c'est moi ! Tu peux me parler, tu sais. »

Il a ri. Un énorme rire à la Kai. « Non, ça va. Franchement. Bon, voilà le deal : cette histoire de vidéo est arrivée, j'aimerais qu'elle ne soit jamais arrivée, mais c'est le cas, et je ne peux rien y changer. Je ne vais pas chialer comme une gamine, si ? Je suis un mec, après tout. » Je n'ai pas répondu, mais ça tombait bien, vu qu'il a poursuivi sans m'en laisser la possibilité. « Je pense rester à la maison demain, du coup. Ça ne sert à rien de retourner en cours un vendredi, tu ne trouves pas ? En plus, ça me laisse samedi et dimanche. Les gens auront un autre sujet de conversation, lundi. Il va y avoir une fête ce week-end, à tous les coups. Une autre soirée pendant laquelle quelqu'un va faire un truc encore plus gênant que moi, et on m'oubliera... » Il avait parlé de moins en moins fort, et même arrêté de gigoter.

Sa salve de paroles s'est abattue sur mon crâne comme une pluie de grêlons. Mais je l'avais parfaitement suivi, même s'il avait parlé à toute allure. « Alors, c'était bien, à la fête ? » J'abordais le sujet pour la première fois. J'avais espéré qu'il le ferait le premier.

« Je n'ai jamais dit que c'était moi. » Son élocution s'était calmée.

« Kai... J'ai reconnu ton T-shirt à la con au premier coup d'œil. »

Il a secoué la tête et tapoté ses joues sans relever ce que je venais de lui balancer. Il ne m'aurait jamais autorisée à critiquer ses choix vestimentaires, en temps normal. « Putain, ce que je suis fatigué… J'ai pas bu assez de café. Carrément pas, même. Bon, tu ferais mieux de partir avant que ma mère se réveille. C'est plus chaud de jouer les malades avec une mère infirmière. » Il s'est levé de sa chaise d'un bond avant de me tendre la main. « Allez, ouste ! Je suis sûr que tu as un tas de devoirs à faire, non ? »

J'ai hoché la tête avant de le laisser m'entraîner au rez-de-chaussée.

« Kai, tu es sûr que ça va ? Tu es un peu bizarre… »

Il m'a embrassée sur le front. « Ah, Jemima ! Ce côté bizarre fait partie de mon charme, mais je ne t'apprends rien. » Il m'a prise dans ses bras et serrée si fort que j'ai failli tourner de l'œil.

J'allais m'écarter, mais il m'a serrée encore plus fort. « Ah non, a-t-il murmuré à mon oreille. Je n'ai pas encore envie de te lâcher. Je trouve ça particulièrement bon, aujourd'hui. »

Nous sommes restés debout sur le seuil de l'entrée pendant au moins deux minutes. Un moment plutôt agréable. J'avais toujours la sensation que le monde était un endroit meilleur, plus sûr, quand Kai me prenait dans ses bras. Kai ne sentait pas aussi bon que d'habitude. Un arôme de vieux café se mélangeait à son odeur, ce qui expliquait en partie sa bizarrerie – Kai et la caféine n'ont jamais bien cohabité.

Il a fini par me lâcher, au bout d'un moment, et par poser ses mains sur mes épaules, mais pas comme Stu dans le couloir du bahut. « Je t'aime, Jem. Si j'étais un de ces horribles hétéros, je te violerais sur place ! » Sur ces paroles, il a enfoui son visage dans mon cou et fait semblant de me… violer, bref, vous voyez ce que je veux dire.

Je me suis tortillée avant de me dégager d'un bond. « Bas les pattes, espèce de crétin ! Et arrête de mentir – si tu étais hétéro, tu sortirais avec Sasha Evans ou une nana dans le genre. »

Il a penché la tête sur le côté et réfléchi un instant à ce que je venais de dire. « Ouais, tu dois avoir raison. Je suis trop bien pour toi. » J'ai tenté de le frapper, mais il a réussi à esquiver le coup. « Si tu faisais quelque chose avec ces cheveux, y aurait peut-être moyen, par contre… »

J'ai secoué la tête et commencé à redescendre l'allée. « Hé ! Je plaisante… Jem ! Tu es magnifique. » Sa voix m'a paru différente, cette fois ; plus grave. J'ai fait un demi-tour sur moi-même. Le visage de Kai avait lui aussi changé – plus sérieux.

« Tu n'es vraiment qu'un sale menteur, Kai McBride. » Sur ces paroles, je lui ai tiré la langue.

Je suis partie sans me retourner.

Je ne l'ai plus jamais revu, après ça.

13

Je l'ai traité de menteur. C'est la dernière chose que je lui aie dite. Nous nous sommes envoyé des tonnes de SMS, le jour suivant. Évidemment. Mais ce n'est pas pareil. *Tu n'es qu'un sale menteur, Kai McBride.* J'avais balancé ça pour déconner, ce que Kai avait parfaitement su. Mais je ne me sentais pas mieux pour autant.

Je m'étais rendu compte que quelque chose n'allait pas, que je n'aurais pas dû le laisser me foutre dehors comme ça. Mon excuse ? Ça m'avait tellement soulagée de ne pas le trouver dans le même état que la veille que je m'étais convaincue qu'il se portait mieux. Tout simplement. J'avais vraiment voulu le croire. Je me suis sans doute dit qu'il cherchait à se motiver lui-même et qu'il avait besoin que son entourage joue le jeu, et je l'ai fait.

Mais plus tard ce soir-là, je me suis aperçue qu'il ne m'avait pas posé une seule question à propos du bahut ; la première chose que j'aurais faite, à sa place. La curiosité l'aurait emporté, même si j'aurais eu peur de savoir à quel point la situation était pourrie. Le besoin de savoir contre quoi j'allais devoir me battre, et comment affronter les prochains jours, semaines, mois.

Ça aurait dû déclencher un signal d'alarme, si j'avais eu une moitié de cerveau, en tout cas. Mais j'avais mis son état sur le compte de la caféine. Le fait qu'il n'ait pas posé la moindre question le jour suivant pendant la salve de SMS ? Ça m'a ravie ! Carrément soulagée de ne pas devoir lui avouer que tout le monde parlait encore de lui. Les gens continuaient de venir me voir, ou me souriaient à distance, comme Stu.

Le vendredi soir était réservé aux soirées famille, en général – des moments que j'appréciais, même si j'y allais à reculons et en râlant. C'était comme si je m'étais donné pour mission de ne jamais kiffer les trucs que mes parents organisaient. Mais sans l'avoir consciemment décidé. Pourtant, malgré mes efforts, je pense qu'ils savaient au fond d'eux que j'aimais passer du temps avec eux. J'adorais qu'on se retrouve à table tous ensemble. Ce rituel avait quelque chose de charmant : papa servait un verre de vin à maman, Noah mangeait ses glaçons avant de boire son Coca, maman lui disait de faire attention à ne pas se casser une dent, et moi, je restais assise à observer la scène. De vraiment chouettes moments.

Cette sortie familiale se passait toujours chez M. Chow. On était fans de nourriture chinoise, papa et moi, maman et Noah beaucoup moins. Mais c'était bon, parce qu'on irait dîner dans le resto de leur choix la semaine suivante. On nous avait donné la meilleure table – celle près de la baie vitrée.

Je ne les ai pas vus arriver, étant donné que je tournais le dos à la salle. À la différence de maman… « Oh, regarde… C'est Louise ! C'est qui, le garçon avec elle ? Il est plutôt pas mal, non ? » Mes doigts ont serré mon verre d'eau très fort. J'ai essayé de me retourner le plus subtilement possible, mais il a fallu que ma mère gâche tout en les interpellant d'un grand geste de la main. « Hé, Louise, salut ! » Louise ayant toujours été super polie avec mes parents, ils ignoraient quelle salope diabolique elle était devenue.

« Maman ! ai-je sifflé entre mes dents serrées. Tout le monde nous regarde ! »

Maman a ri. « Ne sois pas bête ! Personne ne nous regarde… Les gens s'en moquent ! »

Louise nous regardait, elle, en revanche. Max aussi. Tout comme les parents de ce dernier. Sa mère, une femme petite au dos voûté, portait un collier de perles ras de cou tellement serré qu'il donnait l'impression de l'étrangler. Son père faisait – et était – plus vieux. Il avait de gros sourcils gris broussailleux en forme d'énorme chenille. Louise a répondu d'un geste de la main en souriant…

et continué de marcher jusqu'à leur table. Tant mieux ! Max m'a adressé un signe de tête, ce qui m'a carrément étonnée. Ses parents nous ont souri poliment avant d'aller s'asseoir.

Je ne savais pas si les parents de Max rencontraient Louise pour la première fois. Je leur ai jeté plusieurs coups d'œil, qui ne m'ont pas plus éclairée. Louise semblait super à l'aise, comme si elle avait fait ce genre de chose tous les jours. J'aurais été hyper nerveuse, à sa place – j'aurais surveillé ma façon de me tenir à table, essayé de manger mes travers de porc avec classe, veillé à rire au bon moment, et pas au mauvais. Max avait l'air moins à l'aise, lui, au moins – carrément zarbe, même. Il fixait son assiette chaque fois que je le regardais. Louise s'en sortait tellement bien avec ses parents qu'il donnait presque l'impression d'être de trop.

Maman m'a interrogée sur Max et Louise : depuis combien de temps ils étaient ensemble, comment Max était, si c'était un ami à moi… Cette dernière question m'a à la fois fait rire et saoulée. Mon non franc et massif a paru la décevoir.

Mon téléphone a vibré dans la poche de mon jean : Kai. *Alors, cette soirée en famille ? Cool ? XXX.*

J'ai profité de ce que le serveur fasse l'inventaire des desserts pour lui répondre : *bien jusqu'à ce que ta sœur et son mec débarquent.*

J'ai gardé mon portable sur mes genoux, dans l'attente d'une réponse qui n'est jamais venue.

14

Il y a eu des témoins. Des gens l'ont vu sauter, mais personne n'est intervenu. Je ne les juge pas – pas vraiment. Je ne sais pas si j'aurais eu le courage de le faire, moi non plus. Pas auprès d'un parfait étranger.

La seule et unique raison pour laquelle ils l'ont remarqué est qu'il n'était pas habillé pour la pluie diluvienne qui tombait alors – une pluie comme je n'en avais jamais connue. Sauf que moi, je matais un DVD avec Noah (un James Bond, sa dernière obsession en date) pendant que Kai était là-dehors, avec rien d'autre sur le dos qu'une veste, une paire de jeans et de claquettes.

Ils ont dit qu'il avait la tête de quelqu'un qui se serait baladé, pour qui tout allait bien. Il ne fulminait pas, ne délirait pas, ne pétait pas les plombs.

Les déclarations divergent, à propos des événements suivants. Un témoin a affirmé que Kai serait monté sur le garde-fou, et qu'il serait resté là quelques secondes. Un autre qu'il se serait signé. Un autre encore qu'il n'aurait pas hésité – qu'il aurait sauté direct après avoir grimpé. Mais tous les témoignages concordent sur un point : Kai aurait sauté la tête la première.

La dernière personne à s'être balancée du pont quelques mois auparavant était un certain Gordon Powter, un homme endetté jusqu'au cou suite à un licenciement, et qui avait laissé une femme et trois jeunes enfants. Je connaissais les détails parce que j'avais lu tous les articles que j'avais pu choper sur le sujet. J'avais même obligé Kai à m'accompagner voir le pont alors qu'il avait trouvé ça morbide. Mais il faisait toujours tout pour me contenter…

Nous nous sommes penchés au-dessus du garde-fou pour regarder l'eau blanche qui bouillonnait en contrebas sur les rochers déchiquetés. Je me souviens m'être demandé à voix haute si les rochers avaient tué Gordon Powter ou s'il s'était noyé. Peut-être que l'idée a commencé à germer dans l'esprit de Kai ce jour-là ? Peut-être qu'il n'aurait jamais pensé à se suicider de cette façon si je ne l'avais pas poussé à venir avec moi. Mais je ne pouvais me permettre de me sentir coupable – pas pour ça. Kai avait sans doute choisi ce pont parce qu'il aimait cette rivière à la con. Il adorait s'asseoir sur un banc et la regarder couler.

Le journal du coin n'a rien trouvé de mieux que de mettre une photo de Gordon Powter à côté de celle de Kai, avec LE PONT DU DÉSESPOIR légendé en dessous. Papa et maman ont essayé de me le cacher, mais je suis tombée sur un exemplaire dans le bac de recyclage pendant une razzia nocturne de frigo. J'ai aussitôt fourré l'article dans le tiroir de mon bureau. Je ne supportais pas l'idée que Kai soit recyclé.

Ça m'a grave soulagée de ne rien lire sur les raisons pour lesquelles Kai aurait sauté, mais ces sales fouines de journalistes ne tarderaient pas à trouver quelque chose. Personne ne parlait de ça, au bahut, pour le moment. Sans doute pour éviter les problèmes.

L'article s'intéressait surtout au pont lui-même. Je ne comprenais pas très bien pourquoi. Il n'avait rien de spécial, après tout. Kai aurait pu se suicider autrement – sauter du haut d'un immeuble, se tailler les veines avec une lame de rasoir, avaler le contenu entier d'une boîte de comprimés... À partir du moment où les gens ont décidé de se supprimer, ils trouvent toujours une façon d'y parvenir. Le pont n'était qu'un moyen efficace de faire le boulot, vu que personne ne pourrait survivre à ce genre de chute. Vous vous retrouveriez assommé et noyé en un rien de temps. Kai serait mort sur le coup, d'après le médecin. Il se serait cogné la tête contre les rochers. Je pense que c'est ce qu'il avait dû espérer.

Trois jours après ces événements, la police venait m'interroger. J'ai refusé de sortir de mon lit (ma mère était furax), du coup, les deux agents ont dû monter dans ma chambre. La femme est restée debout alors que l'homme a été s'asseoir à mon bureau. J'étais fascinée par leurs chaussures, bien brillantes, aux semelles épaisses. Maman a passé une tête par l'encadrement de la porte avec un air bizarre.

C'est la femme qui a parlé. Elle s'est montrée très sèche et méthodique, comme si cette « discussion » avait été une simple formalité. Ce qu'elle était, d'une certaine manière. Ils ne savaient pas, par contre, pour la vidéo. Ils n'avaient pas dû regarder sa boîte mail. Ça m'a soulagée ; l'idée que la police puisse passer la vie privée de Kai au peigne fin (et la divulguer à la presse) m'était insupportable. Et même si les journaux ne balançaient pas toute l'histoire, la vidéo se retrouverait vite sur Internet. Et c'est tout ce qui resterait de Kai dans l'esprit des gens. Le mal que ça ferait à ses parents… Louise ne parlerait pas, dans un cas pareil. Je comptais bien suivre son exemple. Cela m'aidait, que les policiers semblent procéder comme d'habitude – comme ils avaient dû le faire des centaines de fois auparavant –, que mon interrogatoire ne les passionne pas plus que ça. Ils ont expliqué que Kai avait laissé une lettre de suicide dans laquelle il disait qu'il était désolé, mais pas plus. Je suppose que les McBride avaient dû les autoriser à me le confier – pour me réconforter ?

J'ai répondu à leurs questions par des phrases super courtes – en un seul mot ! Mais ils n'ont pas cherché à me cuisiner plus que ça. Les McBride avaient aussi dû leur dire que Kai était homo, parce qu'ils m'ont posé des questions sur son orientation sexuelle. Je me suis contentée de hausser les épaules avant de marmonner qu'on ne parlait jamais de ça. La femme flic a plissé le front à cette réponse, mais elle ne m'a pas accusée de mentir ni quoi. Ma mère est restée parfaitement impassible. Je me suis demandé si Mme McBride ne l'avait pas briefée, elle aussi. Mon calvaire a duré vingt minutes en tout et pour tout. J'étais lessivée, à la fin. Une part de moi souhaitait parler de la vidéo, pour pousser la police à ouvrir une enquête digne de ce nom et à trouver les responsables. Mais Kai aurait préféré que je me taise. Et ce que Kai voulait comptait plus que le reste.

Les flics sont partis après m'avoir dit qu'ils me recontacteraient s'ils avaient d'autres questions. Maman les a raccompagnés, avant de revenir s'installer au bout de mon lit pile à l'endroit où elle s'était assise trois jours plus tôt. Je me suis repassé le film de ce moment – celui où elle avait pulvérisé mon monde.

Elle ne pleurait pas, lorsqu'elle était venue dans ma chambre, mais les larmes pointaient. Elle n'arrêtait pas de jouer nerveusement avec ses mains et avec les manches de son pull – un geste dans lequel je me suis aussitôt reconnue. Je ne me rappelais pas l'avoir déjà vue le faire. Je me demande si je le tiens d'elle, d'ailleurs, ou si elle me l'a volé…

Elle était donc assise au bout de mon lit… J'avais retiré mes écouteurs. « Maman… Qu'est-ce qu'il y a ? Ça ne va pas ? »

Elle avait calé quelques mèches de cheveux derrière ses oreilles avant de pencher la tête sur le côté, mais n'avait plus rien dit après ça. C'est là que j'avais commencé à m'inquiéter. « Maman ? Tu as l'air… est-ce que… il y a un problème avec papi ? » Mon grand-père se battait depuis des années contre un cancer du côlon. Personne n'aurait cru qu'il tiendrait aussi longtemps.

Maman avait secoué la tête avant de poser une main sur mes genoux. Ce geste ne m'avait pas franchement rassurée. Au contraire même, il n'avait fait qu'accroître un peu plus mon sentiment de panique. « Non, ma chérie, ton grand-père va bien. La dernière séance de chimio l'a beaucoup fatigué, mais je l'ai trouvé plutôt joyeux, au téléphone, hier. Enfin, aussi joyeux qu'on puisse l'être dans ce cas-là. »

Ensuite, elle avait poursuivi en disant qu'on irait lui rendre visite d'ici quelques semaines, que papi était toujours tellement content de nous voir Noah et moi. « Il dit que vous lui procurez plus de bien que n'importe quel traitement.

— Maman ? » Je m'étais demandé pourquoi elle continuait de parler de grand-père alors qu'elle venait de dire qu'il allait bien.

Elle m'avait alors lancé un regard carrément flippant. Un regard auquel je n'avais jamais eu droit auparavant. Ou si, mais en plus discret, plus mesuré : lorsqu'elle apprenait une tragédie aux infos, quand ma tante avait débarqué chez nous le jour où son mari l'avait quittée. Le jour où le cochon d'Inde de Noah était mort.

Un regard plein de pitié.

« Oh, ma chérie, je suis tellement désolée… C'est Kai. »

J'avais aussitôt compris. Elle n'aurait pas eu besoin d'ajouter quoi que ce soit.

Sauf qu'elle avait quand même éprouvé le besoin de le dire.

J'avais crié. Un cri d'animal glaçant que je n'aurais jamais imaginé pouvoir pousser.

Ensuite, je m'étais évanouie.

Kai était toujours aussi mort, à mon réveil.

15

J'avais failli me dégonfler et ne pas retourner au bahut, le lendemain du jour où Fernando le magicien m'avait transformée. Mais maman s'était montrée super sympa. Elle m'avait préparé mon petit déjeuner, et même servi mon thé dans ma tasse et mes céréales dans mon bol préféré. J'avais bu mon thé à petites gorgées en regardant les corn-flakes se changer en une bouillie molle et laiteuse.

Ensuite, j'avais laissé maman m'emmener au lycée. Elle n'avait pas arrêté de parler, sur le trajet, sans doute pour m'éviter de penser au supplice qui m'attendait. Je n'avais pas pu m'empêcher de mater mon reflet dans le rétroviseur extérieur. J'avais eu l'impression de voir une parfaite étrangère – une étrangère blonde qui irait au bahut avec sa mère. Qu'était devenue la fille aux cheveux noirs avec sa sacoche sur l'épaule, qui passait son temps à flâner dans les rues bras dessus, bras dessous avec son mec préféré ?

Nous étions arrivées juste au moment où la cloche s'arrêtait de sonner. Il n'y avait pratiquement personne, dans la cour. Maman avait dû le faire exprès.

Elle m'avait serrée dans ses bras en murmurant à mon oreille que tout irait bien, ce que je n'avais pas cru.

Et en effet, ça avait été carrément brutal. Ce moment avait été cent fois pire que celui où je m'étais pointée au bahut, le lendemain de la diffusion de la vidéo. Toutes les têtes s'étaient tournées vers moi, à mon entrée dans la salle de classe. Les yeux tristes de M. Donovan m'avaient paru encore plus tristes que d'habitude, et sa moustache tombante encore plus tombante. Il m'avait serré l'épaule super fort, tellement que j'avais eu mal.

Je n'avais pas arrêté de jouer avec mes cheveux, de passer la main dedans, de caler des mèches derrière mes oreilles. Je m'étais demandé si les gens m'avaient regardée à cause de Kai, ou de mon nouveau look. Sans doute un peu les deux. J'avais gardé les yeux baissés pour ne pas voir de sympathie, de curiosité, qui sait, de mépris…

La matinée était passée. Histoire de commencer par le plus dur, j'étais allée à la cantine à l'heure du déjeuner. J'avais payé mon paquet de chips avec des mains tremblantes. Il n'y avait eu personne, à la table – à notre table. Je m'étais installée sur ma chaise habituelle avant de me concentrer sur mes chips, m'obligeant à manger lentement, les faire durer le plus longtemps possible pour ne pas voir sa chaise. Ensuite, j'avais déchiré le paquet vide en minuscules morceaux bien carrés, et m'étais levée pour partir.

Les regards étaient restés braqués sur moi durant ce temps. À me jauger. Mais il avait été hors de question pour moi de leur donner la satisfaction de savoir qu'ils m'ébranlaient.

J'avais été obligée de passer devant la table du Groupe Populaire, qui avait lui aussi semblé plus calme que d'habitude, en allant à la poubelle. Max et Louise n'étant pas là, leurs rangs m'avaient paru clairsemés.

Les cours avaient été à peu près supportables, sans chaise vide à côté de moi pour me rappeler qu'il manquait quelqu'un. Kai ayant toujours fait partie des meilleurs élèves dans toutes les matières, nous n'avions jamais eu de cours en commun. J'avais réussi sans trop savoir comment à me concentrer sur les équations, participes passés, et autres neutrons, prenant des notes et m'efforçant même d'écrire le plus lisiblement possible. Deux profs m'avaient demandé de rester à la fin du cours pour m'assurer qu'ils étaient là pour moi en cas de besoin. Comme si ce genre de remarque aurait pu me réconforter… Deux filles étaient venues me voir pour me dire qu'elles étaient « désolées ». Une démarche sûrement sympa.

La journée s'était achevée par le cours d'histoire. J'étais assise à côté de Jasmine James, depuis deux ans, Jasmine que je connaissais depuis l'école primaire. Elle était plutôt cool, même si nous n'avions jamais été « amies ». Pas vraiment. Plus « des gens qui se parlent, mais qui ne se verraient jamais en dehors du lycée ». Maman avait depuis longtemps arrêté de me casser les pieds pour qu'on devienne copines.

J'avais entendu un timide « salut », suivi d'un « c'est chouette de te voir », puis d'un « je suis désolée pour Kai », lorsque je m'étais assise à côté d'elle. J'entendais son nom pour la première fois de la journée, ce qui avait bien failli me faire craquer. J'avais remercié Jasmine, mais sans la regarder, espérant qu'elle comprendrait ma réaction sans que je passe pour une parfaite salope.

Elle avait farfouillé dans son sac, à la fin du cours, duquel elle avait sorti une enveloppe qu'elle m'avait tendue. Pendant une seconde étrange et absolument terrifiante, j'ai pensé qu'elle provenait peut-être de Kai. « Je… heu… j'ai écrit ça il y a deux semaines. Je l'ai gardée dans mon sac parce que je ne savais pas quand tu reviendrais. Bon ben… heu… on se voit demain ? » Jasmine avait déguerpi.

L'enveloppe avait été écornée, et l'encre bleue de mon nom légèrement délavée. Il y avait eu une carte à l'intérieur, avec des fleurs blanches sur le recto, et les mots « Sincères condoléances » inscrits en lettres d'or. « Jem, je sais que nous ne sommes pas vraiment proches, mais je voulais juste que tu saches que je suis là pour toi, si tu as besoin de parler à quelqu'un, de t'asseoir à côté de quelqu'un sans lui parler, ou de copier ses devoirs. Et si rien de tout ça ne te dit, ça me va aussi. Je suis désolée pour Kai. C'était quelqu'un de bien. » Son numéro de portable était inscrit au bas de la carte.

J'avais profité de ce qu'il n'y avait personne d'autre pour rouler carte et enveloppe en boule, et les jeter à la poubelle.

Ce n'est pas que je n'avais pas apprécié son geste, ou le mal qu'elle s'était donné, disons, mais je ne pouvais pas gérer ça. Je n'avais pas la force de faire des efforts vis-à-vis d'une fille avec qui je n'en avais jamais fait, à part pour mater la télé avec elle durant un week-end. L'idée qu'elle puisse se montrer sympa avec moi m'avait irritée.

Le jour de mon retour avait peut-être été dur, mais les suivants furent tous atroces à leur façon. Me retrouver à Allander Park sans Kai ? Carrément suffocant. Je m'étais mise en mode robot, ce qui m'avait permis de ne rien ressentir. J'avais erré d'un cours à l'autre, été à la cantine, subi d'autres cours avec une seule chose en tête : les lettres. J'allais devoir surmonter chaque journée l'une après l'autre jusqu'à la prochaine lettre. Rien n'avait alors plus compté.

J'avais croisé Louise à différentes reprises, mais elle était chaque fois restée collée à Max. Elle ne se mêlait plus du tout au Groupe Populaire. Si j'avais été une fille bien, je l'aurais arrêtée pour lui demander comment elle se sentait. Mais je ne l'avais pas fait. Ça n'aurait servi à rien. Elle n'allait pas bien, c'était clair. Pas bien du tout, même : perte de poids, racines apparentes, l'air complètement lessivée, au bout du rouleau. Elle n'ondulait pas dans les couloirs comme d'habitude. Je m'étais sentie mal pour elle, mais je n'aurais rien pu faire pour l'aider, ni elle pour moi. Nous étions obligées de gérer notre chagrin toutes seules. Heureusement, elle avait Max. Moi, je n'avais que les lettres de Kai, auxquelles je me raccrochais pour ne penser à rien ni à personne d'autre.

Peu à peu, maman et papa avaient arrêté de me traiter comme si j'allais me briser en mille morceaux. Vers la mi-décembre, ils avaient même recommencé à me casser les pieds avec les tâches ménagères et les devoirs. Noah semblait avoir épuisé son stock de regards prudents, mais polis, et ne loupait plus la moindre occasion de me signifier qu'il détestait ma nouvelle coiffure. « Tu n'as pas l'air vraie ! » répétait-il sans cesse. Mais il m'avait semblé très rassurant de retrouver mon chieur de petit frère.

Tout le monde avait paru estimer que la situation était redevenue normale. Personne ne s'était alors douté que le terme « normalité » n'avait plus eu aucun sens pour moi. Que la « normalité » avait volé en éclats sur des rochers sous un pont.

16

J'ai ouvert la deuxième lettre deux jours avant Noël. Kai avait dessiné du houx dans les coins de la page.

Jem,

Tu dois être en train de décorer les couloirs avec des branches de houx. Fêtes-tu bien le vent d'hiver ? Rêves-tu du meilleur pour l'Humanité ?

Mmm… Pas gagné.

Pourtant, j'aimerais vous souhaiter un très joyeux Noël à toi et à ta famille. J'espère que Noah recevra plein de cadeaux, que ta mère ne sera pas trop stressée, que ton père ne se saoulera pas comme l'année dernière, ~~que~~

~~tu auras tout ce que tu souhaites~~, et qu'on te foutra la paix ! J'imagine que c'est ce que tu dois vouloir par-dessus tout...

Je ne peux pas m'empêcher de me demander qui a chanté le solo au concert de Noël, et si ça a été aussi génial que la fois où Melanie Donkin y est passée (même si c'était légèrement faux sur les bords, tu te rappelles ?) et où elle s'est rendu compte que sa jupe était coincée dans sa culotte. Mais c'était vraiment cool, l'année dernière. Je sais que tu as dit que tu avais détesté chaque seconde du spectacle, tout ça, mais tu avais kiffé. Si ! Je le sais parce que tu souriais chaque fois que je t'ai observée. J'espère que Melanie aura l'occasion de se rattraper avant que tu quittes le bahut. Ce serait vraiment trop injuste que les gens revoient sa culotte chaque fois qu'ils penseront à elle... Mais qui aurait cru que cette fille était du genre dentelle rouge, franchement ?

Alors, comment est-ce que tu t'en sors, côté « je continue à vivre ma vie » ? Mieux, j'espère. Est-ce que Jem la blonde a été dans des endroits où Jem la brune n'a jamais été auparavant ? Je parie que... OUI, et si c'est bien le cas, BRAVO ! Tu dois être super belle. J'espère que ton nouveau look te plaît, même si tu dois te dire que tu t'en fous et que tu l'as fait uniquement par respect pour mes dernières volontés (sans vouloir jouer sur les mots).

Le look intégral emo était vraiment ravissant, mais je n'ai jamais trouvé qu'il te correspondait vraiment. (Je suis tellement content que tu ne puisses pas me frapper, là tout de suite.) C'est comme cette tonne de khôl autour de tes yeux. Elle ne leur rend vraiment pas justice. Du coup, voilà ce que je te propose comme nouvelle mission : essaie d'y aller mollo avec l'eye-liner. Soyons clairs : je ne t'interdis pas d'en mettre. Je ne suis pas monstrueux à ce point ! Et je ne reviendrai pas te hanter même si tu ignores toutes mes recommandations. Non, sincèrement. Je n'enverrai pas non plus mes potes esprits frappeurs bouger des trucs dans ta chambre histoire de te faire flipper.

C'est ta vie. Tu as le droit d'en faire ce que tu veux. Mais je te SUPPLIE À GENOUX de la vivre

et d'essayer d'en profiter ! Et de voir le bon côté des gens qui font l'effort d'être gentils avec toi. (Cela étant un parfait exemple de FAIS CE QUE JE DIS, mais NE FAIS SURTOUT PAS COMME MOI !)
Si jamais ça t'amusait de relever un petit défi, je te propose d'essayer de renoncer au maquillage emo le mois prochain... Carrément jusqu'à ma prochaine lettre. Si ça ne le fait pas, tu n'auras qu'à recommencer à te tartiner de khôl. Mais avant, laisse-moi te dire une chose : ça empêche de voir à quel point tes yeux sont beaux. Parce que vous avez vraiment de super beaux yeux, ma chère. Pardon d'avance pour cette psychologie à deux balles, mais tu sais ce que je crois ? Je crois que c'est justement ça le problème. Tu ne veux pas que les gens remarquent à quel point tu as de beaux yeux. Tu préférerais que tout le monde te zappe. Ou peut-être que tu aimerais que les gens te remarquent, et que tu ne le sais pas encore ? Jem, j'aimerais que les gens s'intéressent à toi, qu'ils voient qui tu es vraiment, et pas celle que tu ~~fais genre~~ cherches à leur faire croire que tu es. J'ai eu

beaucoup de chance de te voir pour de vrai, de te connaître. Ma vie n'en a été que meilleure.

Bon, j'aurais intérêt à me bouger. Encore dix lettres à écrire et j'ai déjà mal au poignet. Ça aurait été vachement plus rapide de te faire des mails, mais c'est tellement charmant d'envoyer de bonnes vieilles lettres manuscrites à l'ancienne, dans une enveloppe, etc. Une enveloppe fermée promet toujours tant de choses... C'est comme si elle pouvait tout contenir... vraiment tout. Bon, tout, à partir du moment où ça tient dans une enveloppe, bien sûr. Mais la lettre elle-même pourrait tout contenir ! Une déclaration d'amour, des excuses, un « remets-toi vite ! ». Mes lettres entrent un peu dans ces trois catégories, je crois.

J'espère que le Père Noël sera gentil avec toi. Mais ne le laisse pas passer par ta cheminée ! Ce mec n'est vraiment qu'un sale pervers ;-)

Je t'aime, ma petite chérie,

Cette lettre m'a paru plus facile à gérer que la précédente. C'était toujours douloureux, mais rassurant, d'une certaine façon. Un peu comme si j'avais entendu sa voix. Sa voix me manquait tellement que je n'arrivais plus à respirer, par moments.

J'ignorais qui avait chanté le solo au concert de Noël parce que je n'y avais pas assisté. Kai aurait dû savoir que je n'y aurais jamais été sans lui.

C'était comme pour la « mission » ; ça commençait à faire un peu trop sur les bords. Il se croyait dans un programme de relooking à la con ou quoi ? Ça m'énervait, qu'il me demande de changer, mais il fallait reconnaître qu'il avait raison sur un point : j'aimais ma nouvelle coiffure, elle m'allait bien. J'avais même pris un autre rendez-vous avec Fernando pour qu'il s'occupe de mes racines avant la rentrée de janvier.

Idem pour l'œil cerné de khôl noir. J'avais déjà remarqué qu'il ne s'accordait pas super bien avec mon blond actuel. Ils ne s'accordaient carrément pas du tout ensemble. Du coup, soit mes cheveux redevenaient noir corbeau, soit mon maquillage changeait. Aucune de ces deux solutions ne m'attirait particulièrement.

La première fois que maman avait vu mon look œil charbonneux, elle avait éclaté de rire avant de me demander si je m'étais battue. Elle avait vachement moins ri, les fois suivantes. On ne s'est jamais engueulées à ce sujet – pas vraiment. Mais je savais qu'elle détestait ce style, ce qui suffisait à me donner hyper envie de le garder. Le sujet coiffure n'était pas super simple, pour elle – sans doute parce que le seul truc dont elle est fière chez elle, ce sont justement ses cheveux. Elle se fait coiffer dans le salon le plus cher de la ville quatre fois par mois. Si jamais elle doit décaler son rendez-vous d'une semaine pour cause de vacances ou je ne sais quoi, elle stresse grave. Elle est plutôt rigolote à voir, dans ces cas-là…

Noël s'est mieux passé que prévu. Bon, ça a été pourri grave, mais je m'étais préparée à mal vivre ce moment. Ça a été vraiment rude, le soir du réveillon ; Kai et moi avions l'habitude de nous donner nos cadeaux à ce moment-là. Chaque année, j'installais un petit sapin artificiel sur mon bureau, sous lequel nous disposions nos cadeaux une semaine avant Noël. Kai avait même créé une *playlist* hyper ringarde qu'il nous infligeait systématiquement. Je ne l'ai pas sortie, cette année. Et quand maman a descendu mon petit sapin du grenier, je lui ai demandé de le mettre dans la chambre de Noah. J'ai cru qu'elle refuserait, mais non. Un vrai soulagement…

Certains souhaits de Kai se sont réalisés. Noah a effectivement reçu un tas de cadeaux, et on m'a effectivement foutu la paix – une grande partie du dîner. Maman n'a pas trop stressé, même si la dinde était plus cuite que d'habitude. Et papa s'est bien bourré la gueule. Trois pronostics sur quatre – plutôt pas mal, le score.

Une tradition veut dans ma famille qu'on ouvre son plus beau cadeau à la fin. Bien sûr, le problème est qu'on ne sait jamais d'avance dans quel paquet le plus beau cadeau se cache. Du coup, on doit s'en remettre aux conseils des parents. Maman gardait toujours de côté un gros paquet que je déballais en dernier. Les gros paquets étaient souvent de bonnes pioches, à l'inverse des mous, qui contenaient en général des fringues. L'idée que ma mère se faisait des vêtements que je devais porter et ma propre conception avaient commencé à diverger vers mes dix ans.

Elle m'a tendu mon paquet en souriant. Elle était fière d'elle, ce que j'ai trouvé à la fois gênant, et inquiétant. Je déteste devoir faire semblant d'aimer quelque chose – d'autant que j'ai toujours eu du mal à faire semblant.

Il cachait une jolie boîte cadeau d'une marque de cosmétiques atrocement chère, et, nichés au creux d'un papier de soie rouge, différents tubes, crayons, pinceaux, flacons et autres bidules non identifiés. Cette boîte contenait presque autant de maquillage que chez Boots ! Et il y en avait pour une vraie petite fortune.

« Maman, c'est…

— Tu es contente ? Oh, j'espère que ça te plaît ! Je me suis tellement amusée à choisir tout ça. Je suis restée des heures dans ce magasin ! »

Je n'en revenais pas de la coïncidence. Durant une seconde – où j'ai carrément dû péter les plombs –, j'ai vraiment cru qu'elle avait lu la lettre de Kai, ce qui était impossible, bien sûr. Je ne savais pas ce que j'éprouvais réellement. D'un côté, j'étais super énervée qu'elle cherche elle aussi à me changer, et horrifiée qu'elle ait dépensé autant d'argent. Mais de l'autre, beaucoup plus inquiétant, ce maquillage m'excitait légèrement sur les bords, même si je ne l'aurais jamais reconnu.

Une fois mes cadeaux montés dans ma chambre, j'ai sorti tous les articles pour les aligner sur mon bureau. Ensuite, j'ai attrapé la vieille trousse (couverte de Tipp-Ex, de trous de compas et de taillures de crayon) qui me servait à ranger mes trucs de fille depuis deux ans. Elle contenait du fond de teint pas cher et périmé depuis des plombes – pas du tout de la bonne couleur –, mon fidèle eye-liner, du mascara waterproof (encore emballé), et un blush que je n'utilisais jamais. Ma collection de maquillage dans toute sa splendeur. Vraiment pathétique…

J'ai commencé par tout jeter sans réfléchir. L'eye-liner aussi. Jusqu'à ce que je retrouve mes esprits, et ressorte la trousse (valeur sentimentale) et l'eye-liner (valeur sûre au cas où). Maman n'a rien dit, en vidant ma poubelle, le lendemain. Mais elle a remarqué mes nouveaux produits cosmétiques bien alignés. Évidemment. Ce demi-sourire qui me donnait chaque fois envie de taper sur quelque chose a même fait son grand retour. J'aurais voulu crier CE N'EST PAS PARCE QUE J'AI BALANCÉ DU VIEUX MAQUILLAGE QUE ÇA CHANGE QUOI QUE CE SOIT ! ÇA NE VEUT PAS DIRE QUE J'AI CHANGÉ, EN TOUT CAS !

Kai s'était complètement planté, avec sa psychologie à deux balles. Si je n'avais pas souhaité que les gens me remarquent, je ne me serais pas maquillée du tout ni teint les cheveux en noir. Ça aurait été le meilleur moyen de me fondre dans le décor. Parce que personne ne m'aurait appelée la tarée, la goth, ou l'emo. Non, mon look ne camouflait pas de sombre secret. Il m'avait juste fait marrer, à l'époque. Point barre. C'est même un peu comme une déclaration officielle, style attention, me voilà ! Mais une fois faite, il est impossible de revenir en arrière. J'ai passé une grande partie des vacances de Noël à tester mon nouveau maquillage. Le résultat a vite été subtil, discret, raffiné, mais je mentirais en prétendant que ça a tout de suite été bien. Carrément pas, même. On aurait dit une version zarbe de moi, quelqu'un dont la peau ne ressemblait plus complètement à de la peau. Mais je me suis améliorée, à force de m'entraîner. J'avais toujours cartonné en art, au bahut. Se maquiller était plus ou moins pareil. Mais je me sentais un peu gênée, un peu honteuse de consacrer autant de temps à un truc aussi futile, même si je savais très bien que ce maquillage me permettrait de me fabriquer un nouveau visage tout épanoui et lumineux qui empêcherait de voir que j'étais en train de sombrer. Je ne pense pas que Kai avait envisagé les choses sous cet angle.

17

On a regardé le même programme télé pourri que d'habitude, le soir du Jour de l'an. Noah était super excité parce qu'il avait le droit de veiller jusqu'à minuit. Maman m'a laissé boire deux coupes de champagne, et nous nous sommes tous serrés fort dans les bras au moment où les feux d'artifice ont crépité au-dessus de Londres.

Ma mère a profité de ce moment pour me murmurer quelque chose à l'oreille. « Ça va aller mieux, cette année, ma chérie. Je te le promets. » Elle ne se doutait pas que je ne serais plus là pour le voir parce que je serais morte, dans un an à la même heure. Le même jour et la même heure que lui.

Je n'ai plus eu qu'une chose en tête, soudain, alors que les minutes continuaient de défiler : on était l'année dernière. De mon point de vue, il n'y avait que deux possibilités : traverser les jours, les semaines et les mois prochains en mode zombie en attendant les lettres de Kai, ou agir.

J'avais perdu bien assez de temps – deux mois entiers à me morfondre et à m'apitoyer sur mon sort ne m'avaient menée à rien. Le moment était venu de me reprendre en main (ou du moins d'enfouir assez ces sentiments pour que personne ne s'aperçoive de rien). J'oubliais presque que je voulais déjà le venger *avant* sa mort, d'une certaine façon. L'humiliation que Kai avait subie m'avait donné des envies de représailles. Mais sa disparition m'avait plongée dans une sorte de faille spatio-temporelle.

Il fallait me réveiller. J'allais faire exactement ce que Kai m'avait interdit de faire dans sa première lettre : découvrir qui l'avait filmé. Et punir les coupables.

J'ai commencé par appeler Louise, curieusement. Pour deux raisons : la première, parce qu'elle était la seule personne (en dehors de ses parents) à se soucier de Kai autant que moi, et la deuxième, parce qu'elle connaissait forcément la plupart des gens qui avaient assisté à la fête de Max – ce qui compensait largement mon allergie à cette fille.

Du coup, je lui ai envoyé un texto le premier de l'an, en m'épargnant les banalités d'usage : *Louise, j'ai besoin de savoir qui a filmé la vidéo. Tu me suis ou pas ?*

Aucune réponse. Quatre heures plus tard, je lui envoyais un autre texto : *Alors ?* (Ce n'était pas de l'impatience, de ma part. Le portable de Louise était pratiquement une excroissance, chez elle. Elle aurait dû répondre, du coup.)

Toujours aucune réponse. J'ai fait une dernière tentative le jour suivant : *tu veux bien répondre ?*

Ce qu'elle n'a pas fait – évidemment. Mais on ne pourra pas dire que je n'ai pas essayé.

J'ai ensuite eu l'idée d'aller parler à Garçon Chiant et Fille Chiante. Ils avaient peut-être vu quelque chose à la fête ?... Et ils se montreraient sympathiques, eux !

Je me suis pointée au bahut sans eye-liner, le jour de la rentrée des vacances de Noël, mais avec mon nouveau maquillage. Plutôt discret, pour le coup : un soupçon de fond de teint et de poudre, un peu de gloss et de crayon pour les yeux. Même si personne ne m'a fait de commentaire, j'ai été flattée des regards que j'ai reçus. Je me suis sentie exposée. Jugée. Mais personne n'a vu que je rougissais.

En fait, très peu de personnes se sont aperçues du changement, malgré ce que j'aurais cru. J'avais dû penser que les gens fonctionnaient comme moi, que tout le monde passait son temps à mater et à relever chaque petit détail, que ce soit la passion de Lucas pour les produits coiffants, ou la longueur des jupes d'Amber Sheldon. Mais ces petites modifications méritaient d'être regardées, analysées, critiquées : c'était le prix à payer pour la popularité...

J'aurais pensé que maman éclaterait en sanglots devant mon nouveau look, au petit déjeuner, mais non. Et heureusement, parce que je serais aussitôt montée me démaquiller, si elle l'avait fait. Juste histoire de la contrarier. Elle avait dû se sentir tellement fière de m'avoir transformée en fille normale rien qu'en lâchant un peu de thunes dans un magasin. Mais je n'avais pas l'intention de lui expliquer ce qu'il se passait vraiment – d'autant moins que je ne l'avais plus sur le dos, depuis ce nouveau look. J'avais beaucoup plus de liberté de mouvement, et tout ça grâce à de la teinture pour cheveux et des produits chimiques bien étalés sur le visage. Je ne sais pas ce que ça dit de ma mère. Pas grand-chose de bon, j'imagine.

J'ai croisé Jon (Garçon Chiant) et Vicky (Fille Chiante) à la cafète, le midi. Ils étaient en couple (ou alors, ils avaient toujours été ensemble et je n'avais rien capté auparavant). Ils se sont tenu la main tout le temps où je leur ai parlé. Le fait de les voir se toucher comme ça a carrément failli me faire péter les plombs ; mon regard papillonnait de leurs visages quelconques à leurs mains quelconques entremêlées. C'était comme s'ils n'avaient pas pu se lâcher, même pas pour découper la viande pourtant super coriace de la cantine.

Fille et Garçon Chiants ne m'ont été d'aucune utilité – mais absolument aucune. À les écouter, ils auraient à peine mis un pied dans la maison ce soir-là, et n'auraient rien vu ni entendu de suspect (ils ont franchement eu le culot de me demander si quelque chose était arrivé). Ce n'était pas vraiment un retour à la case départ, étant donné que je ne l'avais jamais quittée. Jon a failli dire quelque chose lorsque je me suis levée pour partir, mais il s'est contenté de secouer la tête et de reporter son attention sur sa nana. Complètement inutiles, comme je l'expliquais.

J'ai passé l'après-midi à me faire des reproches. Comme si les choses auraient pu se dérouler aussi facilement… « Eh bien, maintenant que tu en parles, Jem, nous avons effectivement vu un personnage suspect quitter la scène de crime en se frottant les mains de joie et en rigolant comme un taré ! » Quelle pauvre conne…

C'est en croisant Max dans le chaos de l'intercours de trois heures et demie que l'idée m'est venue de lui parler. Même s'il n'avait pas connu tous les gens présents à la soirée, son frère serait susceptible de m'aider. Malheureusement pour moi, Louise collait Max. On aurait dit un de ces poissons-ventouses qui collent comme de la glu aux requins, histoire que ces derniers les emmènent faire un petit tour – Max aurait été incapable de se débarrasser d'elle s'il l'avait voulu. Je n'ai pas pu m'empêcher de remarquer que Louise n'avait pas l'air d'aller mieux malgré les vacances de Noël. Ça avait vraiment dû être affreux, chez les McBride. Ils avaient toujours fêté Noël à fond. Kai, surtout.

« Hé Max ! Comment ça va ? » Comme si je lui avais parlé tous les jours, et qu'il soit parfaitement normal que je m'inquiète de son bien-être…

« Hé… » Pendant un bref moment, j'ai bien cru qu'il dirait mon prénom, mais non. Il avait dû se rappeler que je faisais partie du bas peuple.

J'ai essayé de zapper Louise. Elle se tenait tellement près de lui qu'on aurait pu penser que Max avait deux têtes, si on l'avait regardé en plissant les yeux. « Heu, j'aurais voulu te parler d'un truc. C'est à propos de la fête chez toi… la nuit où… »

Le visage de Max est resté impassible ; le pauvre garçon ne voyait visiblement pas du tout de quoi je parlais. J'allais devoir me montrer plus claire. Louise a fait semblant de bâiller, sans se rendre compte à quel point ça l'enlaidissait. J'ai retenté ma chance. « Dis-moi, est-ce qu'on pourrait parler dans un lieu plus calme ? Je t'offre un café, si tu veux, ou autre chose. » On aurait dit que je lui filais rencard.

Louise a soufflé, mais a réussi à la fermer – étonnamment. Max a passé la main dans ses cheveux avant de hausser les épaules. « Heu… ouais, si tu veux. Mais demain, plutôt. J'ai entraînement à quatre heures, tout à l'heure. » Il a levé le bras pour me montrer les lunettes accrochées à son poignet. Il pratiquait la natation… D'où ses épaules carrées…

« Cool ! OK. Parfait. » Heu, je comptais énoncer tous les synonymes de cool, ou quoi ? « Je te… on se voit demain, alors. À demain ! » Je lui ai adressé un petit signe de la main avant de me retourner… et de percuter M. Franklin, qui m'a agrippée pour m'empêcher de tomber. « Eh bien, jeune fille, il y a le feu quelque part ? » Je me suis excusée, et carapatée, rouge de honte.

J'étais plutôt contente de moi, ce soir-là. J'avais avancé ; je me suis félicitée intérieurement pour mon courage. Je faisais enfin quelque chose au lieu de tourner en rond à réfléchir. Je n'étais pas à cent pour cent convaincue que Max serait capable de m'aider, mais ça valait la peine de tenter le coup.

J'ai à peine dormi, cette nuit-là, me jouant dans la tête différents scénarios de conversations possibles.

Ma mère a frappé à la porte de ma chambre alors que je me maquillais. « Bonjour, ma chérie. Tiens… On dirait que tu as un admirateur secret, même si ce n'est pas encore la Saint-Valentin… » Elle m'a tendu une enveloppe avec *Jem Halliday* écrit dessus à l'encre bleue.

Maman s'est penchée au-dessus de moi, et a renversé la tasse « Maman numéro 1 » que Noah (papa, en réalité) lui avait offerte à Noël. « Tu n'ouvres pas ? »

Je lui ai aussitôt lancé un regard super noir, qui l'a calmée direct. « Oh, ça va, ça va, c'est bon. Je te laisse "respirer"… Mais promets-moi de me raconter plus tard. J'adore quand il y a du suspense... » Sur ces paroles, elle m'a embrassée sur le front, et enfin laissée tranquille.

L'enveloppe était un modèle long à fenêtre – du genre rendez-vous chez le dentiste plutôt qu'admirateur secret. Elle ne présentait pas de timbre ni d'adresse, ce qui avait visiblement poussé maman à en tirer certaines conclusions.

J'ai trouvé une feuille à carreaux déchirée, à l'intérieur. Le même stylo-bille bleu avait servi à tracer des lettres majuscules incroyablement ordinaires.

Six mots, tous bien répartis par paires :

STUART HICKS

LUCAS MAHONEY

DEREK BUNNEY.

J'ai mis quelques secondes à comprendre qui Derek Bunney était.

Et quelques-unes supplémentaires à saisir ce que ces noms signifiaient.

18

Ce n'était plus la peine de parler avec Max. Je connaissais les noms des responsables. Enfin ! Pas besoin d'être un génie pour comprendre de qui ce mot provenait. Jon avait dû voir quelque chose à la fête, mais préféré éviter le sujet devant sa nouvelle copine.

Ça n'a pas été un choc ni une surprise, ce qui était choquant et surprenant en soi. Vraiment. Je me suis rendu compte que je savais déjà à peine ces noms digérés. Stuart Hicks… Complètement logique. C'était comme si mon cerveau m'avait caché la vérité en attendant que je sois capable de la gérer – comme s'il l'avait cachée sous les coussins du canapé ou un truc dans le genre, jusqu'à ce que ce morceau de papier déchiré la libère.

Stuart Hicks… Pas la peine d'être un génie pour deviner pourquoi il avait fait ça, ce qui rendait la situation encore plus inacceptable – de savoir que rien ne serait arrivé si j'avais couché avec Stu. Parce qu'il avait fait ça pour se venger, c'était clair. J'avais blessé sa fierté, son ego ou je ne sais quoi, et il avait filmé Kai pour me punir.

Mon premier réflexe a été de tout me reprocher. Mais au bout de plusieurs heures passées à sangloter et à m'en vouloir à mort, j'ai commencé à réfléchir comme si Kai avait été là, qu'il m'ait parlé, et réussi à apaiser ma conscience. Oui, Kai serait peut-être encore en vie si j'avais couché avec Stu. Mais ça ne signifiait pas que coucher avec Stu aurait été la meilleure chose à faire. Je n'aurais sans doute pas dû lui mettre un coup de boule, mais le reste était sa faute. C'était lui qui avait pris la décision d'humilier Kai. Lui qui s'était débrouillé pour que tout ça arrive. C'était sa faute. Pas la mienne.

Je me suis répété ce mantra jusqu'à ce que je commence à y croire.

Sa faute. Pas la mienne.

Je ne pouvais m'empêcher de penser que c'était un coup monté. Stu avait dû demander à un copain à la con de tenter sa chance avec Kai, et Kai avait dû être trop bourré pour dire non. Ou alors, Stu avait payé un mec saoul pour qu'il le fasse à leur place, ce qui expliquait pourquoi l'identité du garçon mystère était restée cachée. Mais peu importait. On s'en balançait, du garçon mystère ; ça ne servirait à rien de le traquer.

Je ne me suis même pas demandé si Stu avait joué le meneur. Mais tout bon leader a besoin d'acolytes. Foutre la vie de quelqu'un en l'air n'a aucun intérêt, à moins d'avoir des gens avec qui en rire. Bugs et Lucas n'avaient peut-être pas tenu la caméra, mis la vidéo en ligne, envoyé les mails, mais ça ne les rendait pas moins coupables à mes yeux. Ils auraient aussi bien pu le faire. L'un d'eux avait sans doute tenu la porte pendant que Stu avait filmé, ou monté la garde. Mais ce n'était pas le problème. L'un d'eux aurait pu l'arrêter. Mon Kai serait encore en vie si l'un d'eux l'avait décidé.

Tandis que j'y réfléchissais de nouveau cette nuit-là, des choses qui m'avaient jusqu'alors paru sans importance ont commencé à clignoter en rouge dans ma tête : Bugs qui avait fait semblant de sauter Lucas lorsqu'il s'était penché en avant pour prendre un truc dans le frigo ; Stu en train de regarder son portable en souriant… Comment avais-je pu être conne à ce point ?

J'ai dit à maman que j'irais seule au lycée. Elle a eu du mal à cacher son soulagement. Je savais très bien que le fait de m'emmener en voiture l'avait plus d'une fois mise en retard, ces derniers temps. Elle ne se doutait pas que je comptais seulement faire la moitié du trajet avant de rentrer direct à la maison histoire de décompresser un peu, vu qu'il n'y aurait personne.

Stuart Hicks. Lucas Mahoney. Derek Bunney.

Comment agir pour les punir ? Ils contrôlaient ce putain de bahut, bordel ! De vrais petits rois au sein du domaine d'Allander Park.

Ça me tentait tellement d'aller trouver les flics et de les laisser gérer. Mais je ne pouvais pas faire ça à Kai. Je ne pouvais pas l'humilier encore plus. Même s'il ne le saurait pas, vu qu'il n'était plus dans les parages... Je ne pourrais parler de tout ça à personne, parce que personne ne se souciait autant que moi de la dignité de Kai. Louise était la seule qui ne dirait jamais rien. Mais ces trois connards étaient ses amis. En admettant que j'arrive à la convaincre qu'ils avaient filmé Kai et balancé la vidéo sur le Net, il n'était pas sûr qu'elle veuille les punir. C'était même peu probable.

Le boulot me revenait. À moi, une rien du tout. Et cette rien du tout allait devoir trouver le moyen de faire tomber les trois mecs les plus populaires du bahut. Mais elle le ferait. Peu importait ce que ça lui coûterait, ou le temps que ça prendrait, mais elle réussirait.

Vus de l'extérieur, ces gars semblaient inatteignables. Les choses seraient tellement plus faciles, si je les connaissais mieux – si je connaissais leurs faiblesses et pas seulement leurs points forts. Mais il y avait beaucoup d'infos à récolter, à observer les mêmes gens tous les jours à la cantine.

J'étais seule, en revanche, une fille sans amis, à cette époque. J'ai réfléchi à deux, trois façons de les humilier, pour les écarter aussitôt. Ça ne servait à rien de se précipiter. Je risquais de me planter. Autant prendre le temps nécessaire.

Mais je n'ai pas eu à attendre très longtemps, au final.

19

C'était de la science basique. Il ne manquait qu'un catalyseur pour lancer la réaction, catalyseur que j'ai trouvé dans le bâtiment science quelques jours après avoir reçu le mot. Parfait…

J'avais pris l'habitude de me rendre aux toilettes à la pause pour rectifier mon maquillage, depuis le début du trimestre. Un rituel moins futile qu'il n'y paraît. Bon, d'accord, aussi futile que ça en a l'air, mais il me permettait aussi de fuir les gens. J'allais aux toilettes du bâtiment science parce qu'elles étaient les plus tranquilles, les autres étant généralement assaillies par des hordes de filles qui jouaient des coudes pour se faire une place devant le miroir. J'imaginais d'avance les regards qu'elles me lanceraient si elles me voyaient me planter à côté d'elles et sortir ma trousse à maquillage. (Eh oui, j'avais une vraie trousse, maintenant, que j'avais empruntée à ma mère. Elle ne lui manquerait pas, vu qu'elle en avait un plein tiroir.)

Je me suis rendue directement au bâtiment science, ce matin-là. J'ai dû me frayer un chemin parmi les élèves en nageant à contre-courant de la vague qui roulait vers la cafétéria. Une fois là-bas, je me suis aussitôt baissée pour vérifier si les cabines étaient bien vides. Je n'avais jamais croisé personne dans cet endroit depuis le début du trimestre. Un vrai havre de paix dans cet asile de fous. Dommage que ça ait pué à ce point. Un mot fixé sur la porte annonçait qu'il y avait un problème avec les canalisations. À bien y penser, ce « problème » expliquait sans doute pourquoi il n'y avait jamais personne. J'ai posé ma trousse à maquillage près du lavabo le plus éloigné de la porte avant de me jeter un coup d'œil dans le miroir. Mon reflet continuait de me surprendre. C'était comme de contempler quelqu'un d'autre. Cette impression durait chaque fois quelques secondes. Mais ensuite, je m'apercevais, juste là, sous la surface, à lutter pour ne pas sombrer.

La porte s'est ouverte d'un coup, au point que j'ai fait tomber ma poudre dans le lavabo. Une véritable explosion de beige. Sasha Evans… Elle a paru aussi surprise que moi de me voir.

Elle haletait. Des larmes roulaient le long de ses joues. Sa coiffure était toujours impeccable, et sa façon de pleurer moins moche que la mienne. Cette fille chialait comme un personnage de série B qui se déroulerait à Los Angeles. Quand *je* pleure, moi, je ne ressemble à rien.

Sasha est restée à côté de la porte et moi près du lavabo. Nous nous sommes retrouvées comme deux ronds de flan, au début. Comme ça devenait bizarre, j'ai brisé le silence. « Ça va ? » J'aurais pu me coller des baffes. Je m'en foutais de savoir si elle allait bien. C'était Sasha Evans – évidemment, qu'elle allait bien. Elle pleurait sans doute parce que son vernis à ongles s'était écaillé, ou parce que la boucle de son sac hors de prix venait de casser.

Elle a essuyé ses larmes du bout de ses petits doigts délicats. « Ça va, merci. » Sa voix n'était pas exactement froide. Tiède, plutôt. Neutre.

« OK. » J'ai ouvert le robinet et balancé de l'eau tout autour du lavabo pour retirer la poudre, que j'ai regardée tourbillonner dans le siphon. Et voilà ! Vingt livres sterling minimum jetées à la poubelle... J'allais devoir racheter de la poudre après les cours. Heureusement qu'il me restait encore de l'argent de Noël, parce que j'aurais dû exiger que Sasha me rembourse, autrement. (Qui est-ce que j'essayais de convaincre, là, exactement ? Je ne lui aurais jamais demandé un truc pareil. Jamais.)

Sasha est allée chercher du papier toilette dans l'une des cabines dont elle est ressortie en se tamponnant délicatement les yeux pour ne pas abîmer son maquillage. Elle ne pleurait plus.

« Qu'est-ce que tu regardes ? »

J'ai pris sur moi pour adopter un ton neutre au lieu de répondre au sien – légèrement agressif sur les bords. « Rien. »

Sasha a poussé un soupir théâtral. « Je suis désolée. Et désolée pour ça. » Elle a désigné le lavabo. Sympa de sa part de le remarquer. « Je suis juste... Je ne m'attendais pas à ce qu'il y ait quelqu'un. Il n'y a jamais personne dans ces toilettes, et je voulais être seule.

— Pareil pour moi. » Je me suis retournée pour me jeter à nouveau un coup d'œil dans le miroir. C'était plus facile de parler à cette fille sans la regarder. J'ai passé la main dans mes cheveux pour m'occuper.

« Désolée. Donne-moi juste deux minutes, le temps d'arranger un peu ce bordel, et cet endroit est à toi. » Il y avait quelque chose de différent dans sa voix. Quelque chose d'un peu plus chaleureux, peut-être.

J'ai haussé les épaules. « Tu n'es pas obligée de faire ça. On est en démocratie, tu sais. »

Sasha a poussé un grognement étrange qui m'a obligée à la regarder. Ce grognement était un rire. Une sorte de rire contenu et tout morveux. « Qu'est-ce qui te fait rire ?

— *On est en démocratie !* Ma petite sœur répète ça tout le temps, et elle n'a que huit ans. Je suis sûre qu'elle ne sait même pas ce que ça signifie. » Génial ! Elle me comparait à une gamine de huit ans.

Je n'ai pas rétorqué. J'ai refermé ma trousse à maquillage que j'ai fourrée dans mon sac.

Sasha a tendu la main pour la poser sur mon bras au moment où je suis passée près d'elle. Je me suis figée. Sasha Evans me touchait. « Désolée. J'ai dit ça comme ça... Tu t'appelles Jemima, c'est ça ? »

Sasha Evans connaissait mon nom... Cette petite scène devenait de plus en plus bizarre. « Je... jeu... Jem, c'est ça.

— Je suis sincèrement désolée pour ton ami. Ça fait longtemps que je voulais venir te voir, mais... On ne se connaît pas. Je ne voulais pas te déranger. »

J'ai cherché le sarcasme, ou l'hypocrisie, mais n'en ai pas trouvé, ce qui ne signifiait pas qu'il n'y en avait pas. Cette fille semblait même sincère. Je ne pouvais pas lui dévoiler ce que je pensais vraiment – que certains parmi ses soi-disant amis étaient responsables de la mort de Kai. « Merci. »

Elle m'a de nouveau touché le bras, ce dont nous nous sommes aperçues au même moment. Elle a retiré sa main. « Tu as vraiment l'air différente. »

J'ai haussé les épaules encore une fois. Que répondre à ça ?

« Je peux te dire un truc ? Tu me promets de ne pas te vexer ? »

Et une autre fois. C'était tellement plus facile de hausser les épaules que de parler.

« Tu devrais y aller un peu mollo avec la poudre. En plus, celle-là est au moins deux tons trop foncée pour ta carnation. Je ne dis pas ça pour être désagréable. Tu aurais dû me voir il y a quelques années. La vache ! Une vraie carotte sur pattes, et je ne m'en rendais même pas compte.

— Quoi, comme Amber Sheldon ? » J'ai grimacé à peine ces paroles formulées. Sasha s'est contentée de rire.

« Pire qu'Amber ! Mais tu n'as strictement rien à voir avec elle. Tu es… super jolie.

— Heu… Merci. » Mon ventre a gargouillé de gêne.

« Bon, dis-moi, est-ce que tu veux bien dégager de là maintenant et me laisser pleurer tranquille ? » Sasha m'a souri avec une expression chaleureuse. Vraiment chaleureuse. Elle ne semblait pas sur le point de pleurer.

« Ça va aller ? Qu'est-ce que… qu'est-ce qui se passe ? » Un compliment de la part de Sasha, et je m'inquiétais pour elle.

Elle a secoué la tête avant de s'inspecter dans le miroir. « Ça va. Vraiment. » Comme si elle avait autant cherché à convaincre son reflet que moi.

Je l'ai laissée là à se contempler sans lui dire au revoir. Sans un « bon, c'était sympa de te parler ». Sans même un « tiens-toi loin de cet endroit à l'avenir, c'est CHEZ MOI, pas chez toi ».

Je me suis repassé notre conversation durant le reste de la journée, pour en arriver chaque fois à la même conclusion : Sasha Evans avait été sympa avec moi. Bon, plutôt sympa, disons.

Cette idée était implantée dans mon esprit, le soir venu, mais j'ai tout fait pour l'arracher. C'était impossible... non ? Pourtant, je ne pouvais pas m'empêcher de revenir sur le fait que Sasha Evans, la fille la plus populaire du bahut, m'avait parlé. À moi. Ce ne serait jamais arrivé quelques mois plus tôt. Je pouvais remercier maman et Kai, parce que je ne serais jamais allée dans les toilettes du bâtiment science sans ma nouvelle vanité.

Ce serait tellement plus facile de me venger de Stu et des autres si j'étais moins seule, moins exclue.

Et si je devenais l'amie de Sasha Evans ?

Et si elle me présentait aux membres du Groupe Populaire ?

Et si je pouvais causer encore plus de mal à Stu, Lucas, et Bugs en frappant de l'intérieur ?

Et si... ?

20

Jem,

Janvier. Le mois le plus pourri de l'année. Personne n'aime janvier, si ? Les fêtes de fin d'année ont plombé tout le monde, il fait froid, nuit tôt. C'est la déprime. Mais bientôt la fin, alors regardons le côté positif des choses. J'imagine que tu dois flipper, mais ne crains rien, je vais te laisser tranquille, ce mois-ci... Je ne voudrais pas que tu me détestes ! Juste un truc... Tu n'as pas dû parler à Louise, pour le moment, si ? Si jamais tu l'as fait, je te prie de bien vouloir accepter mes humbles excuses, mais dans le cas contraire, fais-le. S'il te plaît. Pour moi. Elle n'est pas aussi mauvaise que tu l'imagines. ~~Et elle n'est pas aussi mauvaise qu'elle le croit.~~

Oh… Je viens juste de percuter que c'est bientôt la Saint-Valentin ! Tu sais comme on ADORE la Saint-Valentin. Ces cartes dans les boîtes aux lettres, ces fleurs, ces chocolats, ces dîners aux chandelles ! … Mon cœur palpite rien que d'y penser. Hé, tiens-toi tranquille, toi ! Je ne serais pas surpris que tu reçoives une carte ou deux, cette année, avec ta nouvelle coiffure et tout. Si c'est le cas, ne les déchire pas, s'il te plaît. Et vas-y doucement avec ce pauvre mec (ou cette pauvre nana !). Il faut de sacrées couilles pour s'afficher comme ça. À moins, bien sûr, que la carte soit anonyme. Dans ce cas, ça voudra dire que la personne qui te l'aura envoyée est complètement nase et qu'elle ne te mérite pas.

Quoi qu'il en soit, si jamais tu ne reçois pas de mot, laisse-moi te suggérer une nuit marathon spécial films d'horreur histoire de te remonter un peu le moral. J'espère que tu honoreras cette bonne vieille tradition malgré mon absence. Je te conseillerais bien de mater Halloween, mais je ne serais vraiment qu'une merde si je faisais ça. Pas de mission à la con, ce mois-ci, on a dit ! C'est juste une idée, comme ça, en passant. (Même si tu devrais vraiment le regarder... Rien ne te fait plus marrer qu'un psychopathe armé d'un grand couteau en train de courser des filles débiles dans une maison plongée dans le noir.)

RDV même heure, même endroit le mois prochain.

J'ai jeté la lettre à la poubelle, cette fois. Comment savait-il ? Comment pouvait-il savoir que je n'avais pas parlé à Louise, ou pas comme il aurait voulu que je le fasse, disons ?

J'étais incapable de parler à cette nana. Je ne le ferais pas. J'avais même une excuse : je ne la croisais pratiquement jamais, vu que Max et Louise ne traînaient plus avec les autres à la cafète. J'ai cru à une simple anomalie passagère, au début, que le Groupe Populaire se retrouverait bientôt au grand complet. Et puis j'ai commencé à me demander s'il n'y avait pas autre chose, au fil des semaines. Jusqu'à ce que maman éclaircisse ce petit mystère pour moi.

Elle a abordé le sujet un soir alors que nous étions à table, ce que j'ai trouvé trop nase comme timing.

Noah n'avait pas besoin d'entendre ce genre de chose – il avait déjà assez de mal à comprendre que Kai était parti –, mais maman s'est essuyé la bouche avec sa serviette en s'éclaircissant la voix. J'ai aussitôt su qu'elle allait sortir un truc chiant.

« Bon... Dis-moi, Jem, tu as vu Louise au lycée récemment ? »

J'ai haussé les épaules avant de harponner avec ma fourchette un morceau de *rigatoni* un peu trop cuit. Noah en a profité pour planquer ses légumes sous un petit tas de pâtes. Il faisait le coup tous les soirs, même si ça ne marchait jamais.

« Janice m'a confié que Louise allait très mal.

— Ah ouais ? » Je n'aurais pas pu paraître moins intéressée.

« Oui. Il paraît que Louise a à peine quitté sa chambre ces derniers jours. Qu'elle ne verrait personne à part son petit copain. Elle se serait complètement coupée de ses amis. Tu savais qu'elle consultait un psy ? Deux fois par semaine. Ça ne semble pas beaucoup l'aider pour le moment, mais on ne peut pas s'attendre que ce genre de chose marche du jour au lendemain, si ? Ça se saurait, si les traitements miracles existaient. » Ma mère s'est interrompue avant de secouer la tête comme si elle se souvenait de quelque chose. « Tu sais, je crois que ce serait gentil de ta part de l'inviter ici. Tu as tellement bien géré la situation, toi... Non, c'est vrai, tu t'en sors vraiment bien. Ça l'aiderait peut-être, si tu lui parlais. »

J'ai regardé papa pour qu'il vienne à ma rescousse, mais il était occupé à rajouter un peu plus de sel sur ses pâtes. J'ai failli rappeler à maman que Louise et moi n'étions pas amies – que nous ne l'étions plus depuis des années –, ce qu'elle savait, et oubliait toujours. Ça me rendait folle qu'elle considère que je m'en sortais bien, furieuse qu'elle ne se pose pas plus de questions chaque fois que je répondais « bien » lorsqu'elle me demandait comment j'allais. J'étais tellement en colère. Mais je n'allais pas faire de scène. Pas cette fois. Ma mère cherchait seulement à bien faire. Je devais m'accrocher à ça. Encore et encore jusqu'à ce que je finisse par le croire.

« OK. Je vais l'inviter. »

Papa a arrêté de secouer la salière, Noah d'enfouir du brocoli sous ses pâtes, et maman de respirer. C'était apparemment incroyable pour eux, que je ne me comporte pas comme une vraie salope ingrate et narquoise. Ils allaient devoir s'y habituer, parce que j'avais l'intention de devenir une fille et une sœur hyper sympa et très raisonnable, durant les neuf prochains mois. C'était le moins que je puisse faire.

Les nouvelles à propos de Louise étaient intéressantes. Assez pour me pousser à me demander si le fait de consulter un psy la soulageait un petit peu. Et pourquoi maman ne m'avait pas conseillé de le faire. Par contre, ça ne me donnait pas du tout envie de contacter Louise. Mais alors, pas du tout.

Peu de temps après ces nouvelles, je me suis vite rendu compte que le Groupe Populaire avait entamé une campagne de renouvellement des postes vacants. Nina était blonde, jolie, et sans intérêt. Une ancienne conquête de Stu, d'après les rumeurs (il faut toujours croire les rumeurs !). Max n'avait pas été remplacé, lui en revanche, les garçons capables de relever le défi étant visiblement plus difficiles à dégotter.

J'étais contente de ne pas croiser Louise tous les jours. Ça m'irait même très bien, de ne tomber sur elle qu'une ou deux fois par semaine. Son repli dans la dépression ou je ne sais quoi ne m'enverrait plus l'absence de Kai en pleine face, du coup. Ce genre de rappel était la dernière chose dont j'avais besoin.

Le fait de voir M. et Mme McBride était encore pire que de croiser Louise. Mes parents les avaient reçus plusieurs fois. J'étais systématiquement restée dans ma chambre, le casque de mon iPod bien vissé sur les oreilles. Rien n'aurait pu me contraindre à changer d'idée, pas même maman lorsqu'elle me suppliait de descendre dire bonjour, sifflait que je n'étais vraiment qu'une égoïste, que je pourrais penser un peu aux autres de temps en temps.

Nous nous sommes quand même croisés une fois (un jour où ils sont arrivés plus tôt et que j'étais en train de ranger les courses pour le dîner). Leur transformation m'a sidérée. Ils avaient vraiment l'air super mal : l'ombre d'eux-mêmes, complètement abattus. M. McBride avait beaucoup maigri. Kai disait toujours que son père pourrait perdre un peu de poids, mais il n'aurait pas aimé le voir comme ça. Mme McBride m'a serrée tellement fort contre elle que j'ai cru qu'elle ne me lâcherait jamais.

Les McBride continuaient leurs vies malgré tout. Ils souriaient et plaisantaient même, mais quelque chose en eux était mort. Leur cœur leur avait été arraché, et de la plus cruelle des façons.

Je faisais mon possible pour ne pas penser au fait que ma disparition aurait le même impact sur mes parents. Ce serait même pire, puisque j'aurais vu de mes propres yeux l'angoisse et la douleur consécutives à la perte d'un enfant. Je les aurais vécues en direct.

21

J'ai failli m'étouffer avec ma pomme, lorsque Sasha est venue s'asseoir près de moi à la cafète. Pas à *sa* place – je ne sais pas ce que j'aurais fait si elle avait osé –, mais quand même.

Deux bonnes semaines étaient passées depuis qu'on s'était parlé aux toilettes. Au point que j'avais commencé à me dire qu'on en resterait à des saluts et autres petits sourires dans les couloirs. Mais dès qu'elle s'est assise près de moi – comme si de rien n'était –, j'ai aussitôt su : pour une raison parfaitement inexplicable, cette fille voulait devenir mon amie. Sauf qu'elle jouait mon jeu, mais qu'elle l'ignorait.

« Hé, Jem, comment ça va ? » Tous ses mouvements et ses gestes étaient gracieux. Je me suis demandé si on devenait comme ça en travaillant, ou si c'était un genre de don. Elle a lissé ses cheveux déjà super raides avant de grignoter du bout des lèvres un morceau de concombre. Son repas se composait d'une salade et d'un soda light. J'aurais tout donné pour que mon assiette débordante de ketchup disparaisse. Au moins la montagne de frites était-elle déjà engloutie. C'était toujours ça.

« Hé, salut ! Ça va... bien, je crois. » J'ai posé ma pomme pour éviter de parler la bouche pleine. J'ai jeté un coup d'œil vers sa table habituelle, mais aucun de ses amis ne regardait dans notre direction. Ils mataient tous Stu, qui faisait un truc dégueu avec de la nourriture.

« Tant mieux, tant mieux. Ça ne te dérange pas que je me sois mise là ? Stu me coupe vraiment l'appétit, par moments. »

J'ai haussé les épaules. « Pas de problème. J'ai fini de manger, de toute façon.

— Oh... Tu ne veux pas rester un peu ? Allez, reste, sinon, je vais avoir l'air d'une vraie paumée. » Elle a fait une moue super moche. « Désolée ! Je ne voulais pas dire que tu n'as pas d'amis... tu avais compris, hein ? Toi, tu es du genre nana-mystérieuse-qui-n'a-pas-besoin-de-traîner-tout-le-temps-avec-des-gens, alors que moi, je suis carrément l'inverse. Je sais ce que je choisirais, si j'avais le choix... »

C'était bizarre. Elle semblait vraiment inquiète de m'avoir blessée. Les gens comme elle ne devaient pas en avoir grand-chose à foutre de vexer des personnes comme moi. Ne sachant quoi répliquer, j'ai haussé les épaules.

Elle a ri. « Tu es au-dessus de la mêlée, c'est ça ? »

J'ai recommencé à hausser les épaules. « Ouais, c'est tout moi ! Au-dessus de la mêlée ! »

La glace était brisée. Même si je ne me sentais pas complètement à l'aise, ma garde a un peu baissé, et j'ai été capable de discuter avec elle sans avoir l'impression d'être une crétine finie. Nous avons papoté de tout et de rien. La technique de conversation de Sasha consistait à papillonner d'un sujet à un autre. Elle changeait tellement vite, par moments, que mon cerveau n'arrivait pas à la suivre. Nous avons parlé des profs que nous avions en commun (un terrain sûr), de la nourriture de la cafète (encore sûr), de Stu (sujet dangereux) et (le plus chelou) du fait qu'elle envisageait de casser avec Lucas. Je ne comprenais absolument pas pourquoi elle abordait un sujet aussi personnel avec moi, mais je n'allais pas laisser l'occasion passer. Que Sasha s'ouvre à moi était exactement ce que je voulais, même si ça me foutait carrément les jetons.

« Pourquoi tu casserais avec Lucas ? » Mon ton incrédule était juste parfait.

Sasha s'est penchée en avant sur sa chaise. Je l'ai aussitôt imitée. « Je l'aime bien. Bien sûr que je l'aime bien. » *L'aime bien* ? Et moi qui pensais qu'ils étaient love, genre Roméo et Juliette. « Mais c'est juste que je… que je n'apprécie pas vraiment que les gens me voient seulement comme la petite amie de Lucas Mahoney, tu comprends ? On dirait que tout le monde ne voit que cette nana-là en moi, et j'en ai marre.

— Mais… tu parles de Lucas Mahoney, là. La plupart des filles du bahut seraient prêtes à tuer pour sortir avec lui. »

Un sourire sournois s'est dessiné sur les lèvres de Sasha. « Tu t'inclus dans le lot ?

— Moi ? Non ! Je… non. »

Le sourire sournois est devenu franc. « Ouais, ouais, c'est ça, Jem ! Mais tu as raison. Je sais bien comment les nanas me regardent, par ici. Elles me détestent.

— Non, ce n'est pas vrai.

— Oh si, crois-moi ! Et ne va pas t'imaginer que je n'ai pas remarqué les regards mauvais que tu m'as lancés l'année dernière. »

Comment pouvait-elle… ? Je ne l'avais jamais surprise en train de me regarder – pas une seule fois. Les gens comme Sasha Evans ne remarquaient pas des filles comme moi. Je me suis sentie gênée. Démasquée.

« C'est bon, Jem. Vraiment. Pour en revenir à notre conversation, je me disais que je pourrais arrêter d'être la petite amie de Lucas Mahoney pendant quelque temps et voir si ça change quelque chose. J'aimerais beaucoup rester amie avec lui. Franchement. Ce n'est pas comme si notre séparation allait le dévaster ni quoi. On vit plus une amitié, avec certains avantages. Du coup, je me dis qu'on devrait parvenir à passer au stade amitié moins les avantages sans trop de problèmes, tu ne crois pas ? »

Il y avait un point d'interrogation à la fin de sa phrase. Sasha semblait attendre quelque chose de moi, et ce qu'elle voulait – comme tout le monde dans ces cas-là –, c'était mon approbation. « Ouais, peut-être. »

Sasha a plissé les yeux, avant de hocher franchement la tête. Elle s'était fait son opinion.

« C'est vraiment agréable de parler avec toi, tu sais. »

Je n'ai pas ri, même si j'ai bien failli. Si j'incarnais à ses yeux la personne idéale à qui parler, alors cette fille avait vraiment besoin d'aide. Je me serais presque sentie désolée pour Sasha si elle n'avait pas fait partie du Groupe Populaire.

Le Plan s'est cristallisé à partir de ce moment-là ; pour la première fois, j'ai pensé que je réussirais vraiment à faire quelque chose. Je savais que ça demanderait du temps, que ça ne serait pas facile (ni marrant), mais au moins ça semblait possible.

J'imagine que le Plan avait dû mûrir dans mon esprit depuis l'incident aux toilettes, mais ce jour-là, j'ai vraiment eu la sensation de le tenir dans mes mains. J'allais commencer par devenir l'amie de Sasha, me comporter comme il faudrait pour qu'elle m'apprécie, qu'elle pense que j'étais comme elle. Ensuite, j'intégrerais le Groupe Populaire – quitte à n'être qu'un membre de seconde zone.

J'avais juste besoin de me rapprocher d'eux. De Lucas, Bugs, et Stu. À partir de là, je trouverais le moyen de leur faire payer ce qu'ils avaient fait à Kai. Mais ils sauraient ce que le terme humiliation signifie, le jour où j'en aurais fini avec eux.

Je n'ai eu aucun mal à zapper la petite voix dans ma tête en train de répéter que Kai n'aurait jamais voulu que je m'embarque dans un truc pareil. Il suffisait de se souvenir que Kai se trompait parfois (très rarement).

J'avoue que je n'avais pas réfléchi à certaines choses. Ce n'était pas parce que Sasha semblait m'apprécier que la situation était la même avec les autres. Sans compter que ces gens me mettaient super mal à l'aise, et que je ne voyais pas comment me faire accepter d'eux. Et qu'il y avait Stu. Et que je ne savais pas comment me venger d'eux. Bref, certains détails avaient encore besoin d'être peaufinés...

J'étais certaine qu'Amber ne poserait aucun souci – tant que Sasha se montrerait cool avec moi. Pareil pour Bugs. Nina ne s'interposerait pas, étant elle-même nouvelle dans le groupe. Le roi Lucas présentait un cas de figure différent, lui, en revanche... Ça ne servait à rien de penser à Stu pour l'instant. Ce problème particulièrement chiant se réglerait le moment venu, peu importait quand. Quoi qu'il en soit, j'étais partie pour un voyage au long cours.

La réaction des gens devant ma nouvelle coupe de cheveux et mon maquillage avait au moins eu le mérite de prouver qu'on me considérait autrement. Une première étape. Le nouveau look avait encore besoin d'un peu de temps – pour qu'on oublie l'ancien. Mais les choses iraient vite, vu que personne n'avait remarqué mon ancien moi. C'était vraiment simple : un nouveau look, et on s'imaginait que vous étiez quelqu'un de différent. Que vous étiez comme eux. Les gens sont vraiment superficiels à ce point. À vomir…

Je devais commencer par m'occuper de mes vêtements. Pas étonnant que Kai en ait parlé dès sa deuxième lettre. D'une façon ou d'une autre, il avait réussi à faciliter un plan dont il ignorait tout – un plan qui me poussait à faire exactement ce qu'il m'avait interdit. C'est drôle (heu, ouais, si on veut) comme les choses fonctionnent…

J'ai ouvert l'enveloppe suivante le 23 février. Pas la peine de préciser que la Saint-Valentin était passée sans aucun admirateur à l'horizon, secret ou non. J'avais bien maté *Halloween*, en revanche, et m'étais effectivement sentie mieux – surtout lorsque j'avais repensé à Kai qui se planquait pour déconner chaque fois que Michael Myers surgissait de derrière une haie.

Jem,

Ah, février ! On dirait janvier, mais en beaucoup plus court. Heureusement ! Et pourtant, le printemps approche, même si on ne s'en rend pas encore compte. Tout paraît mieux, au printemps, tu ne trouves pas ? Tout semble possible, les moutons gambadent dans les champs, tout ça... Ben quoi, tout le monde kiffe de voir des moutons gambader, non ?

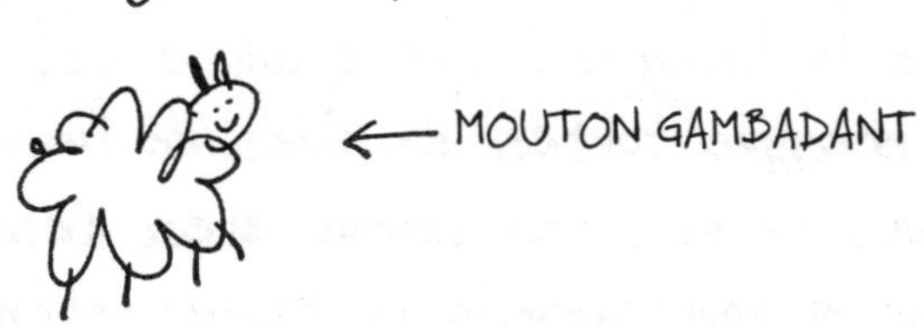

~~Je ne peux m'empêcher de penser à l'anniversaire de maman. J'espère que...~~ Bon, dis donc, je t'ai laissée tranquille, le mois dernier. Eh oui, je suis comme ça. Mais tu n'as pas cru que tu t'en sortirais aussi facilement ce mois-ci, j'espère ? (Ha ha ha ! Rire diabolique débile.) Celui-ci est consacré au... SHOPPING ! FAIRE DU SHOPPING ! Tout ce que tu aimes !!!! (Ces majuscules ont-elles réussi à allumer une petite étincelle d'excitation quelque part en toi ? Non ? Ah, très bien. Mais tu ne pourras pas me reprocher d'avoir essayé.)

C'est simple. La seule chose que tu as à faire, c'est te pointer en ville samedi, et dans CE magasin. Tu sais très bien lequel, alors n'essaie même pas de faire comme si. Tu te souviens de la fois où tu avais dit que tu préférerais te planter des cure-dents dans les yeux plutôt que d'entrer ? Eh bien, je suis venu t'annoncer que j'y suis allé, et que ce n'est vraiment pas aussi pourri que tu l'imagines. Louise adore cet endroit (elle et presque toutes les filles de l'univers connu). Mais tu n'es pas comme elles, n'est-ce pas ? Raison pour laquelle je t'aime tellement. Dis-toi juste que ça va être rigolo, d'ac' ? Ne commence pas à péter les plombs et croire que j'essaie de te changer ou je ne sais quelle connerie que tu serais capable de penser en ce moment même. Je ne dis pas que tu as l'esprit étroit... Bon, tu peux te montrer un chouïa critique sur les bords, par moments, mais ;-) moi aussi, j'aime critiquer. Critiquer les gens peut être assez marrant.

Ta mission est de te rendre dans ce magasin et d'acheter quelque chose. Ne pense pas t'en sortir avec un bracelet, une culotte ou autre bidule de ce genre, parce que ça ne marche pas. Ta mission consiste à dénicher un truc que tu ne mettrais pas dans la vie de tous les jours. Et il faut que ce soit coloré (bien tenté, mais non, du gris ne fera pas l'affaire, cette fois). Dans l'idéal, il faudrait que ce soit une robe, mais ce serait sans doute too much, alors je me contenterai d'un haut. Sans manches. Et s'il pouvait montrer un peu ton décolleté, ce ne serait pas plus mal. Mais pas un truc trop cher, je ne voudrais pas que tu te ruines...

Voilà. Ta mission est simple. Tu dois aller acheter un haut/une robe que tu ne seras pas obligée de porter... Pas pour le moment, en tout cas. Une chose à la fois.

Allez, ne m'en veux pas. Je te dis ça pour ton bien. Bon, peut-être aussi parce que ça m'amuse.
~~Ça me donnerait presque envie de~~
C'est chouette de t'imaginer en train de faire ces trucs. J'aime penser à toutes les choses merveilleuses que Future Jem a en stock pour elle. Je t'aime, Cornichon. Ne l'oublie jamais. Jamais, tu m'entends ?

Les missions (exigences) de Kai commençaient à perdre de leur charme. J'en avais assez de jouer les marionnettes pour mon marionnettiste préféré. Je me suis promis de ne plus rien faire à moins d'en avoir envie – et sauf si ça pouvait aider le Plan. Même si tout ce qu'il m'avait demandé de faire jusque-là avait été dans mon sens. Mais je ne trouvais plus ça mignon ou drôle. Juste casse-couilles.

J'ai commencé par aller dans un magasin que j'aimais bien, le samedi suivant. J'ai acheté deux, trois T-shirts, une jupe, un jean (rien de noir ni de gris). Ce serait beaucoup dire que j'ai trouvé ça sympa, mais moins pourri que je ne l'aurais cru, vraiment. Les fringues que j'ai dégottées me ressemblaient encore – elles n'étaient pas brillantes ni particulièrement dénudées, sans être tout à fait du genre de celles que j'aurais portées. J'ai jeté un coup d'œil rapide aux chaussures. Il faudrait plus qu'un plan taré pour me faire renoncer à mes vieilles bottes motardes (et à mes Converse l'été).

Comme j'étais dans le coin, j'en ai profité pour aller flâner dans le magasin d'à côté – Celui Dont On Ne Doit Pas Parler. À peine entrée, j'ai attrapé un haut sur le portant situé juste à côté de la porte, et foncé droit vers la caisse. Cinq minutes en tout et pour tout, pas une de plus. J'en aurais mis quatre si cette vendeuse avec des griffes à la place des ongles, et une gueule de bois monumentale, n'avait pas pris tout son temps pour plier mon haut. Comme s'il avait été en soie fine et pas à cinquante pour cent en acrylique...

Autant vous dire que ce machin à la con a atterri direct au fond de ma penderie dès mon retour à la maison.

22

La nouvelle à propos de Sasha et de Lucas a fait le tour du bahut à la vitesse de la lumière. L'impensable était arrivé. Le Couple en Or avait officiellement rompu. J'ai tout de suite imaginé des hordes de filles se ruer aux toilettes pour se jeter un coup d'œil dans le miroir, se recoiffer et se remaquiller juste au cas où Lucas auditionnerait pour le poste vacant.

Lucas Mahoney avait jeté Sasha Evans.

Les opinions divergeaient sur ce point, allant d'un « je t'avais dit qu'elle n'était pas assez bien pour lui » à « et moi qui croyais qu'ils resteraient ensemble pour toujours et qu'ils auraient de magnifiques bébés ».

Tout le monde a maté leur table, pendant le déjeuner, sans doute dans l'espoir d'apercevoir – non sans une certaine joie – un trou en forme de Sasha Evans au milieu de leurs rangs. Je dois reconnaître que je faisais partie du lot.

Et pourtant, Sasha était assise entre Bugs et Stu. Elle semblait très cool, malgré les regards braqués sur elle. Assis le dos appuyé contre le dossier de sa chaise, les jambes écartées comme s'il avait eu des couilles énormes, Lucas, l'air calme et détendu. Amber Sheldon était installée à sa droite. Je sentais son désespoir de là où j'étais. *Laisse tomber. T'as aucune chance, chérie. Vraiment aucune.*

Je quittais le bahut à toute allure comme d'habitude – un peu comme un condamné à mort qui aurait cinq minutes de répit – lorsqu'une main s'est posée sur mon épaule. Sasha... « Ouah ! Tu as l'air super pressée. Tu ne m'as pas entendue t'appeler ? » Je pensais à Kai. J'aurais voulu qu'il soit là pour qu'on joue aux pronostics Lucas/Sasha ; il aurait adoré. « J'imagine que tu n'as pas le temps d'aller boire un café. Cette journée m'a filé un peu le tournis, et ça me dirait bien d'avoir de la compagnie... Si tu n'as rien de mieux à faire, bien sûr. »

On aurait dit que Sasha Evans me filait rencard. Je savais qu'elle ne m'invitait pas à un rencard, bien sûr, mais c'est exactement l'impression que ça m'a donné. Non pas que j'avais l'habitude qu'on m'invite à sortir ou quoi. (On m'avait invitée à sortir trois fois en tout et pour tout dans ma vie entière. Bon, deux fois en se montrant généreux, une fois, sinon.)

J'étais coincée. J'aurais aimé dire non, mais aucune excuse ne m'est venue. Des raisons crédibles me viendraient à l'esprit plus tard – un rendez-vous chez le dentiste, le médecin, garder Noah… Des motifs tous plausibles, mais pas disponibles au moment où j'en avais le plus besoin. Évidemment. Je devrais être contente, me suis-je rappelé à moi-même. C'était exactement ce que je voulais ; Sasha allait me servir de ticket d'entrée. Cette fille serait le sésame qui m'ouvrirait les portes du royaume des branchés. Et pour une raison bizarre, elle me mettait la solution entre les mains. Je n'avais rien à faire. C'était comme si elle cherchait vraiment à ce qu'on soit amies ou un truc dans le genre. Totalement incompréhensible.

Du coup, j'ai acquiescé, et nous sommes allées boire un café. Enfin, Sasha a pris un café (un double soja quelque chose *latte*) et moi un thé. Ensuite, j'ai eu droit à un rapport complet sur la situation avec Lucas sans le demander : elle avait rompu avec lui après avoir fait l'amour parce qu'elle avait pensé qu'il serait plus détendu ; et en effet, il avait été super détendu, tellement qu'ils étaient même convenus de rester amis ; Lucas lui avait proposé de conserver les « avantages » de leur relation, mais Sasha avait refusé. Elle avait fait passer la pilule en lui suggérant de dire que c'était lui qui l'avait plaquée. Je n'arrivais pas à croire qu'elle se contrefiche sincèrement qu'on pense qu'il l'avait jetée, mais Sasha a juste haussé les épaules. « Qu'est-ce que ça peut foutre ? Les gens peuvent bien penser ce qu'ils veulent. Je connais la vérité. C'est la seule chose qui compte, non ? Les garçons sont si fragiles, côté ego… » Elle a ri, et moi à mon tour.

J'ai commencé à me dire que Sasha était quelqu'un de chouette. Ce qui me mettait mal à l'aise pour deux raisons : la première, parce que ça signifiait que je cernais très mal le caractère des gens, et ça m'emmerdait légèrement.

Ensuite, parce que je me servais d'elle.

Je ne me serais jamais crue capable d'utiliser quelqu'un.

J'ai lu la cinquième lettre de Kai ce jour-là.

Chère Jem,
J'espère que tu n'en as pas déjà marre de moi, que tu ne souhaites pas encore que je me la boucle et que je veuille bien me contenter d'être mort. Laisse-moi t'expliquer la situation…
Tu es la meilleure amie dont un garçon puisse rêver. Je n'ai jamais eu besoin de quelqu'un d'autre, tu sais ? Tu as toujours été assez. Plus qu'assez, même. Pourquoi s'emmerder à chercher des nouveaux amis lorsqu'on a déjà la meilleure de la galaxie ? Mais aujourd'hui, je trouve que c'était injuste de ma part de vouloir te garder pour moi comme ça. Égoïste, en fait. Je ne peux pas m'empêcher de penser qui si

nous avions eu d'autres amis, toi et moi – des vrais amis au sens propre du terme et pas des gens avec qui on tape la discute de temps en temps (et sur qui on balance des trucs affreux ensuite) –, les choses seraient plus faciles pour toi maintenant. Voilà, c'est dit. Bon, voyons un peu ta mission du mois : tu dois parler à quelqu'un que tu ne connais pas. Et tu auras droit à un point bonus (qui ne voudrait pas d'un point bonus ?!) si tu sors de ta zone de confort. Pour mémoire, « zone de confort » peut être défini comme suit : tout individu assis près de toi en cours. Cette fille qui fait la queue à côté de toi à la cantine a peut-être les mêmes goûts pourris que toi en musique, ~~qui sait ?~~

Ce que j'essaie de t'expliquer, c'est qu'on ne connaît jamais vraiment quelqu'un avant d'avoir vraiment fait l'effort de connaître cette personne. Plutôt profond, n'est-il pas ? Tellement que ça risque de se retrouver imprimé sur un torchon un jour...

Oh putain, Jem. J'ai super peur. Je sais que c'est carrément dégueulasse de te balancer ça, vu que tu ne peux rien faire. Je suis désolé.

Mais j'aurais quand même voulu te parler, là maintenant. Malheureusement, tu es chez M. Chow pour la soirée famille Halliday. J'aurais adoré que mes parents organisent ce genre de truc de temps en temps. Je ne sais même pas à quand remonte la dernière fois où nous avons dîné tous les quatre ensemble. Mon père et ma mère mettent toujours ça sur le compte du boulot de maman, de ses horaires, mais ce n'est pas la vraie raison. Elle pourrait très bien s'asseoir à table avec un bol de corn-flakes pendant qu'on dîne, non ?

Tu as de la chance. Je sais que tu ne le penses pas, mais c'est la vérité.

Si je pouvais discuter avec toi, là tout de suite, je te demanderais si tu penses que j'ai raison. Et je sais que tu me répondrais non.

Évidemment que tu dirais non. Mais si tu étais à ma place, honnêtement, tu comprendrais. C'est trop dur. Tout est trop dur. Je ne parle pas que de cette histoire de vidéo, Jem. Je crois simplement que je ne pourrais jamais être heureux dans ce monde. Un monde où les gens ont honte d'admettre qui ils sont vraiment.

Je sais ce que tu en penses, mais je n'ai pas honte de la personne que je suis. Je me considère même comme un être humain plutôt correct, figure-toi – aux manières et au style exemplaires. Mais ça ne suffit pas à me donner envie de continuer. ~~Et tu ne suffis pas.~~

Soyons honnêtes. Oui, quel intérêt de nous mentir, à présent ? Le plan Londres n'aurait jamais marché, tu ne crois pas ? C'était mon rêve, pas le tien. Tu détestes les grandes villes – elles te stressent. Mais je sais que tu l'aurais fait pour moi. Tu te serais inscrite à la même université que moi, peu importe laquelle, juste pour tenir ta promesse. Mais tu aurais été malheureuse, et j'aurais été malheureux de te savoir malheureuse. Et qu'est-ce qui se serait passé le jour où l'un de nous aurait rencontré un mec, hein, dis-moi ? Je sais que j'aurais été super jaloux et que je ne l'aurais pas lâché, pour vérifier s'il te traitait comme tu le mérites – et tu aurais probablement fait pareil.

En résumé, je ne suis pas assez fort pour continuer de vivre ici, mais toi, si. Tu ne sais pas à quel point tu l'es, mais peut-être que Future Jem (cinq mois de plus, cinq mois de sagesse en plus) commence à en avoir une petite idée. J'aimerais vraiment que tu saches à quel point tu es hallucinante. C'est ce que je souhaite le plus au monde.

Ouah ! ~~J'ai merdé, là.~~ Excuse-moi, ma chérie. Moi qui voulais garder un ton léger, doux, dynamique, c'est réussi ;-)
Tu dois. Faire. Plus d'efforts.
Rendez-vous le mois prochain,

Je t'aime,

J'ai aussitôt cherché à oublier cette lettre. Je détestais cette lettre.

Le fait d'avoir déjà rempli la mission débile du mois me procurait pourtant une espèce de satisfaction sinistre. Sans compter le point bonus. Kai ne m'aurait jamais imaginée boire un café avec Sasha Evans, même dans ses rêves les plus fous. Cette découverte m'a donné l'impression de l'avoir battu à son propre jeu.

Boire un café avec Sasha ne pesait plus très lourd, deux semaines plus tard, comparé au fait de se retrouver assise à côté de Lucas Mahoney dans la salle commune. Il aurait pu repousser mes cheveux en arrière rien qu'en tendant la main, s'il l'avait voulu. Et si je l'avais voulu, j'aurais pu tendre la main et faire tomber le cil sur sa pommette.

Bugs et Sasha menaient la conversation, mais pour des raisons très différentes : Bugs parce qu'il était Bugs – parler était son plus gros défaut –, Sasha parce qu'elle s'efforçait de rendre cette petite scène aussi normale que possible malgré ma présence.

J'aurais voulu disparaître à l'intérieur du banc couvert de graffitis sur lequel nous étions assis. Je me suis même concentrée le plus fort possible pour essayer de fondre et de couler à travers les fentes. Sasha faisait de son mieux pour m'inclure dans la discussion, mais vu mes réponses monosyllabiques et ma maladresse flagrante, on ne pouvait pas dire que ça fonctionnait vraiment. Ça ne le faisait carrément pas, en fait.

J'avais plusieurs idées sur la façon d'anéantir ces gens, genre comme dans un film de vengeance à la con… Et pourtant j'étais là, à hocher la tête et à sourire en faisant ma timide. Oui, je détestais ces connards et tout ce qu'ils représentaient. Je savais très bien qu'au moins l'un d'entre eux était responsable de la mort de mon meilleur ami. J'éprouvais une juste indignation, de la colère. Un tas de plans tous plus sournois les uns que les autres tournaient dans ma cervelle. Mais la vérité est plus que gênante : ces gens m'intimidaient.

Je n'aurais jamais pensé que l'opportunité se présenterait si tôt, mais elle était trop belle pour la rater. Je lisais dans la salle commune, ou disons plutôt que je faisais semblant de lire un bouquin pour le cours d'anglais. Le Groupe Populaire avait investi sa place habituelle près de la table de billard, et était particulièrement bruyant. Sasha aurait dû se trouver au centre, normalement – à jouer l'imbécile avec Bugs ou à glousser avec les filles –, mais elle se tenait à l'écart, ce jour-là, et lisait le même bouquin que moi. L'approche directe semblant la meilleure option, j'ai ramassé mes affaires sans me laisser le temps de me dégonfler, et foncé droit sur elle.

J'ai toussé pour m'annoncer. Sasha a levé les yeux, et souri à ma vue. J'ai tendu mon livre devant elle. « Coupez ! »

Elle a grimacé. « Ah… Toi aussi, à ce que je vois ? C'est vraiment le livre le plus chiant de l'univers. »

J'ai soupiré. « Raconte-moi la suite. Je n'en suis même pas à la moitié, et j'ai déjà envie de me tailler les… » *Tailler les veines.* J'avais failli le dire – exprès, bien sûr. Mon petit stratagème a fonctionné, parce que Sasha a tressailli, avant de profiter de l'occasion. « Hé, pourquoi tu ne t'assiérais pas avec nous ? J'ai plus que ma dose de misères romanesques. »

J'ai commencé par ne pas réagir avant de hocher timidement la tête, comme si je n'avais pas prévu cette petite mise en scène depuis le départ. Sasha a fourré son livre dans son sac et bondi sur ses pieds en me prenant par le bras pour m'entraîner vers les autres.

Ils me regardaient tous. Je me suis demandé si quelque chose n'allait pas avec mes cheveux, mais je ne pouvais pas les toucher pour vérifier, parce qu'ils sauraient que je me sentais super mal à l'aise.

Lucas me souriait. « Mais regardez-moi un peu ce qu'on a là ? » Exactement comme prévu. On parlait de moi comme d'un objet, pas comme d'une personne.

Sasha lui a répondu avant de me laisser m'humilier toute seule comme une grande. « Hé, tout le monde, je vous présente Jem. Jem, je te présente tout le monde. » Elle aurait aussi bien pu dire : *je vous présente mademoiselle Tout-le-monde.*

J'ai lancé un « salut » plutôt bizarre, auquel Lucas a répondu d'un « Salut, Jem, viens t'asseoir ! » en tapotant la place libre à côté de lui, et où j'ai été aussitôt m'asseoir comme un gentil petit toutou à sa mémère. Si quelqu'un d'autre m'avait fait ce coup, j'aurais hurlé à cette personne d'aller au diable, mais il s'agissait de Lucas, et ce mec faisait partie du Plan – et pour être parfaitement honnête, Lucas m'impressionnait.

Les autres ont eu diverses réactions : l'indifférence totale (Amber et Nina, alias Nouvelle Fille Blonde, qui n'avait probablement pas reçu l'autorisation de parler pour le moment), amicale (Bugs), franchement hostile (Stu). Ce dernier me dévisageait, mais avec discrétion, conscient qu'il devrait s'expliquer, sans ça. Une ou deux minutes plus tard, il bondissait sur ses pieds pour aller proposer à un gars une partie de billard.

Sasha et Bugs se sont mis à discuter pendant qu'Amber demandait à Nina si ses seins tombaient. J'ai dû m'obliger à bien respirer, à ce moment-là. Mon intention était de la fermer et d'écouter ; la seule et unique façon de découvrir des manières dignes de ce nom de leur faire du mal. Connais ton ennemi, comme on dit.

J'ai arrêté de m'intéresser aux conversations au bout de deux minutes. C'était vraiment différent de se retrouver assise là. La salle commune elle-même semblait différente, vue depuis cet endroit. Mais ce coin de la pièce était-il le meilleur parce que le Groupe Populaire s'y installait, ou celui-ci choisissait-il cet endroit parce qu'il était le plus agréable (près du billard, mais assez loin de la porte, ce qui évitait de se prendre des courants d'air froids chaque fois que quelqu'un entrait ou sortait) ? Non. J'étais convaincue que leur seule présence expliquait mon impression. Cette bande rendait cet endroit désirable. Sans elle, la salle commune redevenait aussi inconfortable et lugubre que d'habitude.

J'ai senti Lucas se tourner vers moi, mais comme il n'a pas ouvert la bouche, je n'ai pas bougé. J'arrivais à voir son visage dans l'angle de mon champ de vision. Il me regardait. J'ai eu l'impression de rougir de la tête aux pieds. Du coup, je me suis concentrée sur ce que Sasha disait.

« Hé ! » a-t-il lancé à voix basse.

Impossible de le zapper, cette fois. Je ne pouvais quand même pas rester assise là comme ça et lui mettre un vent, si ? « Hé… » Je n'avais jamais vu son visage de près. Il était aussi parfait de près que de loin – voire encore plus parfait. Beaucoup de gens ont l'air beaux, de loin, mais très peu résistent à un examen plus approfondi. J'observais un Lucas Mahoney en Haute Définition. Ses yeux étaient tellement bleus que je me suis demandé s'il ne portait pas des lentilles de contact. La perfection de ses traits m'a fait frissonner. Je lui aurais fracassé le visage sans hésiter, si une batte de base-ball était apparue comme par magie entre mes mains. Bon, d'accord, je me serais retrouvée direct en prison, mais ça en aurait valu la peine, ne serait-ce que pour lui arranger un peu le portrait.

« Alors, Jem, qu'est-ce que tu racontes ?

— Heu… pas grand-chose, vraiment. »

Il a souri, mais avec gentillesse. « Ah ouais ? J'ai du mal à le croire. OK, dis-moi un truc à propos de toi que tu n'as jamais raconté à personne. Je commence, si tu veux. Heu… tiens, moi, j'ai un truc à avouer : j'ai gardé une veilleuse allumée dans ma chambre toutes les nuits jusqu'à l'année dernière. Elle était en forme d'extraterrestre et projetait de la lumière verte dans le noir.

— Tu as peur du noir ? » Je ne voulais pas sourire, mais je n'ai pas pu m'en empêcher.

« J'*avais* peur du noir, merci beaucoup ! J'ai réussi à dépasser ma peur. Je ne laisse même plus la porte de ma chambre ouverte pour voir la lumière dans le couloir, aujourd'hui. Alors, plutôt impressionnant, non ? »

Je vois très bien ce que tu cherches à faire. Ce charmant petit numéro est censé me faire craquer. Mais la question c'est pourquoi ? Soit il voulait juste me mettre à l'aise parce qu'il se doutait que la situation devait être assez étrange pour moi, soit il était comme ça avec tout le monde, et méritait bien son titre de roi Lucas. Un peu d'autodénigrement hypocrite, et un sourire charmant ; mouais… ça fonctionnait plutôt pas mal, mais je voyais clair, dans le jeu de ce garçon, autant qu'à travers une vitre bien lustrée.

« Oui, c'est plutôt impressionnant. Tes parents doivent être super fiers de toi. » Lucas a soupesé mon sarcasme – assez longtemps pour que je sache qu'il n'était pas dupe, mais pas assez pour qu'il trouve que j'étais une salope.

Il ne souriait plus, en revanche. « Heu, c'est *ton* parent. Au singulier. » Il a commencé à jouer avec une lanière de cuir à son poignet.

« Oh. Je vois... » Je n'ai pas terminé ma phrase. Je ne souhaitais pas en savoir plus, mais pas non plus réagir comme si de rien n'était.

« C'est bon. Ce n'est pas un drame. Je n'ai pas connu mon père. Il s'est tiré avant ma naissance. Un vrai branleur...

— Je suis désolée. » Je ne voyais pas quoi dire d'autre. Je ne pouvais m'empêcher de me demander pourquoi Lucas avait amené ce sujet sur le tapis. Ce n'était vraiment pas nécessaire. Il aurait pu se contenter d'ignorer ma remarque sur la fierté parentale. C'est ce que j'aurais fait, perso. Est-ce qu'il voulait que j'aie pitié de lui ? Est-ce que c'était ça ?

Lucas a secoué la tête. « Pas la peine de t'excuser. Ma mère est incroyable... Elle s'en est carrément bien sortie, non, vu la façon dont elle m'a élevé ?

— Heu... ouais. »

Il a ri. « Hé, je plaisante ! Tu me trouves vraiment arrogant à ce point ? (J'ai préféré ne pas répondre.) Bon allez, à toi, maintenant. Raconte-moi un de tes petits secrets. » Il s'est penché plus près, au point que j'ai dû me reculer.

« Je n'ai pas de secrets.

— On a tous des secrets, Jem. C'est ce qui rend les gens intéressants. » Il me donnait l'impression de me déshabiller du regard. Ses yeux étaient magnétiques. Ils expliquaient d'ailleurs peut-être pourquoi leur propriétaire était tellement populaire – il hypnotisait les gens pour les obliger à l'aimer.

Je vous déteste, toi et tes amis. La seule raison pour laquelle je reste assise ici, c'est parce que je veux te détruire. Je serais capable de n'importe quoi pour ça.

« J'ai fait de la danse en ligne avec ma mère. » Je n'avais jamais pratiqué la country de ma vie.

Lucas a éclaté de rire et s'est tapé le genou d'une façon super théâtrale. « Alors là, elle est vraiment bonne, celle-là ! Je trouve ça presque pire que d'avoir peur du noir. Alors, tu as raccroché tes bottes de cow-boy depuis longtemps ?

— Il y a à peu près deux ans. La danse en ligne, c'est beaucoup plus difficile qu'il n'y paraît, tu sais. Ça demande plein de capacités différentes.

— Vraiment ? Tu pourras peut-être me montrer un truc ou deux, à l'occase ? »

Sa proposition est restée en suspens. J'ai de nouveau eu la sensation d'être exposée – comme si Lucas perçait à jour mes petites combines. Mais je savais que ce n'était pas le cas. Il ne pouvait pas deviner ce que j'avais en tête, il n'y avait pas moyen. Ce qui ne m'a pas empêchée de détourner le regard de gêne.

Bugs est venu à ma rescousse. « Hé, Lucas, arrête de draguer cette pauvre fille. T'es vraiment pas fin, mec. Tu devrais prendre des cours avec le Bugsmeister. » À ces mots, Bugs a haussé un sourcil roux avec un tact feint, avant de bâiller et de passer un bras autour des épaules de Sasha, qui s'est retrouvée collée contre lui, et s'est mise à crier lorsque Bugs a fait semblant de la maltraiter comme le gros ours qu'il est.

J'ai rarement été plus contente d'entendre sonner la cloche qu'à ce moment-là. J'ai attrapé mon sac et bondi sur mes pieds ; les autres sont restés assis comme s'ils n'avaient rien entendu. Lucas me regardait, visiblement amusé. « La vache ! T'es à fond, toi.

— J'ai géo avec M. Lynch. Il t'oblige à attendre à l'extérieur de la classe, si tu arrives en retard. C'est trop gênant. » *Qu'est-ce qui me prend de me justifier comme ça ?*

« Ah ça… Nous ne voudrions pas te mettre dans l'embarras. Allez, file, jeune fille. » Je ne savais pas s'il se foutait de moi. Son sourire était plutôt ambigu, en tout cas. « J'accepte de te laisser partir, mais à une condition. » Ses jambes me barraient la route. Du coup, je n'ai pas eu d'autre choix que de rester plantée là à attendre. « Déjeune avec nous à la cafète. C'est trop la déprime de te voir assise toute seule dans ton coin. » Cette fois encore, j'ai eu du mal à croire qu'un membre du Groupe Populaire se soit rendu compte de l'existence de quelqu'un comme moi. L'idée qu'ils aient pu me mater m'a fait frissonner.

« OK. »

Lucas a souri.

Je lui ai souri en retour.

J'appartenais au groupe.

23

Sauf que ce n'était pas aussi simple. Bien sûr. Je me suis félicitée intérieurement d'avoir tenu une heure entière en leur compagnie, et émerveillée de ne pas m'être tachée, étouffée avec de l'eau, ou de n'avoir balancé de nourriture dans la figure de personne après le déjeuner. *Ça sera peut-être plus facile que prévu.* Quelqu'un s'est mis à me parler à l'oreille pile alors que je faisais la queue pour déposer mon plateau vide. « Qu'est-ce que tu fous là ? On ne veut pas de toi ici. » Son haleine puait l'oignon.

Je ne me suis pas retournée. « Je ne vois pas de quoi tu parles. »

Il a attendu que les autres sortent de la cafète. « À quoi tu joues ? C'est quoi ça ? » Il a touché mes cheveux, et égratigné mon oreille au passage.

J'avais remarqué sa façon de me mater, pendant le déjeuner, de me lancer toutes sortes de mauvaises ondes depuis l'autre bout de la pièce. J'avais même entendu Nina lui demander ce qui n'allait pas, à un moment, et lui grogner un « rien » en réponse. Je savais qu'il faudrait le gérer, tôt ou tard. J'aurais juste cru avoir plus de temps. Mais je savais comment le canaliser.

Je l'ai regardé par-dessus mon épaule avant de l'entraîner loin de la foule qui quittait la cantine. Le simple fait de lui toucher le bras a suffi à le désarçonner. Ensuite, je me suis penchée vers lui en essayant de ne pas respirer son haleine. « Écoute, je suis vraiment désolée pour ce qui s'est passé.

— Ah ouais ? Tu n'avais pas l'air désolée du tout, tu te rappelles ?

— Je sais. J'étais juste… à la ramasse. » J'ai détourné les yeux.

— Qu'est-ce que tu veux dire ? » Son regard était suspicieux, mais il ne le resterait pas longtemps si je la jouais fine.

« J'ai du mal à en parler, excuse-moi. S'il te plaît, essaie de me comprendre. » J'ai de nouveau effleuré son bras, et laissé ma main posée là une seconde ou deux.

« Je ne vois pas du tout de quoi tu parles. Ce que je sais, c'est qu'on passait un bon moment et que tu t'es soudain mise à péter les plombs. »

J'ai inspiré un souffle tremblotant en le regardant droit dans les yeux. « Si je te dis quelque chose, tu promets de n'en parler à personne ? » Cette petite performance aurait mérité un Oscar.

« Mmm… OK, c'est bon. Je ne le dirai à personne. » Il a semblé mal à l'aise, tout à coup. Il ne devait pas avoir l'habitude que des filles lui confient des secrets.

« Tu dois me promettre, Stu. Non, sérieux. Tu ne pourras pas en parler à Lucas, à Bugs, à personne, en fait… Personne n'est au courant. Je n'en ai jamais parlé.

— OK, c'est promis. » Sa voix s'est adoucie. « Je t'écoute. » Il semblait presque sincère.

Je me suis penchée plus près pour lui murmurer à l'oreille. Ces paroles fonctionneraient, sur lui. Quatre petites syllabes.

« On m'a violée. »

Une pointe de culpabilité m'a saisie, au moment où j'ai prononcé ces paroles. Une pointe de culpabilité que je devais absolument refouler.

Les yeux de Stu se sont écarquillés, et il s'est reculé comme si je l'avais frappé. « Quoi ? !

— C'est arrivé il y a longtemps, et je croyais… je croyais m'en être remise. Mais je n'ai pas… tu sais… *été* avec quelqu'un depuis. Je pensais être prête, mais apparemment pas. Du coup, j'ai flippé. Je suis désolée. Ce n'est pas ta faute. » Ces dernières paroles ont failli rester coincées dans ma gorge. Une partie de mon cerveau était sincèrement horrifiée par mon comportement – que cette idée ait seulement pu me traverser l'esprit au départ. L'autre partie, plus pragmatique, me disait que je n'avais pas le choix. Que c'était l'unique moyen.

Stu s'est adossé contre le mur avant de souffler. « Putain ! C'est… je ne savais pas. C'est plutôt *hard-core.* » Seul un crétin comme Stu emploierait un terme aussi inapproprié que *hardcore* pour qualifier un viol. « Je suis navré. C'est horrible. Si j'avais su, je n'aurais jamais… évidemment, putain !

— Je sais, je sais.

— Qui a… ? Tu as été voir la police ? »

J'ai secoué la tête. « Ça n'aurait servi à rien. Ça aurait été ma parole contre la sienne. Écoute, Stu, je n'aurais pas dû t'en parler… Mais je voulais que tu saches pourquoi j'ai pété les plombs comme ça. Tu comprends, n'est-ce pas ? » J'ai battu des cils en évitant soigneusement de regarder le pauvre garçon.

« Bien sûr ! Putain, je suis super désolé… » Il allait toucher mon bras, mais s'est retenu, se disant sans doute que je préférerais qu'il s'abstienne.

« Bon, tout va bien entre nous, alors ? Ça ne te dérange pas si je traîne avec vous de temps en temps ? Ça me fait du bien, tu sais. J'ai enfin l'impression d'avoir trouvé ma place dans ce bahut. Après tout ce temps… » J'ai failli grimacer, persuadée d'avoir poussé le bouchon trop loin, que Stu n'avalerait pas ce dernier argument.

« Non, ça ne me gêne pas du tout. Je suis désolé. Je peux vraiment être con comme une merde, des fois. » Un autre choix de terme vraiment très subtil… Ce garçon avait décidément besoin de travailler son langage. Stu s'est frotté la tête d'un geste nerveux.

« Tu n'as pas à t'excuser. Je suis juste contente d'avoir pu m'expliquer. Tu me promets de n'en parler à personne, hein ? Je ne supporterais pas que les gens sachent. J'aimerais juste pouvoir continuer ma vie et oublier que c'est arrivé.

— Je comprends. » Je ne l'avais jamais vu aussi sérieux. Ça ne lui allait absolument pas.

« Merci. Bon, je ferais mieux de me dépêcher. J'ai cours d'anglais. On se voit plus tard, d'ac' ? »

Stu a hoché la tête, mais pas bougé. « Jem, il y a quelque chose que… Je veux que tu saches que ce n'était pas un défi. Toi et moi. Personne ne m'a lancé le défi de te draguer. C'était mon idée. » Il a haussé les épaules et souri d'un air penaud. « Disons que mon orgueil était blessé, un truc dans le genre. Navré… », a-t-il marmonné en regardant ses pieds.

Je lui ai adressé un sourire sincère. « C'est bon. Merci de me l'avoir dit. J'apprécie, vraiment. À plus tard, Stu. »

Je l'ai laissé adossé contre le mur. J'ai dû me retenir de faire une petite danse de la victoire, une fois sortie de la cafète. Je me suis contentée de marcher tranquillement dans le couloir, mais avec un méga sourire aux lèvres.

Je l'avais fait. Je l'avais vraiment fait. Stu ne poserait pas de problème. Il venait d'être officiellement neutralisé. Et beaucoup plus facilement que ce que j'aurais imaginé. C'en était presque effrayant. Il aurait pu me traiter de menteuse, mais il aurait fallu beaucoup de courage pour proférer une telle accusation à l'égard d'une fille qui viendrait de vous annoncer qu'on l'a violée. Et il faudrait être absolument sûr de ne pas se tromper. Stu ne me connaissait pas assez pour savoir ce genre de chose. Il ne me connaissait pas du tout, même.

Le fait qu'il n'y ait pas eu de défi me réjouissait carrément. Soit Stu m'avait dit la vérité et il n'y avait pas eu de défi – il m'avait suivie dans la serre pour des raisons bien à lui. Soit il m'avait menti, et s'était senti assez mal pour chercher à m'épargner. Gagnant gagnant dans les deux cas.

Une question n'arrêtait pas de tourner dans ma tête, alors que j'étais allongée dans mon lit, ce soir-là : avais-je trouvé marrant de raconter ce mensonge, ne serait-ce qu'un tout petit peu ?

Non. *Non.*

Peut-être…

DEUXIÈME PARTIE

24

Je l'avais fait. D'une façon ou d'une autre, j'avais réussi l'impossible. J'étais officiellement l'Une d'Eux. J'aurais cru mettre plus de temps à infiltrer le Groupe Populaire, mais lorsqu'on en devenait membre, on le devenait vraiment. Il n'y avait pas de demi-mesure.

Je me demande si les gens tenteraient le coup s'ils savaient à quel point c'est facile. S'ils me regardent en s'interrogeant sur la manière dont je m'y suis prise. Ils doivent mettre mon exploit sur le compte du maquillage, et de ma nouvelle coiffure. C'est là que tout avait dû commencer, d'ailleurs. Rien ne serait arrivé si je n'avais pas changé, si je ne m'étais pas façonné un visage séduisant. Mais ça ne suffit pas : il faut savoir observer, écouter, dire ce que les gens ont envie d'entendre. Quand parler et quand la boucler. Cerner la dynamique d'un groupe. J'ai compris comment le leur fonctionnait rien qu'en les étudiant. Lucas était le roi aux pieds duquel les autres se prosternaient. De loyaux sujets, qui le flattaient et le mettaient en valeur. Sauf que les choses ne marchaient pas comme ça.

Lucas et les garçons donnent l'impression de dominer parce qu'ils sont plus bruyants que les filles, et les filles rient et haussent les yeux au ciel devant leurs idioties. Il serait normal de les considérer comme des chichiteuses qui s'accrochent aux garçons avec leurs ongles manucurés, vu qu'elles risquent de se faire dégager du Groupe Populaire au premier faux pas. Mais plus j'examine cette bande, plus je constate que les filles détiennent le pouvoir. Les faits et gestes des garçons ont presque tous pour but d'impressionner ces nanas. Même ceux dégoûtants, violents, ou complètement stupides – on en revient toujours à elles. Enfin, à Sasha, surtout. Elle est le personnage central du groupe, raison pour laquelle on ne l'a pas évincée après qu'elle eut jeté Lucas. Et qui explique aussi qu'elle m'ait sortie du caniveau – un caniveau dans lequel vivait la majorité de la population du bahut. C'est Sasha qui a rendu le Plan possible. Il faudra que je pense à la remercier pour ça, un jour.

Tout le monde peut voir que Bugs est amoureux de Sasha. Il ne loupe jamais une occasion de la toucher ou de la prendre dans ses bras, ce dont Lucas n'a pas l'air de se rendre compte – sans doute parce que c'est Bugs. Tout le monde laisse tout passer à

Bugs, simplement parce que c'est lui. Les autres garçons ne semblent pas le considérer comme une menace – mais alors vraiment pas. Je parie que Lucas considérerait les choses autrement, si Stu se comportait comme ça avec Sasha. Elle donne l'impression de s'en foutre complètement, elle aussi ; je pense même qu'elle apprécie son attention. Comme elle ne voit pas Bugs *de cette façon*, elle le câline, le laisse s'asseoir sur ses genoux, lui ébouriffe les cheveux sans s'en apercevoir.

Ça doit rendre Bugs complètement dingue. Il sait très bien qu'il ne se passera jamais rien entre eux – même pas dans un million d'années. Il se contente des restes comme un chien qui attend près de la table. C'est assez triste, en fait. Ou pathétique, selon qu'on est d'humeur charitable ou non.

Même Nina la Débile a du pouvoir sur Stu. Il aimerait que les choses aillent plus loin, mais Nina semble résister, pour le moment. Je ne lui donne pas très longtemps... Elle nous l'a d'ailleurs dit à Sasha et moi l'autre jour. « Je pense le laisser coucher avec moi bientôt. » Ses paroles exactes. Sasha a éclaté de rire en entendant ça. « Je le savais ! » J'ai à peine réussi à esquisser un sourire. La pensée de quelqu'un, n'importe qui, baisant avec Stuart Hicks me dégoûte. Sans parler de la manière dont Nina avait présenté les choses. Elle le *laisserait* coucher avec elle. Elle lui donnerait l'autorisation de lui faire l'amour. Comme si elle ne participait pas de façon consentante, comme si le sexe était un acte qu'un garçon faisait à une fille, et pas une chose qu'ils faisaient ensemble. Plutôt dérangeant. J'avais observé, scruté, analysé ces gens, et ils ne se doutaient de rien. Ils pensaient que j'étais juste une autre de ces pétasses inoffensives venues grossir leurs rangs. Ou alors, ils m'avaient intégrée au groupe parce qu'ils s'étaient rendu compte que Nina n'équivalait pas à une personne entière.

J'ai décidé de commencer par Bugs. L'idée n'a pas mis longtemps à germer dans mon esprit. Un capitaine d'équipe de rugby qui craque à fond sur l'ex de son pote ? On repérerait tous ce genre de faille. Et vu ce qu'ils avaient fait à Kai, ce serait parfait. Je devais simplement attendre le bon moment. Je n'arrêtais pas de faire des sous-entendus chaque fois que je discutais avec Bugs, de paraître intéressée lorsqu'il parlait de sa voiture. J'avais même été jusqu'à écouter la chiantissime histoire de cette soi-disant maladie infantile qui lui aurait valu de passer beaucoup de temps à l'hôpital. Tout enfant avec une moitié de cerveau aurait rattrapé un tel retard scolaire, mais Bugs n'étant pas le plus malin d'entre nous, il avait redoublé. Mais il en récolte les fruits, aujourd'hui – il est le seul de la classe à avoir obtenu dix-sept « bien » aux préparations du bac blanc. Et comme il savait déjà conduire à seize ans (je suis pratiquement certaine de l'avoir entendu parler d'un frère aîné et d'un terrain d'aviation, mais c'est dur de ne pas s'endormir quand ça discute voiture), il passe le permis dans deux semaines. J'ai dit que j'aimerais beaucoup aller faire un tour en caisse un jour, et Bugs a paru carrément partant à l'idée de jouer les chauffeurs.

Sans se douter qu'il continuait de jouer mon jeu.

25

J'ai peur, au moment d'ouvrir la nouvelle lettre de Kai. Pas uniquement à cause de la violence de la précédente. J'ai peur parce que je sais très bien de quoi il va parler, et que je préférerais vraiment ne pas y penser.

N'OUBLIE PAS
DE SOUFFLER
TOUTES TES BOUGIES !

Jem,

C'est le mois d'avril. Notre mois. Je suis désolé de ne pas être là pour te préparer un gâteau d'anniversaire croquant au bord et au goût chelou, comme l'année dernière. Ta mère aura sûrement acheté un gâteau chez

Marks & Spencer – mangeable ? Je suis tellement désolé de ne pas avoir de cadeau d'anniv' à t'offrir. Un truc incroyable dont tu as toujours rêvé. Je suis désolé de ne pas avoir été là pour mon anniversaire, surtout parce que le mien t'a toujours beaucoup plus amusée que le tien. (Parce que tu détestes attirer l'attention sur toi, hein ? Même quand ça veut dire gâteau, cartes, et cadeaux.) J'espère que ça n'a pas été trop horrible. C'est juste un jour comme les autres, après tout, tu sais. Ça va devenir plus facile, avec le temps, j'en suis sûr. J'espère qu'un jour, dans un futur pas trop lointain, tu pourras lever ton verre de champagne le 19 avril, et te souvenir de moi en souriant... Ça me ferait vraiment plaisir.

J'espère que tu as prévu un truc spécial pour le grand jour. Un truc qui impliquerait de sortir de chez toi. Au moins. Mais ce n'est pas grave, si tu ne te sens pas de le faire, tu sais. Tu n'as pas besoin de ma permission, de toute façon. Eh merde. Je suis désolé, Jem. Je déteste t'imaginer seule le jour de ton anniversaire. Je suis désolé d'être un tel salopard d'égoïste.

OK. Je passe tout de suite à mai parce que c'est trop dur. J'avais mis un défi au point et tout (socialisation le week-end, porter ton nouveau haut/robe/truc, au cas où tu voudrais savoir), mais la seule chose que je te demande, c'est de surmonter ces quelques jours à la con. C'est tout ce qui compte pour moi. Je suis désolé d'avoir dû partir et de t'avoir rendu les choses si difficiles, Cornichon. Sincèrement.

Ton meilleur ami qui t'aime,

Il a raison. Son anniversaire a été dur. Je n'ai pas quitté ma chambre, ce jour-là. Maman n'a même pas essayé de m'en faire sortir. Elle s'est contentée de m'apporter un plateau-repas sans poser de question. Elle a dit qu'elle était là pour moi si j'avais envie de parler, mais qu'elle comprendrait que je ne le veuille pas. J'ai évité de penser à l'ambiance qui devait régner chez les McBride, à la façon dont ils allaient fêter cette journée. Au fait que Kai ne vieillirait jamais. Kai, le garçon qui ne grandirait jamais…

Mon anniversaire ne se passe pas beaucoup mieux. Franchement. Maman, papa et Noah font leur possible pour rendre cette journée spéciale. Ils font même l'effort de ne pas paraître déçus que j'aie du mal à sourire. Maman et Noah ont préparé un gâteau ; la frimousse fière de mon frère me tire presque des larmes. J'essaie de ne pas penser au fait que ce sera *mon* dernier anniversaire. Cornichon, la fille qui ne grandira jamais.

Je n'ai dit à personne que c'était mon anniversaire. Je n'ai jamais mis ma date de naissance sur Facebook (surtout pour m'éviter la honte que personne n'écrive sur mon mur, vu que Kai se vantait toujours de son ignorance en matière de réseaux sociaux). Je reçois une carte de la part de quelqu'un qui n'est pas un membre de ma famille : Jasmine. Je trouve ça super étrange, parce que je devais avoir douze ans, la dernière fois qu'elle m'a envoyé une carte pour mon anniversaire.

J'ai tout fait pour que Sasha ne l'apprenne pas. Du coup, ça me paraît encore plus zarbe de me sentir frustrée de ne pas recevoir de texto de sa part. Même si elle m'envoie bien un texto, pour me demander si ça me dirait d'aller chez elle le lendemain. Elle pense que je dois avoir besoin de faire une pause avec les révisions du bac blanc – elle doit plaisanter, vu que je les ai à peine commencées. Son invite tombe un dimanche. J'imagine que ça répondra au faux défi de Kai. J'en souris presque.

Mon nouveau haut me serre un peu. Je le porte uniquement parce que Kai ne m'a pas demandé de le faire. Sasha a dit qu'il n'y aurait que nous deux, qu'on materait des DVD et mangerait des pizzas. Du coup, je suis légèrement surprise que Lucas Mahoney vienne ouvrir la porte. Mais je réussis à le cacher en répondant d'un sourire à son bonjour. Il est pieds nus. Cela lui donne l'air plus… normal, moins « Lucas ». Je ne sais pas très bien quoi penser de ça.

« Hé ! Viens, entre. J'aime beaucoup ton haut. Il est… joli. »

Je marmonne un merci avant de le suivre dans le salon. Ils sont tous là, affalés sur des canapés ou par terre. Personne ne semble surpris de me voir, ce qui a le don de m'énerver. Je me juche au bord du canapé à côté de Nina, près de la porte, et commence à écouter les plaisanteries fuser. Une fois les râleries d'usage à propos des révisions passées, la conversation se concentre sur Lucas, et sur le fait qu'il n'y a pas eu beaucoup d'action dans sa vie depuis sa rupture avec Sasha, des propos qui ne paraissent pas du tout gêner les principaux intéressés. Sasha se contente même de hausser les yeux au ciel avant d'aller s'occuper des pizzas dans la cuisine. Stu et Bugs lancent des noms de filles du bahut en faisant l'inventaire de leurs attributs. Amber et Nina rendent leurs verdicts (majoritairement défavorables) sur les nanas en question. Lucas rit et secoue la tête en faisant des grimaces désapprobatrices super bizarres.

C'est franchement facile – et instructif – de rester assise là à écouter. D'autant que je partage leur avis, et que j'ai fait les mêmes commentaires à Kai. Je ne supporte pas l'idée de penser comme ces gens : que Bella Colgan a une tête plus grosse que la moyenne, que les yeux de Caroline Forbes sont tellement rapprochés qu'on dirait une araignée géante. Ou que les seins de Marnie Dent sont si énormes qu'ils donnent l'impression de ne pas appartenir à son corps. Amber opine comme si la situation n'était pas la plus dingue/foireuse/chaude que le monde ait jamais connue.

Stu balance un nouveau nom : Jasmine James. Je me sens coupable chaque fois que je croise Jasmine. Jeter à la poubelle la carte qu'elle m'avait écrite était vraiment nase de ma part, point barre.

Personne ne dit rien pendant une minute ou deux, le temps de réfléchir aux attributs de Jasmine – ou à leur absence. Chacun semble y mettre du sien.

Amber s'apprête à dire quelque chose, mais je la devance. « Fille Hermaphrodite ? » Tout le monde se tourne vers moi. Le rouge me monte aussitôt aux joues. Stu éructe un rire sonore et Bugs m'en tape cinq. Nina laisse échapper un grognement affreux en portant les mains à son visage – comme si elle allait pouvoir ravaler son grognement en se dépêchant… Amber sourit avant de prendre son verre. Ils approuvent tous mon commentaire, c'est clair. Lucas est le seul à ne pas réagir.

Je ne sais même pas pourquoi j'ai dit ça, de quelle obscure partie de mon cerveau ces paroles sont sorties. Parce que c'est faux. D'accord, Jasmine fait un peu mec sur les bords, si on oublie ses cheveux longs et soyeux, avec ses épaules larges, et ses deux raisins secs en guise de seins. Certes, sa voix est peut-être un peu plus grave que la moyenne, mais pas au point de le remarquer… à moins d'attirer l'attention sur le sujet.

On rigole, se moque, pousse l'idée de l'hermaphrodite beaucoup trop loin. Je me sens super mal, ce que personne ne semble repérer. Lucas est le seul à ne pas trouver ma blague particulièrement drôle. Il attrape un magazine sur la table basse et commence à le feuilleter.

Je dois quitter cet endroit. Je ne peux pas écouter Stu spéculer sur les organes génitaux que Jasmine posséderait ou non. *Oh, s'il te plaît, pardonne-moi, Jasmine. Ça fait partie du plan. Je dois intégrer cette bande.*

Je marmonne que je vais aider Sasha avant de fuir à la cuisine. Sasha est debout devant le frigo ouvert, et contemple son contenu comme si elle cherchait à le mémoriser.

« Hé ! Je peux t'aider ? »

Sasha ne paraît pas m'entendre. Je lui repose ma question. Elle me regarde alors en battant un peu trop des paupières. « Hé, salut ! Non, je crois que tout roule, merci. » Elle jette un coup d'œil au four avant de se tourner vers moi. « Ah, et au fait… désolée pour le guet-apens. »

Je n'aurais jamais abordé le sujet – quel intérêt de paraître ingrate ou désespérée ? Mais je devrais être contente de me retrouver malgré moi dans cette situation, parce que je n'ai pas eu le temps d'en faire tout un plat, du coup. Jouer les idiotes semble la meilleure tactique. La personne que Sasha croit que je suis ne cillerait pas devant ce genre de changement de programme. « Qui peut le plus peut également le *mieux* » – voilà ce que ma « version Sasha » penserait. « Guet-apens ? »

Sasha recommence à cligner des yeux. On dirait un robot, même si, pour ce que j'en sais, les robots n'ont pas besoin de le faire. Elle désigne le salon. « J'aurais dû te dire qu'il y aurait les autres. »

Je hausse les épaules avant de faire courir mes doigts le long du plan de travail. Aucune miette de pain, tache de thé, capsule de bouteille de lait ne trouble sa scintillante perfection. « Pas de problème.

— Je suis vraiment déçue de ne pas avoir notre soirée filles comme prévu. » Surprenant…

Je souris. « Ne t'inquiète pas, ça n'a pas d'importance – plus on est de fous, plus on rit, comme on dit ! »

Sasha se hisse sur le plan de travail à côté de moi avant de flanquer la paire de gants de cuisine sur ses genoux. « Il t'aime bien. »

Mon cœur se met à palpiter dans ma poitrine. « De qui tu parles ?

— Tu sais très bien de qui. » Un petit sourire rusé lui monte aux lèvres.

Je déglutis. « Stu ?

— Ha ! Meuh non, crétine ! Tu n'es pas tout à fait son genre – et crois-moi, c'est beaucoup mieux ! Ne me dis pas que je vais devoir épeler son prénom... Si ? OK, très bien. Ça commence par un “L”, et ça finit par “ucas”. Ça te dit vaguement quelque chose ? »

Je ne peux m'empêcher d'éclater de rire. « De quoi tu parles ?

— Il t'aime bien. Je le sais. » Elle a l'air incroyablement contente d'elle. Un chat qui aurait eu du lait au dîner, et une souris morte en accompagnement.

« Tu es dingue. Pourquoi est-ce qu'il... ? Tu te fous de moi, c'est ça ?

— Non. Ce garçon est tellement facile à décrypter que ça en est presque triste. »

Je ne sais pas où regarder ni quoi penser. Sasha me dévisage, attend de voir ma réaction. Comment réagir ? Qu'est-on censé dire quand l'ex-petite amie d'un mec vous apprend que ce fameux mec vous aime bien ? Qu'a-t-on le droit de ressentir, dans ce cas-là ?

« Je… tu te trompes. »

Sasha secoue la tête en souriant. « Ah, Jem, tu as tellement de choses à apprendre. Et d'abord que je ne me trompe jamais sur ce genre de sujet. Jamais. C'est un don. Alors, qu'est-ce que tu en dis ? J'imagine que tu ne serais pas complètement contre, mmm ?

— Il… je, heu… Toi et lui vous étiez… »

Elle hausse les yeux au ciel. « C'est de l'histoire ancienne ! Bon, d'accord, pas hyper ancienne, mais tu vois ce que je veux dire. Je suis vraiment passée à autre chose – Lucas aussi, c'est clair. Il n'y a rien de bizarre ni de louche là-dedans. » Elle pose ses mains sur ma tête. « Par le pouvoir qui m'est conféré en tant qu'Ex-Petite Amie, je te donne l'autorisation de faire tout ce que tu voudras avec Lucas Mahoney. Tu as ma bénédiction », déclare-t-elle sur un ton solennel.

Je glousse avant de repousser ses doigts. « Tu es complètement folle. Personne ne sait à quel point tu es folle, au bahut… »

Elle fait la moue. « Nan, personne ! Et j'aimerais autant que ça reste comme ça, merci beaucoup ! Bon, blague à part… C'est oui ou c'est non, pour Lucas ? Concernant le bon côté des choses, sache que le sexe est carrément top, avec lui, tu verras. Je l'ai super bien formé – tu me diras ce que tu en penses…

— Hé ! Merci de m'épargner ça.

— Pour le côté négatif, il passe beaucoup trop de temps devant le miroir. Et son obsession pour le football pourrait légèrement t'énerver sur les bords. À part ça, des questions ? »

Je rougis. Je le sens. Ça doit se voir malgré les couches de maquillage. « Pourquoi tu me dis tout ça ? C'est... c'est un peu bizarre, tu ne trouves pas ?

— Jem... Voilà comment je vois les choses. J'aime bien Lucas et je veux son bonheur. Je t'aime bien, et je veux ton bonheur. Lucas craque sur toi, mais reste à savoir si c'est pareil de ton côté. Alors... ? C'est le cas ou pas ?

— Je... »

Un *bip* insistant retentit alors. Sasha bondit du plan de travail en brandissant les maniques. « Sauvée par le gong ! » Elle s'apprête à ouvrir la porte quand elle se ravise et se tourne vers moi. « Ah, et au fait... Tu rêves si tu crois que je vais te laisser t'en sortir comme ça. Je ne sortirai pas ces pizzas du four tant que tu ne m'auras pas répondu. Je dirai que c'est ta faute, si les *pepperoni* sont carbonisés. Tu ferais mieux de tout déballer... Alors ? Qu'est-ce que tu penses de lui ? » Elle pose les gants sur son épaule, et croise ensuite les bras, l'air très contente d'elle.

Quelque chose me laisse penser que Bugs n'apprécierait pas que je massacre son dîner, et que Sasha est vraiment décidée. Il faut que je dise quelque chose. J'envisage différentes réponses avant d'opter pour la plus sincère.

« Je ne sais pas ce que je pense de lui. »

Ça fait du bien de dire la vérité, pour une fois.

Sasha plisse les yeux. Elle s'apprête à me parler de quelque chose, lorsque Bugs entre en bombant le torse dans la cuisine. « JE VEUX MA PIZZA, FEMME ! » Sur ces paroles, il soulève Sasha, la hisse sur ses épaules, et commence à tourner autour de la pièce en poussant des grognements plutôt désagréables.

Je fais mon possible pour éviter de me retrouver seule avec Sasha tout le reste de la soirée, mais je scrute Lucas pour vérifier si elle a raison. Sa petite théorie me paraît tellement invraisemblable que je n'arrive pas à y réfléchir. Mais Sasha avait vraiment l'air sûre d'elle... Pourquoi m'aurait-elle dit ça, autrement ? C'est vrai que Lucas s'est montré particulièrement gentil avec moi – beaucoup plus que je ne l'aurais cru après toutes ces années à l'observer de loin. Mais on parle de moi, là. J'ai peut-être l'air différente, mais je suis toujours Jem Halliday. Et Jem Halliday n'attirerait jamais l'attention d'un mec comme Lucas Mahoney. Mettez-moi à côté de Sasha, et vous comprendrez.

Pourtant, une petite voix dans ma tête n'arrête pas de me murmurer *qu'est-ce que tu ferais, si c'était le cas ?* Sortir avec Lucas offrirait un tas d'options pour le Plan, clair. Des options toutes très intéressantes. Ce doit être tellement plus facile d'humilier une personne quand on est vraiment proche d'elle

– spécialement si cette personne vous confie ses secrets, ses espoirs, ses rêves. On aime bien les gens dont on est proche, en général. C'est fatal. Pourquoi aurait-on envie de les humilier, du coup ? Mais la beauté de la situation pourrait se résumer de cette façon : je n'en ai rien, mais vraiment rien à foutre de ce mec. Je n'arrête pas de penser au fait que Sasha a jeté Lucas et qu'il ne voulait pas que les gens le sachent. Le genre de petite pépite que je planque bien au chaud dans un coin de mon crâne.

Est-ce que je serais capable de le faire ? Est-ce que je pourrais faire semblant de bien aimer Lucas, même si c'était pour Kai ?

Je n'ai pas vraiment besoin de réfléchir à la réponse, en fait.

Évidemment que j'en serais capable.

26

Je n'ai pas tellement eu le temps de comploter, avec le bac blanc. Cet exam' m'obnubile complètement, ce qui est étrange, vu que je n'en ai jamais rien eu à faire, jusque-là. Mais je bosse vraiment, ce coup-ci. C'est même agréable d'avoir un truc sur lequel me concentrer. Bon, je me plains auprès de papa et maman à la première occasion, bien sûr, parce qu'ils se diraient que quelque chose ne tourne vraiment pas rond chez moi, s'ils savaient que je m'éclate à réviser.

Je suis sûre de faire mieux que ce à quoi mes profs s'attendent, mais pas aussi bien que ce à quoi papa s'attend. Il pense qu'on a forcément des bonnes notes quand on travaille dur. Il devrait pourtant comprendre que ce n'est pas aussi simple. Que la vie n'est pas aussi simple. Certaines personnes n'ont pas à se casser pour obtenir des A, alors que d'autres sueront sang et eau durant des semaines sans rien faire d'autre de leurs journées, pour se retrouver avec des notes pourries. Au mieux. La vie est injuste. C'est pareil avec la popularité, si on y réfléchit deux secondes. Il ne suffit pas d'être gentil, amical, attentionné pour être populaire – sinon, Jasmine James dirigerait le bahut au lieu de gérer les répercussions de rumeurs lancées par votre servante.

J'ai bien essayé de me dire que ce n'est pas ma faute, mais *c'est* ma faute. Je me sens super mal. Vraiment. Je ne sais pas quel membre du Groupe Populaire a décrété qu'on pouvait baver sur quelqu'un comme ça, mais peu importe. J'aurais dû me douter que ce genre de chose se produirait.

J'ai déjà surpris trois personnes en train de tenir ce style de propos, cette semaine. Jasmine est forcément au courant. J'ai même eu la sensation qu'elle aurait voulu me parler, hier, en cours d'histoire. Elle m'a regardée plus souvent que d'habitude. Je n'ai jamais maté les pages d'un livre aussi fort de toute ma vie. Ma ruse a dû fonctionner, parce qu'elle ne m'a rien dit.

Mais on aura oublié cette affaire très bientôt, avec les exam' et tout. Sinon, il n'y aura plus qu'à espérer que Jasmine soit assez costaude pour traverser cette tempête. À la différence de Kai.

Je lis la lettre du mois de mai trop vite. J'ai interro de maths, aujourd'hui ; je déteste les maths. Ma tête bouillonne d'équations et de triangles à angle droit.

Je fourre le courrier sous mon oreiller en me jurant de le ressortir lorsque je rentrerai ce soir.

Jemjem,
Désolé pour la dernière lettre. Et désolé de m'excuser tout le temps. Ça doit être super chiant, mais je ne peux pas m'en empêcher.
~~Désolé~~

Je vais faire court, parce que tu dois être en plein dans les exam', et que je ne voudrais pas que tu te plantes à cause de moi. (Même s'il y a zéro chance que tu te plantes. Échouer N'EST PAS une option envisageable, ma chère.) J'espère que ton pote de révision ne te manque pas trop. Bon, d'accord, je n'ai jamais été d'une grande utilité, pour ça, plus un frein qu'un soutien, on pourrait dire. Je me déconcentre beaucoup trop facilement – ça a toujours été mon problème. Tiens, je te file trois tuyaux géniaux pour t'aider à traverser cette période de merde :

1. Fuis la caféine le soir. Tu péteras les plombs, si tu en prends, crois-moi. (Je suis même surpris d'arriver à écrire des phrases

cohérentes, là tout de suite... À moins que je dise n'importe quoi et que je ne m'en rende même pas compte.)
2. Aère-toi le cerveau le plus souvent possible. Très peu de gens le savent, mais mater des films d'horreur est aussi bon pour les synapses que de manger du poisson gras. (Je te recommande les films les plus crétins. Vendredi 13, chapitre VIII : Jason attaque Manhattan, peut-être ?)
3. Ne te mets pas trop la rate au court-bouillon – c'est juste le bac blanc, bordel de merde. ~~La vie est beaucoup trop courte pour s'emmerder avec ça.~~
Allez, je te fous la paix. Va réviser... Maintenant. En avant, soldat ! Et demande à ta mère de t'interroger – tu sais comme elle adore faire sa meneuse de jeu.

Bonne chance, Cornichon. Je croise les doigts, tout ça.
Bises,

C'est *le* grand jour, aujourd'hui. Bugs a réussi son permis sans faire une seule faute. Je l'ai pris dans mes bras, quand il nous a annoncé la nouvelle.

Maman a fini par se faire à l'idée qu'une pause me ferait du bien alors qu'elle n'arrête pas de me casser les pieds avec les révisions. Je lui ai promis de bosser super dur à mon retour cet aprème – je lui ai même dit qu'elle pourrait m'interroger (Kai avait raison – c'est vraiment l'activité maman-fifille préférée de ma mère). En plus, elle est sur un petit nuage à cause de mes « nouveaux amis », comme elle les appelle. Elle n'arrête pas de me poser des questions sur Sasha.

J'ai commencé par aller direct au magasin, ce matin. Celui à l'autre bout de la ville, bien sûr. La vieille derrière le comptoir m'a servi un drôle de regard. L'ancienne Jem se serait désintégrée sur place, aurait marmonné, serait devenue rouge écarlate devant un tel regard. La nouvelle s'est contentée de le lui rendre et d'attendre de voir si l'affreuse vieille ferait un commentaire. Elle a baissé les yeux la première. La plupart des gens se dégonflent, dans ces cas-là. Ils ont trop peur de dire ce qu'ils pensent réellement – surtout à quelqu'un qu'ils ne connaissent pas.

J'ai fourré mes achats dans mon sac, et jeté un coup d'œil par-dessus mon épaule pour vérifier que personne ne m'observait – exactement le genre de comportement fuyant qu'on remarque, justement.

J'ai expiré un long souffle tremblant, une fois dehors, avant de glousser malgré moi. Encore un de ces comportements fuyants (ou tarés) qui attirent l'attention. Un gamin adossé contre la vitrine d'un magasin m'a d'ailleurs matée de façon bizarre. Je l'aurais ignoré et aurais détalé comme une pauvre petite souris, en temps normal. Mais pas cette fois. J'ai même dit au môme d'aller se faire foutre. Du coup, il a écarquillé les yeux, et a eu l'air super gêné, après ça. Autant vous dire que je me suis sentie carrément mal. J'ai bien pensé m'excuser, mais je ne l'ai pas fait. Je me suis carapatée comme une grosse merde, à la place. C'était juste un gamin en train de zieuter une tarée qui riait toute seule.

Mais qu'est-ce qui ne tourne pas rond chez moi ?

Je n'ai pas résisté. J'ai examiné mes achats dès mon retour à la maison. Je n'avais pas tellement pris le temps de les regarder, au magasin. J'avais plus attrapé à fond la caisse tous les trucs posés sur l'étagère concernée qu'autre chose. Ça m'a mise plus que mal à l'aise, de découvrir le contenu de mon sac de courses. Et il a fallu que Noah choisisse ce moment pour entrer en trombe, et sans frapper, dans ma chambre. Heureusement que ce petit merdeux n'a aucun sens de l'observation. J'ai pu cacher les indices sous un coussin sans que Noah s'aperçoive de rien. Il a juste plissé les yeux, plongé sous mon lit, et farfouillé dessous pendant une seconde ou deux avant de ressortir de là en rampant. « C'est bon. Pas de zombies. Le périmètre est sécurisé. Rompez, soldat ! » Ensuite, il a fait une espèce de roulade commando et m'a saluée avant de quitter ma chambre à toute allure sans relever mon : « FERME CETTE PUTAIN DE PORTE ! » Je crois que mon frère est encore plus bizarre que moi.

Ils sont là. Ils ont treize minutes de retard. Personne ne prend la peine de venir sonner. Une mélodie particulièrement agaçante retentit à la place des coups de klaxon. Je fourre mes affaires dans mon sac avant de dévaler l'escalier, et manque me fouler une cheville en sautant les quatre dernières marches d'un coup. Je lance un au revoir tonitruant à maman et file sans lui laisser le temps de me demander où je vais ni à quelle heure je pense rentrer.

La voiture est aussi ridicule que prévu. Elle est blanche, pour commencer. Il faut vraiment être débile pour acheter une voiture blanche, spécialement quand on est négligent comme Bugs. Il y a une espèce d'aileron bizarre, à l'arrière, un machin censé lui donner une ligne aérodynamique. Elle a des vitres teintées et des jantes super brillantes. Mais à part ça, c'est exactement le genre de caisse que votre mère conduirait.

C'est la première sortie officielle de « l'aspirateur à gonzesses ». Un surnom bien nase comme Bugs sait en inventer. Il rêve de cette voiture depuis des années. Ses parents ont dû la lui acheter, même s'il prétend – avec fierté – qu'il a économisé pour se la payer. Ça lui aurait pris trois ans. Je suis plus impressionnée que je veux bien le reconnaître.

La chaussée tremble pratiquement sous les vibrations des basses. J'espère que mes oreilles sortiront indemnes de cette expérience. J'ai un peu la sensation de plonger un orteil dans des eaux infestées de requins, au moment où j'ouvre la portière, vu que les vitres teintées empêchent de mater à l'intérieur.

Bugs est installé au volant, un bras négligemment posé sur le dossier du fauteuil passager, sa grosse face de lune pointée entre les repose-tête. Sasha est assise à côté de lui. Bugs a la tronche de quelqu'un dont le rêve se réaliserait, et ce serait un peu ça, sans les garçons à l'arrière. Je me retrouve près de Stu, ce qui ne serait jamais arrivé sans ces vitres teintées à la con. Me retrouver à côté de Lucas aurait été une option bien plus séduisante. La voiture n'ayant que cinq places, Amber et Nina ne sont pas là. Je me demande si ça prouve quelque chose – si j'ai déjà gravi certains échelons au sein de la hiérarchie sociale du groupe. Mais je surinterprète sans doute la situation, comme d'hab'.

Les sièges à l'arrière sont confortables, même si la jambe de Stu touche la mienne. Je peux sentir sa force. Il a un trou dans son jean que j'avais remarqué dans la serre, le soir de la fête. Son genou noueux pointe au travers. C'est presque mignon.

On dirait un petit garçon tombé de vélo. Enfin, de loin, quand même.

Nous quittons la ville. Bugs conduit beaucoup mieux que je ne l'aurais cru. Il ne joue pas les pilotes de formule un. Le compteur indique très exactement la vitesse limitée chaque fois que j'y jette un coup d'œil. Stu n'arrête pas de l'enquiquiner en lui balançant des trucs comme « ma grand-mère conduit plus vite que ça, et ça fait deux ans qu'elle est morte », ou « quel intérêt d'avoir ce genre de moteur sous le capot si tu conduis comme une meuf ? ». Ce dernier commentaire est aussitôt suivi d'un « sans vouloir vous offenser, mesdemoiselles » accompagné d'un sourire que son propriétaire doit imaginer désarmant. La crétinerie de Stu ne cessera jamais de m'halluciner.

Bugs ordonne plusieurs fois à Stu de se la fermer. Les petits regards de biais qu'il lance à Sasha expliquent sans doute sa prudence. Soit il ne veut pas risquer d'abîmer le magnifique visage de Sasha dans un accident, soit il se la joue mature et intelligent (des qualités tellement éloignées de ce mec) pour la séduire.

Le trajet prend environ une heure, ce qui est très long, quand on est piégée dans une minuscule voiture avec quatre personnes qu'on ne peut pas blairer. Je ne dis rien durant la majeure partie du trajet. Je regarde par la fenêtre en essayant d'imaginer que je me dirige vers un endroit incroyable, en compagnie de gens déments.

Il se met à pleuvoir pile au moment où nous pénétrons sur le parking. La perspective que cette petite sortie tombe à l'eau me réjouit. Les autres discutent de ce que nous devrions faire : Bugs et Sasha veulent aller dans un café, Lucas et Stu sur la plage (« Ce n'est que de la pluie, putain. On n'est pas en sucre, si ? »). Sasha s'inquiète pour sa coiffure, et pour être tout à fait honnête, moi de la mienne. Je n'étais pas du genre à m'inquiéter pour ma coiffure, avant…

Je profite de ce que tout le monde s'extirpe de la voiture pour passer à l'action. Ça ne me prend que deux secondes. Personne ne se posera de questions plus tard, du coup. C'est presque trop facile. Je n'ai même pas l'impression de faire quelque chose de mal. Mon niveau de culpabilité s'élève très exactement à zéro.

Ça va le faire.

27

Lucas propose de nous offrir une tournée de beignets et de chocolats chauds dans le café face à la mer. Sasha met des plombes à décider si elle en prend ou non. Elle se lance enfin et commence à mordiller dans son beignet aussi délicatement que possible au moment où Stu s'empare du dernier (après avoir dévoré le sien en deux monstrueuses bouchées). Je mange le mien comme une personne normale.

Nous restons assis là jusqu'à ce que la pluie se transforme en crachin, et le crachin… en rien. Nous allons nous balader sur la plage, ensuite. Les garçons en profitent pour se lancer dans un combat de lutte. Sasha et moi les ignorons et continuons de marcher. Elle est plus taiseuse que d'habitude, ce qui me stresse, parce que je vais devoir combler le silence. « J'aime la mer… » Ah, bravo ! Génial !

Nous nous asseyons sur le sable humide. Sasha commence à dessiner un cœur avec J H et L M à l'intérieur que j'efface aussitôt avec mon talon. Sasha est morte de rire. « Tu sais que tu es trop drôle ? Non, vraiment. » Elle a l'air de trouver mon sarcasme mignon, ce qui me coupe l'envie de rejouer les sarcastiques un jour.

Les garçons regagnent la voiture quelques minutes après nous, tout rougeauds et couverts de sable. Lucas se penche en avant et ébouriffe ses cheveux pendant des heures pour faire tomber jusqu'au dernier grain. Chacun est d'avis de rentrer. Les garçons ont décidé d'aller regarder un match de boxe chez Stu. Mater deux mecs en sueur en train de se taper sur la gueule… Exactement le genre de divertissement pour eux.

Je parle un peu plus, pendant le trajet de retour histoire que personne ne se rende compte que je pousse doucement du bout du pied quelque chose sous le siège conducteur.

Je demande à Bugs de me déposer en ville en prétextant devoir aller chercher un truc pour ma mère. Je dis au revoir aux uns et aux autres avant de claquer la portière. Je suis sûre de voir Bugs grimacer. J'attends d'avoir fait quelques pas pour me retourner. Stu me regarde par la fenêtre ouverte. Il mate mes fesses bien moulées dans mon jean. Son côté vicelard tombe à pic, pour une fois. « Oh ! J'ai oublié mon sac ! Stu, tu pourrais… ? »

Il hoche la tête et se penche pour attraper mon sac.

Fronce les sourcils.

Écarquille les yeux.

Et éclate de rire. Non. Il s'esclaffe, plutôt.

« Eh bien eh bien eh bien… Que vois-je ? ! Bugs… Un truc dont tu aimerais nous parler, mec ? »

J'ouvre la portière. « Qu'est-ce que c'est ? » Je pose la question la première. Ça pourrait paraître anodin, mais ça ne l'est pas.

Lucas tente d'arracher le magazine des mains de Stu au moment où ce dernier se baisse pour farfouiller sous le siège de Bugs. « Attendez ! Il y en a d'autres ! » lance-t-il d'un ton joyeux en tendant deux autres revues.

Penchés au-dessus de lui, Sasha et Bugs essaient de voir pourquoi il fait toutes ces histoires. Stu leur présente alors une page particulièrement explicite. Il y a le choix en la matière. Sasha se couvre la bouche d'une main. On dirait un personnage de roman-photo. Bugs détourne les yeux. Je décide d'éclater de rire, parce que c'est exactement ce que je ferais dans ce genre de situation.

« Qu'est-ce que c'est que ce bordel ? Ils ne sont pas à moi ! » Il a l'air de mentir. Trop parfait…

Lucas éclate de rire à son tour. « Ouais, ouais, c'est toujours ce qu'on dit, dans ces cas-là. C'est exactement ce que tu as dit le jour où ta mère a trouvé de la beu dans ta chambre, tu te souviens ? »

Bugs essaie d'arracher les magazines des mains de Stu, mais ce dernier ne se laisse pas faire. « Bas les pattes ! Attends, j'apprends des choses, là... Cette image est très... vraiment très... heu... très éducative. »

La photo montre des corps dans des positions délirantes. Et un nombre de pénis sidérant.

Sasha est presque aussi écarlate que Bugs. Je n'aurais pas pensé qu'elle était prude, à moins qu'elle se sente gênée pour lui.

Il bondit hors de la voiture en me bousculant au passage. Son énorme masse m'empêche de voir Stu et Lucas, mais ils doivent se battre, d'après le bruit qu'ils font. J'entends des rires, des jurons, et un « aïe ! ». Cool... Je suis captivée par la vision de la raie des fesses qui pointe du jean de Bugs. Quelques poils roux surgissent çà et là.

Lucas et Stu sortent de l'autre côté de la voiture. Bugs manque me flanquer par terre, cette fois, au moment où il recule. Il s'enfuit, mais il a perdu d'avance. Lucas tient un magazine dans ses mains, Stu les deux autres. Ils s'élancent dans des directions différentes. Bugs souffle comme un ours asthmatique en colère pendant que ses deux potes agitent les magazines sous son nez.

« Hé mec, tu aurais dû nous en parler... Il n'y a pas de quoi avoir honte, tu sais », lance Stu avant de se pencher en avant et de regarder entre ses jambes. « Ça te dirait de croquer un morceau de ce joli petit cul ? Allez, viens le goûter, mon grand ! » Bugs est sur le point de l'attraper, mais Stu l'esquive avec une facilité experte.

« Espèce de petite merde ! C'est toi qui les as mis là, hein ? Je vais te tuer, espèce de bâtard. » C'est à Stu de se retrouver pris en chasse, cette fois – Stu qui aura évidemment planqué les magazines à cet endroit. J'imagine que c'est le prix à payer, quand on passe son temps à faire des blagues débiles.

Sasha sort de la voiture. Le moment délicat est arrivé, parce que cette fille est peut-être beaucoup de choses, mais pas stupide. « Pauvre Bugs ! lâche-t-elle.

— Oui. C'est super gênant. Je ne savais pas.

— Tu ne savais pas quoi ?

— Qu'il est, tu sais...

— Homo ? ! Tu rigoles. Bugs n'est pas homo ! Jamais de la vie. Je te parie tout ce que tu veux que c'est Stu qui a planqué ces magazines.

— Tu crois qu'il serait capable de faire un truc pareil ? Ce serait plutôt hardcore, quand même... Au sens propre du terme. »

Ma tentative d'humour pourrie ne déride pas Sasha. « Non. Il n'est pas gay. Y a pas moyen. » Elle secoue la tête en fronçant les sourcils. « Vraiment aucun.

— Tu es sûre ? Parce que ce serait plutôt balèze de la part de la star de l'équipe de rugby de l'admettre... même s'il n'en parlait pas ouvertement. » Je suis peut-être allée trop loin. J'ai l'impression de jouer dans un « épisode super spécial » d'un programme pour ados à la con. « Mais tu dois avoir raison. Stu serait carrément capable de faire ce genre de truc. »

Sasha a l'air de réfléchir. Ce petit changement de tactique était bien vu. « Ouais, peut-être. Et moi qui ai toujours pensé que Bugs me kiffait… mais peut-être que…

— Peut-être que quoi ? » J'ai l'impression de remonter ma ligne de pêche avec un poisson au bout – un minuscule poisson qui ne se débat même pas.

Stu arrive dans notre direction. Bugs le suit de près. Sasha secoue la tête. Stu contourne la voiture à la dernière minute et se précipite dans la rue. « J'en sais rien. Pourquoi il les garderait là ? C'est plutôt spé, tu ne trouves pas ? »

Elle marque un point, que je contre aussitôt. « Ces mecs sont de vrais ados, comparés à toi.

Je n'ajoute rien. Ce serait inutile. Le doute germe déjà dans son esprit. Sasha ne considérera plus jamais Bugs de la même façon, peu importent ses tentatives pour la convaincre du contraire. La rumeur devrait se répandre jusqu'aux vestiaires des garçons, avec un peu de chance. Les mecs de l'équipe de rugby emmerderont quand même Bugs, qu'il soit gay ou non. Obligé. Ce qui me va très bien ; il saura ce que ça fait, d'être dévisagé, d'entendre les gens murmurer dans votre dos.

Kai détesterait cette situation. Il dirait que je m'abaisse à leur niveau ou un truc du genre. Il me demanderait si je pensais vraiment que c'était la meilleure façon de procéder. Si j'y réfléchissais réellement, ma réponse serait non. Mais ce qui est fait est fait. Je ne peux plus revenir en arrière. Ces gens méritent le sale tour que je vais leur jouer. Ne l'oublions pas.

La poursuite s'arrête enfin. Sasha sert de conciliatrice. Elle prend les magazines des mains de Stu et de Lucas, et les rend à Bugs. Qui lève les bras comme si le seul fait de les toucher allait faire de lui un homo. « Non ! Pas question que je touche à ça ! Ils sont pas à moi. T'as qu'à les balancer à la poubelle, si ça te chante. Stu, mec, tu vas payer pour ça. C'est vraiment pas drôle. »

Stu continue de sourire comme s'il n'avait jamais vécu un truc aussi marrant de toute sa vie. « OK, deux choses : la première, c'est carrément hilarant. Et la deuxième, je n'ai rien à voir là-dedans. J'aurais bien voulu, pourtant, putain ! Donc soit tu es un homo planqué accro à la branlette – mais dans la voiture, mec ? Sans déconner… – soit quelqu'un d'autre les a mis là. Je parierais quand même que tu es carrément gay. Tous ces corps en sueur dans les vestiaires après le rugby… comment résister ? » Il esquive le coup de poing de Bugs en se cachant derrière Sasha et se sert d'elle comme d'un bouclier.

Stu et Lucas ne lâchent pas l'affaire. La situation les amuse vraiment, même s'ils savent très bien que

Bugs n'est pas gay. J'aimerais croire qu'ils se montreraient un peu plus délicats s'ils pensaient que ça pouvait être vrai. Bugs est leur pote, à la différence de Kai…

Sasha n'a pas la même attitude, elle, en revanche. Elle doute. Tout le monde réagira comme elle, au bahut. Tous ceux qui ne connaissent pas Bugs assez bien – c'est la beauté de la situation. Sans compter que les gens adorent les ragots. Ils n'ont pas besoin d'être vrais, juste plausibles.

Je fais exprès de regarder ma montre ostensiblement et de dire que je vais être en retard pour le dîner si je ne me dépêche pas. Je ne verrai pas comment cette petite scène se termine, comme ça. Bugs est fou furieux, gêné comme il ne l'a jamais été, et il essaie de convaincre Sasha qu'il ignore comment ces magazines ont pu atterrir là, au moment où je tourne les talons (mon sourire triomphant camouflé pour le moment). Lucas et Stu les feuillettent en se montrant des photos et en rigolant comme des gosses de huit ans. Sasha semble ne pas savoir quoi dire ni quoi faire, et même envisager la possibilité que le garçon qui, elle n'en doute pas, aurait vénéré le sol sous ses pieds, soit en fait de l'autre bord.

Carrément brillant.

La rumeur a effectivement fait le tour du bahut. Au point que personne ne parle plus de Jasmine James. Que Stu et Lucas ont arrêté de se foutre de la gueule de Bugs. La situation ne leur paraît plus aussi drôle.

Bugs joue à fond la carte hétéro. Il lance des commentaires obscènes à la première occasion, dont la plupart s'adressent à Sasha, mais je ne pense pas qu'elle s'assiéra sur ses genoux ou se blottira contre lui avant longtemps. La débilité de Bugs est hallucinante.

Les gens auront oublié cette histoire d'ici deux semaines, avec les exam' et tout. Mais c'est génial de voir Bugs traîner dans les couloirs avec un air malheureux. Ce n'est pas grave, si ça s'arrête bientôt. Parce que ça suffit – pour ce qui me concerne, en tout cas.

Bugs a la chance d'être trop bête pour passer pour le cerveau de cette opération – alors un plan aussi cruel et calculateur que celui qu'ils ont monté à Kai encore moins.

Un ennemi à terre, deux autres encore debout…

28

Il s'est passé quelque chose, hier. Ou disons plutôt qu'il ne s'est rien passé. J'ai oublié d'ouvrir la lettre de Kai. Je n'aurais jamais cru ça possible. J'ai toujours pensé aux autres lettres pendant des jours, voire des semaines, avant de les ouvrir. Parfois, quand j'en ouvrais une, je comptais aussitôt les jours qui me séparaient de la suivante. J'ai dû vachement prendre sur moi pour ne pas les lire et réentendre sa voix avant la date.

Sauf qu'hier, c'était la fin du trimestre, soit la folie totale. Bugs et Stu avaient envie de fêter ça – « un truc de légende », pour restituer les paroles exactes de Bugs. J'ai toujours trouvé légèrement crétin sur les bords qu'on laisse les élèves de seconde péter les plombs chaque année et tout saccager dans le bahut comme une émeute de prisonniers. Ils semblent oublier qu'ils reviendront dans cet endroit en septembre, que ce prof sur qui ils balancent une bombe à eau pourrait les avoir en cours à la rentrée, et chacun sait que les profs ont une mémoire d'éléphant.

Mais c'est la tradition, à Allander Park. Alors que nous méprisons tous ce mot quand il s'agit d'assister à d'interminables réunions, de brailler la chiantissime chanson de l'école, ou de porter d'horribles cravates marron, c'est comme si soudain ça ne comptait plus. Parce que ça fait aussi partie de la tradition, de griffonner des messages obscènes sur les chemises les uns des autres ; encore la tradition, de piquer le portrait du directeur accroché à l'extérieur de son bureau et de le remplacer par un truc plus drôle que celui de l'année précédente ; toujours la tradition, de foutre autant le bordel que possible et de toutes les façons imaginables. Allander ressemble à un zoo, le dernier jour de l'année. Un zoo dont quelqu'un aurait ouvert les cages après avoir fait ingurgiter des boissons énergisantes et des compléments alimentaires aux animaux. Le terme surexcité ne décrirait même pas leur état.

Kai et moi étions allés nous cacher à la bibliothèque aux pauses et à l'heure du déjeuner, l'an dernier. Cet endroit nous avait semblé le plus sûr. Les saccageurs de seconde laissent les autres élèves tranquilles, en général, mais on ne savait jamais. À la fin du dèj', des garçons (trempés alors qu'il ne pleuvait pas) étaient venus demander s'ils pouvaient emprunter *Les Joies du sexe*, ce qui n'avait absolument pas fait marrer la bibliothécaire. Le meneur du groupe s'est penché par-dessus son bureau. « Allez… On sait que vous planquez un exemplaire là-dessous. Le savoir doit être partagé, vous savez ? C'est ce que M. Slater dit toujours… »

Kai avait haussé les yeux au ciel à mon intention et j'avais secoué la tête. On s'était trouvés incroyablement matures, comparés à ces imbéciles qui avaient pourtant un an de plus que nous. Je n'aurais jamais cru me mêler à ça, cette année, ni m'amuser autant, mais cette excitation a quelque chose de contagieux. J'ai même jeté une bombe à eau sur quelqu'un. Kai n'aurait pas été content.

Je me suis demandé si je n'avais pas critiqué ce pétage de plombs annuel parce que je n'y participais pas, parce que la rigolade était réservée aux élèves populaires ou à moitié populaires, et éventuellement à ceux qui traînaient dans le coin. Les gens comme moi (mon ancien moi) n'y participaient jamais – sauf pour écrire des trucs bizarres sur les chemises des gens. Mais l'histoire Bugs m'avait donné l'occasion de flirter avec cette idée, et de me comporter comme si j'avais à mon tour régné sur ce putain de bahut. Comme l'un d'eux. Et j'adorais ça.

Je crois que Bugs était simplement content d'avoir les jambes d'une fille serrées autour de lui. Il a absolument tenu à courir à travers le lycée en s'assurant que le maximum de gens nous voie. Tout ça pour faire taire à jamais les rumeurs sur sa prétendue homosexualité. Nous avons même failli bousculer Louise au moment où nous avons franchi à toute allure un jeu de portes battantes. Elle lui a hurlé de regarder où il allait, putain, et m'a balancé un regard à faire faner des fleurs dans un Walt Disney. Il y avait eu beaucoup de choses, dans ce coup d'œil – plus que la simple haine attendue. J'ai eu l'impression qu'il disait, *profites-en tant que ça dure. Ce n'est qu'une affaire de temps avant qu'ils s'aperçoivent que tu n'es pas comme eux.*

Nous sommes allés nous vautrer dans le parc pour papoter de nos projets de l'été, après les cours. Nina était la seule à avoir un plan intéressant de prévu – deux mois à New York chez son père. J'adorerais que mon père habite New York... Mais ça voudrait dire que mes parents auraient divorcé, ce qui serait une très mauvaise nouvelle. Je ne cracherais pas sur un appartement face à Central Park, en revanche. C'était vachement mieux que de passer deux semaines en Espagne, comme programme de vacances...

Nous avons eu droit à l'incontournable résumé de la journée, après ça. Les garçons semblaient autant apprécier parler des choses qu'ils avaient faites que de les faire. Le récit s'enrichissait d'ailleurs déjà – spécialement du côté de Stu. « Hé, les mecs, on vous a dit que j'ai bombardé M. Watt d'œufs ? Vous auriez dû voir sa tronche, putain ! » (J'étais quasi certaine qu'aucun œuf n'avait été balancé.)

Lucas était assis à côté de moi. Il s'est immédiatement porté volontaire pour me pousser, quand j'ai déclaré que j'allais faire de la balançoire. Je n'ai pas relevé le regard lourd de sous-entendus de Sasha au moment où nous avons quitté le groupe. Nous n'avons parlé de rien en particulier – j'étais trop occupée à glousser comme une idiote et lui à me pousser le plus haut possible, histoire de montrer à quel point il était fort.

L'état de ma chemise (et de ma cravate, que je portais en bandeau) m'a valu des coups d'œil dubitatifs de la part de mon père et de ma mère, à mon retour à la maison. Ils ont juste demandé si je m'étais bien amusée, et paru contents que je réponde oui. Je suis allée me coucher aussitôt après dîner, tellement j'étais lessivée. Mon cerveau n'arrêtait pas de passer en revue les différents moments de la journée, ce qui ne m'a pas empêchée de m'endormir plus vite que je ne l'avais fait depuis des mois.

C'est à mon réveil que je m'en suis rendu compte. J'avais oublié. Comment avais-je pu oublier ?

Je reste assise à contempler l'enveloppe pendant quelques minutes. La date n'est pas bonne. Enfin si, la date est bonne, sauf que c'est celle d'hier. J'ai la sensation d'avoir trahi Kai, même si ce n'est pas grave, dès l'instant où j'ouvre l'enveloppe et lis son contenu. Je sais que Kai ne l'apprendra jamais. Mais moi, je le sais, et ça suffit à me donner envie de retourner me cacher sous ma couette pour pleurer un bon coup.

J'ouvre l'enveloppe en faisant très attention à ne pas déchirer la lettre à l'intérieur.

Jem,
Si mes calculs sont exacts (et tu sais comme je suis fort en maths), ça doit être le début des grandes vacances, là maintenant. J'espère que les exam' ne t'ont pas trop traumatisée. Je suis sûr que tu t'en es mieux tirée que ce que tu aurais cru. C'est toujours pareil, avec toi. Si tout s'est passé comme prévu, tu devrais t'être concocté un chouette été. Si tout n'a pas été comme tu le voulais (et tu peux vraiment être super têtue, par moments), tu vas te taper un été plutôt standard – sauf que tu ne m'auras pas sous la main pour tromper ton ennui. ~~Désolé.~~

Je me demande si tu as relevé mes défis à la con. Je ne voudrais pas lancer des paris foireux, mais j'espère vraiment que tu l'as fait. Et j'espère vraiment, mais vraiment, qu'ils t'ont amusée. Même un tout petit peu. Je ne serais pas surpris que tu te sois trouvé un mec (par contre, je te vois mal avec quelqu'un du bahut... À moins que tu m'aies caché des choses et que tu sois amoureuse de Marc Fishman. S'il te plaît, ne sois pas amoureuse de Marc Fishman ! Rien que ce nom... Il est vraiment trop affreux pour qu'on le prononce. Et si jamais tu es vraiment amoureuse de lui, je t'interdis de l'épouser avant d'avoir vingt-huit ans, c'est compris... Et tu devras garder ton nom, d'ac' ? Bon).

Et si jamais tu n'as pas de petit ami, ON S'EN FOUT !! Ce n'est pas comme si tu avais besoin qu'un mec à la con te dise que tu es incroyable, parce que ça y est, je suis sûr que tu commences enfin à en être convaincue. Quand je pense au nombre de fois où je te l'ai répété pendant toutes ces années. TU ES INCROYABLE. Na ! ~~De toute façon, les mecs apportent plus d'emmerdes~~

Je vais faire court.
C'est l'été.

Sors. (C'est joli, dehors, tu sais. Franchement. L'air pur fait du bien à l'âme.)

ÇA, C'EST LE SOLEIL. IL N'EST PAS TON ENNEMI.

Profite du soleil.
Amuse-toi.
C'est aussi simple que ça.

Je t'aimerai toujours, Cornichon.

Kai
XXX

PS : j'allais te suggérer d'acheter un bikini et d'aller faire un peu de bronzette au parc, mais je vais laisser tomber tant que je le peux. Estime-toi heureuse.
PPS : tu te souviens de cet été où on avait mis une pataugeoire dans ton jardin et fait semblant d'être des océanographes biologistes ? C'était trop génial.

29

Une semaine de vacances d'été a déjà filé. Je n'ai strictement rien fait. Maman me saoule. Elle n'arrête pas de répéter que je devrais « sortir un peu ». À peine rentrée du boulot, elle sait si j'ai passé ou non la journée sur le canapé. Peut-être à cause de l'empreinte de mes fesses dans le faux cuir...

Il me manque tellement. Ça ne devient pas plus facile. Peu importe ce que les gens disent, le temps ne guérit pas les blessures. Il vous montre simplement de nouvelles, et encore plus douloureuses manières de souffrir de l'absence de quelqu'un. Plus cette personne est partie depuis longtemps, pire c'est, parce qu'on commence à oublier son sourire, sa façon de pencher la tête lorsqu'elle réfléchissait, de vous regarder et de deviner ce à quoi vous pensiez. Les photos ne la font pas du tout revivre non plus. Bientôt, on se met même à avoir la sensation que les vrais souvenirs ont été remplacés par des images photographiques – comme si la seule façon de se rappeler cette personne se trouvait désormais sur un cliché, et qu'elle devenait bidimensionnelle. Et vu comme ça déchire le cœur rien que d'y penser, on évite de le faire.

Moi au moins, j'ai les lettres. C'est mieux que ce que la plupart des gens ont dans ces cas-là. Mais je n'en aurai bientôt plus. Le tas diminue beaucoup trop vite. Plus que quatre, et ce sera fini. Ne restera que la satisfaction de savoir que j'aurai fait quelque chose pour retrouver les responsables de sa mort. Mais ça ne me suffit pas. Pas du tout.

J'ai décidé de me concentrer sur Lucas, pour le moment. Si tout se passe comme prévu, je devrais vivre une amourette d'été à faire pâlir Sandra Dee.

On peut dire qu'il me facilite les choses. Il devient de plus en plus clair qu'il pourrait effectivement bien m'aimer. Il m'a même envoyé des SMS (ce que Sasha ne saura pas). Rien de sérieux, juste des trucs du style *tu vas chez Sasha ce soir ?* et *c'est mal de tuer sa sœur ?* Pas du flirt ouvert, mais vu que Stu et Bugs ne m'ont jamais envoyé de SMS, ça doit signifier quelque chose.

Après un autre échange de messages inoffensifs, je décide qu'il est temps. J'en rédige un que je corrige plusieurs fois avant de trouver la bonne formule : *ça te dirait qu'on se voie aujourd'hui ? Juste toi et moi ? ;)*

La réponse est presque instantanée : *enfin ;)*

Un sourire me monte aux lèvres. Pas parce que je suis contente ou excitée, mais parce que Lucas joue mon jeu. L'idée de passer du temps avec lui sans les autres me donne la nausée, mais je dois le faire. Ça en vaut la peine. Pour le Plan.

Je retrouve Lucas au parc. Il est affalé sur un banc avec les jambes super écartées, et fait tourner un frisbee sur un doigt comme ces crétins qui font tourner des assiettes à la télé. Il porte un jean et une chemise à carreaux rouge et noir dont il a remonté les manches sur ses biceps. Une paire de Ray-Ban et des tongs (des Havaianas, bien sûr) complètent ce look.

Il se redresse dès qu'il m'aperçoit. J'ai droit à un de ces sourires super assurés qui font craquer toutes les filles, avant d'entendre un « Attrape ! ». Je panique un instant de me prendre le frisbee en pleine figure, mais parviens malgré tout à l'attraper – ce qui ne m'est arrivé qu'une fois dans ma vie entière. J'essaie de cacher mon étonnement pendant que Lucas applaudit et pousse des cris de triomphe comme si j'étais une otarie savante particulièrement bien dressée.

Je m'assois près de lui avant de lui rendre le disque. « Impressionnant ! Je ne savais pas que tu étais championne du monde de frisbee. »

Je hausse les épaules. « Qu'est-ce que tu veux… Je suis douée, un truc de dingue.

— Clair ! J'ai hésité à te demander si tu aimais y jouer… J'ai eu peur que mon pauvre petit ego se fasse pulvériser…

— T'inquiète pour ça. Je vais y aller mollo avec toi. » Je lui donne un petit coup de coude dans le bras. Lucas a l'air ravi. Je suis sûre que Sasha doit cartonner au frisbee. Toi, par contre, tu vas te ridiculiser, Jemima.

Sauf que non. Je ne sais pas par quel miracle, mais je m'en sors. Ça nécessite quand même un énorme effort de concentration de ma part. Dieu doit m'avoir momentanément gratifiée du talent d'attraper et de renvoyer qui me manque généralement – à la grande déception de Noah, qui me demande sans cesse de jouer avec lui au rugby dans le jardin de derrière. Si Noah me voyait, il serait le frère le plus fier du monde.

Lucas lance et rattrape le frisbee exactement comme il semble tout réaliser dans la vie : avec facilité. Comme s'il était né en sachant déjà tout faire. J'ai envie de le frapper, soudain. Je vise son visage parfait, mais il se baisse et arrive à choper le disque avec sa main gauche (alors qu'il est droitier). « Holà ! Tu veux me tuer ou quoi ? »

Je grimace. « Désolée !

— On ferait mieux d'arrêter tant qu'on est vivants – ou avant que je me retrouve mutilé à vie. » Il s'avance vers moi en sautillant.

« Bonne idée. Je n'aimerais pas casser tes lunettes de soleil… elles ont l'air de coûter cher. »

Il les soulève et les pose sur le sommet de son crâne avant de regarder par-dessus son épaule. « Ne le répète à personne, mais ce sont des fausses. C'est ma sœur qui me les a rapportées de voyage. Elle a pris une année sabbatique, après le bac. »

Je préfère voir ses yeux. Parler à quelqu'un qui porte des lunettes de soleil me rend nerveuse – on ne sait jamais ce que les gens scrutent, dans ces cas-là. « Aucun problème. Je serais plus inquiète si tu m'annonçais que tu avais mis une fortune dans une paire, très honnêtement. »

Lucas éclate de rire. « Je ne sais pas pourquoi, mais ça ne me surprend pas que tu dises ça ! Tout l'inverse de Sasha… »

Je détourne les yeux avant de le regarder de nouveau, et de le fixer. « Et c'est bien ? » Ma voix est plus grave, plus basse.

« Très bien ! » Lucas se mord la lèvre. Je ne sais pas quoi faire. Je trouverais ce mordillage de lèvres absolument adorable si j'aimais bien ce mec. Mais il y a un truc calculé, dans son attitude. Il a déjà fait ça auparavant. Clair. C'est très efficace, en tout cas. Et sûrement destiné aux filles pour qu'elles se concentrent sur sa bouche en se demandant comment ce serait de l'embrasser. Une question que je me pose, d'ailleurs, parce que je sais que ça va arriver. D'ici peu de temps.

Lucas se rapproche de moi. Il envahit carrément mon espace personnel. Je dois lutter pour ne pas reculer. Je ne bouge pas, mais lève les yeux sur lui. La situation devient bizarre. Nous ne disons rien durant quelques secondes. Je ne connais pas assez Lucas pour partager des silences avec lui. Et ce silence-là est très, très inconfortable – pour moi en tout cas. Lucas, lui, a l'air de s'amuser.

Il se penche vers moi. Le moment tant attendu est arrivé. Je suis sur le point d'embrasser Lucas Mahoney, là, dans ce parc, en plein jour. Il y a des gens partout autour de nous, des gens qui vont nous voir nous bécoter. Certains trouveront ça mignon, d'autres qu'on devrait aller à l'hôtel, et la plupart n'en auront rien à foutre. Mais qu'ils s'en rendent compte ou non, ils s'apprêtent tous à assister à une scène incroyable.

Je bascule ma tête légèrement en arrière histoire de faire savoir à Lucas que je lui donne mon accord. Il se penche encore plus près. Je ferme les yeux quand un truc parfaitement inattendu se produit. Quelque chose vient se poser sur le sommet de mon crâne – quelque chose de plat et en plastique.

Lucas ne m'a pas embrassée. Il m'a mis ce putain de frisbee à la con sur la tête !

Comme je ne bouge pas, le foutu machin reste en place. « Heu… je peux savoir ce que tu fais ? »

Il sourit. « Quoi ? Tu ne sais pas que le frisbee est super à la mode, cet été ? Celui-là te va hyper bien.

Attends, laisse-moi prendre une photo avec mon téléphone. » Je profite qu'il fouille dans sa poche pour enlever brusquement ce machin de mon crâne, et frapper Lucas très fort avec.

« Espèce de pauvre débile ! » Il rit et se recroqueville sous l'attaque de coups. Je ris malgré moi, en bonne partie pour camoufler ma gêne d'avoir pensé qu'il m'embrasserait.

Ensuite, il m'attrape, et se décide enfin.

Je balance le frisbee par terre, et embrasse Lucas Mahoney à mon tour. Mes lèvres touchent les siennes. Il plaque une main dans mon dos. Je ne sais pas si je dois rire, le repousser, ou laisser faire. Quoi qu'il en soit, ça me révulse, même si le baiser en lui-même se passe plutôt pas mal. L'expression conflit intérieur ne pourrait pas décrire ce que je ressens.

Le baiser dure environ cinq secondes avant que Lucas recule d'un pas et me regarde comme s'il avait mal agi. « Je suis désolé. »

Je me demande si ça fait partie de son jeu habituel, de simuler un malaise pour vous avoir embrassé. Ça doit paraître mignon, si on aime ce genre de chose. « Pourquoi désolé ? »

Il hausse les épaules. « Je n'étais pas sûr que tu veuilles… » Il semble gêné. Il ne doit pas avoir l'habitude de se justifier.

Je souris avec une assurance que je n'éprouve pas. « Ne t'inquiète pas. Tu l'aurais su, si je n'avais pas voulu que tu m'embrasses. Fais-moi confiance. »

Qui est cette personne qui me ressemble, qui pense comme moi, qui parle avec ma voix, qui est capable de tenir des propos aussi ridicules que ceux-là ?

Le charmant sourire est de retour. En plus narquois. Lucas aime ce faux moi, cette fille fougueuse. « Tu es différente, tu sais ?... » Il s'avance d'un pas.

« Différente ? C'est censé être un compliment ? Il va falloir te creuser un peu plus, surtout si tu veux... » Je me penche vers lui et dépose un petit baiser sur ses lèvres. Je n'en reviens pas comme c'est facile de simuler.

« C'est un compliment. Tu es plus... J'en sais rien... plus que ce que je croyais que tu serais.

— Ouah ! Hyper précis, dis donc. » Nous nous tenons tellement près que nos visages se touchent.

« Hé ! Tu te fous de moi, ou je rêve ? » Il n'a pas l'air énervé que je me moque de lui.

« Oui, je crois que c'est ce que je fais. »

Je prends sur moi et l'embrasse de nouveau pour atténuer ma petite pique.

Un peu plus tard, je suis étendue sur mon lit, à repenser à ces baisers. Je ne peux pas m'empêcher de sourire ; c'était trop facile. Tellement basique. Ça m'hallucine de pouvoir énoncer quelque chose en sachant exactement comment Lucas va réagir alors que mon expérience en matière de garçons est quasi nulle.

Cette version de moi était-elle restée cachée là, à attendre son heure, l'occasion d'apparaître ? Ou ai-je un talent d'actrice que je ne me connaissais pas ? J'aurais peut-être dû auditionner pour les pièces de théâtre du bahut, l'année dernière, au lieu de me foutre des élèves comédiens hyper arrogants. Une part de moi – une part crétine, tarée, complètement rastafari – se demande si Kai n'aurait pas quelque chose à voir là-dedans. S'il ne me guiderait pas depuis l'au-delà. Oui, je sais, c'est complètement idiot, mais cette idée me rassure, d'une certaine façon.

Lucas et moi nous sommes embrassés un long moment, jusqu'à ce qu'un petit chien qui n'arrêtait pas de japper gambade vers nous et encercle nos jambes avec sa laisse. Lucas s'est mis à rire et s'est penché pour la retirer, mais le chien a alors essayé de grimper sur sa jambe.

« J'ai l'impression que tu as un fan !

— Qu'est-ce que tu veux ? Je suis un tombeur de filles, de chiens, et de presque toutes les espèces qui vivent sur cette planète. Ça s'appelle le “magnétisme animal”, je crois. » Exactement le genre de commentaire auquel s'attendre de la part d'un mec comme Lucas. Sauf qu'une lueur moqueuse est alors passée dans son regard. Je ne sais pas si elle me visait moi, ou lui.

« Tu n'es qu'un crétin. »

Lucas m'a adressé un autre sourire dévastateur. « Mais un crétin charmant, non ? »

J'ai haussé les épaules avant de m'éloigner. Lucas m'a aussitôt suivie comme un bon petit toutou. Nous sommes allés chercher des glaces (qu'il a offertes) au café situé au milieu du parc. Lucas a tendu son cône vers moi en remuant ses sourcils de façon suggestive. « Tu veux goûter ?

— Peut-être plus tard », ai-je répondu de façon tout aussi suggestive. La Jem normale et réservée criait TU TE RENDS COMPTE QUE TU PARLES DE LUI TAILLER UNE PIPE, LÀ ? La nouvelle version de Jem a haussé les épaules, pas du tout gênée (parce que ça n'arrivera jamais). Parce qu'il fallait poser des limites, et à ce moment-là, et que ces fameuses limites se situaient très précisément au-dessus de la ceinture de Lucas.

30

« Lucas m'a dit… » Le ton de Sasha pourrait être plus léger.

Ma main se fige sur un cintre. « Lucas t'a dit quoi ? »

Sasha m'arrache le cintre des mains. « Super ! Tu as trouvé ma taille. » Elle met le vêtement devant elle avant de pencher la tête sur le côté. « Qu'est-ce que tu en penses ? Le haut parfait pour draguer, non ? »

J'opine. Vraiment le genre de haut parfait pour draguer – moulant, sexy, et noir. « Sasha ? Qu'est-ce que Lucas t'a dit ?

— Bien tenté, Jem, mais ce n'est pas la peine de jouer les idiotes avec moi. C'est bon, tu sais. Je t'ai dit que c'était OK. Il t'aime vraiment bien – il ne m'en aurait pas parlé, autrement. Je crois qu'il voulait ma bénédiction, être sûr que je ne le tuerais pas… ni toi.

— Je ne sais pas quoi répondre. » Certaines choses dans la vie dépassent l'imagination. Faire du shopping avec Sasha Evans et lui parler du fait d'avoir embrassé son ex se situent plutôt en haut de ma liste « c'est-quoi-ce-bordel ? ! ».

Sasha sourit avant de passer en trombe près de moi pour aller jeter un œil à un portant de vêtements encore plus moulants. « Tu n'as pas besoin de formuler quoi que ce soit. Je comprends que tu trouves ça un peu spé, mais si ça ne me met pas mal à l'aise, alors je ne vois pas pourquoi ça devrait te mettre mal à l'aise. Faisons un marché. Pas de malaise entre nous. OK ?

— Pas de malaise. Mais… »

Elle pose un doigt sur ses sublimes lèvres boudeuses. « Chut ! J'ai dit aucun malaise. »

Impossible de lui demander pourquoi elle reste aussi calme à propos de cette histoire, du coup, ni pourquoi ça ne l'ennuie pas que j'aie mis ma langue dans la bouche de son ex. Je croyais que c'était un genre de règle de base en amitié ou je ne sais quoi – se tenir loin des mecs de ses copines, de leurs ex, et même de garçons sur lesquels elles ont pu craquer. J'ai visiblement beaucoup à apprendre en matière d'amitié. Ou alors, Sasha est l'exception qui confirme la règle.

Elle me balance un cintre que je ne rattrape pas. J'ai dû utiliser tout mon quota d'adresse en jouant au frisbee avec Lucas. « Tu devrais essayer ça. Il va adorer. »

On vient d'atteindre un sommet en matière de bizarrerie. Sasha veut que j'essaie ce haut au prétexte que Lucas devrait l'aimer. Pas parce qu'il lui plaît à elle, ou à moi. Comprenez-moi bien – je suis contente qu'elle n'ait pas pété les plombs à propos de moi et Lucas. S'il y avait un problème, Lucas calmerait la situation, de toute façon. Mais comment faire du mal à Sasha, dans ce cas, bordel ?

Je suis vraiment ravie qu'il lui ait parlé, parce que je n'aurais pas su quoi dire. Bon, soyons honnêtes, je me suis bien demandé comment elle réagirait, juste pour le côté surréaliste de la scène. J'avais été jusqu'à l'imaginer dans ma tête – du drame, des larmes, voire une gifle pour compléter le tableau.

Nous allons essayer nos affaires dans les cabines. Il n'y a personne à part nous. Tant mieux ! Je passe le haut que Sasha a dégotté avant de me regarder sous toutes les coutures. J'ignore si Lucas aimera, mais moi, j'adore. Moulant, jusque ce qu'il faut. Je ne porte jamais de vert, normalement. Mais celui-là a quelque chose de frais et de gai. Un genre de haut pour l'été, moi qui ne mets jamais de « hauts d'été », d'habitude. Je n'aime pas l'été. Je préfère l'automne, ou l'hiver. Vous ne m'entendrez jamais me plaindre du froid ou de la pluie, parce que ce temps permet de rester à l'intérieur et de mater la télé. Kai adorait l'été. Il était carrément solaire.

Personne ne dirait ça de moi, même avec mes cheveux blonds.

Je crois que Kai aimerait ce haut. Ce qui m'importe beaucoup plus que ce que Lucas pourrait en penser.

« Tu es prête ? » demande Sasha en frappant à la porte de la cabine.

Je fais un pas dehors… pour tomber sur le décolleté de Sasha. On dirait que ses seins sont présentés sur un plateau. « Ouah !

— Tu trouves que c'est too much ? Qu'est-ce que ce haut dit, d'après toi ? » Elle se dirige d'un pas léger vers le grand miroir installé au fond du vestiaire.

« Il dit : “Salut les mecs ! Venez m'attraper…” » Je me demande si je n'ai pas été trop loin – je ne connais pas Sasha très bien, après tout, même si elle se comporte comme ma MA.

« Ha ! Parfait ! C'est exactement ce que je veux qu'ils se disent ! » Elle remonte ses seins, qui débordent carrément. Elle se tourne avant de me regarder de la tête aux pieds avec un air approbateur. « Joli ! C'est sa couleur préférée, tu sais. »

Je me sens super mal à l'aise, subitement. « Je ne savais pas. Heu… Mais je ne vais pas l'acheter, de toute façon. J'ai pas les thunes. »

Une main ferme empoigne le haut de mon bras. « Tu dois *absolument* l'acheter ! Obligé obligé obligé ! Allez, fais-toi plaisir. »

Je me dégage. « Sasha… Je suis complètement fauchée. »

Elle soupire. « Alors, laisse-moi te l'offrir. »

Je n'aurais pas pu être plus gênée. Je me trompais. « Je ne peux pas accepter. C'est vraiment… adorable de ta part, sincèrement, mais…

— Arrête tes conneries. Je te l'offre. Ça sert à ça, les amis, non ? Tu ferais la même chose pour moi. » Elle avait tout faux, sur ce coup. Si j'avais eu de l'argent à dépenser, il se serait retrouvé direct sur mon compte épargne.

Sasha ne semble pas prête à lâcher l'affaire, vu sa tête. Pour une raison bizarre, elle tient vraiment, mais vraiment à m'offrir ce haut qui, selon elle, plaira tellement à Lucas. Je ne sais pas si elle fait ça pour moi ou pour Lucas. « OK, j'abandonne. Mais à une condition : tu me laisses te rembourser dès que j'aurai l'argent.

— Ouais, ouais, si tu veux », déclare-t-elle avec une lueur malicieuse dans le regard. Elle pense que je vais oublier, mais elle se trompe. Je rembourse toujours mes dettes. Toujours. Ça rendait Kai fou, d'ailleurs, que je tienne sans cesse les comptes dans ma tête – s'il m'offrait une canette de Coca une semaine, je lui en payais toujours une la suivante. J'ignore pourquoi j'ai autant de mal à accepter les cadeaux. Pas ceux de papa et maman, mais ça n'a rien à voir, si ? Les parents sont censés dépenser de l'argent pour leur progéniture. C'est presque leur unique fonction dans la vie. Simplement, je n'aime pas qu'on me fasse la charité.

Vers l'heure du dèj', Sasha a déjà réussi à accumuler cinq sacs de fringues et trois paires de chaussures. Trois paires ! La partie la plus délicate : rester enthousiaste pendant qu'elle essaie paire de chaussures après paire de chaussures en soupesant chaque fois le pour et le contre pendant des heures. Comme si ce genre de décision allait changer la face du monde… Sasha ne remarque pas ma lassitude, vu qu'elle attend juste de moi que je sois d'accord avec elle. Ce qui me demande de beaucoup hocher la tête.

Nous achetons chez Marks & Spencer des sandwichs que nous allons manger sur un banc. Quelque chose me dit que ce n'est pas le style de pause dèj' de milieu de shopping dont Sasha a l'habitude. Elle semble plus du genre à se payer des sushis dans ce japonais sélect qui a ouvert l'année dernière. J'apprécie cette concession à mon statut de pauvre (même si je ne suis pas vraiment fauchée). Un autre truc me saute aux yeux, à propos de cette fille. À certains moments (des moments comme celui-là), je me demande si je l'aime bien ou pas. Avant de penser chaque fois à Kai, et d'en conclure que c'est impossible. Sasha n'est pas, et ne sera jamais, mon amie.

« Il embrasse bien, hein ? » J'avale comme je peux la dernière bouchée de mon sandwich.

Je mâche plus que nécessaire pour me laisser le temps de réfléchir. Elle éclate de rire. « Tu comptes avaler un jour, oui ou non ? »

Je déglutis laborieusement. « C'est bon pour la digestion, de, heu… beaucoup mâcher.

— Tu es vraiment hilarante, tu sais ? Enfin, tu peux me remercier pour ses talents. C'est moi qui lui ai tout appris. Et quand je dis tout, je veux vraiment dire tout… » Elle me donne un petit coup de coude à ces mots. Je réussis à ne pas renverser de l'eau partout sur moi.

« Tu veux dire qu'il était… avant vous deux ?

— Puceau ? Ouaip. Le plus grand, le plus immature, le plus trouillard des puceaux vivant sur cette planète, Dieu le bénisse. »

Cette nouvelle me surprend tellement que j'ai l'impression que le banc se dérobe sous moi. Lucas Mahoney. L'étalon du bahut. Et moi qui pensais qu'il couchait depuis ses treize ans… Je ne dois pas être la seule à le penser/l'avoir pensé. Il exhale l'expérience sexuelle comme une espèce d'aftershave persistant. Sasha et lui ont dû beaucoup pratiquer…

Sasha me regarde. Je ne sais pas où me mettre. « Ce n'est pas grave de parler de ce genre de chose, tu sais. Il n'y a pas de quoi se sentir gêné. » Je me demande si elle est gentille, ou condescendante – ou un petit peu condescendante.

« Je sais… C'est juste que… Je ne suis pas sûre que Lucas apprécierait beaucoup.

— On s'en fout, de ce que Lucas pense ! On papote entre filles. Cette conversation est strictement confidentielle. Ce qui se dit sur ce banc ne sort pas de ce banc. Alors ? Combien de temps tu comptes le faire attendre ? »

Je donnerais tout pour me téléporter loin de cet endroit. Peu importe où. « Heu… On ne sort pas vraiment ensemble, en fait. Je ne… »

Elle fait un petit bruit dédaigneux genre *Psssccc-chhh.* « Depuis quand on doit “sortir” avec un mec pour faire des trucs avec lui ? Je dis ON, genre ON de majesté, même si je ne pense pas que notre Reine ait couché avant le mariage. Ouh là… Je viens de réussir à me choquer moi-même. Bref, on en était où ? Ah oui ! Tu dois me promettre de me prévenir quand tu auras couché avec Lucas. »

Cette fois, ça suffit. « Pas question ! Et je ne vais pas coucher avec lui ! Pas dans cette vie, en tout cas. » J'attrape le sac en plastique et commence à ramasser les restes de notre repas histoire de cacher ma gêne.

« On verra… » Son sourire entendu me donne envie de lui flanquer mon poing dans la figure.

« Est-ce qu'on peut parler d'autre chose, s'il te plaît ? De n'importe quoi d'autre ?

— Mais tout ce que tu voudras. Tant que tu sais que tu as quelqu'un avec qui parler de ce genre de truc, si jamais… Ça doit être super dur, pour toi. Vous étiez tellement proches, avec Kai. C'est clair.

Je ne sais pas si vous parliez de ce genre de truc, tous les deux, mais si c'était le cas, sache que je suis là. Je ne cherche pas à le remplacer ou quoi, mais j'ai l'intention d'être une super amie pour toi. »

Elle a osé prononcer son nom. J'hallucine. Les gens évitent toujours de le faire, d'habitude. Personne ne devrait avoir le droit de prononcer son nom sans ma permission. ET POURQUOI ELLE EST AUSSI SYMPA AVEC MOI, CELLE-LÀ, D'ABORD ? ! Elle risque de me faire culpabiliser, si ça continue. « Merci. Je suis... Je crois que j'ai un peu de mal à parler de ce genre de truc. » Comme si c'était spé d'avoir du mal à « parler de ce genre de truc » !

« Pas de problème. T'inquiète. J'arrête de jouer la curieuse, promis... Une dernière chose, avant de te laisser choisir le sujet de conversation : tu devrais vraiment coucher avec Lucas. Crois-moi. Tu ne le regretteras pas. »

Je lui flanque un coup avec le sac rempli de déchets. « Tu as fini ? Parfait, parce que tu as gagné. On va parler d'un truc bien chiant. Comme... du temps. Ouais, parlons météo. Tu ne trouves pas qu'il a fait un temps délicieux, cette semaine ? J'aime beaucoup moins la tête de ces nuages, par contre... Qu'est-ce que tu en penses ? »

31

Lucas m'envoie un texto un peu plus tard : *cool sortie shopping avec S ? Acheté chouette trucs ? Bcp parlé de moi ? ;)*

Je réponds : *bien, merci. Trouvé 1 haut. Pas parlé de toi DU TOUT.*

Il réplique direct : *menteuse ! ;)*

Lucas Mahoney est un maître du smiley. Je décide de ne pas répondre, vu que je n'apprécie pas d'être traitée de menteuse quand (surtout quand) je suis justement en train de le faire.

Il m'envoie un autre SMS dix minutes plus tard : *ça te dirait d'aller au ciné tout à l'heure ?* Je *savais* qu'il m'en renverrait un. C'est comme si j'avais le *mode d'emploi du Lucas Mahoney* implanté dans le cerveau.

J'attends un quart d'heure avant de répondre. Ce petit jeu commence à m'amuser : *un peu occupée, mais bonne idée.*

Je ne pense pas qu'il croira que je suis occupée, mais il ne saura jamais que j'ai passé l'essentiel de la journée devant la télé, ou à écouter de la musique dans ma chambre.

Nous tombons d'accord pour nous retrouver devant le cinéma à huit heures. Le film a l'air nase – un truc avec des voitures qui vont vite. Genre bien chiant…

Je reste plantée devant ma garde-robe, incapable de décider quoi porter. Une mer de gris, de noir, et de violet foncé s'étale devant moi, à part la tache plus lumineuse sur la droite où la plupart de mes récents achats sont rangés. Et, juste à côté, le sac que j'ai négligemment jeté par terre à mon retour. Celui qui contient le haut vert. Le fameux haut vert que Lucas va « adorer ».

Je soupire ostensiblement alors qu'il n'y a personne dans les parages. Il va bien falloir le porter un jour, non ?

Maman camoufle à peine sa joie, lorsqu'elle me voit descendre les escaliers. Elle a enfin la fille dont elle a toujours rêvé. Une fille dont elle est fière. Elle aura de quoi rivaliser avec ces harpies buveuses de vin du cercle de lecture la prochaine fois qu'elle les entendra se vanter de leurs filles. Ces dames parlent seulement de leurs chères petites, comme si leurs fils ne faisaient jamais rien d'intéressant. Ou alors, maman ne parle que d'elles, et dans ce cas, soit elle ne voit pas que je me fous complètement des exploits de nanas que je ne connais pas soit elle le voit très bien, mais m'en parle quand même – pour me donner envie de réaliser les mêmes exploits qu'elles, comme Trouver un Petit Copain, et Aller à une Fête d'Anniversaire avec Hollywood pour Thème, peut-être.

Elle arrive à se retenir, pour une fois. À la différence de papa. « Mais dis-moi, où est-ce que tu vas, toute jolie comme ça ? »

Maman lui flanque un petit coup de pied dans la poitrine, ce qu'elle fait sans problème, vu qu'elle est allongée sur le canapé, avec les jambes posées sur les genoux de mon père. Ma mère me connaît trop bien. Elle sait qu'à la moindre remarque, je file direct me changer.

Je prends un regard enjoué et nonchalant pour les tester, vu que ce que je m'apprête à annoncer va les mettre par terre. « J'ai rendez-vous. » Je dois lutter pour continuer de soutenir le regard de papa, mais ça vaut carrément le coup parce que ses yeux sortent pratiquement de leurs orbites.

« Rendez-vous… avec un garçon ?

— Oui, papa, avec un garçon.

— Eh bien. C'est… heu… Cath ? » Il regarde maman, qui hausse les yeux au ciel.

« Mais c'est super, Jem. » Maman fait vraiment de son mieux pour cacher son excitation, il faut le lui reconnaître. Elle attrape la télécommande et allume la télé. « Qui est l'heureux élu… si je peux me permettre de poser la question ?

— Il s'appelle Lucas. Vous ne le connaissez pas.

— Lucas ? Joli prénom. Très… viril. »

Ma mère perd ses bonnes résolutions de vue. Je ferais mieux de partir de là fissa, même si je dois plonger à travers la fenêtre (fermée) à double vitrage pour ça.

« Et quand aurons-nous l'honneur de rencontrer cet illustre personnage ? demande papa. Je n'aime pas beaucoup te savoir en ville avec un garçon que nous ne connaissons pas.

« Greg ! » Maman lui balance un autre coup de pied, mais moins gentil, cette fois. « On ne vit pas à la préhistoire. Je suis sûre que Jem nous présentera son petit ami lorsqu'elle le sentira.

— Mamaaaaan ! Lucas n'est pas mon petit ami. Est-ce qu'on pourrait… ne pas parler de ça ? Je vais être en retard. On se voit plus tard ? » Je sors à reculons du salon, trop contente de m'échapper.

« Et pas de bêtises, d'accord ? » lance papa au moment où je claque la porte derrière moi. Maman lui envoie un « Greg ! » super rude.

Eh bien, cette petite scène a été aussi étrange que prévue. Je me demande pourquoi je leur ai parlé de Lucas. J'aurais dû trouver autre chose. N'importe quoi. Ils auraient gobé n'importe quelle histoire, de toute façon, mais non, il a fallu que madame leur dise la vérité.

J'accomplis la moitié du trajet jusqu'au cinéma en me faisant la leçon et en me repassant tous les moments gênants de la conversation lorsque je comprends soudain quelque chose : je voulais que mes parents soient au courant. Pour voir leur réaction, l'effet que ça aurait sur eux d'avoir une fille normale qui vivrait des choses normales au lieu d'une toute bizarre et obsédée par son meilleur ami mort.

Mais c'était une erreur. Il aurait mieux valu éviter de leur donner de faux espoirs, parce que ce sera encore plus difficile pour eux, le jour où cette version de moi n'existera plus.

Dans quatre mois.

Un tas de gens font les cent pas devant le cinéma. Lucas est assis sur les marches de l'entrée, appuyé en arrière sur ses coudes, à prendre l'air. La lumière du soleil nimbe son visage parfait. On dirait presque que cet astre lui voue un culte et pas l'inverse. Un groupe de filles de douze ans assises quelques mètres plus loin le regardent en gloussant et en se donnant des petits coups de coude. Ça doit lui arriver sans arrêt. Il ne doit même plus se rendre compte que les gens le dévorent des yeux.

Je me plante devant lui. Mon corps lui fait de l'ombre. J'aime cette sensation, le dominer de toute ma hauteur comme ça.

Lucas se redresse et me sourit. « Hé, toi… Ouah ! Tu es vraiment super jolie. C'est nouveau ? »

Je hausse les épaules avant de baisser les yeux sur mon haut. « Nan. C'est juste un machin qui traînait au fond de ma penderie. » Je m'assois à côté de lui sur les marches, mais pas trop près.

Lucas recommence à sourire. Un sourire qui me fait comprendre qu'il sait que j'ai acheté ce truc pour lui. Quel petit con prétentieux ! « Je n'ai pas droit à une bise ? »

Il a surtout droit à un autre haussement d'épaules. « Mmm… J'sais pas. Je ne suis pas sûre que tu le mérites. » Les gamines de douze ans nous observent. Elles doivent penser que Lucas est trop bien pour moi. Ce genre d'examen approfondi me met mal à l'aise, en général, mais je m'en contrefous, là maintenant. Lucas est le seul que j'aie à convaincre, ce soir, ce qui devrait être facile, vu sa façon de me mater.

C'est ce que je me suis dit sur le moment, en tout cas. « Hé, Mahoney ! Réflexe ! » Une canette de Coca vient frapper Lucas en plein dans la poitrine. Il bondit aussitôt sur ses pieds et se jette sur son assaillant avant de le tacler au niveau des hanches pour le soulever du sol. Stu… Et, cachée derrière lui, Nina avec une vraie tête de gourdasse.

Cette dernière s'assoit à côté de moi. Nous regardons les garçons se lancer dans une lutte homoérotique.

Je vais vraiment devoir prendre sur moi pour parler à cette fille. Elle est l'Une d'Eux, même si ce n'est qu'une pièce rapportée. « Je croyais que tu devais aller à New York... »

Nina enroule une mèche de cheveux autour de son doigt. Un tic nerveux, ou elle aime vraiment faire ça ? « Je pars dimanche.

— Oh... (Cette conversation va vraiment être laborieuse.) Alors... toi et Stu, vous... ?

— Moi et Stu quoi ? » Soit elle joue les idiotes, soit elle est aussi bête qu'elle en a l'air.

« Heu... ben, tu... vous sortez ensemble ? »

Elle arrête de regarder les garçons durant une seconde. *Un certain éclat* brille dans ses yeux. « Ouais, je crois qu'on peut dire ça comme ça. Ce n'est pas officiel, mais on n'a pas besoin de mettre une étiquette sur notre relation, Stu et moi, tu vois ? On sait tous les deux à quoi s'en tenir, et ça nous va très bien. C'est même super cool. » Elle hoche très fort la tête comme pour se convaincre elle-même.

« Super ! » Je tourne mon attention sur les garçons, qui se coursent autour de la sculpture au milieu de la place – celle à propos de laquelle le journal local a fait l'année dernière un super long article titré EST-CE DE L'ART ? Stu paraît la trouver belle, en tout cas, vu qu'il fait semblant de se la taper.

Lucas rit très fort, un rire vraiment sonore, qui se calme au moment même où il croise mon regard. Il vient vers moi à petites foulées. C'était une erreur, de le laisser voir mon vrai visage. Il va vraiment falloir faire gaffe. « Désolé... », dit-il avec une tête de gosse intimidé.

Je lui adresse un sourire – que j'espère – indulgent, mais continue de me taire.

Stu arrête de faire semblant de sauter l'œuvre d'art après qu'une petite vieille avec un chapeau lilas lui a lancé un regard mauvais. Il ondoie jusqu'à nous en se dandinant – un mélange de gangsta, et de je-viens-de-faire-dans-ma-couche –, avant de se laisser tomber à côté de Nina et de passer un bras autour de ses épaules. « Alors, qu'est-ce que vous foutez là, les gars ? »

Je me retiens de lui balancer un *qu'est-ce qu'on peut bien faire assis devant un cinéma, à ton avis ?*

Pour en rajouter à mon bonheur, Stu et Nina décident de se joindre à nous. Nina aimerait beaucoup les films d'action, les poursuites de voiture, les explosions, tout ça. Trop chelou.

Lucas va acheter les billets – ça lui fait plaisir de nous inviter. J'imagine que ce geste est censé m'impressionner. Comme si dépenser les sous de maman lui vaudrait une putain de médaille... Stu le gratifie d'un petit coup dans l'épaule et d'un « sympa, mec » à son retour. Plus moyen de reculer.

Nina part aux toilettes. Nous nous retrouvons Stu et moi chargés de la délicate mission du choix des friandises. Je fonce droit sur les bouteilles de Coca pendant qu'il va se planter devant les bonbons au réglisse, ce qui en dit long sur le personnage, à mon avis.

Il en fourre prudemment dix dans un sachet, pendant que je remplis le mien. Ensuite, je recule pour réfléchir à mon choix suivant. Une seule erreur, et tout l'assortiment se retrouverait gâché. On ne rigole pas, avec les bonbecs. Les grosses fraises en guimauve pourraient être mes prochaines victimes. Stu vient se planter soudain près de moi. Il reste debout, à me regarder. Trop spé. Je l'ignore, mais je ne vais pas pouvoir jouer à ce petit jeu très longtemps. « Je ne savais pas que toi et Lucas vous... » Il parle à voix basse, comme un conspirateur.

À court de réponse, je hausse les épaules.

« Tu... vous... heu, vous avez rencard, c'est ça ?

— J'imagine qu'on peut dire ça.

— C'est... chouette. Non, sincèrement, c'est vraiment cool. Lucas est un super mec. » Ce n'est pas le Stu que je connais et que je déteste. On dirait une version nouvelle, et améliorée, de Stu – une version avec marmonnements.

Je jette un coup d'œil par-dessus mon épaule, priant que Lucas vienne me tirer de là. Je supporterais même la présence de Nina, au pire. Vraiment. Personne à l'horizon. Je vais devoir dire quelque chose. *Eh merde...* « Ouais, il a vraiment l'air sympa. » Heu, c'est tout ? OUAIS, IL A VRAIMENT L'AIR SYMPA ? Nina rivaliserait avec un tel niveau de platitude.

Stu se penche encore plus près. Je m'écarte en prétextant de m'intéresser à d'autres bonbons. « Il est au courant ? Tu sais, à propos de ce que tu m'as dit ? »

J'aurais dû me douter que cette question viendrait sur le tapis. « Non. Et je préférerais que les choses restent comme ça, d'ac' ? »

Stu hoche la tête avant de passer la main dans ses cheveux en pétard. « Pas de problème. Tu peux compter sur moi. Je sais que les choses ont mal démarré entre nous, mais je… heu… je ne savais pas… à propos de… bref, tu vois, quoi. » L'idée que Stu puisse penser que je le crois manque me faire éclater de rire, mais ça gâcherait tout. Il réagit exactement comme je le voulais – il me soutient à fond. Et si pour ça, je dois faire comme s'il était mon confident ou je ne sais quoi, alors je vais le faire. Pour le moment.

32

Kai et moi avions toujours l'habitude de nous asseoir au troisième rang. J'essaie de ne pas regarder nos places pendant que Lucas nous entraîne vers le fond de la salle.

Je me retrouve entre Lucas et Stu. Ça ne me dérange pas, au début, mais tandis que le film progresse (heu, si on veut), j'ai l'impression de vivre une de ces scènes dans lesquelles le héros se retrouve pris au piège dans une pièce dont les murs se referment sur lui. Soudain, j'ai la sensation de perdre pied, d'être coincée entre ces garçons plus grands et plus forts que moi. Ils pourraient me faire n'importe quoi, je ne pourrais pas les en empêcher. Je ne sais pas d'où ces idées me viennent, mais c'est plus fort que moi. Je me ratatine sur mon fauteuil en ramenant les coudes contre moi. Heureusement que Lucas nous a acheté des billets pour les super bonnes places, parce qu'on a carrément de l'espace, du coup. Mais ils ne me feront rien maintenant. Pas dans cet endroit.

Une demi-heure après le début du film, alors qu'une autre voiture a fait un tonneau et pris feu, Lucas se penche vers moi. « Ça va ? »

Je hoche la tête avant de me reconcentrer sur l'écran, comme si je ne voulais pas le lâcher des yeux au cas où quelqu'un se ferait tirer dessus.

« Tu es sûre ? »

Je dois réagir. Je ne peux pas rester ici à attendre que la panique me submerge. J'ai deux options : partir de là et disparaître dans la nature. Oublier ce plan à la con et redevenir Normale Jem, qui ne se serait jamais retrouvée en sandwich entre ces deux mecs dans le rang le plus chic du cinéma. Ou écarter la peur, et commencer à me comporter comme Nouvelle Jem le ferait. Comme ces types s'attendraient à ce que n'importe quelle fille le fasse.

J'opine de nouveau, mais en me penchant beaucoup plus près, cette fois, au point que nos bouches se touchent presque. « Ce film est vraiment nul. » Il hoche la tête, mais ne s'intéresse plus du tout au film. Il ne pense qu'à une chose : m'embrasser. Je me recule pile au moment où il entre en action. Il sourit ; il croit que je joue.

Je me penche encore vers lui. Lucas m'imite aussitôt. Je mordille doucement sa lèvre inférieure, avant de me reculer. Je prends sur moi pour oublier que Stu est assis juste là, à côté de moi, et qu'il pourrait nous mater. Heureusement, le film le captive trop – ou le pantalon de Nina – pour remarquer ce que Lucas et moi faisons.

Je le laisse m'embrasser. Je me sens beaucoup plus calme quand on s'embrasse. C'est comme s'il n'y avait plus de problème et que je contrôlais très bien la situation.

Les mains de Lucas commencent à se balader. Évidemment… Je me retiens de les attraper et de lui casser les doigts. Je dois faire semblant d'apprécier que ses sales pattes me touchent. Mon souffle se bloque au fond de ma gorge. Je gémis. Le genre de gémissement qu'on fait quand on aime la façon dont on vous caresse.

Ce bruit est un mensonge.

Nous allons boire un milk-shake ensemble, après le film. Stu propose d'en descendre trois en cinq minutes si Lucas les lui offre. Personne ne l'a poussé à faire un truc aussi débile – cette idée de génie lui est venue toute seule. Je me demande s'il tient un journal de bord dans lequel il note tous les trucs idiots qu'il peut faire avec des choses à boire et à manger. À moins qu'ils lui viennent comme ça, comme une espèce de don.

On commence à chanter « Et glou et glou » en frappant nos paumes sur le plateau de table en formica, ce qui ennuie les autres clients. Personne ne nous dit de la boucler, pourtant – même pas la dame avec la coupe au bol qui n'arrête pas de nous mater. Je lui adresse un petit signe de la main accompagné d'un sourire mielleux. Elle détourne les yeux avec un air dégoûté avant de marmonner quelque chose à son mari/fiancé à la coupe de cheveux aussi catastrophique que la sienne. Je n'aurais jamais osé une chose pareille quelques mois plus tôt. Les gens qu'on ne connaît pas, soit on les ignore, soit on a peur d'eux, soit on fait des commentaires sur eux. Mais on ne les défie pas, on ne se moque pas d'eux, et on ne rit pas d'eux – du moins pas ouvertement.

Histoire de zapper Coupe-au-bol, je me concentre sur Stu, qui a déjà descendu deux milk-shakes. Je ne veux pas penser au fait qu'elle ait pu passer une journée pourrie au boulot, ou que son chien se soit fait écraser, ou qu'elle ne soit pas d'humeur à supporter un groupe de jeunes super casse-pieds. Je refuse d'envisager la possibilité qu'elle ne soit pas sortie depuis des plombes, vu qu'elle n'a pas arrêté de s'occuper des enfants, et qu'elle avait juste envie de manger un bon burger et des *onion rings* au calme. J'évite de le faire parce que les gens comme moi ne pensent pas aux gens comme elle. Jamais de la vie. Dans quel but ?

Stu relève le défi. Lucas lui donne une grande tape dans le dos – mais vraiment forte – pour l'aider à vomir. Stu a l'air super fier de lui, et en forme. « Allez, vas-y mec, crache ! » s'exclame-t-il en tendant la main pour que Lucas puisse y fourrer le billet de dix. Ce garçon semble avoir une source de cash intarissable. Ça doit être assez agréable, comme sensation…

Les singeries de Stu paraissent impressionner Nina. L'ingurgitation de milk-shakes doit se situer au sommet de sa liste de qualités chez un garçon. Elle commence à l'embrasser comme si elle cherchait à avaler jusqu'à la dernière goutte de boisson encore présente dans la bouche de son mec. Exactement aussi dégueu que ce qu'on pourrait imaginer.

Je les informe que je vais aux toilettes sans relever le regard froid de Lucas. Cette petite scène l'amuse aussi peu que moi. Mais Nina se désincarcère alors de la bouche de Stu, attrape son sac, et me suit aux toilettes. Une papote entre filles avec Miss Débile… Génial ! J'en rêvais justement !

Nina se dirige droit vers l'une des deux portes pendant que j'hésite parce que a) je n'ai pas besoin d'aller aux toilettes, et b) je serais incapable de faire pipi sachant que Nina se trouve dans les toilettes d'à côté. Ce qui n'a absolument pas l'air de la gêner, car elle se met aussitôt à papoter. J'ai vraiment du mal à me concentrer sur la conversation alors qu'elle urine. Je me regarde dans le miroir ; ça se voit, que j'ai embrassé quelqu'un.

Nina continue de parler de Stu en se lavant les mains. Je ne sais pas si je vais supporter cette situation encore très longtemps. Le moment est peut-être venu de m'amuser un peu – de préparer le terrain histoire de rendre à Stu la monnaie de sa pièce. « Je trouve ça vraiment génial que Stu fasse tous ces efforts, tu sais. »

Nina semble encore plus perplexe que d'habitude.

« Oui, ça ne doit pas être facile pour lui. Il n'est pas du genre à sortir avec une seule nana à la fois. » Je fais même ce truc ridicule avec les doigts, ces guillemets en l'air. Ce que je ne fais jamais, mais vraiment jamais.

Nina hausse les épaules. « Ça, c'était avant », déclare-t-elle avec une moue discrète, mais inratable.

« Oui, je sais. Il doit vraiment te kiffer. Il n'a même pas flirté avec cette fille, tout à l'heure, au cinéma. »

Je prends vraiment sur moi pour ne pas éclater de rire devant la tronche de Nina. « Quelle fille ?

— Celle au stand de bonbons. Elle lui courait après, clair. J'ai eu l'impression qu'il... que tous les deux... C'est juste un truc qu'on sent, des fois. C'est vraiment génial que tu lui fasses confiance. »

Nina applique du gloss rose collant sur ses lèvres avant de les presser l'une contre l'autre plusieurs fois avec un air pensif. « Je lui fais vraiment confiance. » Mais oui, c'est ça...

Je pose la main sur son bras. « C'est franchement bien de ta part. » Ajoutez un hochement de tête au mélange, et vous transformez des germes de doute en paranoïa pure et simple.

« Elle était jolie ? »

Je passe une main dans mes cheveux en faisant semblant de réfléchir. « J'en sais rien… Je suppose. Elle te ressemblait vaguement, maintenant que j'y pense. Avec un peu plus de formes, peut-être ? »

Ma pique atteint sa cible direct. « Je vais lui poser la question, pour voir comment il réagit.

— Ah ouais ? C'est toi qui vois. Si tu penses que c'est une bonne idée…

— Pourquoi tu dis ça ? » C'est trop pour le cerveau de Nina, de réfléchir autant. Il n'a pas l'habitude.

Je roule des yeux comme si la réponse n'aurait pas pu être plus évidente. « Stu risque de penser que tu ne lui fais pas confiance, tu ne crois pas ? Il se sentira tellement blessé et énervé qu'il ira direct voir l'autre nana histoire de jeter un œil dans son sac de bonbecs d'un peu plus près. » Je me tais le temps de laisser cette dernière remarque faire son chemin.

« Tu as raison. Je crois que je vais juste davantage le surveiller. Au cas où. » Elle me regarde comme si j'étais son gourou. Hilarant.

Je hoche la tête avec le plus de sincérité (feinte) possible. « Ça me paraît une bonne idée… Allez, on ferait mieux d'aller rejoindre les mecs… Ils doivent se demander où on est passées ! »

C'est au tour de Nina de poser une main sur mon bras. « Merci de m'avoir parlé, Jem. Tu es une super amie. » Elle me serre contre elle. Je vois mon reflet dans le miroir. Il sourit.

Lucas propose de me raccompagner à la maison, mais je refuse. Je ne supporte pas l'idée qu'il me considère comme une femelle sans défense qui aurait besoin d'un chaperon. Nous tergiversons pendant quelques minutes – lui à insister, moi à refuser. Il n'a visiblement pas l'habitude qu'on lui résiste. La situation devient super pénible. Du coup, j'accepte qu'il fasse la moitié du chemin avec moi. Et ça lui évitera un trop grand détour, comme ça – non pas que j'en aie grand-chose à foutre...

Tant mieux, s'il pense que j'ai besoin d'attention, de protection, même si je trouve ça condescendant au possible. (Lucas pourrait aussi juste se montrer sympa, mais cette solution n'est pas une option envisageable.)

Il me prend la main. Nous flânons dans les rues. C'est agréable, de se balader comme ça main dans la main avec un garçon. Dommage que ce soit avec celui-là. Je donnerais tout pour pouvoir me balader ainsi avec *mon* mec de cœur. Avec Kai.

Je laisse Lucas faire plus de la moitié du trajet avec moi – les deux tiers, disons. Pas parce que j'apprécie sa compagnie, mais parce que nous parlons films. Je soutiens qu'*Halloween* est le meilleur film d'horreur de tous les temps. Lucas a le mauvais goût d'avoir un point de vue différent. Je m'arrête en pleine rue pour lui débiter dix raisons pour lesquelles il se trompe complètement.

Il lève les mains en riant. « OK, OK, tu as gagné ! Je renonce ! Je ne fais pas le poids devant ta science. » Il me lance un petit regard futé. « Bon, et pour être complètement honnête, j'ai seulement vu le remake.

— Quoi ? ! On se prend la tête alors que tu ne l'as pas vu ? !

— On discutait. On ne se prenait pas la tête. Ça n'a strictement rien à voir. Se prendre la tête avec quelqu'un, ça énerve, alors que discuter, c'est plutôt cool. En plus, j'aime bien te voir t'énerver. Tu es trop rigolote. »

Je plisse les yeux avant de plaquer mes deux mains sur son torse. Son T-shirt est tellement fin que la chaleur de son corps passe au travers. Je pousse Lucas vers un muret bas pour l'obliger à s'asseoir, jambes écartées. Il me regarde en souriant. « Tu es plus forte que tu en as l'air.

— Tu peux garder ta condescendance pour toi, Lucas Mahoney. Ne joue pas à ça avec moi. » Ma voix est plus grave et plus rauque que d'habitude. Elle fait son petit effet.

Lucas m'attrape par la taille pour m'attirer plus près. Je me sens de nouveau prise au piège, mais continue de sourire. Ses mains me paraissent énormes et puissantes, même si je sais très bien qu'elles sont des plus normales. Elles sont plutôt fines et gracieuses, en fait, si on les observe bien.

Lucas doit lever les yeux pour me regarder. Je ne suis pas obligée de me casser la nuque, pour une fois. C'est mieux.

« Je ne suis pas condescendant. Et tu n'es pas condescendantable, de toute manière.

— Ce mot n'existe pas.

— Je sais. Est-ce que je peux t'embrasser ? »

Lucas Mahoney fixe ma bouche. Il a l'air affamé. Je hausse les épaules. « J'imagine que oui. » Il avance brusquement la tête vers l'avant, mais je détourne la mienne au dernier moment. « À une condition…

— Vas-y, envoie.

— Que tu acceptes de regarder *Halloween* avec moi. » Mais qu'est-ce qui me prend de dire un truc pareil ? J'ai l'impression de trahir Kai, et pas qu'un peu. *Halloween* est notre truc à nous. Je ne ternirai pas ce souvenir en le partageant avec Lucas. Jamais.

Ce dernier glisse une main derrière ma nuque avant d'attirer doucement ma tête près de la sienne. « Cette condition est franchement acceptable. » Je ne pense plus du tout à *Halloween*, quelques secondes plus tard.

Nous nous embrassons jusqu'à ce qu'un type chauve en colère vienne frapper contre la baie vitrée de son salon pour nous envoyer d'un geste de la main nous rouler des pelles ailleurs.

Lucas et moi nous enfuyons main dans la main, comme deux sales gosses, pour nous arrêter une ruelle plus loin, et aussitôt recommencer à nous embrasser. Je crois que nous allons le faire encore. Et que nous allons peut-être faire d'autres trucs, même.

Et peut-être que je m'en fous.

33

Papa et maman veulent rencontrer Lucas. J'ai essayé de leur dire que ce n'était pas près d'arriver – jamais dans cette vie –, mais mon père se la joue papa-de-sitcoms-américains à la con. Vous voyez certainement de quoi je parle... Ceux dans lesquels la fille se prépare pour le bal de fin d'année, où son petit ami passe la prendre, où le père va ouvrir la porte et se met à cribler le pauvre garçon de questions pendant que la fille termine de se préparer à l'étage. Je me demande si ça se passe vraiment comme ça dans la vraie vie.

Je n'aime pas beaucoup ce que je vois dans les yeux de mes parents lorsqu'ils m'interrogent sur Lucas. C'est pire du côté de ma mère, mais mon père a l'air de penser comme elle, même s'il se la joue père bourru super protecteur : de l'espoir. Leurs yeux brillent d'espoir. Mais cet espoir leur sera bientôt arraché, et de la pire des façons.

Ils voudraient que j'invite Lucas à dîner la semaine prochaine. Ma mère est tellement excitée qu'elle se met à parcourir tous ses livres de cuisine en me demandant ce qu'il aime. Je ne réponds pas que je n'en sais rien, et que je m'en contrefous, et lui file même un petit coup de main, à la place : Lucas aime la viande, les pâtes, et la bouffe chinoise, mais pas trop le poisson et le maïs. Maman cherche une recette dans un nouveau bouquin qu'elle vient d'acheter – celui avec une femme dodue en couverture, qui affiche une moue débile. « On peut dire que vous allez bien ensemble, tous les deux. Vous avez exactement les mêmes goûts ! Plus j'y pense, plus je me dis qu'il doit faire semblant d'aimer ce que tu aimes. Quand j'ai rencontré ton père, je l'ai persuadé que j'aimais la même musique horrible que lui, et il m'a convaincue qu'il aimait la danse classique ! Ah, ce que l'amour nous pousse à faire… »

Elle fixe le vide avec des yeux larmoyants. Je la dévisage en me demandant si cette femme est vraiment ma mère. Noah arrive en trombe dans la cuisine, et nous regarde tour à tour maman et moi. « Vous avez l'air trop bizarres » À ces mots, il attrape une pomme dans le plat à fruits, et repart en courant.

Je passe un coup de fil à Lucas. L'idée que mes parents veuillent tellement le rencontrer le rend hilare.

« Sasha ne m'aurait pas laissé approcher ses parents à moins de cent mètres alors qu'on sortait ensemble depuis trois mois ! »

L'implication de cette déclaration suffit à me laisser bouche bée.

« Jem ? Allo ? Tu es toujours là ? »

Je m'éclaircis la voix. « Je... ouais ouais.

— Ça va ? Tu as l'air un peu... j'sais pas.

— Ça va. Je suis juste... C'est ce qu'on fait ? On sort ensemble ? »

Un rire bizarre retentit à l'autre bout du fil. « Et je peux savoir ce que tu croyais qu'on faisait, exactement ? »

Je hausse les épaules avant de me rendre compte que ça ne sert à rien. « Heu... J'en sais rien, qu'on traînait ensemble, un truc dans le genre ?

— *Qu'on traînait ensemble, un truc dans le genre*... Ouah ! Hé, si on y mettait un peu plus les formes ? Jemima Halliday, accepterais-tu de sortir avec moi ? » La voix de Lucas est aussi sucrée que du sirop d'érable.

Je le laisse mariner un petit moment. « OK.

— OK ? C'est tout ? Alors que je viens de t'ouvrir mon cœur ? ! » Son ton faussement outré me fait grimacer.

« Désolée. Oui, Lucas Mahoney, ça me plairait beaucoup de sortir avec toi.

— Ah, voilà ! Là, c'est mieux ! »

Nous papotons encore un peu histoire de nous organiser pour le dîner. J'ai du mal à raccrocher. Une fois le coup de fil terminé, je balance mon téléphone sur le lit comme s'il était responsable de ma situation.

Je sors officiellement avec Lucas Mahoney.

Lucas Mahoney est mon petit ami. Je me dégoûte moi-même. Et m'impressionne plus qu'un peu.

J'ai compté les jours depuis la lettre de juillet. Je n'ouvrirai pas la suivante à la bourre, cette fois.

Jem,

Je suis assis là depuis je ne sais combien de temps, à perdre lentement mais sûrement mes objectifs de vue. Je te dois des excuses. Qu'est-ce qui m'a pris de te lancer ces défis à la con ? Tu dois être ~~super~~ énervée après moi. Je ne t'en voudrais pas, si tu déchirais toutes ces lettres débiles et décidais de m'oublier. Pour qui je me prends, ~~putain~~ à vouloir te changer comme ça depuis l'autre monde, comme dans une espèce de programme télé pour demeurés ?

Bref, ce que j'essaie de te dire, c'est : que j'espère que tu as zappé les missions que je t'ai données et que tu es restée toi-même, aussi magnifique que d'habitude. Juste toi-même. Et si jamais ce n'est pas le cas, j'espère que ces changements te plaisent, et que tu ne me détestes pas trop. Je ne peux pas récrire les lettres. Je suis trop fatigué. Les choses ne se passent pas exactement comme prévu. C'était tellement clair dans ma tête, tellement cohérent. J'étais vraiment convaincu de faire au mieux pour vous tous.

Tu sais ce que j'aimerais plus que tout au monde ? J'aimerais ne pas être homo. Ce n'est pas aussi facile que je voulais bien le laisser croire. ~~Il y a certaines choses dont je n'ai jamais parlé~~ Tout est tellement plus facile pour vous, les hétéros. Tout tourne autour de vous, et vous ne vous en rendez même pas compte. Avant de te la jouer indignation vertueuse, je te calme direct. Je ne parle pas de TOI, je parle des gens en général. Tu sais quoi ? Je nous ai déjà imaginés mariés. Plusieurs fois. Non, mais tu le crois ? Juste pour voir comment la vie serait si je n'aimais pas les mecs. Parce que si je n'aimais pas autant les mecs, je serais fou amoureux de toi. ~~Mais j'aime coucher avec des mecs.~~ Oups...

Je ne suis pas complètement débile, Jem. Je sais très bien ce que tu éprouves pour moi. Je crois que je le sais depuis plus longtemps que toi, même. Tu es incapable de cacher tes sentiments. Tu devrais bosser là-dessus, d'ailleurs, si tu ne veux pas te retrouver un jour avec le cœur brisé en mille morceaux. Et voilà, je recommence – je t'explique comment vivre ta vie. Je ne peux pas m'en empêcher. Bref, ce que je peux te dire, en revanche, c'est que je suis flatté que tu aies préféré passer ton temps avec moi au lieu d'aller draguer des mecs qui ne demanderaient pas mieux que de faire des trucs avec toi, EUX. Bon sang, je suis vraiment à côté de mes pompes. J'ai l'impression de ne pas arriver à trouver les mots justes malgré mes efforts. Je veux que tu saches que j'aurais adoré éprouver la même chose que toi. J'aurais vraiment tout donné pour vivre ça. Je pense qu'on aurait pu être heureux ~~ensemble, toi et~~ moi. Si seulement...

Désolé pour les taches de larmes. Je ne voulais pas jouer les gros lourds. Ce ne serait vraiment pas cool de ma part, et exactement l'inverse du but de ces lettres. Ne pleure pas, ma Jem.

Bref, quoi que tu fasses en ce moment, j'espère de tout mon cœur que tu es heureuse. Tu mérites d'être heureuse, ma chérie. Parce que je le déclare, et parce que j'ai toujours raison. Un point c'est tout.

Je te dis au mois prochain.
Je te serre très fort contre moi,

Ses lettres me pulvérisent chaque fois un peu plus le cœur, et il ne le sait même pas. Espérer qu'il ne soit pas homo… Ce n'est pas Kai. Il ne pensait pas comme ça. Tellement pas. Du moins pas avant qu'ils l'humilient. Ils paieront de l'avoir poussé à voir ainsi les choses.

Il savait. Il savait ce que j'éprouvais pour lui. Ça ne me met pas aussi mal à l'aise que ce que j'aurais cru. Je suis contente. Je suis contente qu'il ait su que quelqu'un l'aimait autant. Ça doit faire du bien de savoir que quelqu'un vous aime plus que tout au monde. Tant pis si Kai n'éprouvait pas la même chose pour moi. (Pourquoi est-ce qu'il n'éprouvait pas la même chose ? Mais POURQUOI ?) L'idée que personne ne m'aimera jamais comme ça me rend triste. Je ne saurai jamais comment c'est. On ne peut pas dire que ça lui ait fait beaucoup de bien. Pas assez pour lui donner envie de rester, en tout cas.

Ce genre d'idées ne m'aide vraiment pas. S'il me voyait, là maintenant… Je n'imagine même pas le savon qu'il me passerait.

Oui, j'ai obéi à tout ce qu'il m'a demandé, mais je me fourre le doigt dans l'œil si je pense qu'il apprécierait ce que je fais en ce moment pour lui. Il n'aurait jamais voulu ça. Je ne dois pas y penser. La seule chose, c'est espérer qu'il comprendrait pourquoi j'agis de cette façon. Pourquoi je dois tous les briser.

34

On dirait que le Dîner Zarbe doive être reporté. Je suis malade. Genre super malade comme ça fait des années que ça ne m'est pas arrivé. Je m'en serais bien passé, vu comment je me sens mal, mais ce virus est un vrai cadeau du ciel.

Je me demande si l'idée d'être la petite amie de Lucas Mahoney ne me dégoûterait pas au point que mon système immunitaire se révolte. C'est peut-être Lucas, que mon corps rejette, derrière cette maladie, comme un receveur d'organe rejetterait un rein ou je ne sais quoi. J'ai l'impression que quelqu'un m'a frotté la gorge avec une râpe à fromage et que mon cerveau est deux fois trop gros pour mon crâne.

Maman vient me voir avant d'aller bosser afin de vérifier si j'ai de la fièvre. Elle pose sa main sur mon front comme toutes les mères le font, mais avec un regard super concentré en plus. « Mmm... je crois qu'on devrait appeler Janice. »

J'éructe un « Non ! » paniqué, bientôt suivi d'une quinte de toux qui m'étrangle à moitié.

Maman jette un coup d'œil à sa montre en serrant les lèvres si fort qu'elles disparaissent presque. « Elle doit être en train de terminer sa garde. Je suis sûre que ça ne la gênerait pas de passer... Juste histoire de me rassurer. »

Je me redresse dans mon lit et contrôle à peine le vertige qui me submerge. « Maman... Je vais bien. Ce n'est qu'un rhume ou un truc du genre. S'il te plaît, n'embête pas Mme McBride pour ça. Elle est toujours claquée, après une nuit de garde. » Ma mère hésite. « En plus, elle va dire que c'est un virus. Ils disent toujours que c'est un virus, dans ces cas-là. Je vais rester couchée aujourd'hui. Je suis sûre que ça ira beaucoup mieux à ton retour du boulot. »

J'adresse une prière silencieuse au dieu de l'interaction mère-fille. L'idée de devoir parler à Mme McBride, de devoir contempler son visage tout triste et tout pâle... Je serais capable de bondir de mon lit et de faire la roue rien que pour m'éviter ça.

Maman s'assoit au bord de mon matelas avant de prendre mes mains moites entre les siennes. « OK, très bien... Mais je m'inquiète pour toi, Jem. Si jamais quelque chose devait t'arriver, je ne... » Elle secoue la tête et inspire profondément en tremblant. J'ai l'impression qu'elle va se mettre à pleurer.

« Maman, il ne va rien m'arriver ! Ce n'est qu'un rhume. Maintenant, arrête ton cinéma et va bosser. Tu n'as qu'à m'envoyer un texto dans une heure, si ça peut te rassurer. »

Elle me serre les mains, mais ne dit rien. La situation devient légèrement bizarre sur les bords. « Tu as raison. C'est complètement idiot... OK, je m'en vais, mais tu as intérêt à répondre à mes textos – sauf si tu dors. Réponds vite, si tu peux... »

À ces mots, elle se lève, et s'en va. Enfin ! Je tire la couette par-dessus ma tête. Je me sens deux fois plus fatiguée qu'à mon réveil. Ma mère n'a pas besoin de rentrer dans les détails. Une seule et unique raison explique sa nouvelle parano : Kai.

Le truc fou dans l'histoire, c'est qu'elle a raison de s'inquiéter, de se montrer parano. Et pas simplement à cause du fait que je tombe malade.

Maman n'a pas pu aller travailler les deux jours suivants, en fin de compte. Ce n'était pas un petit rhume, mais un affreux virus tueur tout droit sorti des enfers et qui a massacré une grande partie de mes vacances d'été. Du coup, le Dîner Bizarre avec Lucas n'a pas encore eu lieu. Concernant le côté négatif de l'histoire, j'ai tellement mal à la gorge que je ne peux rien avaler à part du melon, de la soupe, et de la glace. (La glace pourrait entrer dans la catégorie des trucs positifs.)

Lucas a demandé à passer chez moi, mais il n'y a pas moyen qu'il me voie dans cet état – pas lavée, blanche comme un cachet d'aspirine, et moite de sueur. Je ne veux pas qu'il pense que je suis vulnérable, une personne sur qui on doit veiller. Et encore moins qu'il me voie en pyjama. Je lui ai envoyé un texto pour lui dire que je le préviendrais quand je serais de nouveau visible. Il balance une blague pourrie à propos du fait qu'il pourrait venir jouer les docteurs à laquelle je réponds d'un smiley. Il me laisse un SMS tous les matins pour me demander comment je vais ; carrément énervant.

Mon état s'améliore au quinzième jour de ma quarantaine. D'un point de vue purement technique, c'est allé un peu mieux au neuvième, mais je n'ai rien dit, parce que je commençais à apprécier la prévenance de ma mère. Sa douce voix, et la totale et merveilleuse absence de remarques bien chiantes aussi…

Je consacre le dimanche après-midi à parcourir les pages d'un des magazines que maman m'a achetés… Des magazines de mode ! Qui parlent de mecs ! De maquillage ! Et encore de garçons ! Une fois le stade mais-elle-ne-me-connaît-pas-du-tout-ou-quoi passé, je finis par m'intéresser à certains articles. La honte…

On sonne à la porte. Certainement des copains de Noah. Le doute me prend vingt minutes plus tard lorsque j'entends frapper des petits coups timides à la porte de ma chambre. Maman ne prend jamais la peine de frapper avant d'entrer (soi-disant qu'elle oublierait de le faire), et papa frappe toujours comme une mitraillette – un *rata tata tata* qui me fait chaque fois sursauter.

« Entrez ! ? » Je n'aimerais pas que quelqu'un d'autre qu'un membre de ma famille franchisse cette porte. La seule personne au monde que j'aimerais voir la franchir ne le fera plus jamais.

Une assiette remplie de *cupcakes* s'avance. Pas véritablement ce à quoi je m'attendais. Les mains qui tiennent cette assiette sont délicates et aussi « fille » qu'on puisse rêver : Sasha, plus jolie et éclatante de santé que jamais. Je suis coincée…

« Ma pauvre chérie ! Pourquoi tu ne m'as pas appelée ? ! J'aurais pu passer te tenir compagnie ! »

Je m'éclaircis la voix. « Heu… parce que je ne devais pas avoir très envie de compagnie, j'imagine. »

Sasha s'assoit au bord de mon lit un tout petit peu trop près à mon goût. « Espèce d'idiote ! Ça sert à quoi, les amis ? ! J'aurais pu te préparer du lait de poule. » Elle pose les *cupcakes* sur ma table de nuit. Leur glaçage est rose pétard – le genre de couleur que vous ne voudriez pas mettre dans votre bouche. « Mais c'est pas grave, je suis là, maintenant. Et avec des *cupcakes* ! » Ses grands yeux bruns me scrutent.

« Tu as cuisiné des *cupcakes* pour moi ? » J'aurais difficilement pu dire un truc plus con, et encore, j'ai fait un super effort. Je ne ressemble à rien. Mon haut de pyjama est troué. J'ai un bouton au menton gros comme une balle de golf. Et pire que tout, je ne suis pas maquillée.

« Je cuisine, quand je m'ennuie. Et je me suis pas mal ennuyée, ces derniers temps. Tiens, prends-en un. » Elle me met l'assiette sous le nez. Je dois me retenir pour ne pas vomir dedans.

— C'est... heu... très gentil de ta part. Ça t'embête si je les goûte plus tard ? Je ne me sens pas super bien, là, tout de suite.

— Pas de problème ! Ta mère m'a dit que tu n'avais pas beaucoup mangé, ces derniers jours, et c'est vrai que tu as maigri, maintenant que je te regarde. C'est à ça que j'aurais dû employer mon été – tomber malade et perdre quelques kilos.

— Comme si tu devais perdre du poids... »

Elle me sourit parce que je viens de dire exactement ce qu'elle attendait de moi. « Ta mère est vraiment adorable, tu sais ! Ton père aussi. Tu as tellement de chance. Mes parents sont super chiants, comparés à eux. Et Noah est le petit garçon le plus adorable que j'aie jamais vu. Il a réussi à me soutirer un *cupcake*, ce malin. On peut dire qu'il sait s'y prendre, celui-là.

— Pour ça, on est d'accord. Il dirige cette famille. Alors... de quoi vous avez parlé avec ma mère ? » J'essaie de prendre un ton léger. Comme si je faisais la conversation. Mais l'idée de Sasha et de ma mère en train de papoter me met mal à l'aise.

J'avais esquivé une balle, en tombant malade et en réussissant à éviter que Lucas passe, mais je n'avais pas anticipé que l'Un d'Eux viendrait sans prévenir. J'imagine que c'est ce qu'on fait quand on est populaire – présumer que les gens seront contents de vous voir, qu'ils préféreraient ne rien faire plutôt que de rater l'occasion de croiser votre ravissant visage alors qu'ils se sentent eux-mêmes comme de vraies merdes.

« Oh, de tout et de rien. De toi, bien sûr. Et elle m'a posé plein de questions sur Lucas. » Elle enchaîne face à mon air dépité. « T'inquiète, je n'ai rien dit. Elle voulait juste en savoir un peu plus sur lui, vu que tu serais super discrète sur le sujet.

— C'est pas vrai ! » Je tire la couette par-dessus ma tête.

Sasha me la retire aussitôt. « Hé, cool ! La seule chose que je lui ai lâchée, c'est que Lucas est un chouette mec. Je ne lui ai pas raconté qu'on est sortis ensemble, lui et moi. Du coup, elle n'a pas posé des questions trop… heu… intimes. Bref, comment tu te sens, à part ça ? (Elle n'attend même pas ma réponse pour poursuivre.) « Alors… j'ai entendu dire que c'était genre officiel, vous deux ? Ça te fait quoi ? » Sasha est tellement à fond qu'elle rebondit presque sur le lit.

« Heu… du bien, j'imagine ?

— Tu n'as pas l'air super convaincue. » Elle commence à retirer le glaçage d'un *cupcake* avec un index. Son vernis est exactement du même rose. Sasha lèche ensuite le glaçage sur son doigt avec une délicatesse toute féline.

« Disons que j'ai passé pas mal de temps avec de la fièvre, à vomir, et à cracher des glaires, ce genre de choses réjouissantes.

— Donc… vous n'avez pas encore fait des cochonneries pour le moment ? »

Je hausse les épaules. « J'imagine que tu dois connaître la réponse à cette question, vu que tu sembles être au courant de tout ce qui nous concerne, Lucas et moi… » J'ai du mal à cacher mon énervement.

« Comme si j'étais du genre à demander à Lucas s'il a couché avec sa nouvelle copine ! Merci pour la confiance. Par contre, j'ai carrément le droit de te le demander à toi. Eh oui ! Ça fait partie de la loi du papotage entre filles. » Sasha plisse les yeux et penche la tête sur le côté comme si elle voulait me dessiner. « Tu sais que tu peux me faire confiance, non ? Que tu peux vraiment tout me dire. Je sais garder un secret. Sauf les faux secrets qui n'en étaient pas au départ… »

J'ouvre la bouche pour lui dire que non, Lucas et moi n'avons pas couché ensemble, mais Sasha lève la main pour me faire taire. « C'est bon, pas la peine de répondre. Je sais que vous ne l'avez pas fait. J'ai un sixième sens pour ce genre de truc. Mais vous allez bientôt le faire par contre, non ? Dès que tu seras un peu moins… à cracher des glaires. Lucas est patient, mais il n'attendra pas éternellement. »

Sasha continue de parler à tort et à travers. J'aimerais vraiment qu'elle parte ; elle est plus que ce que je peux supporter dans mon état. Je la félicite pour son incroyable sixième sens et lui confirme que je « ne l'ai pas fait ». Ensuite, je simule une quinte de toux qui se transforme bientôt en vraie quinte de toux. Cette scène fait son petit effet, car Sasha file en promettant de revenir très vite avec d'autres gâteaux. J'ai même droit à une étreinte malgré mes protestations à cause de mon état hautement infectieux. Je ne peux m'empêcher de remarquer l'odeur de coco de ses cheveux super brillants. Ça me donne envie de manger un Bounty.

La seule chose qui me vienne en tête après son départ, c'est *Sasha Evans était dans ma chambre…*

35

Le timing des vacances familiales en Espagne ne pourrait pas mieux tomber. Je suis suffisamment remise pour en profiter. J'essaie de ne pas penser au fait que ce seront mes dernières vacances en famille, ni que Noah aura la chambre pour lui seul, l'année prochaine.

J'esquive tout le monde autant que possible, à mon retour ; une véritable spécialiste de l'excuse. Maman et papa semblent avoir oublié qu'ils voulaient inviter Lucas à dîner, ce qui me soulage carrément. Je dois gagner du temps ; impossible d'agir tant que nous n'avons pas repris le bahut.

La dernière semaine des vacances d'été passe plutôt vite. Les SMS se mettent à pleuvoir, commentant les résultats du bac blanc accompagnés de félicitations, ou de paroles de réconfort. Lucas a plus cartonné que prévu, Sasha moins, les autres à peu près comme ils l'imaginaient. Stu frime avec son B en bio, et trouve le moyen de faire une blague débile à propos de son expertise en matière d'anatomie féminine (à bâiller d'ennui). Nina m'a envoyé un texto de New York pour me dire qu'elle ne surveillait pas Stu. J'ai répondu en ayant l'air de la soutenir comme une amie super compréhensive tout en faisant de mon mieux pour entretenir sa paranoïa. Ça aide, que Nina ne soit pas super bien équipée côté cerveau. Le Plan progresse quand même un peu, du coup.

J'arrive à éviter la soirée que Lucas organise chez lui pour fêter les résultats au prétexte que maman et papa nous ont concocté un super repas en famille. Je les supplie de nous emmener dîner Noah et moi. Maman a cherché à savoir pourquoi je n'allais pas fêter l'événement avec mes amis. Pas la peine de lui dire que je n'ai plus d'amis, que le seul et unique que j'avais est mort. J'ai fini par réussir à la convaincre que je ne ratais rien, vu que les autres célébraient eux aussi l'événement en famille. Papa arrive en retard au restaurant, et trouve le moyen de me foutre direct la honte en portant un toast en l'honneur de sa « petite grosse tête ». Depuis quand des B et des C donnent droit à l'étiquette de cerveau ? Mais je prends. Sans doute une légère dérogation liée au décès de Kai – ce que maman a eu le bon goût de dire la veille de la proclamation des résultats.

Le 23 août. Je me réveille de bonne heure et descends aussitôt me préparer un thé. Mon mug préféré se trouvant dans le lave-vaisselle, je pique celui de Noah. Ensuite, je retourne à l'étage avec ma tasse, et me remets au lit pour lire la lettre de Kai. L'avant-avant-dernière lettre.

Jem,
Alors, dis-moi. Est-ce que tu as cartonné aux exam' ? Réfléchis-tu à ton avenir en te demandant si une carrière d'astrophysicienne ne serait finalement pas envisageable ?

J'ai bien peur de devoir faire court, ma chérie. Je n'ai plus beaucoup de temps devant moi. Je crois que j'ai sous-estimé le boulot que cette petite entreprise me prendrait. Il est 4 h 23. Déjà. Tout le monde dort encore. Tout est beaucoup trop calme à mon goût. Je voudrais crier, hurler, balancer quelque chose contre le mur pour briser le silence. Mais si je fais ça, ils sauront que ça ne va pas et je ne veux pas qu'ils le sachent avant ~~demain~~ aujourd'hui. Oui, c'est déjà aujourd'hui...
J'aimerais pouvoir te parler, mon Cornichon, mais ça, c'est l'autre truc. Mais bon, je m'adresse

à Future Jem, de toute façon. ~~Tu as déjà tes bottes fusées et ton spatiosurf~~ ? Je voudrais te prendre dans mes bras encore une fois. Même si c'était vraiment super, la dernière fois qu'on l'a fait. Sauf que c'était triché, parce que tu ne savais pas que c'était la dernière fois. Tu ne pouvais pas t'en douter. Si tu l'avais su, tu ne m'aurais sans doute pas laissé partir – jamais. ~~Et je n'aurais peut-être pas voulu que tu le fasses.~~

Bientôt la rentrée, ma chérie. T'as plutôt intérêt à tailler tes crayons et tout le reste. Je sais que tu détestes cette période de l'année, Jem. Je sais à quel point tu détestes retourner dans cet endroit. Mon absence n'a pas dû arranger la situation, de ce côté-là. ~~Je suis désolé~~. Mais regarde le verre à moitié plein : tu n'es plus obligée de porter cette horreur d'uniforme marron. C'est toujours ça ! Les petites victoires… tu te souviens ?

Bisous,

36

Je reste un petit moment plantée près de la grille, le jour de la rentrée, histoire de me calmer avant d'aller à leur rencontre et d'affronter la cohue générale. Je suis levée depuis cinq heures et demie du mat' pour avoir le temps de passer ma garde-robe en revue et de trouver quoi mettre. Sasha a dû préparer ses vêtements hier soir, elle. Elle doit même avoir prévu ses tenues pour la semaine, accessoires compris. Je n'aurais jamais pensé que l'uniforme me manquerait, et pourtant… Il me rappelle celle que j'étais, cette fille qui se servait de son compas pour tirer les fils blancs de sa cravate en cours de maths. La nana avec son pull aux manches trouées. Peu importent la coiffure, le maquillage, les gens à qui elle parlait, elle était elle-même, à cette époque ; la gamine amoureuse du garçon qui regardait le ciel.

Ces pensées nostalgiques s'évanouissent au moment où quelqu'un me rentre dedans. Voilà ce qu'on gagne en restant plantée près d'une grille d'entrée. Sauf qu'il ne s'agit pas de n'importe qui, mais d'une personne que je n'ai pas croisée de tout l'été. Quelqu'un que j'ai complètement oublié… Louise. Elle traverse la cour en courant – non, en gambadant, plutôt –, avec Max sur ses talons. Qui la rattrape parce qu'elle le veut bien, et qui l'enlace avant de l'embrasser comme s'il n'était pas neuf heures moins le quart un foutu matin de septembre.

Louise ressemble à une Louise version 2.0, comme réinitialisée : plus blonde que jamais, mais sans racines apparentes (pas comme moi. J'aurais dû me douter que ce serait mieux d'aller faire un petit tour chez Fernando à la fin des vacances d'été plutôt qu'au milieu. Une erreur de débutante…). Elle n'a plus ce regard hagard. Je dirais qu'elle a l'air épanouie, si cette expression ne laissait pas penser qu'elle puisse être enceinte. Ce qu'elle n'est pas, vu la façon dont son haut serre son ventre.

La réapparition de Louise sur l'écran radar social pourrait poser un vrai problème. Cette fille serait capable de monter les autres contre moi. J'ai trop avancé, trop travaillé, pour qu'une telle chose se produise. Elle ne pouvait pas rester à l'écart dans l'ombre, non ? Décidément cette journée commence plutôt mal…

Je me fraye un chemin à coups d'épaule vers le banc. Le Saint Banc de Pique-Nique des Gens Populaires. Le tableau est complet, avec une touche de

Louise en plus, que l'on remarque parce qu'elle est la seule à porter l'uniforme. Nina bondit sur ses pieds et vient me prendre dans ses bras. Elle est rentrée des États-Unis hier. J'imagine que l'accolade est de rigueur, mais ce geste me met mal à l'aise. Sasha attend son tour, ce qui ne se justifie carrément pas, là, en revanche, vu qu'on s'est croisées il y a à peine deux jours. Je n'ai rien contre les accolades, juste pas envie de serrer ces nanas-là dans mes bras ; de vrais sacs d'os tout anguleux.

Lucas trône à sa place habituelle – au milieu de sa cour. Il tapote l'espace à côté de lui en me regardant. Je prends sur moi pour ne pas lui rappeler que je ne suis pas un chien, et vais m'asseoir comme une gentille fifille, et me blottis dans le creux de son bras. J'essaie de donner l'impression que je ne suis pas de trop.

J'observe la réaction de Louise histoire de savoir si elle est déjà au courant pour Lucas et moi. Elle croise mon regard, et m'adresse un sourire franc, ce qui m'étonne carrément. « Alors… Comment se sont passées tes vacances, Jem ? Plutôt bien, on dirait. »

Je lui rends son sourire en essayant d'avoir l'air aussi sincère que possible. « Oui, j'ai passé un super été, merci. » *Mais qu'est-ce que tu fous là, toi, putain ! C'est MON territoire, maintenant, espèce de pétasse.* J'évite de formuler ces pensées à voix haute. Les gens risqueraient de les trouver un peu bizarres.

Tout le monde se comporte comme si rien ne clochait, comme si Louise n'avait pas disparu de la circulation depuis des siècles, et comme s'il était complètement normal de me voir collée à Lucas. Ces gens doivent fonctionner comme ça. Rien ne les étonne ; ils se contentent de suivre le sens du courant, et ne cillent pas lorsque les choses changent. Je n'en reviens pas de la vitesse à laquelle une situation peut évoluer. Un jour, vous disparaissez de la circulation, et le suivant, vous réapparaissez, riez, plaisantez, souriez comme si de rien n'était, et foutez au passage en l'air les plans de personnes normales et honnêtes comme moi. Tout ça par quelle espèce de miracle, je vous le demande…

Lucas serre mon genou et murmure « tu es canon ». Cette remarque m'énerve autant qu'elle me flatte. Elle me flatte parce que c'est agréable de savoir que mon réveil super matinal a finalement servi à quelque chose ; me saoule parce que je ne veux pas qu'il pense que je l'ai fait pour lui. Même pas en rêve.

Je commence à observer le monde réel, les gens normaux faire des trucs normaux, depuis ce nid de vipères de Groupe Populaire. Personne ne nous prête attention. C'est étrange, parce que je passais mon temps à mater ses membres, quand je me trouvais de l'autre côté de la barrière. Mais vraiment tout mon temps.

Quel intérêt d'être populaire, si personne ne vous regarde ?

L'occasion de parler seule à seule avec Sasha se présente à la pause. Je la traîne presque jusqu'aux toilettes du bâtiment science.

« Qu'est-ce qu'il y a de si urgent ? Tu as bu trop de café ou quoi ? »

Je lui lance un regard franchement exaspéré, mais elle semble sincèrement perdue. Je vais devoir lui mâcher le travail. « Heu… Y a pas un truc que tu aurais oublié de me dire, par hasard ? Genre sur Louise ? »

Sasha secoue la tête avec un air dédaigneux. « Oh, ouais, ça ! Elle dit qu'elle se sent beaucoup mieux à propos de… tu sais quoi. La thérapie semble beaucoup l'aider. » Sasha se regarde dans le miroir en faisant la moue.

« Donc, mademoiselle fait son grand retour, et tout redevient comme avant ? »

Sasha quitte son reflet des yeux pour se tourner vers moi. « J'imagine que oui. Elle est passée chez moi ce week-end et on a parlé. C'était… sympa. Elle a vraiment envie de reprendre sa vie en main, tu sais. Ça n'a pas été facile, pour elle. » Je la dévisage. « Je sais que les choses n'ont pas été faciles pour toi non plus, c'est clair. »

Je sors ma trousse à maquillage pour m'occuper, vu qu'il n'a pas besoin de retouches. « Heu… Sasha ? Tu sais que Louise n'est pas ma plus grande fan ?

— Là, tu as tout faux. Elle m'a même dit qu'elle aimerait passer plus du temps avec toi. J'ai l'impression qu'elle a vraiment changé. Elle est… plus douce. » J'essaie de comprendre ce que je viens d'entendre, mais Sasha continue de parler tout en se regardant dans le miroir, comme si son reflet aurait pu lui expliquer le sens de la vie. « Est-ce que je peux te demander un truc vraiment important ? Tu me promets d'être honnête ? » J'acquiesce de la tête. « Est-ce que tu trouves que j'ai des grosses joues ? J'ai vraiment l'impression de ressembler de plus en plus à un hamster, sans dèc'. Le régime que j'ai suivi cet été n'a vraiment servi à rien. Mais pourquoi est-ce que je me suis pris la tête ? Pourquoi est-ce que je ne suis pas comme ces sales garces qui peuvent manger tout ce qu'elles veulent sans prendre un seul gramme ? Excuse-moi… Tu allais me demander quelque chose ? »

Sasha et moi avons eu cette conversation à la con tellement de fois que je sais d'avance que rien de ne la rassurera. Mais je dois jouer le jeu. « Non, Sasha, tu ne ressembles pas du tout à un hamster. Tu es ridiculement belle, et je te déteste pour ça. » Elle sourit.

« Tu es trop chou, ma petite Jem. » Elle tapote ma joue. Elle ose tapoter ma joue, putain ! J'ai juste envie de baffer sa putain de joue de hamster. Je vois la scène d'ici. Je la frapperais tellement fort qu'elle perdrait l'équilibre, et se cognerait peut-être la tête sur le coin du lavabo. Ensuite, j'expliquerais à la police que j'aurais tué la fille la plus populaire du lycée simplement parce qu'elle avait légèrement envahi mon espace personnel, et de la façon la plus condescendante qu'il soit.

Je passe la majeure partie de la journée à m'inquiéter à cause de Louise. Sasha semble avoir oublié que je la connais depuis beaucoup plus longtemps qu'elle. C'est comme si elle zappait le fait que j'avais une vie, avant de la rencontrer. Elle ne doit pas aimer se rappeler qu'elle a intégré une moins que rien au sein du groupe.

Au bout de plusieurs heures à m'angoisser, je comprends que je n'ai pas le choix : je vais devoir composer avec la réapparition surprise de Louise, et poursuivre mes petites affaires comme si de rien n'était. Qui sait, une thérapie accomplit peut-être des miracles, après tout ? J'en arrive presque à me demander si je n'aurais pas dû en suivre une.

Je n'ai plus qu'à espérer que Louise ne se mette pas en travers de mon chemin. Elle a plutôt intérêt. Je n'ai vraiment pas envie de la briser, elle aussi. Vraiment pas du tout.

37

Lucas m'a invitée chez lui ce week-end. Il m'a clairement fait comprendre que nous serons seuls. Un garçon. Une fille. Une maison vide. Pas la peine d'être un génie pour deviner ce qu'il a en tête. Je sais que ça tomberait à pic pour le Plan, mais cette perspective m'angoisse quand même. J'espère surtout que ça passera vite...

Je n'ai jamais été chez lui. Je sais où il habite, que sa rue est calme, bordée d'arbres, idyllique – surtout si on zappe le cimetière qui s'étire de l'autre côté de la route. La grille noire pointée de piques arriverait presque à me faire trembler.

Kai est là. Son corps se trouve dans une boîte sous terre. Sous des couches et des couches de terre humide, froide, pleine de vers, qui le séparent de la lumière du soleil. Cette seule pensée me rend malade, me donne un peu le vertige. Comment mon Kai peut-il demeurer dans cet endroit rempli de gens morts ? Ce n'est pas juste. Il devrait reposer dans une forêt ou un océan, dans un lieu magnifique, en tout cas. Ou encore mieux : près de moi, et bien vivant.

On ne peut pas dire que ce cimetière soit beau. Il n'a rien à voir avec ceux, anciens, au charme délabré, avec du lierre qui court sur des pierres tombales ouvragées de style victorien. Non, cet endroit est purement fonctionnel : des rangées, et des rangées, et des rangées de tombes bien alignées. Comme si la netteté et l'ordre permettaient de comprendre la mort… Comme si cette impeccable pelouse réconfortait quiconque.

Je n'ai pas été sur sa tombe. Je ne saurais même pas où elle se trouve si maman n'avait pas tenu à me le dire. Ça fait des mois qu'elle essaie de m'emmener là-bas. Elle pense que je devrais « lui rendre un dernier hommage ». Une expression qu'on dirait tout droit sortie d'un bouquin de Dickens. On ne rend un dernier hommage qu'à de riches oncles qui vivent dans de grands manoirs, non ?

Je ne me suis pas sentie mal de ne pas y aller. Pas le moindre soupçon de culpabilité. Je sais très bien que Kai n'en aurait rien à foutre. Mais maintenant que j'arrive près de chez Lucas, je comprends que ce n'est pas la question. J'ai besoin de la voir, tout à coup, de lire l'inscription sur sa stèle. De voir l'endroit où ils l'ont mis. S'il est bien.

Vu l'heure affichée sur mon téléphone, je suis déjà presque en retard. Lucas attendra.

Je n'ai aucun mal à la trouver. On dirait que mon cerveau est sur pilote automatique et qu'il m'entraîne droit vers Kai. Mes jambes ralentissent d'elles-mêmes à l'approche de sa tombe, comme si soudain elles n'étaient plus sûres d'elles. Pas question de faire demi-tour, les filles. Pas maintenant.

La stèle est brillante, noire, lisse. Du granit, je pense. Les bords sont inégaux, comme si on n'avait pas pu se décider à terminer le boulot.

Des tulipes fanées trônent dans un pot en verre au pied de la tombe. Les fleurs retombent vers le sol. On dirait qu'elles baissent la tête de tristesse. Leur eau est verte et trouble. Ça me gêne de ne rien avoir apporté. D'un autre côté, quel gâchis de couper de magnifiques fleurs vivantes pour les laisser pourrir dans ce genre d'endroit. Et pourtant, c'est ce que les gens font. On voit ça sans arrêt à la télé : les gens achètent des fleurs qu'ils posent par terre devant la tombe, avant de faire deux pas en arrière avec un air solennel. Ensuite, ils parlent au mort, en versant deux, trois larmes, dans l'idéal. Dans le meilleur des cas, ils peuvent même tomber à genoux.

Il n'y aura pas de pleurs, aujourd'hui, parce que je n'éprouve rien. Kai n'est pas là – il ne l'a jamais été. Ce qui constituait Kai ne pourrit pas là-dessous quelque part. Cet endroit n'a rien à voir avec lui.

Kai McBride. Fils, frère, ami bien-aimé.

Ami bien-aimé. Ça donnerait presque envie de remercier Mme McBride. C'est elle qui a dû choisir ce libellé ; le père de Kai s'en serait moins bien tiré. Je me demande combien de temps elle a mis pour trouver ces mots : des mots que des étrangers liraient en passant, avant de se rendre compte que Kai McBride aurait vécu sur cette terre pendant seize ans. Seize petites années…

Il y a tellement peu de texte sur la stèle que je me demande si le graveur ne se ferait pas payer à la lettre. Mme McBride aurait peut-être souhaité en dire plus ? Ajouter un poème ou je ne sais quoi, mais le prix l'en aura empêchée ? Peu importent les raisons, ce que je vois me fait plaisir. Cette tombe a une simplicité que je ne déteste pas. Kai n'aurait jamais approuvé ce noir brillant, par contre. On dirait un machin pas cher qui voudrait se faire passer pour un truc luxueux.

Je reste debout, là, pendant un certain temps. À penser à lui. Au fait qu'il me manque. À espérer plus que tout au monde qu'il soit en vie. Que les mots inscrits dans la pierre en face de moi mentent. Que les dates puissent changer comme par magie, et que Kai soit mort à l'âge vénérable de quatre-vingt-seize ans, après une existence super heureuse – remplie à ras bords d'aventure, de rires, et d'amour.

Je m'en vais. Il n'y aura pas de mélodrame, cette fois.

38

Lucas ouvre la porte et m'entraîne dans son repaire sans commenter mon retard. Ou alors il ne s'est rendu compte de rien, et n'a pas fait les cent pas en regardant nerveusement sa montre. Fais chier…

La maison est jolie. Je m'attendais presque à une maison témoin avec des coussins sur lesquels on n'est pas censé s'asseoir et une table dressée pour un dîner chic. L'endroit n'a rien à voir. Il est chaleureux, cosy, avec plein de bibelots partout. La mère de Lucas semble aimer faire les vide-greniers.

Il y a beaucoup de photos. Quelques-unes des sœurs de Lucas, qui ont l'air de vraies déesses. Et des centaines de lui datant de l'époque où il ne savait pas encore à quel point il était beau. Ma préférée le montre en pantalon bleu marine, debout au milieu d'un bac à sable, en train d'exhiber un sourire édenté à la personne qui le photographie.

Je l'attrape pour l'observer de plus près. Comment le gosse sur la photo a-t-il pu se transformer en Lucas Mahoney le Géant ?

Lucas me retire la photo des mains avant de la cacher dans son dos. « Si tu veux me voir en pantalon, il suffit de le demander, Jem. » Il me regarde droit dans les yeux, l'air hilare, pas prétentieux, pour une fois.

Je tends la main pour attraper le cadre, que Lucas lève au-dessus de sa tête. « Tant que tu ne portes pas des slips kangourou… » Je passe un doigt dans sa ceinture pour l'attirer plus près. Il balance le cliché sur le canapé, et le petit Lucas avec. Sa version 2.0 m'embrasse.

Je dois être honnête. J'aime bien embrasser Lucas. Non, barrez ça – j'aime vraiment *beaucoup* embrasser Lucas. Il a fallu m'y habituer, au début, et parfois, ça m'arrive de flipper encore un peu, mais c'est devenu naturel. Sans doute parce que j'aime embrasser. Ça m'évoquerait presque un bon bain chaud (avec de la mousse et tout) si je fermais les yeux et me laissais aller. Lucas n'est plus le Lucas du bahut, et je ne suis plus Jem, dans ces moments-là. J'oublie tout : Kai, le Plan, et le maléfique Groupe Populaire.

Lucas est vraiment super doué pour embrasser. Il a dû beaucoup pratiquer avec Sasha. Je n'aime pas penser à ces deux-là ensemble. Ça me rendrait presque jalouse.

Lucas enlève mon haut avant que je comprenne quoi que ce soit. Je le laisse faire. Heureusement que je ne porte pas un de mes soutiens-gorge gris tout miteux. Celui-là est violet.

Nous continuons de nous embrasser quand je remarque les rideaux ouverts, et que n'importe qui pourrait me voir en soutien-gorge violet. « Heu... Lucas... on pourrait peut-être fermer les rideaux, non ?

— Pas la peine. C'est la rue la plus calme de la ville... en dehors des fantômes du cimetière. » Ses mains trifouillent dans mon dos. Il recommence à m'embrasser. Son cerveau semble incapable de faire deux choses à la fois, parce que mon soutien-gorge reste bien en place. Lucas arrête d'essayer de me le retirer avant de se reculer d'un pas en grimaçant. « Merde. Je suis désolé. Ton ami est enterré là, je crois... »

J'ai froid, tout à coup. « Comment tu le sais ? » De la culpabilité. Il doit s'agir de culpabilité. Lucas a peut-être demandé où Kai était enterré pour aller sur sa tombe. Peut-être même qu'il y a été, qu'il lui a parlé, demandé pardon.

Lucas hausse les épaules. « C'est le plus grand cimetière de la ville. On y enterre pratiquement tout le monde. Désolé. Je n'aurais pas dû parler de ça. Quel con ! C'est ce qui s'appelle casser l'ambiance... » Il ramasse mon haut avant de me le tendre. « Tu veux peut-être en parler ? Ça ne me poserait aucun problème. » Je suis plantée au beau milieu du salon de Lucas, en soutien-gorge et en jean, et il voudrait parler de mon meilleur ami mort. Complètement surréaliste. Je ne trouve rien à répondre.

Lucas va s'asseoir sur le canapé. « Tu ne parles jamais de lui, tu sais. Ça te ferait peut-être du bien. Il doit tellement te manquer. »

Qu'est-ce qu'il lui prend de dire ça ? Ça n'a aucun sens. Sauf s'il se sent coupable. Soit c'est ça, soit il veut me montrer qu'il est sensible. Je n'ai jamais été très bon juge en la matière, mais Lucas semble sincère. Il y a de la compassion dans son regard. De l'empathie. De la sympathie.

Pas du tout ce à quoi je m'attendais.

Je ne sais pas quelle attitude adopter.

Je ne sais pas qui est Lucas. Les différentes versions de lui se confrontent dans ma tête.

Mais celle plantée devant moi a un regard incroyable. Il n'y a plus qu'une chose à faire. La prochaine étape du Plan. Le Plan est tout ce qui compte.

39

Je suis couchée dans le lit de Lucas Mahoney. Nue. Lucas Mahoney est étendu dans le lit de Lucas Mahoney. Nu.

Il y a deux éléments bizarres dans ce tableau. Non, trois.

J'ai couché avec un garçon.

J'ai couché avec Lucas Mahoney.

J'ai aimé coucher avec Lucas Mahoney.

Si je devais vraiment analyser ce qui vient de se produire, je dirais que tout a découlé de plusieurs décisions successives, de moments au cours desquels j'aurais pu choisir autre chose qui aurait changé le cours des événements.

Je voulais que Lucas arrête de parler de Kai, pour ne plus penser à Kai. Lucas a paru surpris et content lorsque j'ai balancé mon haut par terre ; affiché une vraie bouille de gosse qui recevrait tous ses cadeaux de l'année d'un coup, quand je me suis agenouillée devant lui pour défaire la boucle de sa ceinture.

Il m'a même proposé d'arrêter. « Tu es sûre de vouloir faire ça ? Tu n'es vraiment pas obligée, tu sais… »

J'aurais pu dire non, à cet instant. Mais j'ai continué à défaire sa ceinture, puis son jean.

J'ignorais tout de ce que je fabriquais, sauf que ça semblait lui plaire. Il ne doit pas être super exigeant. J'ai bien failli éclater de rire, à un moment, même si ça aurait été difficile, avec le pénis de Lucas Mahoney dans ma bouche.

Une petite voix dans ma tête n'arrêtait pas de m'inciter à vérifier s'il n'y aurait pas de caméra cachée. Complètement ridicule.

La décision d'après a consisté à savoir s'il fallait monter à l'étage ou non, et aller plus loin ou non. Cette fois encore, Lucas m'a proposé d'en rester là. Cette fois encore, j'ai refusé. C'était comme si quelqu'un avait investi mon cerveau. Ancienne Jem était pourtant dans les parages, planquée dans un coin, à me répéter *Ne fais pas ça. S'il te plaît ne fais pas ça. Pas avec lui.* Mais Nouvelle Jem lui a répondu de la boucler.

La chambre de Lucas était complètement différente du reste de la maison. Toute blanche, ordonnée. J'ai eu le temps de jeter un coup d'œil avant de me retrouver sur le lit tandis qu'on arrachait mes derniers vêtements.

Il y avait une boîte de préservatifs posée sur la table. Une boîte à moitié vide, qui m'a de nouveau fait penser à Sasha. Elle avait été à la même place que moi, avait fait exactement ce que j'étais en train de faire. À l'écouter, elle avait même tout appris à Lucas. J'ai essayé de chasser cette idée de mon esprit, mais elle revenait sans cesse. Chaque fois que Lucas me touchait ou m'embrassait de façon agréable, je me demandais si Sasha le lui avait montré. Et malheureusement (ou heureusement), Lucas m'embrassait et me touchait d'une façon si agréable que c'en était presque insupportable. Il était tellement doux. Il n'arrêtait pas de me regarder. Il avait très bien compris que c'était ma première fois. J'aurais dû m'angoisser, mais non.

Il me demande comment je me sens, après. Un grand sourire me monte aux lèvres malgré moi. Je n'ai pas vraiment eu d'orgasme, mais je m'en fous – je suis tellement soulagée d'avoir pu franchir le pas.

« Je ne t'ai pas fait mal, au moins ? »

Je secoue la tête et l'embrasse. J'ai eu un peu mal, mais rien comparé aux histoires horribles que j'ai entendues. Lucas s'appuie sur un coude. « Heu… Je voulais te donner quelque chose… »

Je lui flanque un petit coup de coude dans les côtes. « Tu m'en as déjà assez donné, tu ne crois pas ? » Je rampe intérieurement d'humiliation ; mais qu'est-ce qui me passe par la tête, par moments ?

Lucas ne rit pas ; tant mieux, parce que ce n'était vraiment pas drôle. Il défait la fine lanière de cuir à son poignet, celle qu'il porte toujours. « Je me suis dit que ça te ferait peut-être plaisir de l'avoir. » Il a l'air fuyant, presque inquiet.

« Tu marques ton territoire, c'est ça ? » Je plaisante à moitié.

« OK, tu n'en veux pas. Pas de problème. J'ai juste pensé que ça serait genre… cool, c'est tout. »

Je tends ma main gauche. Lucas noue le lien de cuir autour de mon poignet avant d'embrasser délicatement le dos de ma main comme s'il était un prince de conte de fées et moi une jeune fille tombée en pâmoison.

« Merci. » Cette marque d'affection me laisse perplexe. Très perplexe.

« Je t'aime vraiment beaucoup, Jem. » Sa façon de le dire évoquerait presque une déclaration d'amour sincère et véritable.

Je le regarde dans les yeux jusqu'à ce qu'il batte des paupières. « Moi aussi, Lucas Mahoney. »

Il sourit. « Pourquoi tu fais tout le temps ça ? Pourquoi tu m'appelles par mon nom entier ? »

Je me blottis contre lui. « Parce que j'aime la façon dont ton nom sonne. » Je mens, bien sûr. Lucas Mahoney n'est pas une vraie personne, dans ma tête. Il est une créature de fiction, une marionnette, quelqu'un qui existe uniquement pour faire des trucs sales avec moi. Je sais très bien ce que j'éprouve à l'égard de Lucas Mahoney : du mépris. Mais Lucas ? Lucas est très réel. Réel à faire peur, même. Je ne sais pas ce que je ressens pour Lucas. Je commence même à me demander si…

Voilà la vérité : coucher avec Lucas Mahoney était mieux que ce que j'aurais imaginé.

Ce qui est un problème.

Parce que j'ai envie de recommencer, du coup.

Jem,
Alors, comment ça se passe, la terminale ? Bien ? Allander Park doit paraître légèrement différent sur les bords, depuis le bâtiment des terminales, non ?

Je tombe de sommeil. J'ai voulu poser ma tête deux minutes, tout à l'heure, mais je me suis carrément endormi. J'ai juste fermé un peu les yeux, et à mon réveil, crois-le ou pas, j'avais tout oublié. Durant un instant absolument magique et merveilleux, ~~j'avais tout oublié~~. Mon crétin de cerveau dopé à la caféine a dû penser que je m'étais endormi sur mes devoirs. Tu vois cette sensation brumeuse qu'on a parfois quand on est entre rêve et réalité ? Je crois que j'aurais pu vivre comme ça pour toujours. J'aurais pu me blottir à l'intérieur et y rester, bien au chaud. Mais tout m'est revenu en pleine figure, évidemment, pour me rappeler que je ne suis qu'une vaste blague. Que des gens qui ne me connaissent même pas pensent que je suis un mec dégueulasse. Mais ce n'est pas vrai, hein, Jem ? J'ai besoin de te dire que je ne suis pas quelqu'un de dégueulasse. J'ai juste fait une erreur. Une erreur vraiment conne. J'ai cru que je pouvais faire des choses avec un garçon que j'aimais beaucoup et que tout irait bien parce que personne ne le saurait jamais. ~~Et qu'un jour peut-être, il serait mon petit ami~~. J'ai presque honte de te donner des conseils, maintenant. Fais-moi signe, si tu as déjà entendu un truc plus ridicule que ça. Bref, tout ça pour te dire qu'une relation amoureuse doit être hallucinante, te faire vivre tous ces trucs qu'on dit à propos de « l'amour ». Ça ne doit pas rendre triste, en colère, ou honteux. Au contraire. Ça doit rendre la vie plus facile, meilleure, plus légère. (C'est trop génial de coucher avec quelqu'un que tu aimes vraiment, Jem. Carrément top.)

Je crois que ce que j'essaie de te dire, c'est que si tu rencontres des gens qui te rendent heureuse – mais vraiment heureuse – accroche-toi à eux. Parce que ça n'arrive pas si souvent.

Le soleil se lève. J'espérais qu'il y aurait un magnifique lever de soleil, mais comme tu le sais, on n'a pas toujours ce qu'on veut dans la vie. Il se met à pleuvoir. C'est peut-être mieux comme ça.

Je te dis au revoir pour le moment, mon Cornichon.
Bisou,

La tasse de thé posée sur ma table de nuit est toujours aussi pleine. Je ne pleure pas, cette fois. Je me sens juste sonnée.

Ça ne m'avait jamais traversé l'esprit auparavant. C'est peut-être étrange, mais la réalité.

Kai était amoureux du garçon de la vidéo. Il était amoureux de lui, et il ne m'en a pas parlé.

Je suis sonnée.

40

Un sourire radieux dévore le visage de Sasha. « Tu as couché avec lui !

— Quoi ? ! Non, pas du tout.

— Oh que si ! Je le vois ! Tu es… différente. »

Sasha ne saute pas sur place de joie, mais pas loin. Il est beaucoup trop tôt pour de tels niveaux d'enthousiasme. La cloche n'a même pas encore sonné.

« Non, vraiment… Je n'ai quand même pas l'air différente, si ? Merde. Il te l'a dit, c'est ça ?

— Ha ! Je le savais ! Ne sois pas bête – bien sûr que tu n'as pas l'air différente. Tu t'attendais à quoi ? À irradier une lumière rose sexe, ou quoi ? Ben non. Et re-non, il ne m'a rien dit.

— Alors comment… ? » Il y avait peut-être bien eu une caméra, au final.

« C'était tellement gros, comme plan – t'inviter chez lui quand sa mère était de sortie. Ça ne me surprendrait pas d'apprendre aussi qu'il y avait deux, trois bougies... S'il te plaît, dis-moi qu'il n'y avait pas de bougies. Ce mec peut être tellement cucul, par moments... Oh, mais tu as même eu droit au prix de possession, à ce que je vois... (Sasha tire doucement sur la bandelette de cuir à mon poignet.) Il doit vraiment t'aimer beaucoup. Tout ça pour dire que oui, je l'ai vu hier, et que je lui ai posé la question direct. Je ne l'ai jamais vu aussi mal de ma vie. On aurait dit qu'il voulait protéger ton honneur ou je ne sais quoi ! Complètement ridicule.

— Il n'a vraiment rien dit ? » Pour une surprise... J'aurais plutôt cru qu'il se vanterait. Ce qu'il a peut-être fait, d'ailleurs, mais pas auprès de son ex. Stu et Bugs font un bien meilleur public, pour ce genre de truc. Je saurais à la pause s'ils avaient eu droit à tous les détails.

« Non. Il a juste rougi et changé de conversation. Mais j'ai été pratiquement sûre, du coup. Et tu viens juste de tout me confirmer ! Je dois vraiment être une espèce de génie maléfique. » Elle me prend par le bras et se met à murmurer sur un ton conspirateur. « Alors ? Qu'est-ce que tu en as pensé ? Il est plutôt doué, non ? Je dois le reconnaître, c'est la seule chose qui me manque avec lui.

— Sasha ! Je préférerais vraiment que tu évites de me parler de ce qui te manque chez lui. On pourrait changer de sujet, s'il te plaît ? »

Elle soupire très fort, comme si toutes les molécules d'air quittaient son corps. « Putain, ce que vous pouvez être chiants, tous les deux ! On peut dire que vous allez bien ensemble. Pour info, sache que je trouve ça très égoïste de ta part de me priver des détails. Ça fait tellement longtemps que je n'ai pas eu de relation sexuelle que je dois être redevenue vierge. »

Juste pour info, je sais que Sasha a couché avec un mec il y a trois semaines de ça. Dans les toilettes de l'*Espionnage*, la boîte la plus pourrie de la ville. J'en ai suffisamment entendu sur cet endroit pour savoir que je n'y mettrai jamais les pieds. Sasha prétend que ça vaut le coup d'y aller à Noël ou pendant les vacances d'été – quand des garçons sexy rentrent de l'université. Elle ajoute même qu'elle n'est « plus du tout faite » pour les mecs de notre âge.

« Désolée, Sasha. Tu vas devoir trouver ton… heu… plaisir par procuration ailleurs. »

Je suis contente que l'idée que j'aie pu perdre ma virginité avec Lucas ne lui effleure même pas l'esprit.

J'ai perdu ma virginité avec Lucas Mahoney depuis cinq jours. Je ne pense qu'à ça. J'ai été dans la lune pendant tous les cours, et j'ai à peine réussi à manger.

Mon cœur a bondi dans ma poitrine, lundi, quand j'ai vu Lucas dans la salle commune. *Je t'ai vu nu* a été ma première pensée, *bientôt*, ma seconde. Comme ces pensées ne faisaient définitivement pas partie du Plan, je me suis engueulée intérieurement, style *cet incident ne change rien, ne sanctifie pas ce mec simplement parce qu'il t'a sautée,* ou *il mérite ce qui va lui arriver,* et d'autres choses encore.

Mais il s'est tourné vers moi et m'a souri pile-poil à ce moment-là. Son regard m'a semblé intimidé, sincère et… quelque chose de plus. Quelque chose de vrai.

La partie intelligente de mon cerveau a trouvé ça juste parfait. Ce serait plus facile de le ridiculiser, du coup. *Tu n'avais pas franchement prévu ça, mais c'est génial.*

La partie crétine de mon cerveau a envoyé de l'électricité dans mes synapses, neurones ou je ne sais quoi, électricité qui a soulevé les commissures de mes lèvres, et fait briller mes yeux. Putain ! Ce garçon m'avait vraiment joué un drôle de tour. Je ne valais pas mieux que les autres pouffes du bahut. Mais personne ne peut rester insensible face au charme de Lucas Mahoney. Même pas quelqu'un qui le hait vraiment.

Sasha décide que ce serait bien pour « nous les filles » de nous rejoindre chez elle après les cours. Elle doit chercher à renforcer la place de Louise au sein du groupe. L'idée me plaît moyen. C'est plus facile, quand les garçons traînent dans le coin, plus simple, d'une certaine façon, parce que leurs singeries monopolisent l'attention. Enlevez cet élément au tableau, et vous avez une scène de *conversation* – sachant que ces filles ne parlent pas la même langue que moi. Amber ne sera pas là. Elle a entraînement de basket. Tant mieux. C'est vraiment le sport le plus débile de la terre. Ça ne m'étonne pas qu'il lui plaise. Mais quelqu'un devrait quand même la prévenir que le soutien-gorge de sport a été inventé.

La chambre de Sasha est tellement grande qu'il y a un coin où s'asseoir. On dirait un truc de déco piqué à MTV. Comme j'entre la dernière, je me retrouve sur un énorme coussin à volutes blanches et noires, ce qui m'oblige à lever la tête pour regarder les autres. Mal joué… Sasha et Nina sont installées sur le canapé. (Sasha a les pieds posés sur les genoux de Nina. Je ne savais pas qu'elles étaient si proches…) Louise est assise en face de moi, sur la banquette de fenêtre. J'aimerais bien avoir une banquette de fenêtre, un jour. Elle donnerait sur un magnifique panorama, face auquel je me poserais pour réfléchir profondément à des choses profondes. Jusqu'à ce que je me souvienne que les gens morts n'ont pas de banquettes de fenêtre, et que je suis censée décéder bientôt.

« Jem ?

— Mmm ?

— Toi et Lucas… Je viens juste de l'annoncer aux filles. » Sasha a ce regard – celui qui signifie qu'elle veut parler sexe et que rien ne pourra l'en empêcher.

Il n'y a aucun moyen que j'aborde le sujet – devant Louise encore moins. Elle continue de se comporter de façon amicale avec moi, au point que je commence à penser qu'elle a peut-être changé. Que peut-être – je dis bien peut-être – elle s'est rendu compte qu'elle se trompait à mon sujet. Que je ne suis pas une grosse nase, au final. Ou alors, elle a compris que ce n'est plus la peine de me détester maintenant que Kai a disparu. Que je ne peux plus le lui voler.

Tous les regards sont rivés sur moi. Je vais devoir lâcher quelque chose, un truc super vaseux. « Ma très chère Sasha, j'ai bien peur de devoir défendre une politique anti-ragots-bisous-et-plus-si-affinité des plus strictes. » J'essaie de paraître détendue et sûre de moi.

« Arrête tes conneries ! » Sasha lève les yeux au plafond. « Et je sais que vous avez fait beaucoup plus que vous embrasser, tous les deux. »

Je fais semblant de zipper mes lèvres et de jeter une clé. Sasha va devoir apprendre qu'il y a plus têtue qu'elle.

Louise vient à ma rescousse. « Alors, Nina… Comment ça se passe entre Stu et toi ? Chaud bouillant ? » Nous nous lançons un petit coup d'œil, Louise et moi, moi pour lui exprimer ma gratitude, et elle pour me signifier qu'elle l'accepte. À moins qu'il s'agisse d'un simple regard.

Nina se penche aussitôt en avant – elle meurt d'envie de parler de Stu, c'est clair. « Carrément chaud bouillant ! Ce mec a… comment on dit, déjà ? Disons qu'il a beaucoup de besoins physiques.

— Un gros appétit sexuel ? » L'adjectif sexuel roule sur la langue de Sasha comme si elle le dégustait.

« Ouais, c'est ça. Il en a tout le temps envie. Vous voyez ce que je veux dire ? Mais ce n'est pas un problème, parce qu'il est super doué ! »

Je me retiens de préciser que c'est parce que Stu doit avoir beaucoup pratiqué. Même un singe peut apprendre à accomplir des tâches simples, en travaillant beaucoup.

« Il a été super gentil avec moi, ces derniers temps. Il n'est absolument pas le même quand on est tous les deux. »

Louise éclate de rire. « Ah bah oui, c'est sûr, vu qu'il a sa queue dans ton vagin ! » Je m'attends à ce que l'une des filles l'interpelle, mais non ; évidemment… J'aurais dû m'en douter. Je ne peux me retenir de grimacer, mais ne rétorque rien, par contre. C'est trop trash pour sortir quoi que ce soit.

Nina rit avec les deux autres. « Très malin. Mais il me raccompagne chez moi, maintenant, et il m'envoie des textos tous les jours. Il a même arrêté de râler à cause des préservatifs. » Et elle trouve ça mignon. Ce qu'elle se plante… Sasha et Louise ne bronchent pas. « Et je sais que vous n'allez pas le croire, mais… (Elle s'interrompt pour nous adresser un regard lourd de sous-entendus.) Il m'a officiellement demandé d'être sa petite amie hier soir. Il dit qu'il ne regarde plus les autres filles. » Je reçois un autre coup d'œil, qui semble signifier : *eh ouais, t'avais tout faux, na !*

Sasha se redresse, droite comme un I. « Quoi ? ! Arrête… Tu déconnes, là ? Stu Hicks dans une vraie relation ? ! Mais qu'est-ce que tu lui as fait ? Il doit vraiment tenir à toi, Nina. Vraiment. »

Exactement ce que Nina a envie d'entendre. Elle se tortille de joie. « Vraiment ?

— Carrément, tu veux dire ! Je n'aurais jamais cru entendre ça un jour… » Sasha secoue la tête comme si elle assistait à un putain de miracle moderne.

« Je savais que ce mec était mieux que ce que tout le monde raconte sur lui. » Nina cale son dos contre le mur, l'air très contente d'elle.

Je suis ravie d'être venue, tout à coup. Tant mieux, si les choses marchent aussi bien entre Stu et Nina. Ça rend la situation encore plus géniale. Non, vraiment. Elle le sera sans doute beaucoup moins, lorsque j'en aurai terminé avec lui.

41

Je n'aurais pas dû mettre ce jean, aujourd'hui. Mais comment j'aurais pu deviner que Lucas reviendrait du foot dans cet état ? Le visage rouge, les cheveux mouillés plaqués en arrière, quelques mèches rebelles devant les yeux, son T-shirt trempé collé à son torse, comme s'il n'avait pas eu le temps de se sécher après la douche… Et comment j'aurais pu savoir que cette vision susciterait une telle réaction chez moi, une réaction si puissante que j'ai remercié le ciel d'être assise à ce moment-là ?

Il s'avance à petites foulées vers moi. « Hé ! » Ah, ce sourire…

« Hé ! » Bon, je n'ai pas perdu ma langue.

Il se penche vers moi et m'embrasse délicatement sur la bouche. Ça ne me suffit pas. Mais vraiment pas. Je l'attrape par le T-shirt pour l'attirer vers moi. Ce deuxième baiser me convient beaucoup plus ; le genre à ne pas déguster devant témoins.

Lucas s'assoit près de moi en me prenant la main. « Alors là, voilà exactement le genre de bonjour auquel un homme pourrait s'habituer… »

J'allais faire une remarque bien narquoise à propos de son statut autoproclamé d'homme, lorsque la vision de sa bouche m'a déconcentrée. Je n'avais jamais repéré à quel point elle est parfaite. On dirait que ces lèvres ont été créées pour être embrassées. J'ai dû consacrer trop de temps à détester ce mec pour m'en rendre compte.

« Jem ? Ça va ? Tu étais loin, pendant quelques secondes… »

La cloche sonne. Je secoue la tête en essayant de me rappeler où je suis, qui je suis, quel cours j'ai ensuite. Espagnol. Eh merde…

Je n'ai jamais séché de ma vie. J'ai bien fait semblant d'être malade une fois ou deux pour rester à la maison, mais je n'ai jamais manqué un cours en étant sur place, au bahut. Les autres en ratent tout le temps, les terminales en particulier, comme si personne n'en a plus grand-chose à foutre, profs inclus. Mais on a eu interro, la dernière fois en espagnol, et j'avais vachement révisé. Bosser est le seul moment ou presque où je ne pense pas – à Lucas, je veux dire.

Je regarde ma montre alors que je sais très bien l'heure qu'il est. « Tu as quoi, maintenant ?

— Rien pendant une heure. Stu m'a proposé une partie de billard "avec de l'enjeu". Il ne m'a pas expliqué de quel enjeu il parle, mais je m'en fous. Il est incapable de me battre au billard quoi qu'il arrive. Il y peut rien, c'est physique. Ce type me fait pitié, des fois, vraiment. »

Je n'ai pas écouté, parce que j'ai recommencé à fixer sa bouche. Le regard de Lucas suffit à me convaincre. Je me penche près de mon mec pour lui murmurer à l'oreille. « Je crois que tu devrais annuler ta partie de billard et réfléchir à un endroit où on pourrait aller, là maintenant. » Mes lèvres frôlent sa nuque.

Lucas s'écarte pour me regarder dans les yeux. « Qu'est-ce que tu... ? Où est-ce que tu voudrais aller ? On n'a qu'à aller boire un café ou un truc du genre, si ça te dit. Stu pourrait venir avec nous. Nina aussi, si elle n'a pas cours. Allons-y tous les quatre. » Raté... Mais alors, complètement raté. Il allait falloir se montrer plus explicite. Je me penche de nouveau vers Lucas. « Je ne pensais pas à ça. Je voulais parler... d'un truc en privé... pour qu'on puisse... » Il capte, cette fois.

Ses yeux s'écarquillent. « Oh ! Tu veux dire que tu aimerais qu'on... ? *Maintenant ?* »

Je hoche la tête, mais j'ai peur qu'il me rejette et de devoir faire semblant de n'en avoir rien à foutre.

Lucas passe lentement sa langue sur ses lèvres. Si je n'étais pas déjà aussi excitée, ce geste mettrait le feu en moi. « J'aime beaucoup ta façon de penser, tu sais. » Son sourire est ravageur. Lucas jette un coup d'œil autour de lui. « Aucun Stu à l'horizon. Tirons-nous d'ici. » Il m'aide à me lever, et m'entraîne hors de la salle commune à toute allure.

Personne ne rôde dans les couloirs. Parfait. Si quelqu'un nous surprenait à cet instant, cette personne devinerait direct ce qu'on fait ici. Lucas me guide vers le sous-sol – celui que j'évite en général, parce que l'odeur des toilettes des mecs y est cent fois pire que celle du bâtiment science. En plus, le sous-sol abrite deux salles de géo, et je me tiens toujours aussi loin que possible de tout ce qui a un rapport avec la géo.

Lucas s'arrête devant une porte rouge – une porte que je n'ai jamais remarquée. Il l'ouvre et m'entraîne de l'autre côté avant d'allumer – un néon blanc. L'éclairage le moins flatteur de l'univers. Je regarde autour de moi. Des rangées et des rangées d'étagères remplies de livres scolaires et de classeurs s'étirent le long des parois. J'éteins la lumière. La petite fenêtre en haut du mur près du toit éclaire bien assez. Je me demande comment mon mec connaît l'existence de cette pièce, s'il m'a caché qu'il avait un placard à fournitures secret. (Je sais très bien comment il connaît l'existence de cette pièce, mais je ne veux pas gâcher l'ambiance en pensant à Sasha.)

« Bon, je sais, ce n'est pas le Ritz, mais des SDF ne peuvent pas se... » Je l'oblige à se taire d'un baiser en le poussant vers la table, devant laquelle il nous fait pivoter pour m'asseoir sur le plateau, et s'avancer entre mes jambes.

Je n'écoute pas la petite voix dans ma tête qui me dit *ce n'est pas toi, tu sais que ce n'est pas toi,* parce qu'elle a tort. C'est bien moi. Celle que je suis devenue.

Nous nous embrassons pendant une minute ou deux avant que je commence à défaire la ceinture de Lucas.

Environ une minute après ça, je me débats avec le fameux jean que je regrette d'avoir mis, parce que je ne sais pas ce qu'il a, mais c'est comme s'il ne voulait pas me lâcher...

Une minute encore après, nous baisons dans le placard à fournitures, Lucas Mahoney et moi. Heureusement qu'il avait un préservatif dans son portefeuille, parce que je ne me demande pas ce que j'aurais fait si on n'en avait pas eu. Disons que je suis ravie que le problème ne se soit pas posé.

Le sexe est top. Vraiment top. Meilleur que la première fois. Moins maladroit. Lucas sait vraiment... heu... appuyer sur les bons boutons.

J'ai mon premier orgasme avec un garçon. C'est un cap, j'imagine. Tout ce que je sais, c'est que j'en veux encore beaucoup d'autres (des orgasmes, pas des mecs). Je commence à penser que ces trucs sexuels pourraient devenir légèrement addictifs sur les bords.

Ce qui est loin d'arranger mes affaires.

Nous allons chez Lucas direct après les cours pour remettre ça. Et une autre fois. Il ne dit rien, mais je vois bien qu'il est surpris. Comme si les garçons étaient les seuls à avoir le droit d'être chauds… Ça n'a pas l'air de lui poser problème, par contre.

Nous restons étendus sur son lit à papoter. Il me pose beaucoup de questions sur moi et ma famille. Chacune en entraîne une nouvelle, comme s'il stockait des informations pour un usage futur. Je n'ai jamais autant parlé de moi de ma vie. Lucas doit en avoir carrément marre, même s'il fait semblant du contraire.

Je me lève pour m'habiller, et commence à chercher ma chaussette, qui doit traîner quelque part sous le lit. « J'aime vraiment beaucoup discuter avec toi, Jem. » Lucas est toujours allongé. Il a les mains derrière la tête, et la couette le couvre un peu, mais pas trop. Le rêve de toute fille (hétéro).

« Ah, heu… c'est gentil, merci. » Je dégotte enfin la chaussette orpheline. Je m'assois sur le matelas pour l'enfiler lorsque Lucas s'avance vers moi avant d'embrasser mon dos encore nu, hormis mon soutien-gorge. Ses baisers descendent le long de ma colonne. J'en frissonne. Ça me donne carrément envie de lui sauter dessus, mais je ne peux pas. Maman me tuera si je ne suis pas rentrée pour le dîner.

Lucas se rallonge pendant que je passe mon haut. « J'ai vraiment de la chance de t'avoir dans ma vie. »

Je me penche pour l'embrasser sur la bouche. Le baiser dure un peu plus longtemps que prévu.

Je laisse Lucas étendu là, après qu'on est convenus de nous retrouver chez lui demain. Les paroles de Lucas me reviennent en tête alors que je descends l'escalier d'un pas lourd. C'était très gentil, de me dire ça. Et très agréable à entendre, même venant de sa part. J'aurais peut-être dû répondre quelque chose.

J'arrive à la maison pile au moment où maman sert le dîner. « Juste à temps ! » lance-t-elle en souriant. Elle est de bonne humeur. Je me demande dans quel état d'esprit elle serait si elle savait que je baisais encore avec Lucas Mahoney une demi-heure plus tôt.

Elle me demande où j'étais. Je fourre aussitôt un morceau de brocoli dans ma bouche pour me laisser le temps de la réflexion. J'aurais vraiment dû anticiper, mais traîner avec des garçons est un truc nouveau, pour moi. Je mâche un bon moment histoire de mettre ma réplique au point. « J'étais à la bibliothèque avec Lucas. On s'était donné rendez-vous pour bosser.

— Pour bosser ? Eh bien, dis-moi, mais c'est plutôt positif, ça. Surtout si tu as réussi à travailler un peu, et pas passé ton temps à le regarder en battant des cils ! » Elle éclate de rire. Noah l'imite aussitôt. Quel sale petit traître...

Je hausse les yeux au ciel. « M'avez-vous jamais vue battre des cils, chère Mère... ? Mmm ? »

Noah commence à fermer les paupières pour essayer de le faire. On dirait surtout qu'il a une crise d'épilepsie.

Maman se retient de rire, mais finit par craquer. « Désolée, ma chérie, mais tu es amoureuse. Ça se voit comme le nez au milieu de la figure ! Tu n'arrêtes pas de regarder dans le vide, tu manges à peine – même si le brocoli a l'air de passer. Il n'y a pas de quoi te sentir gênée... On passe tous par là à un moment ou un autre, tu sais.

— Pas moi ! » Noah fait une moue indignée, mais comique, avec du ketchup partout autour de la bouche.

Je me sens rougir de colère, ce qui est crétin. Je ne me disputerai pas avec ma mère – ça la convaincrait qu'elle a raison.

Noah se met à me pointer du doigt et à rire parce que j'ai rougi, mais maman vient à ma rescousse. Elle lui ordonne de se taire et de manger. Le moment me paraît bien choisi pour annoncer que j'ai un autre « rendez-vous de boulot » demain. « Ne travaille pas trop », répond-elle sur un ton qui me pousse à me demander si elle ne se douterait pas que je mens. Et elle a ce regard maman-sait-tout. Sauf que si elle savait que je mens, elle me pulvériserait sur place ou un truc du genre, non ? À moins qu'elle soit contente pour moi que j'aie enfin couché avec un mec.

« Tu sais que Lucas et toi vous pouvez venir travailler ici quand vous le voulez… », me dit-elle un peu plus tard dans la soirée, alors que nous sommes devant la télé. Je me tourne pour la contempler, mais elle continue de fixer l'écran. Elle ne sourit pas, pas exactement. Pourtant, quelque chose dans son regard et dans le coin de sa bouche laisse penser qu'un sourire éclatant pourrait s'étaler sur son visage d'un instant à l'autre. Elle sait. Fait chier…

42

Stu est ma mission du jour. J'aurais pu m'y atteler avant, mais ce sera encore meilleur, maintenant que j'ai préparé le terrain avec Nina.

Je me lève une heure plus tôt que d'habitude ; un vrai calvaire, vu la nuit que j'ai passée. Je mange des Weetabix accoudée sur le bar en me frottant les yeux de fatigue quand maman arrive dans la cuisine. Elle hausse un sourcil, mais ne dit rien.

Je vais devoir faire un détour sur le chemin du bahut. J'aurais vraiment préféré trouver le nécessaire à la maison – genre dans le bureau de papa. Mais mes exigences sont très précises. Il vaut mieux, vu le but que je me suis fixé.

Il y a déjà la queue devant la papeterie, à mon arrivée, des gens venus acheter le journal, pour la plupart. Le fond du magasin est vide, par contre. Du coup, je prends tout mon temps pour choisir mon arme, et chope deux, trois trucs en plus au passage – un rapporteur et des feutres fluo. Je ne sais pas pourquoi, vu que le vendeur me zappe complètement (sauf pour me demander si une promo pourrait m'intéresser). Ce n'est pas comme si je commettais un crime, ou disons que je n'en ai pas l'impression. Je crois que je m'en fous, en fait.

Deux tronches de cake traînent déjà au bahut à cette heure, mais je ne les connais pas. J'évite la salle commune par prudence. Je commence par me rendre aux toilettes du bâtiment science parce qu'elles sont les plus proches. Je mets quelques secondes avant de me décider, mais pas plus.

Il y a trois autres toilettes des filles à gérer avant de gagner les principales ; il faut que j'aie terminé avant que les gens normaux débarquent au bahut. Je jette un coup d'œil à ma montre : encore quinze minutes avant l'arrivée du gros des troupes.

Je transpire de stress, lorsque j'ai fini. Je croise une gamine de sixième avec un blazer trois fois trop grand pour elle, et une jupe sans ourlet. Elle farfouille à l'intérieur de son cartable (trois fois trop grand pour elle, lui aussi) et me rentre dedans au moment où je sors des dernières toilettes. Elle marmonne des excuses sans me regarder. Elle a l'air super stress. L'école a déjà dû lui réserver son lot de sales plans. Cette gosse devait être normale, heureuse, souriante, avant de se pointer dans cet endroit pourri. Ça me fait mal pour elle.

Ça ne m'inquiète pas trop, qu'elle m'ait vue. Elle n'aura jamais le courage de parler, même si elle m'avait surprise en flagrant délit. Mais il y a bien eu un truc bizarre, dans son attitude. Pour une certaine raison, je repense à cette gamine toute la matinée. J'espère qu'un ami veille sur elle. Qu'elle a son Kai à elle, et qu'il ne lui fera pas le sale plan de mourir et de la planter.

Je n'arrive pas à me concentrer pendant les deux premiers cours. Ça ne devrait plus tarder.

J'aurais dû balancer les preuves. Je ne sais pas pourquoi je n'y ai pas pensé. Sans compter que mes mains ne sont pas super propres. Je n'arrête pas de les frotter pour essayer de faire disparaître les taches, du coup. On dirait une version bizarre de Lady Macbeth ou je ne sais qui. Mais personne ne se rend compte de rien, d'où l'intérêt de s'asseoir au fond de la classe en cours.

Les suspects habituels se rejoignent dans la salle commune, à la pause. Seule Amber manque à l'appel, même si personne ne semble jamais remarquer son absence. C'est un peu comme si sa présence n'était pas nécessaire à l'intégrité du groupe, ce qu'elle lui apporte pouvant se résumer à une énorme paire de seins, et à un rire super énervant. J'ai repéré que Bugs fait beaucoup plus attention à elle, ces derniers temps, sans doute pour faire taire les rumeurs sur sa prétendue homosexualité. Amber adore ces marques d'intérêt, mais la pauvre fille ne sait pas que Bugs la voit seulement quand Sasha ne se trouve pas dans les parages.

Personne ne remarque l'arrivée d'Amber, qui lance aussitôt un coup d'œil inquiet à Stu. Il est en train de prendre une canette de Coca dans le distributeur près de la porte tout en parlant à l'oreille de Sasha. Lucas est trop occupé à tracer des cercles sur ma cuisse avec son doigt, et les autres à débattre d'un sujet futile que je préfère ignorer.

Sasha et Amber sortent de la salle commune. Je ne me sens pas nerveuse, pas exactement. J'ai bien les nerfs un peu à vif, mais pas comme d'habitude. J'ai plutôt l'impression de vivre une sorte d'attente très proche de l'excitation. J'adorerais être une petite souris et aller écouter ce que les filles se disent. Je pourrais les rejoindre, mais ça risquerait d'attirer les soupçons. À propos de soupçons, j'aimerais que Louise arrête de me mater. Ça fait deux semaines que ça dure, et je n'aime vraiment, mais vraiment pas ça. Elle passe son temps à chercher mon regard. Bon, j'imagine que ce n'est pas spé à ce point, vu qu'on traîne sans cesse ou presque avec la même bande. Je ne remarquerais sans doute rien s'il s'agissait de Nina, de Sasha, voire d'un des garçons, mais je le relève toujours, quand c'est elle. Je ne sais pas pourquoi Louise me met autant mal à l'aise. Elle s'est montrée parfaitement adorable depuis qu'elle et Max ont réintégré le Groupe Populaire. On ne se fréquente pas ni rien. Ce serait trop bizarre. Pire que si on traînait ensemble, Amber et moi. (Je tremble en repensant au jour où j'ai dû passer dix minutes avec Amber parce que Sasha était en retard. On ne peut pas dire que cette fille brille par sa conversation. Elle ne saurait même pas épeler le mot « briller ».)

La main de Lucas a remonté le long de ma cuisse sans que je m'en aperçoive, mais je m'en rends compte, subitement. Personne ne nous voit à cause de la table. Lucas parle football avec Bugs tout en me touchant *là*. Quel salaud ! Je devrais l'arrêter. Je devrais vraiment, vraiment... l'en empêcher. Eh merde...

Mes doigts agrippent le bord de la table. Il doit y avoir du chewing-gum ou un autre truc dégueu là-dessous, parce qu'un machin collant m'oblige à retirer mes mains, qui envoient valdinguer au passage la canette de Coca à moitié remplie posée devant moi, canette qui atterrit sur les genoux de Lucas, et le force à interrompre ce qu'il est en train de faire. Lucas bondit sur ses pieds en jurant comme un charretier. Sasha et Amber arrivent pile à ce moment-là. Quant à moi, je prie que quelqu'un explique un jour à ces crades qu'on peut jeter à la poubelle les saloperies qu'ils planquent sous les tables, et que les gens présents dans la pièce disparaissent pour que je puisse aider mon mec à enlever son putain de jean (et plus important encore, pour qu'il m'aide à enlever le mien).

Sasha regarde Lucas de la tête aux pieds avant de lever les yeux au ciel, puis Stu, qui est assis avec Nina sur les genoux, l'air très content de lui. « Stu, est-ce que je pourrais te dire un mot ? »

Stu a l'air saoulé. « Ça ne peut pas attendre ? Je suis légèrement occupé, là tout de suite. J'ai les mains prises... » Il presse la taille de Nina, qui commence à se tortiller en gloussant. « Oh ouais... C'est bon ça, bébé... Continue. » Il rejette la tête en arrière et fait semblant de gémir de plaisir. Les garçons rient, même Lucas, qui tamponne son entrejambe avec une serviette.

Stu donne une tape sur le cul de Nina lorsque celle-ci se lève. « Même lieu, même heure la semaine prochaine, chérie ? » interroge-t-il en prenant cet accent racaille qu'il adore imiter chaque fois qu'il dit un truc obscène – ce qui arrive souvent. Il fait signe à Sasha de s'installer à la place de Nina, mais elle le casse net. « Stu ! Tu pourrais arrêter de déconner une minute, s'il te plaît ! »

C'est comme si quelqu'un avait appuyé sur un bouton pour faire passer Sasha en mode Sérieux. Et vu qu'elle ne perd JAMAIS son sang-froid, chacun pense que ce doit être grave. Plusieurs filles regardent dans notre direction – Stu, en particulier. Ce qu'il remarque lui aussi. « Qu'est-ce qu'y a, Sasha ? »

Elle l'entraîne à l'écart et commence à lui murmurer quelque chose à l'oreille, ce qui est complètement inutile, vu que tout le monde saura d'ici quelques minutes. Stu roule ses poings en boule. J'espère qu'il ne va pas perdre son sang-froid, mais il se contente de quitter la pièce en martelant le sol avec ses pieds – sans doute pour aller vérifier de ses propres yeux.

Sasha nous met au courant. Des *Quoi ? ! Comment ? ! Pas moyen ! C'est quoi, ces conneries ! Qui a bien pu faire un truc pareil ?* fusent aussitôt. (Le *Pas moyen !* était de moi.) J'ai l'impression qu'ils marchent à fond.

Lucas propose de rejoindre Stu, sans se soucier de traverser le lycée avec l'entrejambe mouillé.

Nous nous précipitons dans les toilettes des filles les plus proches. Stu est là, planté devant le premier box. Deux nanas sont près de lui, et parlent à voix basse. Aucune d'elle n'ordonne aux garçons de dégager – elles veulent voir comment Stu va réagir. Moi aussi.

Il frappe la porte tellement fort qu'elle casse presque. Ensuite, il parcourt les boxes les uns après les autres pour les inspecter. Un dernier coup de poing dans le mur, et il sort en fulminant. Lucas et Bugs lui emboîtent le pas. Le reste d'entre nous reste planté là.

J'admire mon œuvre. L'écriture ne ressemble pas du tout à la mienne – j'y ai veillé. Deux filles de troisième nous rejoignent, et se mettent aussitôt à glousser, et à faire des commentaires. Sasha leur gueule de dégager. Nina donne l'impression qu'elle va éclater en sanglots. « Je ne comprends pas, bredouille-t-elle. Pourquoi quelqu'un irait écrire un truc pareil ? »

L'une des filles à qui Sasha a demandé de dégager – impossible de préciser laquelle vu qu'elles nous tournent toutes les deux le dos – marmonne un : « Sûrement parce que c'est vrai », au moment où elle sort. Nina s'élance à sa suite, mais je la rattrape par le bras. « Ne fais pas ça. Elles n'en valent pas la peine. » Nina fond en larmes. Je la serre contre moi. « Hé… Tout va bien, Nina. Ne t'inquiète pas. Cette histoire va se calmer toute seule, tu verras. » Elle se blottit dans le creux de mon bras et se met à brailler franchement. J'ai peur de me retrouver avec l'épaule tartinée de morve.

Sasha humidifie un morceau de papier toilette et commence à frotter le mur avec, mais ça ne fera jamais partir de l'encre indélébile. Sasha abandonne au bout de deux minutes en marmonnant qu'elle va chercher le gardien.

Louise arrive pile à ce moment-là pour nous informer qu'il y en a dans toutes les toilettes des filles du bahut – dans chaque box, plus exactement. Sasha secoue la tête. « Il faut vraiment être complètement malade pour faire un truc pareil… On sait que Stu peut être un peu lourd, par moments, mais ça, là, c'est vraiment des conneries… non ? » J'adore le doute dans sa voix. J'adore qu'elle ne soit pas complètement sûre. Je kiffe trop que Nina soit tellement impressionnable que le doute s'immiscera bientôt – d'ici très peu de temps.

Le silence retombe, ce qui en dit plus long que ce que des mots pourraient exprimer. Amber intervient à ce moment-là. « Évidemment, que c'est des conneries. Clair. » Elle n'aurait pas pu paraître moins convaincue.

Je prends la parole à mon tour. « Si c'était vrai, cette personne aurait été trouver la police au lieu d'écrire ça sur un mur. » Je tapote l'épaule de Nina. « Ne t'inquiète pas, Nina. Vraiment.

— Je… Je ne veux pas que tout le monde pense que mon mec est un… »

Vas-y, dis-le. J'attends qu'elle l'énonce à voix haute, mais non. Ce n'est pas grave, vu ce qu'il y a d'écrit sur le mur en énormes lettres noires :

STUART HICKS M'A VIOLÉE.

43

On ne parle que de ça, pendant le dèj'. Stu a été convoqué chez le directeur. Le gardien et son assistant (les gardiens ont des assistants ?) ont été envoyés nettoyer les murs.

Nina joue très bien les victimes, un spectacle plutôt marrant à regarder. Lucas (qui porte son short de foot un peu crade suite au jet de Coca) a essayé de discuter avec Stu, mais ce dernier n'a pas voulu. Bugs semble un peu paumé, au milieu de ce drame. Il donne l'impression de ne pas savoir quoi faire de lui-même, vu qu'il est encore un peu tôt pour vanner sur le sujet.

Les autres parlent de l'affaire pendant que Stu est chez M. Heath. L'identité du mystérieux tagueur est la question numéro un. Personne n'ose dire ouvertement que cette accusation pourrait être vraie, mais les noms d'anciennes conquêtes de Stu (qui sont nombreuses) commencent à circuler dans les conversations.

« Il a dû briser le cœur d'une fille, et cette nana aura trouvé ce moyen à la con pour se venger », lance Sasha. Les autres hochent la tête en marmonnant qu'ils sont d'accord.

Bugs intervient. Il doit avoir mal au cerveau, à réfléchir comme ça… « C'est un peu extrême, quand même, comme façon de se venger, non ? C'est grave, de balancer ce genre d'accusation sur quelqu'un. » Encore des hochements de tête, même si cette remarque n'apporte pas grand-chose au débat.

« Je ne vois vraiment pas qui aurait pu faire un truc pareil », ajoute Louise, qui me contemple pendant une fraction de seconde, puis Sasha, Nina, et les autres. Mais elle m'a matée d'abord. Je serre la main de Lucas un peu plus fort. Il se tourne vers moi, mais je ne le regarde pas. Je ne peux pas.

Nina est la première à parler de la police, bizarrement. Elle demande à Lucas s'il pense que le bahut va appeler les flics. Je ne sais pas très bien pourquoi elle lui pose la question – comme s'il savait tout sur tout. « Ça m'étonnerait. La police a mieux à faire que de s'emmerder à enquêter sur des graffitis.

— C'est un peu plus que des graffitis, non ? On dirait une espèce de campagne de propagande ou je ne sais pas quoi. Pourquoi quelqu'un prendrait autant de risques, autrement ? » Encore une intervention de Louise. Je me demande si elle me fixe parce que je l'évite. Je mate mon trognon de pomme.

« Je ne peux même pas… (La voix de Nina se brise.) Et si jamais… ? » Elle éclate en sanglots. Sasha et Amber passent un bras autour de ses épaules. Personne ne sait où se mettre. Les pleurs ne se calment pas. Nina finit par se rendre compte que la situation est un peu gênante. Elle recule sa chaise et sort précipitamment de la cantine. Sasha et Amber se regardent pour décider laquelle d'entre elles deux va aller la rejoindre. Sasha hausse les épaules avant de se lever pour s'élancer à la suite de Nina.

L'atmosphère change aussitôt. Tout le monde se détend. Sauf Lucas – il est anormalement silencieux, ET il a lâché ma main. Que je pose sur sa cuisse nue en lui demandant à l'oreille s'il va bien. Il hoche la tête et fait la moue. « On parlera plus tard, OK ? Tu passes toujours après les cours ? »

Je caresse sa jambe avec mon pouce. « Carrément. J'aimerais que tu finisses ce que tu as commencé tout à l'heure. » Je me demande si Lucas est d'humeur à entendre ce genre de chose, pour me rappeler qu'il est un garçon, donc toujours d'humeur pour ce style de conversation.

Je m'adosse contre ma chaise et écoute les autres parler de Stu. Plutôt agréable, comme situation… Il me tarde quand même qu'il revienne de chez le directeur. Il y est depuis des plombes, et les cours reprennent dans cinq minutes. Mais tout va bien. Lucas me racontera plus tard.

La fille à côté de qui je me suis assise en cours d'espagnol (comment est-ce qu'on peut avoir les cheveux aussi frisés, à notre époque ? Elle n'a jamais entendu parler de John Frieda ou quoi ?) m'interroge sur ces rumeurs, et sur l'identité du fameux tagueur. J'hésite à lui dire d'aller se faire foutre et de s'occuper de ses oignons lorsque je me rends compte que c'est exactement ce que je voulais. J'ai du mal à garder les idées claires, par moments. Je me demande si je ne serais pas un peu schizo sur les bords. Sans doute que non.

« Bien sûr, que c'est faux, dis-je d'un ton mal assuré, et sans fixer mon interlocutrice. Et je ne sais pas du tout qui a pu écrire ces conneries... ça pourrait être n'importe qui. » J'aime l'ambivalence de cette réponse : ça pourrait être n'importe quelle fille parmi la multitude qu'il a sautées après les avoir fait boire, voire droguées, mais tellement emmerdées, en tout cas, qu'elles ont fini par arrêter de l'envoyer chier, et céder.

Frisette (Rachel ?) opine et se reconcentre sur son bloc-notes. Je devrais peut-être tenter le tout pour le tout avant de perdre son attention. « Je... je ferais mieux de ne pas parler de ça. Au cas où il y aurait des implications légales... »

Frisette/Rachel redresse la tête à ces mots et me regarde à travers ses yeux plissés. « Pourquoi est-ce qu'il y aurait des implications légales, si... si ce n'est pas vrai ? »

Un discret hochement de la tête et un « ne dis pas n'importe quoi » plus tard, les rouages de son cerveau commencent à s'ébranler ; elle se demande avec qui elle va en discuter, en ajoutant des petits détails de son cru – qu'elle aura parlé à « une amie » de Stu Hicks, et qu'il pourrait y avoir du vrai derrière ces rumeurs.

Excellente, cette journée...

Je ne suis qu'une idiote. Je n'avais vraiment pas réfléchi aux conséquences. Mais comment j'aurais pu deviner que Lucas serait aussi distant et bizarre parce qu'un de ses copains s'est fait accuser de viol ? J'étais contente que ces graffitis puissent causer du tort aux uns et aux autres, mais je me serais bien passé qu'ils lui fassent du mal à lui, là tout de suite. Ce qui n'a rien à voir avec le fait que je suis excitée, bien sûr.

Il ne dit rien, au début, pendant que nous allons chez lui. Du coup, je décide d'aborder le sujet bille en tête histoire de l'avoir évacué avant d'arriver chez lui. Je risque de renoncer et de rentrer direct à la maison, sans ça. Je glisse mes doigts entre les siens et me penche plus près. « Hé, comment tu vas ? Tu me sembles un peu distant. »

Lucas lève les yeux et me sourit, mais ça lui coûte. « Désolé. Je suis juste inquiet pour Stu... Tu aurais dû le voir, cet aprème. Il était vraiment dans tous ses états. Genre super flippé. Heath l'aurait soumis à un interrogatoire en règle.

— Il ne devrait pas s'inquiéter. Il n'a rien fait de mal. »

Lucas se contente de marcher sans piper mot. « Lucas ? Qu'est-ce qu'il y a ? Il n'a rien fait de mal… » Je regarde Lucas du coin de l'œil. Il fixe le bitume devant lui. « … n'est-ce pas ? » Un sacré revirement de situation.

Il secoue la tête avant de reprendre la parole. « Non. » Pas très convaincant, comme non.

Je m'arrête pour obliger Lucas à le faire. « Lucas… Tu me caches quelque chose… Tu peux me faire confiance, tu sais. » *Menteuse.*

Il plonge son regard dans le mien. Je ne l'ai jamais vu dans cet état. Lui qui donne toujours l'impression que rien ne l'atteint, il a l'air d'un vrai être humain, pour une fois. « Je sais que je peux te faire confiance, déclare-t-il, avant de m'embrasser rapidement sur les lèvres. C'est rien. Je suis sûr que c'est rien. C'est juste que Stu a couché avec pas mal de nanas, et que la plupart n'ont été qu'un coup d'un soir… » Il hausse les épaules avant de jeter un coup d'œil autour de lui, comme s'il allait trouver ce qu'il veut dire sur la vitrine du magasin à côté duquel nous venons de nous arrêter, et pas une pub kitsch vantant le pack de six Stella à cinq euros…

« Et quoi ? »

Il hausse de nouveau les épaules. « J'imagine que certaines filles ont dû apprécier ça moyen, au réveil. Je ne dis pas que… Si tu voyais les textos qu'il reçoit. Certaines lui ont même dit qu'il avait profité de la situation, ce genre de truc. » Lucas recommence à chercher des réponses sur la vitrine.

« Mais ça ne signifie pas qu'il ait vraiment violé quelqu'un. Ces filles savaient où elles mettaient les pieds. Ce n'est pas comme si elles ne connaissaient pas sa réputation… Sauf si… Il ne t'a jamais parlé d'un truc de ce genre ?

— Non, Jem. Pas de ce genre… J'imagine juste très bien que certaines filles aient pu regretter ce qu'elles avaient fait, ou qu'il ait été capable de… tu vois, les pousser un peu. En rajoutant une dose ou deux d'alcool dans leur verre, mais ça n'a rien à voir, hein ? »

Je n'en reviens pas de ce que j'entends. Lucas croit possible que Stu ait violé quelqu'un. Parce que même s'il estime que ça n'est pas vraiment du viol, ça l'est carrément. Je n'ai pas oublié le comportement de Stu, dans la serre. Ni sa tête quand je lui ai menti en racontant que j'avais été violée. Je ne sais plus quoi penser, tout à coup…

Je me tais. Lucas semble regretter ses propos, mais ignore quoi ajouter pour arranger les choses. « C'est un mec bien. Je sais que c'est quelqu'un de bien. » Il opine comme pour se convaincre lui-même.

Je passe un bras autour de sa taille. « On devrait parler d'autre chose, tu ne crois pas ? Je suis sûre que ça va s'arranger. Si tu affirmes que Stu est quelqu'un de bien, je te crois. Je te fais confiance, Lucas. »

Exactement ce qu'il fallait dire, vu la façon dont Lucas se détend, et le sourire qui lui monte aux lèvres. « Ça fait plaisir à entendre. Que tu as confiance en moi. » Il approche son visage du mien. « Et ne pense pas que je n'ai pas vu comment tu as maté mes jambes tout l'aprème. »

Je le frappe à l'épaule. « Mater tes jambes ? C'est ça...

— Je suis sûr que tu as fait exprès de renverser cette canette, me murmure-t-il, pour me voir en short. Vraiment, Jem, je t'imaginais plus classe que ça.

— Argh ! Tu as percé mon plan diabolique. La prochaine fois, je renverserai une cuve entière de Coca rien que pour t'obliger à te balader dans le bahut en caleçon. » Il rit avant de m'embrasser l'oreille. Ça chatouille.

Lucas se recule d'un pas avant de m'attraper par la main. « On devrait accélérer un peu le mouvement, non ? » Son regard est sans équivoque. En six secondes à peine, le stress, l'inquiétude, le doute se sont transformés en désir absolu.

44

Nous faisons l'amour sur le canapé parce qu'aucun de nous d'eux n'a visiblement la patience de monter dans sa chambre. C'est chaud bouillant. Lucas est un peu plus cash que d'habitude, ce qui est bizarre, vu la conversation que nous venons d'avoir. Comprenez-moi bien. J'aime bien ça. Et il n'est pas genre cash « cash ». Il y a juste eu une très grosse différence dans sa façon de me toucher et de m'embrasser.

Lucas me prépare un sandwich, tout de suite après, que je termine à peine lorsque nous entendons une clé tourner dans la serrure. Lucas fait une tête trop drôle. Mais vraiment trop marrante. Il regarde sa montre, attrape nos assiettes, et bondit vers la cuisine. Comme si manger un morceau dans le salon était le pire… Je ne vois mon haut nulle part. Des elfes ont dû l'embarquer…

Je suis penchée au-dessus du dossier du canapé lorsqu'une femme épuisée, avec des clés de voiture entre les dents, cinq sacs de courses pleins à craquer dans les mains, et un journal calé sous un bras, fait son entrée. J'ai au moins eu le temps de passer mon soutien-gorge. Et mon jean. La situation aurait été carrément plus embarrassante si elle avait débarqué une demi-heure plus tôt. Je vis quand même le truc le plus gênant de ma vie.

La femme laisse tomber les clés dans un petit plat posé sur le buffet avant de me lancer un regard. « Tu comptes me filer un coup de main un jour, oui ou non ? »

Un rire nerveux me prend malgré moi, rire que je transforme aussitôt en quinte de toux ; il ne faudrait pas que la mère de Lucas croie que je me fous d'elle. Parce que cette femme est la génitrice de Lucas, ou alors, des femmes d'âge moyen entrent dans cette maison comme dans un moulin à vent. Je me précipite vers elle. « Désolée, je… » Elle me tend un sac, puis un autre, ce qui m'oblige à exhiber mes seins cachés derrière mon bras droit.

« Pas la peine de jouer les pudiques, chérie. Non, vraiment. Des seins sont des seins. On a toutes les mêmes, tu sais. »

J'ai presque envie de lâcher les sacs et sortir chercher de l'aide. Jusqu'à ce que je me rappelle que cette rue est carrément calme. Je vais devoir me la jouer cool, même à moitié à poil devant une parfaite inconnue.

Lucas revient dans le salon et éclate de rire. Il se marre, le salaud ! Il ne porte rien en haut, lui non plus, mais ce n'est pas grave. Quels abrutis, ces mecs ! Il me tend les mains. « Passe-les-moi. Tu… heu… » Il désigne ma poitrine d'un geste vague.

Je lui passe les sacs tout en regardant autour de moi, lorsque j'aperçois mon T-shirt derrière un coussin. Enfin ! J'enfile mon haut et souris à la mère de Lucas. « Bonjour, je suis…

— Jem, bien sûr. Je sais qui tu es. Je sais tout de toi. » Je ne suis pas très fan de sa façon d'insister sur le tout. « Moi, c'est Martha. Enchantée de te rencontrer. Dis-moi, est-ce que tu pourrais prendre ce sac avant qu'il arrache mon bras, s'il te plaît… ? Hé Lucas ! Mets ton T-shirt. »

Elle me laisse l'aider à déballer les courses. C'est carrément étrange, d'autant plus que je ne sais pas du tout comment la situation va tourner. Martha n'arrête pas de lancer des trucs du genre : « Non, pas sur cette étagère… celle-là, voilà, c'est ça. »

Lucas nettoie le couteau et la planche à découper avant de me montrer dans quel placard ranger les tomates en boîte. Cette petite scène est trop bizarre pour dire quoi que ce soit. Ce que nous avons fait, lui et moi, sur le canapé tout à l'heure n'a pas l'air de gêner Martha. Ma mère ne serait jamais aussi cool. Ça doit être normal, pour les mecs, que leur mère ne cille pas si vous sautez une pouffe sur le canapé familial. Mais elle sait que je ne suis pas n'importe quelle nana, puisqu'elle connaît TOUT de moi.

Une fois les courses rangées, Mme Mahoney (pas moyen que je l'appelle Martha) s'appuie contre le bar en soupirant. « Lance la bouilloire, tu veux, chérie ? » Je m'exécute pendant que Lucas sort trois tasses. Il ne semble pas trouver cette scène bizarre, lui. Il n'arrête pas de me regarder en souriant. Je me demande s'il ne serait pas content que sa mère soit rentrée plus tôt. Il m'a déjà parlé d'elle plusieurs fois, pour dire qu'il pensait qu'on s'entendrait bien, elle et moi. Et j'ai toujours changé de sujet, vu que je n'avais pas vraiment envie de rencontrer la génitrice de Lucas Mahoney. Et voilà que nous nous retrouvons tous les trois à boire le thé autour du bar de sa cuisine…

Lucas ne ressemble pas du tout à sa mère. Elle est petite et sèche. Lucas doit tenir de son père (alias Ce Branleur). D'après les photos que j'ai vues, ses sœurs ne ressemblent pas trop à leur mère non plus. Des versions féminines de Lucas, en moins séduisantes.

Je reste assise là à siroter mon thé, à répondre aux questions qu'on me pose, à écouter la mère et le fils s'envoyer des piques. Mme Mahoney est plutôt marrante. Elle s'entendrait très bien avec ma mère. Elles devraient peut-être se rencontrer…

Mais ça va pas ? ! Qu'est-ce qui me prend d'imaginer le jour où nos génitrices se rencontreraient ?

Quelle tarée... Je dois m'arracher de cet endroit immédiatement – tout de suite !

Je laisse errer mes yeux du côté de la pendule accrochée au mur. « Ouh là ! Je suis super en retard. C'est à moi de préparer le dîner, ce soir... Ma mère va me tuer. »

Mme Mahoney me lance un regard indulgent avant de hausser un sourcil à l'attention de son fils. « Elle sait cuisiner... T'as pas intérêt à la laisser filer, celle-là, Luke ! Elle me plaît. »

Lucas sourit dans sa tasse. « J'ai l'intention de m'accrocher à elle aussi longtemps qu'elle le voudra. » La mère et le fils éclatent de rire. Ils se ressemblent, tout à coup. Mon cœur va lâcher, si je ne quitte pas fissa cet endroit.

Mme Mahoney me prend dans ses bras, au moment de me dire au revoir. Elle m'a serrée contre elle comme si j'étais une cousine australienne qu'elle n'avait pas vue depuis longtemps. Des larmes d'émotion me montent aux yeux. Je les ferme très fort pour ne pas craquer. Mme Mahoney me propose de venir dîner très bientôt, mais je ne réponds pas parce que ma voix tremblerait, si je le faisais.

Lucas me raccompagne à la porte et m'embrasse. « Bravo ! Tu as résisté à l'épreuve de La Mère. Elle t'adore.

— Elle est vraiment adorable. » Je me force à sourire.

« Toi aussi. » Il me prend dans ses bras. « Je pensais vraiment ce que j'ai dit, tout à l'heure. Prépare-toi à m'avoir sur le dos encore quelque temps.

— Et pourtant, il va falloir me lâcher, là maintenant, parce que les membres de ma famille risquent de me lancer des regards encore plus bizarres que d'hab' s'ils me voient cuisiner avec un Lucas Mahoney accroché dans le dos. »

Ma blague nase amuse Lucas. « Tu vois parfaitement à quoi je veux faire allusion, Halliday. Maintenant, boucle-la et embrasse-moi. Après ça peut-être, je dis bien peut-être, que je te laisserai partir… pour cette fois, ça va de soi. »

Je l'embrasse, doucement, au début, puis avec un appétit qui m'étonne moi-même, et Lucas aussi, parce qu'il se dégage au bout de quelques secondes en désignant la cuisine. Je ne comprends pas son inquiétude ; la porte est fermée. J'attire de nouveau Lucas contre moi, mais il déjoue mon plan en me prenant dans ses bras.

Je ne veux pas qu'il me serre comme ça. C'est intime. Se serrer dans les bras, c'est moi et Kai.

Il faut arrêter ça sur-le-champ.

Ma réaction semble surprendre Lucas, qui n'insiste pas. Il n'imaginerait jamais qu'elle puisse être liée à lui. Qu'il puisse être le problème.

Ça doit être agréable, de ne jamais se poser de questions, d'être aussi à l'aise dans ses baskets. Je me demande si je me sentirai comme ça un jour, ou si on naît avec cette confiance en soi. Je lui poserai peut-être la question, quand toute cette histoire sera terminée.

Ou pas.

45

Ça continue. L'histoire Stu. Chaque fois que les graffitis sont effacés, ils réapparaissent au bout de quelques heures. L'écriture est un peu différente, mais les mots restent les mêmes. Ce doit être une seule et même personne. Quelqu'un qui s'est donné pour mission de maintenir le machin pour qu'on continue d'en parler. Je me demande pourquoi quelqu'un irait faire ça. Je me pose un tas de questions, d'ailleurs.

Stu garde la tête baissée, la plupart du temps. Il n'a pas l'air en forme. Il a de gros cernes noirs sous les yeux et un regard de bête traquée. Il blague de temps en temps, mais on sent bien qu'il se force. Lucas, Bugs et Max font leur possible pour paraître normaux, mais les filles ne se comportent plus comme avant avec Stu. Nina, surtout. Ils ne sont pas officiellement séparés – pas encore –, mais je sais que c'est ce qu'elle souhaite. Ce n'est qu'une question de temps. Elle traîne avec Amber ou Sasha, ou moi (si les deux autres ne sont pas dans les parages), au lieu de s'asseoir avec Stu dans la salle commune, à l'heure du déjeuner. Et elle s'installe toujours à côté de quelqu'un d'autre si la place à côté de Stu est libre. J'observe le pauvre mec, dans ces cas-là. Surtout son regard : rempli d'espoir au début, puis franchement déçu ensuite. Il ne s'en cache même pas. Franchement, ça fait pitié.

Je me suis retrouvée à marcher derrière eux, un jour après les cours. Stu a passé un bras autour des épaules de Nina. Elle ne l'a pas dégagé, mais je l'ai vue s'écarter, assez pour qu'un camion puisse se faufiler entre eux, genre. Une part de moi aimerait que Nina mette un terme à cette situation, et une autre, qu'elle continue de manipuler Stu comme ça. En lui donnant des petites bribes d'espoir, en lui faisant miroiter que les choses s'arrangeront peut-être lorsque tout le monde aura oublié cette histoire. Mais le nouveau tagueur veille à ce que ce jour n'arrive pas. J'aimerais bien savoir qui c'est (sans doute une fille). Pour la féliciter, et lui demander pourquoi elle agit comme ça.

Je n'ai plus beaucoup de temps. Je dois terminer vite. Il ne reste plus qu'une lettre – la douzième. Je ne comprends même pas comment j'ai survécu douze mois sans lui.

L'opportunité idéale se présente à moi d'elle-même. Je n'aurais pas pu rêver mieux : Max et son frère organisent une autre fête. La coïncidence de date me serre le cœur : elle tombe deux jours avant la dernière lettre de Kai. Deux jours avant l'anniversaire de sa mort, et mon propre décès.

Le lieu de la soirée reste à déterminer. Les parents de Max n'auraient pas trop apprécié l'état dans lequel ils ont découvert leur jardin l'année passée – surtout l'énorme brûlure au milieu de leur pelouse immaculée. Du coup, leurs fils pensent à Boreham Woods, pour cette année. Juste à côté du pont… Génial.

Les autres en ont tellement marre de traîner dans les mêmes endroits que l'idée de faire la fiesta dans les bois les éclate complètement. Ils s'imaginent sans doute que ce sera comme dans ces films américains – une fête de retour à la maison, avec pom-pom girls, joueurs de foot, fûts de bière, et tout le bazar. Alors que les mêmes personnes feront exactement les mêmes choses que d'habitude, mais en se gelant les fesses.

J'ai mal au ventre rien que d'y penser. J'en ai pratiqué, des détours – au sens littéral –, pour éviter cet endroit. Je n'arrive toujours pas à passer par là, d'ailleurs, même si j'y suis de temps en temps obligée. Je ferme les yeux et m'imagine très loin, dans ces cas-là. Mais je sais chaque fois à quel moment on traverse ce putain de pont, par contre, parce que les pneus ne produisent pas le même bruit. J'aimais ce bruit, avant ; je l'attendais, parce que ça voulait dire qu'on allait dans un endroit cool (chez Ikea, par exemple). Il marquait un peu le début d'une aventure. Il ne représente plus rien de ce genre, aujourd'hui. À part un garçon debout sur le garde-fou par temps de pluie, en train de contempler en contrebas sa rivière chérie et les rochers en se demandant s'ils lui éclateront le crâne, ou s'il se noiera d'abord.

Je ne verrai pas le pont, avec un peu de chance. Il suffira d'arriver dans les bois par la chapelle flippante. Pas le chemin le plus court, mais il n'y a pas le choix. Ce sera vraiment horrible de penser qu'il est enterré juste à côté, mais je ne me laisserai pas distraire. Je suis trop près du but.

Sasha estime que la fête « fera du bien au groupe » vu les récents événements. Et encore, elle a proféré ça avant le drame d'hier. Nina a officiellement jeté Stu. Tant mieux. Ça commençait à devenir lourd de la voir se la jouer « je soutiens mon mec ». J'aurais dû me douter qu'elle en aurait marre.

Ça n'a pas été aussi jubilatoire que prévu. Il n'y a pas de cris, aucune larme. Que dalle. Nina a eu la classe de lui parler à l'extérieur du bahut. Ils ont été boire un café à la pause dèj'. Elle est revenue seule, et super calme. Mais contrariée. Clair. Chaque fois que quelqu'un lui demandait comment elle allait, elle répondait « je vais bien » d'une voix ultra tendue et bégayante, comme si elle pouvait craquer à n'importe quel moment. J'aurais été capable de la faire pleurer, si je l'avais voulu, mais quel intérêt ? Nina n'a rien à se reprocher – à part son goût merdique en matière de mecs. Seul Stu était visé, et étant donné le résultat, on peut dire que j'avais plutôt accompli de l'excellent boulot. Personne ne l'a vu du reste de la journée, au soulagement général. Il a eu le courage de revenir aujourd'hui, et Nina le bon goût de tenir ses distances. Je ne sais pas ce que ça signifie concernant sa position au sein du groupe. Je ne serais pas surprise qu'elle dégage vite. Le temps le dira.

Je ne pense pas que Nina se pointera à la fête, en revanche. Dommage, parce qu'elle ne me gêne pas tant que ça. Pas vraiment. Elle est aussi inoffensive que la petite peluche dessinée sur son pull préféré. Avec assez d'intelligence (ce qui est mal barré), elle comprendra que je lui ai rendu un immense service. Enfin, dans quelques années, disons. Elle me remerciera même peut-être, sauf que ce sera trop tard. J'aimerais vraiment qu'Amber dégage, elle, en revanche. Cette fille n'a vraiment aucun intérêt. Mais qu'est-ce que j'en ai à foutre ? Je m'emmêle les pinceaux, par moments, me laisse happer par la vie de cette bande. C'est comme si mon cerveau oubliait que mes jours en tant que membre du Groupe Populaire étaient comptés.

Encore trois jours parmi Eux.

Encore trois jours en tant que petite amie de Lucas Mahoney.

Ça semble peu, d'une certaine façon. Il va falloir rendre une petite visite au placard à fournitures.

Mon vœu se réalise mercredi. Lucas et moi menons nos petites affaires avant d'aller déjeuner à la cantine. Sasha est la seule à percuter. J'ai droit à un regard entendu et hautain. « Putain, vous êtes trop graves... Vous ne pouvez pas vous empêcher de vous sauter dessus ou quoi ? me murmure-t-elle. Alors, comment s'est passée la visite à l'armoire à fournitures de l'amour ? » Je sais très bien qu'il l'a emmenée là-bas, elle aussi, ce qui m'énerve encore plus. Je déteste l'idée qu'elle ait expérimenté avant moi toutes les choses que nous faisons Lucas et moi – pire, puisqu'elle les lui a apprises. J'hésite à lui planter ma fourchette entre les deux yeux, mais on risquerait de ne plus m'inviter à la fête. Et j'ai vraiment besoin d'aller à cette fête. Le joli visage de Sasha restera intact, pour cette fois.

Lucas et moi sommes convenus de nous retrouver au sous-sol à la sonnerie d'après déjeuner. J'arrive en avance et erre dans les couloirs en attendant qu'ils se vident. Un groupe de sixième zone devant une salle de géo. Ses membres parlent du contrôle trop dur qu'ils viennent juste d'avoir. Coup de bol : parmi ces filles il y a celle qui m'a vue quitter la scène de crime. Elle ne papote pas avec les autres – elle reste en retrait, comme si elle n'osait jamais prendre la parole à moins d'être certaine de dire ce qu'il faut, et comme si elle se taisait dans le cas contraire, histoire de ne se mettre personne à dos.

Cette gamine surprend mon regard, mais détourne aussitôt les yeux. Et me mate de nouveau. Ses copines s'en vont. Elle les suit, mais à deux pas de distance. Deux pas derrière le groupe.

Elle ne m'inquiète pas. Pas vraiment. Elle a sûrement tourné la tête parce que c'est ce qu'on fait quand on est une petite sixième et qu'une nana du lycée vous regarde. Elle ne doit pas se souvenir qu'elle m'était rentrée dedans. Et même si elle s'en souvient, et qu'elle établit un lien entre les graffitis et moi, elle n'en parlera jamais à personne. Tout ça n'aura bientôt plus aucune importance, de toute manière. Après ce week-end.

Je jette un dernier coup d'œil autour de moi histoire de vérifier que les lieux sont déserts avant d'ouvrir la porte rouge. Ma porte préférée au monde.

La lumière est allumée, ce qui n'amoindrit pas le choc que suscite cette voix, qui n'appartient pas à Lucas. Vers les étagères sur ma gauche… Je me fige dans l'encadrement de la porte. Une voix rauque d'homme, avec un petit défaut d'élocution… Je mets un moment à la resituer. C'est celle de M. Bodley, l'adjoint du principal. Le mari de Mme Bodley, ma prof d'anglais en cinquième. Un modèle de couple de pouvoir au sein de cet établissement pourri. J'ai entendu sa voix à des réunions, hurler à des élèves de rentrer leur chemise dans leur pantalon, ou de NE PAS COURIR DANS LES COULOIRS ! Du coup, ça fait carrément bizarre de l'entendre dire (avec une certaine urgence) : « C'est ça, petite cochonne, vas-y, suce-la. » Je porte une main à ma bouche malgré moi, sans me retenir de rire pour autant. Ce qui ne pose aucun problème, vu que M. Bodley grogne super fort. Je m'apprête à sortir de la pièce (et à effacer une affreuse représentation mentale de mon esprit par tous les moyens possibles) lorsque j'entends un « Ohhhh, Donna... ».

Mme Bodley ne s'appelle pas Donna. Elle s'appelle Betty. Betty Bodley. La nouvelle assistante pédagogique s'appelle Donna, elle, en revanche. Une nana rousse avec des dents chelou pas super attirante – non, vraiment pas –, mais qui doit avoir une bonne trentaine d'années de moins que Mme Bodley, sachant que Mme Bodley ne semble pas du genre à tailler des pipes à son mec bien confort chez elle, alors dans un placard à fournitures tout miteux encore moins. J'ai bien envie de prendre une photo, mais aucune de voir Bodley cul nu avec son pantalon sur les chevilles.

Mon téléphone se retrouve dans ma main avant que je m'en rende compte...

Non !

Lucas arrive en courant dans le couloir juste au moment où je referme la porte derrière moi. Il est hors d'haleine. « Désolé ! J'ai eu du mal à me débarrasser de Stu. Putain, vivement qu'il arrête de déprimer, celui-là ! Ça devient lourd, franchement. » Lucas s'apprête à tourner la poignée lorsque je m'interpose.

« Heu… y a quelqu'un.

— Merde… C'est qui ?

— Mme Bodley. Elle n'a pas eu l'air super contente de me voir… Elle a parlé d'un voleur de livres fantôme. Quelle vieille folle ! Bref, j'ai faim, pas toi ? Si on allait à la cantine, du coup ? » Je le prends par la main pour l'entraîner loin de la porte rouge.

« Mais… je croyais que tu voulais…

— Oui, mais plus maintenant. Ça ne t'embête pas, au moins ? »

Son regard indique clairement que si, mais Lucas étant un gentleman, il n'insiste pas. « Non, bien sûr. Je meurs de faim, moi aussi. Et il faut que je fasse le plein de glucides pour le match de cet aprème, de toute manière. »

Je n'ouvre pratiquement pas la bouche, pendant le dèj'. Je reste assise là à regarder Lucas engouffrer des kilos de pâtes. Je picore à peine, ce qu'il remarque. « Je croyais que tu avais faim, Jem ? » Je réponds d'un haussement d'épaules. Du coup, il se concentre sur Bugs, qui parle d'une fille (sans doute fictive) qu'il aurait rencontrée pendant le week-end. Il ne pourrait pas venir avec elle à la fête de demain parce qu'elle aurait déjà quelque chose de prévu. Personne parmi les autres n'ose lui dire qu'il s'invente une petite amie pour éteindre ces sales rumeurs à propos de son homosexualité. Pourquoi est-ce qu'il fait ça ? Plus personne ne parle de lui… Un violeur potentiel bat un homo potentiel à plate couture.

Ils sont tous trop pris par leurs problèmes pour se rendre compte que je suis mutique. Les filles ont une conversation profonde à propos des vêtements qu'elles porteront demain à la fête ; les prévisions météo ne seraient pas si mauvaises, pour un mois d'octobre, mais leurs tenues habituelles risquent quand même d'être un peu légères. Ce qui n'effraie visiblement pas Amber. « Il y aura un feu, non ? Et des mecs sexy pour nous réchauffer… Mais je vous préviens, je n'y vais pas s'il n'y a pas de mecs sexy. Non, c'est vrai, quoi, parce que ça va, pour vous. Lou, tu as Max, et toi, Jem, tu as Lucas. C'est trop injuste. Hé, Sash… Ça te dirait d'aller faire un tour à l'*Espionnage* si la fête est trop pourrie ? »

Louise passe une main dans les cheveux de Max. Je dois être la seule à remarquer que ça a l'air de le saouler. Ensuite, elle pose sa tête sur l'épaule de son jules avant de dire à Amber qu'il y aura des beaux mecs à la fête, et que le frère de Max serait carrément partant, si jamais Amber ne trouvait personne qui lui plaise. Max ne réagit pas au nom de son frangin.

Je reste assise là à jouer avec mon téléphone. Je fais défiler mes contacts jusqu'au sien, et commence à passer nos textos en revue – ceux avant la mise en ligne de la vidéo. Je ne l'ai jamais fait jusqu'à maintenant. J'y ai bien pensé. Souvent, même, pour chaque fois me dire que c'était vraiment agréable d'avoir eu dans ma vie quelqu'un qui me connaissait si bien. Mais j'ai eu tellement peur… Peur au point de ne rien pouvoir lâcher, de ne pas pouvoir pleurer, souffrir, ressentir. C'était assez difficile comme ça d'ouvrir ces putains de lettres. Mais cet instant me semble le bon, bizarrement, alors que je suis assise parmi les membres du Groupe Populaire. Ça me paraît urgent, même. J'ai besoin de me rappeler à moi-même qui je suis. Parce que j'ai pris conscience d'une chose, quand j'étais dans ce putain de placard à fournitures, tout à l'heure, et que j'hésitais à prendre une photo de Bodley avec cette grosse cochonne d'assistante pédagogique. Un truc qui me fait encore plus flipper que tout ce que vous pourriez imaginer : je ne sais plus du tout qui je suis.

Qui je suis devenue.

46

Lucas aimerait qu'on se rejoigne après les cours. Il voudrait me « parler », ce qui est à peu près la dernière chose dont j'aie envie. L'idée qu'il puisse rompre me traverse l'esprit une milliseconde, mais disparaît lorsqu'il m'embrasse. Ce serait plutôt marrant, qu'il me jette. Tous ces plans, cette organisation, pour rien. Imaginez la douche froide…

Lucas essaie de me convaincre de venir chez lui après dîner, mais ça se passe en famille, ce soir, chez les Halliday. Impossible de me désister. D'autant qu'il y a des plombes que nous n'avons pas eu de soirée famille digne de ce nom, avec tout le boulot que papa a eu ces derniers temps. Nous retournons au resto de M. Chow pour la première fois depuis l'année passée. Maman doit avoir oublié que nous y avons dîné la veille de sa mort. Ou alors elle le sait, mais considère que ce n'est pas une telle affaire.

Je suis sûre que j'aurais pu les persuader de nous emmener ailleurs, mais ça me paraît bien d'aller là-bas, d'une certaine façon.

Je dois prendre sur moi pour abandonner Lucas au bout d'un quart d'heure de câlins derrière le bâtiment science. Notre plan dèj' sexuel raté l'a visiblement frustré autant que moi. « Demain soir… C'est trop loin ! »

Je l'embrasse. « T'inquiète. On y sera vite. On "parlera" à ce moment-là, d'ac' ? » Je hausse les sourcils.

« Hé ! Je veux vraiment te parler, tu sais. Je ne sais pas si ce sera vraiment le bon moment, demain, mais on fera avec les moyens du bord.

— C'est bien, gentil garçon… Mmm… Je n'ai jamais fait l'amour dans les bois. Il faudra juste prendre garde aux aiguilles de pin. » Je tapote les fesses de Lucas avant de le planter là, à me regarder. (Bon, disons que j'espère qu'il me regarde.)

Je n'ai jamais fait l'amour dans les bois… La nullité de cette réplique m'afflige moi-même. Ce genre de phrase à la con me vient super facilement, ces derniers temps. Je n'ai même plus besoin d'y réfléchir. Trop flippant.

J'avais déjà envisagé de passer au magasin sur le chemin de la maison, mais cette déconfiture me décide. J'ai juste le temps. Maman ne sera pas contente. Lucas non plus, sans doute. Mais je dois faire ça pour moi avant de disparaître complètement.

Je me contemple dans le miroir. Mon vrai moi me rend mon regard pour la première fois depuis une éternité. C'est bon, d'être de retour. Ce pauvre Fernando aurait une attaque, s'il voyait mes cheveux.

Maman manque s'étouffer avec son traditionnel gin-tonic prédînatoire. « Oh, Jem ! »

Noah lève le bras pour m'en taper cinq. Je souris malgré moi. Papa ne dit rien. Il est trop occupé à regarder les infos pour remarquer quoi que ce soit.

Je me plante là avec les mains sur les hanches. « Quoi ? QUOI ? J'avais envie de changer un peu, OK ? »

Maman prend une gorgée d'alcool histoire de se laisser le temps de réfléchir. Elle doit se demander ce qu'elle pourrait ajouter pour me convaincre, mais décide de se taire. Plutôt intelligent de sa part, je trouve.

Je m'assois au bord du canapé et fais semblant d'écouter les infos. Il y aurait eu une énorme catastrophe pétrolière il y a quelques jours de ça. Le genre de chose qui m'intéressait, à une époque. Je regardais tout le temps les infos avec papa, avant. C'était un peu notre truc à tous les deux. Je serais incapable de dire depuis quand ça a changé. Je me demande même si mon père l'a remarqué. Le coup d'œil qu'il me lance au moment où je prends place à côté de lui me laisse penser que oui. Le sentiment de culpabilité qui me submerge soudain est tellement puissant que les larmes me viennent.

Maman s'en rend compte, parce qu'elle doit encore mater mes cheveux. « Oh… Mais qu'est-ce qui se passe, ma chérie ? C'est tes cheveux, c'est ça ? Ne t'inquiète pas. Je t'offre le coiffeur demain, si tu veux. »

Je ravale ma réplique. Elle risquerait de gâcher notre soirée famille. Je parviens sans trop savoir comment à me concentrer sur la télé malgré les larmes. Heureusement pour moi, on nous montre un reportage sur de pauvres oiseaux de mer goudronneux en train de battre piteusement des ailes sur une plage quelque part. Malheureusement pour eux. « Pauvres oiseaux ! »

Papa me tapote le genou pour me réconforter. Maman m'observe toujours. Elle n'a pas du tout l'air convaincue. Pourquoi est-ce que les pères sont mille fois plus faciles à rouler que les mères ?

Nous restons devant la télé le temps de découvrir un accident d'avion, une guerre civile dans un pays dont je n'ai jamais entendu parler, et un incendie qui aurait tué les cinq membres d'une famille. Je n'ai plus faim, lorsque papa éteint la télé et attrape ses clés.

Nous nous installons à notre table habituelle, chez M. Chow, et commandons tous la même chose que d'habitude. Noah fait comme si son nem végétarien était un cigare, ce qui énerve maman, parce qu'« on ne joue pas avec la nourriture ». Ma mère flirte avec le serveur, comme d'hab', et mon père ne dit rien, comme d'hab'. Chacun joue son rôle à la perfection. Tout est insupportablement normal.

Je ne parle pas beaucoup, pour une fois. Je regarde, j'écoute, intègre, absorbe tout ce qu'ils disent ou font pour graver le tout à jamais dans ma mémoire. Parce que c'est la dernière fois que nous nous retrouvons ensemble comme ça. J'aurais dû passer du temps avec maman, papa et Noah, au lieu de le consacrer à ce satané Plan. Tout ça me paraît bien ridicule, subitement, comme si mes priorités n'avaient pas été les bonnes, et que personne n'avait eu l'occasion de me le dire. Tu parles d'une excuse... Kai me l'a dit, mais je n'ai rien écouté. Et il est trop tard, maintenant.

Mes parents prennent un café à la fin du dîner, et Noah un chocolat chaud. Je ne prends rien. Personne n'a remarqué que j'ai à peine touché aux différents plats. Maman est un peu saoule et concentre désormais son plan drague sur papa. Ce genre d'attitude me donnerait envie de vomir, en temps normal, mais pas ce soir. Je suis même contente de pouvoir assister à cette petite scène. Mes parents s'aiment vraiment, c'est clair. Ils devraient s'en sortir, quand je ne serai plus là. Ils auront la force nécessaire, à eux deux. Pas la peine de s'inquiéter.

Heu... Qui j'essaie de rouler, là, exactement ?

47

Sasha a insisté pour venir se préparer chez moi. J'ai bien essayé de lui faire changer d'idée, mais il n'y a pas eu moyen. « Notre première soirée pyjama ! » a-t-elle lancé en frappant dans ses mains lorsque j'ai finalement dit oui. Je n'ai fait aucun commentaire. J'étais trop occupée à me demander comment le fait de venir se préparer chez quelqu'un donnait forcément le droit de dormir chez cette personne. Il doit s'agir d'une espèce de code secret entre filles dont personne n'a pris la peine de me parler. Bref. Inutile de s'inquiéter, en tout cas, parce qu'elle ne reviendra pas chez moi ce soir. Pas moyen.

Nous n'avons pas cours, aujourd'hui. C'est journée pédagogique. (Ce qui ne manque jamais d'énerver maman. Les profs seraient vraiment des fainéants.) Je passe presque tout mon temps à dormir. Je gâche sans doute ma dernière journée en tant que membre du Groupe Populaire, mais je n'ai aucune envie de croiser ces gens avant la fête. Environ une heure avant que Sasha arrive, je m'assois en tailleur par terre dans ma chambre et me mets au boulot. Ça me rappelle le soir de Noël, un souvenir qui me fait nerveusement glousser. Je dois complètement péter les plombs.

Sasha sonne pile à l'heure. Ses yeux lui sortent presque de la tête lorsqu'elle voit mes cheveux. Mais elle n'a pas le temps de dire quoi que ce soit, parce que maman débarque et commence à lui demander comment elle va depuis la dernière fois, et blablabla. Sasha papote avec ma mère dans la cuisine pendant vingt bonnes minutes. Elle est vraiment super à l'aise avec les gens. Maman l'adore, ça se voit à des bornes. Elle rit à tout ce que Sasha balance, alors que Sasha n'a pas particulièrement d'humour. Papa vient même traîner dans la cuisine pour mettre son grain de sel dans la conversation. Mais parents se satisferaient tout à fait d'une fille de rechange comme Sasha, si je disparaissais dans le mur contre lequel je m'appuie… Heureusement, Noah me préférera toujours comme sœur. Je ne vois pas trop Sasha prendre le temps de lui foutre la pâtée aux jeux vidéo auxquels il nous oblige à jouer. Rectificatif : auxquels il nous forçait à jouer. Je ne me souviens pas quand il m'a demandé de jouer avec lui pour la dernière fois. Je faisais systématiquement semblant d'être occupée ailleurs, pour céder chaque fois. J'adore ça, au fond, pour être honnête, parce que c'est l'occasion idéale de lui apprendre des gros mots de premier choix.

Je préfère ne pas avoir trop vu Noah, maman et papa, ces derniers temps. À force de me le répéter, je finirai peut-être par réussir à m'en convaincre…

Mes parents et Sasha me dévisagent. Il semblerait que je doive intervenir. Je pourrais tenter un « oui », un « non », ou un « peut-être », mais j'opte pour un vague « mmm ? » à la place.

Papa secoue la tête et se met à rire de cette façon incroyablement énervante qui veut dire *non, mais elle paie, ma Jem, quand même…* Il ne chante pas ce vieux tube de David Bowie qu'il marmonne toujours quand je n'écoute pas. C'est déjà ça. « Sasha nous disait que ses parents t'invitent à aller passer le week-end dans leur maison en Écosse ? »

Heu… Quoi ? Une maison ou ça ? Sympa de l'apprendre. Pourquoi Sasha me fait-elle un coup pareil ? Elle éclate de rire devant mon air troublé. « Ouais. Mes parents ont eu pitié de moi ; me retrouver seule avec eux au milieu des Highlands… Du coup, ils m'ont proposé d'inviter une amie. Je me suis dit que ça te tenterait peut-être… Ce n'est pas pour un mois entier ni quoi. Tu n'es pas obligée de te décider maintenant. » Elle semble presque intimidée, soudain. Comme si elle en avait quelque chose à foutre que j'aille en Écosse. Et qui a une maison secondaire en Écosse, de toute manière ?

Une baraque en France, ou mieux, en Italie, passe encore…

Je lui adresse un sourire faussement adorable. « OK, cool, ça me dit carrément… Bon, on ferait mieux d'aller se préparer si on ne veut pas être en retard. » À ces mots, j'attrape Sasha par les épaules et la guide vers la sortie comme un mannequin de vitrine. Je ne vois pas très bien comment on pourrait être en retard ; on a décidé d'arriver à la fête vers huit heures et demie, et il n'est même pas six heures. Sasha doit vraiment avoir du boulot, côté ravalement de façade…

Je pousse mon « amie » vers les escaliers et entends un « Mais qu'est-ce que tu as fait à tes cheveux, putain ? » à peine arrivée dans ma chambre. Sasha semble surtout surprise.

Je contemple mes cheveux avec un air gêné. « J'ai eu envie de changer un peu. »

Elle jette son sac et son manteau sur mon lit avant de pivoter vers moi. « De changer *un peu* ? Changer ta raie de côté, les relever en queue-de-cheval, ça, ça s'appelle changer un peu… mais là, c'est carrément homérique, comme changement ! » C'est à son tour de m'attraper par les épaules et de me manœuvrer jusque devant le miroir fixé sur la porte de ma chambre. Elle plisse les yeux et me regarde comme si j'étais une peinture et elle une critique d'art peu convaincue par ce qu'elle voit. « Mmm… » Elle passe ses mains dans mes cheveux, les ébouriffe comme ci, comme ça, ce que je voudrais vraiment, mais vraiment qu'elle arrête de faire. Mais je souris comme si j'étais super à l'aise.

« Bon, il va falloir s'y habituer, c'est sûr… Ça te donne l'air un peu dangereux. Comme s'il ne te manquait plus que les piercings, la moto, et la bouteille de tequila.

— C'est la même couleur qu'avant… » J'ai envie qu'elle se souvienne que j'étais une personne, avant, que je ne suis pas venue à la vie le jour où elle m'a remarquée.

« Ah ouais ? Mmm… » On dirait qu'elle n'a pas écouté. « Ça pourrait être pas mal, avec du rouge à lèvres bien vif… Tiens, j'en ai apporté un qui devrait justement faire l'affaire. Lucas t'a vue ? »

Je dois me souvenir que ça ne le ferait pas du tout si je lui envoyais mon poing dans la figure. « Pas encore.

— Oh… Je me demande comment il va réagir. Il devrait trouver ça sexy. Un peu comme s'il avait une toute nouvelle copine ou je ne sais quoi. » Une petite beigne suffirait peut-être… Ou un direct du droit en plein dans la mâchoire…

Je repousse les mains de Sasha d'un mouvement brusque de la tête. Elle me tripote depuis bien assez longtemps à mon goût. « Je m'en fous, de ce que Lucas pense, tu sais, pour être complètement honnête. Ce que je fais de mes cheveux ne regarde personne. »

J'ouvre ma penderie et commence à observer son contenu histoire d'éviter l'œil désapprobateur que Sasha doit me lancer.

« Tu as trop raison. J'aimerais tellement te ressembler… »

Je grogne de rire malgré moi avant de claquer la porte de la penderie. « Sacrée Sasha ! Comme tu es drôle. » Pour une raison incompréhensible, je commence à glousser de façon hystérique sans réussir à m'arrêter. Ça fait tellement de bien, de se marrer. Tellement que ça m'est égal que Sasha m'examine comme si j'avais complètement pété les plombs.

Je ris si fort que je tangue sur mes jambes, et tombe tête la première sur mon lit. Mon estomac gargouille super fort. J'entends Sasha glousser pile au moment où je commence à me calmer, et choper à son tour un fou rire. Elle tombe de tout son long à côté de moi sur le matelas. Nous nous retrouvons allongées là à hurler de rire comme deux grosses tarées. Ça fait un bien dingue, même si je ne veux pas l'admettre. Ça me rappelle un peu avant.

« Oh, la vache, Jem ! On t'a déjà dit que t'étais complètement tarée ?

— Oh, une ou deux fois, peut-être… Mais c'est quoi, cette question ? » Je me soulève sur un coude pour la regarder. Sasha a l'air plus normale, plus humaine, que jamais. Même comparé au jour où elle pleurait dans les toilettes. Elle est d'une beauté incroyable, à peine maquillée.

« Je peux te dire un truc ? Tu dois me promettre de ne pas te marrer, OK ? » Elle semble presque intimidée.

« Aucun danger. Je crois que j'ai épuisé mon stock de rires.

— Bon, c'est vraiment nase et tout... Je sais très bien que c'est le genre de truc qu'on dit quand on a douze ans... Oh et puis merde, je le dis quand même. Tu es... heu... tu es ma meilleure amie, pour moi. Je voulais que tu le saches. J'aime bien Amber et Louise, carrément, même. Mais c'est différent, avec toi. C'est comme s'il y avait autre chose, entre nous, comme si on était connectées. » Elle a un petit mouvement de recul avant de se mettre à rire. « Je t'avais dit que c'était nase ! »

Je repense à tous ces moments avec Kai. Mon seul et unique meilleur ami. Personne ne le remplacera jamais. Certainement pas cette Mademoiselle Perfection avec ses cheveux et son corps de rêve. Je dois juste faire semblant encore quelque temps. On peut tout dire, tout faire, quand on sait que la fin est proche. Je me concentre sur le petit bout de ventre bronzé que j'aperçois au-dessus de son jean.

« Ce n'est pas nase du tout. Bon, OK, c'est un peu nase... Mais je ressens la même chose, tu sais. Du coup, c'est cool. » Oui, vraiment tout...

Je m'efforce de regarder le sourire qui lui monte aux lèvres. « Ouais ! On est les meilleures amies absolues ! » Je pense (j'espère) qu'elle plaisante, mais c'est difficile à dire. « Tu crois qu'on devrait se prendre dans les bras pour fêter ça ? On devrait carrément, non ? » Elle se redresse pour s'asseoir en tailleur. Je fais comme elle. « Et s'acheter deux bracelets de meilleures amies !

— Ou alors ces pendentifs pourris en forme de demi-cœur ? Tu sais, ceux qui s'emboîtent pour former un cœur entier. Ou se faire faire le même tatouage, peut-être... Ça, ce serait vraiment cool. » Sasha recommence à glousser, ce qui me fait rire.

Le truc étrange, c'est que je nous vois parfaitement devenir les amies qu'elle croit que nous sommes. Je ne sais pas comment j'ai fait pour m'imaginer ça, mais c'est le cas. On irait passer le week-end dans sa maison en Écosse, on piquerait une bouteille dans le bar de son père, on resterait debout très tard à parler de mecs, et on partirait en rando dans les montagnes le lendemain. Ce futur presque possible se dresse devant moi, mais disparaît chaque fois que j'essaie de le capturer. Ça vaut mieux, parce que si jamais je l'attrapais, je chercherais à le vivre. Un avenir qui donnerait envie d'être vécu...

48

Papa et maman sont devant la télé, lorsqu'on finit par redescendre. Nous sommes en retard. Évidemment, vu le temps que Sasha a pris pour choisir sa tenue. Elle a essayé chacun des trois hauts qu'elle avait apportés deux fois, m'a demandé chaque fois à quoi ses nichons ressemblaient, pour finalement m'emprunter un truc qui dormait au fond de mon armoire. Un machin même pas neuf – un vieux T-shirt à rayures que je ne mets plus depuis des années. Elle a décidé d'adopter un look « rock chic » en l'honneur de ma nouvelle coiffure. Ça lui va super bien. Je ne reverrai jamais ce haut, mais peu importe.

On est toutes les deux en jupes courtes et bottes. Sasha porte des collants. Pas moi. J'ai mes raisons. Je vais cailler de froid, mais tant pis. Je n'aurai qu'à rester près du feu.

Ma mère nous demande de défiler devant elle, ce qui met visiblement papa mal à l'aise. Comment un père peut-il se comporter dans ce genre de situation ? Quoi qu'il dise, ce serait à côté de la plaque. Maman nous trouve a-do-rables. Elle ne semble pas du tout gênée de me voir porter une jupe plus courte que celle de Sasha, qu'elle complimente pour son T-shirt. Étrange… Maman n'a jamais aimé que je mette des trucs de ce style. (« Tu ne pourrais pas acheter des vêtements un peu moins… noirs, non ?) Ensuite, elle nous sort un commentaire débile, comme quoi on dirait des sœurs, ce qui fait rigoler Sasha pour je ne sais quelle raison. Elle passe son bras autour de mes épaules en m'appelant « frangine » au moment où nous franchissons la porte d'entrée. Sasha est un peu bourrée. Moi absolument pas, même si elle pense que j'ai descendu autant qu'elle la bouteille de vodka qu'elle a apportée. Pas super observatrice, la meuf. Tant mieux, parce qu'y a pas moyen que je me retrouve saoule ce soir.

Les parents croient que la fête a lieu chez Lucas. Un mensonge sans doute inutile, mais mieux vaut rester sur ses gardes. En plus, maman sait que je refuse d'approcher le pont. Elle se poserait des questions, du coup. Papa m'a donné de l'argent pour le taxi en me disant d'être rentrée pour une heure dernier carat. Sasha a la permission de minuit. Elle n'arrête pas de répéter que mes parents sont « trop cool ». « Je vais débarquer chez toi tous les samedis soir, à partir de maintenant… Ça ne te dérange pas, hein ? »

Je passe mon bras sous le sien. « Tu rigoles ? Ce sera avec plaisir. »

Nous retrouvons Amber et Louise à l'église, qui est encore plus flippante que d'habitude. Je l'ai toujours vue de jour. Le cimetière est super vieux, avec des pierres tombales qui penchent sur le côté au milieu des broussailles. Il est très différent de celui où Kai est enterré ; pas de rangées bien ordonnées ni de pelouse bien tondue, ici. Je préférerais le savoir là. Nous avions l'habitude de venir traîner dans le coin, lui et moi. Il n'y avait jamais personne, à part nous. De très chouettes et très paisibles balades parmi les morts…

Amber porte un manteau en fausse fourrure. C'est plutôt agréable de la serrer dans mes bras, pour une fois. Louise n'a pratiquement rien sur le dos – même pas un manteau. Elle n'a pas dû vouloir cacher ses avantages, au risque d'attraper des engelures. « Jolie coiffure », me lance-t-elle sur un ton moqueur, ou sympathique, au choix. Amber me dit qu'elle adore et qu'elle aimerait être capable de faire un truc aussi extrême. Un truc aussi extrême ? ! Quelle nase…

Louise nous ouvre le chemin au milieu des tombes. Elle a même apporté une lampe-torche. Un magnifique passage voûté rejoint le sentier qui mène jusqu'aux bois. J'ai dans mon téléphone une photo de Kai en train de toucher les parois de part et d'autre du passage avec ses bras tendus. Je l'adore – on dirait un ange, dessus.

Je me demande si Louise pense à lui, ou si la proximité du pont ne lui pose vraiment aucun problème. Elle a l'air d'aller bien, à jacasser à propos de Max comme elle le fait, mais c'est peut-être juste histoire de se changer les idées. Amber essaie de me parler de Lucas, mais mes jambes congelées – putain, quelle conne, des fois – m'obnubilent complètement. Le froid ne semble absolument pas gêner les autres. Je me demande si je ne frissonne pas de nervosité, du coup – voire de trouille. Je n'arrête pas de me répéter que ce sera bientôt fini. Que d'ici quelques heures, je serai dans mon lit, débarrassée à jamais de l'obligation de passer une minute de plus en compagnie de ces gens.

Nous entendons la fête avant de l'apercevoir. Du R'n'B pourri résonne à travers les bois, si fort que le sol en tremble presque. Ils devraient plutôt jouer de la guitare sèche, du bongo ou je ne sais quoi.

Le feu est plus petit que celui chez Max l'année dernière, sans doute pour ne pas cramer la forêt. Il y a déjà beaucoup de monde ; je reconnais certains visages, ce qui me rend un peu plus nerveuse. Certains garçons plus âgés assis au coin de feu se mettent à nous mater à la minute même où nous pénétrons dans la clairière. L'un d'eux ressemble à Max comme deux gouttes d'eau. Il bondit sur ses pieds. « Mesdemoiselles, bienvenue ! Veuillez prendre une couverture et venir vous installer. » Il serre Louise très fort dans ses bras. « Salut, chère presque-belle-sœur… c'est toujours un plaisir. » Ils restent collés un tout petit trop longtemps, au point que Sasha et moi nous jetons un regard. Une fois déscotchée, Louise me présente à Max l'Aîné, dit Sebastian (un prénom parfait pour un lourdaud comme lui). Les autres filles ont dû le rencontrer l'année dernière.

Max et son frère se ressemblent peut-être, mais Sebastian ferait passer Max pour un héros de Jane Austen (non, je n'ai pas lu ses romans, mais j'ai vu suffisamment d'adaptations de ses bouquins à la télé pour avoir une très bonne idée sur la question). Il nous serre les unes après les autres dans ses bras avant de s'émerveiller devant le manteau en fausse fourrure d'Amber, qui semble adorer cette petite scène.

Je profite que Sebastian présente ses potes débiles à Amber et Sasha, qui sont en mode gloussements girly (trop la honte), pour jeter un coup d'œil autour de moi. Les mecs – nos mecs – sont attroupés près du « bar », qui consiste en trois glacières et quelques bouteilles posées sur un tronc d'arbre.

Je les rejoins avant de glisser mes mains autour de la taille de Lucas, qui ne bronche même pas ; il doit avoir l'habitude de se faire agresser sexuellement en public par des filles. Il met ses mains sur les miennes, puis moi la tête sur son épaule.

J'adore coller mon corps au sien, comme ça. Lucas dégage quelque chose de solide, de fort. Ce devrait être beaucoup moins vrai bientôt.

Bugs farfouille dans une des glacières et ouvre une canette de bière qu'il me tend en me regardant de la tête aux pieds. « Jolies guiboles, Halliday. Je suis moins convaincu par les cheveux, par contre ! »

Lucas est alors obligé de se tourner vers moi. « Ouah ! Ça te... change carrément ! Dans le bon sens du terme, je veux dire. J'aimais bien l'autre look aussi, mais... heu, je crois que je ferais mieux de me la fermer, là tout de suite...

— Oui, ce serait mieux, en effet. » Je souris comme une idiote. C'est plus fort que moi. J'aime que Lucas réagisse comme un être humain normal.

Il parcourt mes jambes du regard. « Tu es trop belle. Congelée, mais trop belle. » Son baiser a un goût de bière.

Je lui sors un rictus le moins Jem possible, du genre qu'il estime trop craquant. « Dis donc, toi, je réfléchirais à un moyen de me réchauffer, si j'étais toi... »

Son regard s'illumine. « Je crois que je devrais pouvoir trouver quelque chose. »

Bugs commence à faire des bruits vomitifs super réalistes. « Non, mais c'est pas bientôt fini, ce trip lune de miel, non ? Vous nous faites déprimer... hein, Stu ? » Il flanque un coup de coude dans les côtes de Stu, qui halète en grimaçant de douleur, même s'il essaie de le cacher. « Hé, je t'ai à peine touché, mec ! J'apprécie ton sketch, non, vraiment. C'est trop sympa de vouloir me faire passer pour un mec viril et fort devant Halliday, mais c'est pas la peine, tu sais. C'est le Bugsmeister qu'elle veut, clair… M. Perfection va vite dégager, tu peux me croire. »

Lucas fait semblant de paraître choqué avant de provoquer Bugs en un faux duel avec épées invisibles. Stu et moi nous reculons pour les observer. Il ne dit rien, pour une fois. Étrange…

L'un de nous doit sortir quelque chose. On dirait bien que c'est moi. « Tu vas bien ? » Ma question a l'air de le troubler, jusqu'à ce que je lui fasse remarquer qu'il se tient toujours les côtes d'une main.

Il laisse retomber son bras le long de son corps avant de boire une grande gorgée de bière. « Ouais, ça va. Je me suis pris une raclée au taekwondo, hier. »

Je hoche la tête et avale un peu de bière à mon tour histoire de m'occuper. Une misérable bière ne me fera rien. Je pourrais même en boire deux ou trois sans que ça me fasse grand-chose, à part me réchauffer un peu. Je commence à claquer des dents. Stu me lance un regard amusé. « Tu n'es pas vraiment habillée pour la saison… »

Je secoue la tête en tremblant.

Stu rit. « Les filles sont barges. Tu veux une couverture ? Seb a fait une razzia dans un foyer de SDF. Tiens, là. » Il fouille un sac-poubelle noir plein à craquer duquel il sort un plaid roulé en boule. Je le renifle pour vérifier cette histoire de sans-abri, et le mets sur mes épaules, vu qu'il sent bon.

Les tremblements commencent à se calmer au moment où Bugs fait semblant de tomber mort en gémissant et Lucas d'essuyer du faux sang de sa fausse épée sur son vrai jean. Il m'adresse ensuite une fausse révérence bien ridicule. « Puis-je réclamer un baiser, ma dame ? Je viens de vaincre le malfaisant comte de Noix Gelées, et de restaurer votre réputation de dame au goût et à la vertu irréprochables. »

Je fais semblant de tomber en pâmoison dans ses bras. « Mon héros ! » Nous nous embrassons jusqu'à ce que quelqu'un me tapote l'épaule. « Désolé, Luke, mais c'est urgent. Réunion entre filles. Maintenant. » Sasha m'arrache des bras de Lucas avant de m'entraîner derrière un arbre.

« Chouette couverture. Le look réfugié te va hyper bien ! Bon. Voilà le topo : un des potes de Sebastian es trop sexy, et je lui plais grave. Rory… ou Corey… Un truc avec un *y* à la fin. Bref… qu'est-ce que tu en penses ? Je dois coucher avec lui, ou pas ? » Elle parle à toute allure en jetant des coups d'œil au coin de l'arbre comme si sa proie pourrait filer d'une minute à l'autre.

Qu'est-ce que tu veux que j'en aie à foutre ? Mais j'imagine que dans le monde de Sasha, c'est exactement le genre de conversation que des meilleures amies sont censées avoir. « Sasha… Ça fait à peine dix minutes qu'on est là. Y a pas le feu au lac, si ? Pourquoi tu ne discutes pas encore un peu avec lui ? Histoire d'en savoir plus, genre son prénom, par exemple ? »

Elle rigole. « Jem chérie, je ne cherche pas un mari ! Je veux juste me faire sauter. »

J'ai un mouvement de recul. Elle éclate de rire en me traitant de prude.

« Hé ! Mais trop pas ! C'est juste que... comment dire ? Je trouve que tu mérites mieux que de te faire sauter par un gosse de riche à la con dans les bois, c'est tout. » Je suis surprise de vraiment le penser.

Elle me sourit avec indulgence comme si j'étais une gamine qui viendrait de dire un truc trop chou, ou qui aurait été sur le pot pour la première fois. « Oh... tu es trop mignonne ! Vraiment. Merci de veiller sur moi comme ça, meilleure amie. Mais n'essaie pas de me faire gober que vous n'allez pas baiser comme des lapins avant la fin de la soirée, Lucas et toi. » Elle éructe un rire obscène.

Elle me connaît trop bien, même si elle ne me connaît pas du tout. « Parfait, va baiser avec Rory-Corey-Balamory. On se voit plus tard, d'ac' ? »

Elle sourit. « Tu es la meilleure des meilleures amies, tu sais ? »

Je hausse les yeux au ciel. « Ouais, ouais, c'est ça. » Je l'attrape par le bras pile au moment où elle tourne les talons. « Mettez un préservatif, OK ?

— Oui, maman ! »

Je me retrouve seule. Je pourrais couper à travers bois et rentrer à la maison. Il suffirait de faire un pas dans la direction opposée au feu et à la musique. D'un deuxième... Mes pieds m'entraînent vers le ravin malgré moi. En surplomb de la rivière. Le pont est à ma droite, mais je ne le regarde pas. Ses lumières qui dansent dans l'angle de mon champ de vision attirent mon attention, mais je leur résiste.

Tout paraît à la fois sinistre et magnifique, dans la lumière de la lune. Une scène qui inspirerait un poème, si on est du genre à en écrire.

Le bruit de l'eau qui martèle à mes oreilles couvre la musique, les rires et les cris en provenance des bois. Je me tiens si près du bord que le bout de mes bottes flotte dans le vide. Ce serait tellement facile de faire un pas de plus. Tellement tentant...

Je pense à lui. Au moment où il a sauté. A-t-il regretté son choix en tombant ? Tomber... Heurter les rochers... Est-ce que ça fait mal ? Et si la dernière chose que Kai ait ressentie était une atroce douleur ?

Je me recule. J'ai du boulot qui m'attend.

49

Des nouvelles personnes sont arrivées, au moment où je regagne la clairière. Ce n'est pas la super grosse fiesta – il doit y avoir une vingtaine de personnes, au total. On dirait plutôt un attroupement. Sasha n'est pas là. Elle doit être avec Gosse de Riche ou je ne sais quel autre mec.

Un couple danse près du feu. Amber et Sebastian, qui se la jouent genre « personne ne nous regarde ». Amber a retiré son manteau et ses seins donnent l'impression de jaillir de son haut beaucoup trop serré. Les potes de Sebastian assis sur les troncs les matent. Amber a l'air d'adorer cette attention sur elle. Elle ferait une excellente strip-teaseuse.

« Est-ce qu'il y aurait de la place pour moi sous cette couverture ? » Lucas m'attire contre lui et me met la couverture sur les épaules. « Où est-ce que tu étais passée ? Je t'ai cherchée partout. »

J'enfouis avec avidité mon visage dans son cou pour humer son odeur. Sa peau dégage un parfum de fumée mêlé à celui de son aftershave que j'adore. Je ferme les yeux et ne pense plus à rien, pendant une minute.

« Tu veux boire autre chose ? Je peux te faire griller un chamallow, si tu veux. » Lucas fait toujours ça. Il vérifie sans cesse si je veux quelque chose, si j'ai tout ce qu'il me faut. Comme s'il en avait quelque chose à foutre…

« Mmm, carrément. » Je lui souris. Nous nous regardons dans les yeux pendant quelques secondes.

Nous allons nous installer sur une bûche près du feu, blottis sous la couverture. Lucas fait griller des chamallows. Je me crame le palais pendant qu'il lèche les fils de guimauve collés à mes doigts. Mignon tout plein. Ceux qui nous contemplent doivent se dire qu'on forme un couple parfait. Pas comme Max et Louise, qui sont assis juste en face de nous de l'autre côté du feu. On ne remarquerait pas que quelque chose ne va pas, si on n'y faisait pas attention, mais *j'y* fais attention. Max tient bien Louise dans ses bras, mais son regard est rivé sur Bugs, qui s'est lancé dans un défi à boire (contre lui-même, vu que ses potes de biture habituels ont visiblement décidé de passer la soirée à fixer les flammes d'un air morose). Louise n'arrête pas de sortir son téléphone de sa poche. Quand elle ne textote pas, elle boit au goulot d'une bouteille de vin en faisant une tête de dix pieds de long. Je croise son regard plusieurs fois, mais à peine quelques secondes. Ça la met peut-être mal, elle aussi, d'être près du pont.

Une énorme vague de culpabilité me submerge soudain. J'aimerais avoir écouté Kai. J'aurais dû veiller sur elle, l'obliger à me parler même si elle a botté en touche à chacune de mes tentatives. On aurait sans doute pu s'entraider, une fois la phase « je te déteste » dépassée. Mais c'est trop tard. Je n'ai plus qu'à espérer que ça ira pour elle, ce que je souhaite sincèrement.

J'ai déjà descendu trois bières, au moment où Lucas m'invite à danser. Je retire la couverture d'un mouvement d'épaules avant qu'il m'aide à me lever. Personne ne danse, mais vu que la musique est pas mal pour la première fois de la soirée, je me lance. Amber et Sebastian se bécotent contre un arbre de l'autre côté de la clairière. Ou disons que j'espère qu'ils s'embrassent seulement.

Lucas me serre contre lui pendant que nous dansons. Nous nous déhanchons plutôt que nous ne dansons, mais c'est une première, et je trouve ça chouette. J'aimerais avoir la chance de le refaire, genre dans une salle de bal avec des lumières scintillantes et de lourdes tentures en velours, comme dans les contes de fées. J'ai fermé les yeux pour écouter la musique quand je m'imagine soudain dans les bras de Kai. Il avait à peu près la taille de Lucas, en plus mince. On aurait dansé ensemble au bal de fin d'année, c'est clair, mais pas dans une belle salle, vu qu'il a toujours lieu dans le gymnase du bahut. Comme si quelques ballons roses gonflés à l'hélium pouvaient masquer l'odeur de transpiration de garçons…

« Ça vous dérange, si je vous interromps deux secondes ? lance Sasha en bafouillant. Ça semble ennuyer Lucas, mais il ne dit rien.

Je me recule. « Il est à toi. »

Sasha s'étrangle de rire. « Mais non, je ne veux pas danser avec lui ! Je l'ai déjà fait, tu sais. C'est avec toi que je veux danser, espèce de crétine.

— Oh… Je vois. » Lucas et moi échangeons un regard perplexe, mais décidons d'éviter de nous engueuler avec Sasha.

« Pas de problème, rétorque Lucas d'un ton faussement calme.

— Allez, dégage, maintenant. » Sasha le chasse d'un geste de la main avant de passer ses bras autour de moi, et de commencer à tanguer, tangage qui se retrouve très vite mis sur le compte de la quantité d'alcool qu'elle a dû ingurgiter, parce qu'il n'est pas du tout en rythme avec la musique.

« Les garçons, c'est vraiment tous des cons. » Elle fait une moue boudeuse, pensant sûrement que je trouverai ça touchant.

« Oh… Corey ou je ne sais plus qui ne se serait pas montré à la hauteur de tes espérances ?

— Mouais, on pourrait dire ça… Enfin, moi en tout cas, je n'ai rien remarqué de “haut”, chez lui, si tu vois ce que je veux dire…

— Oh… *Oh !*

— C'était vachement mieux avec Lucas, de ce côté-là. Il n'y avait jamais de panne, avec lui. Pas une seule fois. Hé, ça va, me regarde pas comme ça ! Je ne veux pas retourner avec lui, si c'est ce que tu crois. En plus, je ne pourrais jamais le récupérer, même si je le voulais. Ce qui n'est pas le cas. Nan… il est carrément à fond sur toi… Ça se voit comme le nez au milieu de la figure. Cette façon qu'il a de te dévisager quand tu ne le regardes même pas… Ce mec est grave amoureux, tu peux me croire.

— Tu es vraiment bourrée, tu sais. Tu devrais arrêter l'alcool pour ce soir, d'ac' ? Allez viens, on va te trouver de l'eau.

— Tu appelles ça être bourré, toi ? Parce que ça n'a rien à voir. J'ai déjà été mille fois plus bourrée. T'as qu'à demander à n'importe qui. » Elle pose sa tête sur mon épaule. Les autres nous observent ; Bugs m'adresse même un petit signe de la main. « Je suis tellement contente qu'on soit amies, Jem. Tu te rends compte… on ne se serait peut-être jamais parlé si je n'avais pas pleuré toutes les larmes de mon corps aux toilettes, ce jour-là. Je lève mon verre à celui qui a inventé les règles ! »

Je la laisse radoter pendant que nous rejoignons les autres et la fais asseoir à côté de Bugs avant de demander de l'eau jusqu'à ce qu'on me passe une bouteille, que je renifle histoire de vérifier qu'elle ne contient pas de vodka. Ensuite, je la tends à Sasha en lui ordonnant de tout boire. Bugs me dit qu'il va la surveiller en mettant un bras autour de ses épaules, au creux duquel elle se pelotonne aussitôt. Sasha ne l'a plus approché depuis les rumeurs sur son homosexualité. Du coup, Bugs n'en peut plus de joie. Il profite à fond de l'opportunité.

Comme il n'y a plus de place sur les troncs d'arbres, Lucas me propose de m'asseoir sur ses genoux. « Désolée. Elle est complètement bourrée. »

Il passe ses bras autour de moi. « Je déteste quand elle est comme ça. En plus, son choix de timing était vraiment nase.

— Pourquoi ? Tu avais envie de te la jouer *Dirty Dancing*, c'est ça ? »

Il rit. J'aime la sensation de son souffle dans mon cou. « Parce que t'avais envie de jouer à la poupée, toi, bébé ? »

Je lui flanque un coup de coude dans les côtes. « Ouah ! Avec citation et tout ! Alors là, je suis trop impressionnée.

— Si tu racontes ça à quelqu'un, je te tue... Bon d'accord, j'avoue, j'ai dû voir ce film une ou deux fois. Ou treize. Voilà ce que c'est, d'élever un mec dans une maison remplie de nanas. Ou disons que c'est mon argument, et que je l'assume.

— T'inquiète, ton secret sera bien protégé. Je jure solennellement de ne rien dire à Stu et Bugs à la première occasion. » Je me penche en arrière contre lui, le regard rivé sur le feu. J'oublie tout, pendant une minute. Mais vraiment tout. Je me contente de savourer ce moment avec Lucas.

« Ça te dirait qu'on aille s'isoler un peu ? J'aimerais te parler… », lance Lucas au bout d'un moment.

« On ne peut pas parler ici ? » Il n'est pas question que je lui facilite les choses.

« Heu… disons que ce serait mieux si on était seuls.

— Très bien. Allons parler en privé. Attends, je vais juste choper une couverture… Parce que c'est vraiment super utile pour discuter, une couverture, non ? »

50

Nous marchons main dans la main à travers bois comme Hansel et Gretel. Je nous entraîne vers la rivière, au bord de laquelle j'étale la couverture.

J'oblige Lucas à s'allonger sur le dos avant de grimper à califourchon sur lui. C'est la dernière fois que nous le faisons. J'ai bien l'intention de mener les opérations. J'embrasse Lucas comme si la Terre allait bientôt cesser de tourner, ce qui résume assez bien la situation. Ça ne me paraît pas juste que Lucas Mahoney soit le premier et dernier garçon avec qui je coucherai jamais, mais le fait qu'il soit carrément doué, et que je ne mourrai pas vierge, me console un peu.

Sa pomme d'Adam bouge contre mes lèvres, au moment où je lui effleure le cou comme il aime. Je presse mon corps contre le sien. Lucas se met à grogner, pour m'obliger à m'arrêter. Je retire ma main de son entrejambe et lève les yeux. « Heu… quelque chose ne va pas ? »

Il ferme les yeux et se tortille comme s'il avait mal quelque part. « Tu n'as pas l'air de le croire, mais je voudrais vraiment te parler, en fait.

— Je pensais que tu voulais…

— Jem, si j'avais voulu coucher avec toi, j'aurais dit un truc du genre “allons faire l'amour dans les bois”. Pas très romantique, c'est sûr, mais super clair. » Lucas ne dit jamais baiser ou s'envoyer en l'air. Ça me manque, quelquefois.

Je redescends sur la couverture avant de passer rapidement la main dans mes cheveux ébouriffés. « OK, je t'écoute. De quoi tu veux qu'on parle ? Philosophie ? Actualité ? »

Il s'assoit et secoue la tête en souriant. « Quelle petite conne… Tu sais que tu es une petite conne, au moins ?

— Ouais, et je sais que tu aimes ça. »

Son sourire disparaît. Lucas a l'air hyper sérieux, soudain. « Exactement.

— Heu… OK. » Je glousse de nervosité.

« Je t'aime, Jem. C'est pour ça que je voulais te parler. Bon, disons que je voulais moins te parler que te le dire. Je n'attends pas de toi que tu me le dises. J'avais juste besoin de te le dire. Alors voilà. Je t'aime. Genre beaucoup. » Il ne détourne pas les yeux.

Lucas a l'air franc. Je ne sais pas quoi dire. Il ne peut pas m'aimer vraiment, parce que ce que nous vivons n'est pas réel. Mais il semble sincère. Et c'est ce qui compte, là maintenant. J'ai tout fait pour que ce moment se produise, même si je n'y ai jamais vraiment cru.

Le silence s'éternise. Nous nous regardons toujours droit dans les yeux. Il va falloir sortir quelque chose. Très vite. « Je t'aime aussi. » Je ne bafouille pas en prononçant ces paroles. Elles sont étonnamment faciles à énoncer. Elles glissent sur la langue plutôt agréablement, même.

« Vraiment ? ! » Je ne m'attendais pas à cette réaction de sa part. On dirait qu'il est en demande affective, et je n'aime pas ça.

« Oui. Vraiment.

— Je… Je n'en étais pas sûr. Je l'espérais, évidemment, mais je… tu peux être tellement distante, par moments, comme si tu pensais à autre chose. Mais quand tu es avec moi, vraiment avec moi, alors là, c'est carrément incroyable. »

Cette conversation doit s'arrêter. « Tu devrais te taire et m'embrasser, Lucas Mahoney. »

Il sourit – le sourire le plus tendre que j'aie jamais vu. Un sourire pour lequel j'aurais tout donné afin de le contempler sur le visage de Kai dans cette même situation – dans n'importe quelle autre situation, en fait. Je serais capable de tuer, pour revoir ce sourire.

Lucas m'attire contre lui et m'embrasse. Un baiser délicat et doux. Pas vraiment ce dont j'ai envie, mais je me laisse faire un peu avant de pousser Lucas en arrière contre la couverture, et de reprendre les choses en main.

Je me rends compte que je suis en colère alors que je me débats avec la fermeture Éclair de son jean. Je lui en veux d'avoir sorti ces trucs à la con, et je m'en veux de les lui avoir dits en retour. J'ai le sentiment de m'être trahie moi-même, et pas qu'un peu.

J'essaie de ne réfléchir à rien, pendant que nous faisons l'amour. Surtout pas au fait que c'est la dernière fois. Je m'efforce de me concentrer sur mes sensations, sur cette impression de puissance que j'éprouve chaque fois que je le chevauche.

Lucas va jouir lorsqu'une pensée me traverse l'esprit : je suis en colère parce que je ressens quelque chose. Et ce quelque chose n'appartient absolument pas au plan.

Je sais pourquoi ces paroles ont été si faciles à prononcer.

Parce que je les pensais.

Eh merde…

Nous sommes allongés face à face sur la couverture. Lucas cale une mèche de cheveux derrière mon oreille avant de poser sa main sur ma joue. Il y a de l'échange de regards genre sérieux, là tout de suite, et pas que dans un sens.

Des larmes voudraient couler, mais je les retiens. Elles gâcheraient tout.

Je finis par parler. « On ferait mieux de retourner à la fête. Les autres doivent se demander si un ours ne nous a pas bouffés… »

Lucas sourit mollement. « Heu… Je crois que les autres savent très bien ce qu'on est partis faire…

— Mouais, tu as sûrement raison. Mais tu devrais quand même passer devant. Je te suis. »

Lucas semble surpris, ce qui n'a rien d'étonnant, mais ne me pose aucune question. Il est sur un petit nuage.

Il me redit qu'il m'aime, mais je ne réponds pas, cette fois. J'en suis incapable. Mais ça ne pose pas de problème, vu que je l'embrasse comme si je l'aimais.

Ensuite, il me laisse assise là sur la couverture rouge, toute seule dans les bois.

Je reste quelques minutes – cinq, dix peut-être, plus longtemps que nécessaire, en tout cas –, à me poser plein de questions : vais-je vraiment faire ça ? En aurai-je le courage, sous les yeux de tous ces gens ?

Je pense à lui. À mon Kai. Recroquevillé sous son bureau. Brisé et perdu.

Oui. Je vais le faire. Il le faut.

51

Ma première surprise est de constater que je me sens calme, tandis que je regagne la clairière. Je suis prête. Ils pourront tout me faire ; je suis immunisée. Ça va être moche, mais tant pis.

La deuxième, que la clairière est pratiquement vide. Il n'y a plus que cinq personnes, mais trois d'entre elles sont justement celles que je cherche.

Lucas est debout près du feu. Stu est assis contre un arbre, et boit au goulot d'une bouteille de whisky à moitié vide. Bugs tient encore Sasha dans ses bras, Sasha qui a la tête posée sur son épaule, et les yeux fermés. J'espère qu'elle ne dort pas. Elle ne voudrait pas rater ça… Max fouille dans la seule et unique glacière disponible à la recherche de quelque chose à boire. Et Louise le regarde. Elle passe son temps à le regarder. Je me demande si elle se dit la même chose de Lucas et moi.

Je m'avance tranquillement vers le feu. Les flammes sont différentes – plus pâles que tout à l'heure, plus brûlantes. « Où sont les autres ? »

Bugs lève les yeux en veillant à ne pas déloger la tête de Sasha de son épaule. « Amber a eu envie d'aller bouger son corps sur une vraie piste de danse, du coup, elle a embarqué tout le monde à l'*Espionnage* avec elle. Une vraie charmeuse de serpents… Pas la peine de vous demander ce que vous avez fait, vous deux. Notre cher Luke nous est revenu tout sautillant… » Lucas lui lance un regard noir. Il estime peut-être devoir protéger mon honneur ou je ne sais quoi. Bugs se contente de ricaner. « Hé, ne me regarde pas comme ça, mec ! Si tu dois baiser aussi souvent, tu peux au moins laisser les autres te charrier un peu. C'est tout ce que j'ai, moi. » J'ai presque envie de lui dire qu'il a de la bave de Sasha sur sa veste, mais je me retiens.

Je flâne vers le tas de sacs sur lequel il y avait une stéréo, tout à l'heure. Je n'avais pas remarqué l'absence de musique, ce silence paisible et somnolent, que je ne vais pas tarder à pulvériser…

J'attrape mon sac avant d'aller m'installer près du feu.

Nous restons assis ensemble quelques minutes. Je ne m'implique pas beaucoup dans la conversation. Je réfléchis, me répète des trucs du style *j'ai vraiment l'intention de faire ça ? Vraiment ? Bon, je me laisse une minute, ou deux.* Lucas est à ma gauche, Max à ma droite. Stu est le seul à ne pas avoir rejoint notre petit cercle au coin du feu – pour le moment. Grand bien lui fasse ! Il donne l'impression d'avoir encore perfectionné l'art d'avoir l'air méchant et de mauvais poil. Il paraîtra encore plus méchant et de mauvais poil dans quelques instants. Le rire de Bugs tire Sasha de son sommeil. Elle bâille et s'étire avant de demander où les autres se sont barrés. Bugs l'appelle la Belle au bois dormant, ce qui lui vaut un sourire.

Lucas n'arrête pas de m'observer, comme si on partageait un secret super spécial. Je détourne les yeux chaque fois, comme pour le prévenir de ce qui va arriver. Pour qu'il sache que tout ne roule pas, histoire d'amoindrir un peu le choc. Ma stratégie n'a pas l'air de fonctionner, vu qu'il continue de sourire bêtement. Ça va être vraiment moche.

Je ne peux plus reculer le moment plus longtemps. J'essaie de parler, mais ma bouche déshydratée m'oblige à m'éclaircir la voix et à recommencer. Je devrais peut-être boire quelque chose avant de me lancer ? Bugs intervient pile à ce moment-là. « Ça va, Halliday ?

— Heu… Ouais. J'ai… heu… Tiens, j'ai quelque chose pour toi. C'est juste… » Je sors de mon sac un paquet bien emballé que je tends à Bugs.

Il semble carrément surpris, et les autres aussi. Bugs rit. Un rire un peu bizarre à mon goût. « Je le savais ! Je savais bien que tu sortais avec Mahoney en attendant de mettre la main sur un vrai mec. C'est quoi ? Un album dans lequel on pourra mettre les photos de notre bonheur quand on sera mariés ? Non vraiment, Jem, c'est trop. Tu n'aurais pas dû ! »

Lucas fait la moue. « Je ne sais pas trop comment je dois le prendre... »

Bugs secoue la tête en regardant Lucas avec une sympathie feinte. « Hé, mec, on ne gagne pas à chaque coup. Il faut savoir perdre. Mais t'inquiète, tu t'en remettras, avec le temps. »

Je m'éclaircis de nouveau la voix. C'est vraiment dommage qu'il n'y ait pas d'eau. Ni de vodka. « T'inquiète. J'ai aussi quelque chose pour toi. Et pour Stu .. » Je leur tends les deux autres paquets bien emballés. Stu paraît se contrefoutre de ce qu'il se passe, vu sa tête. Il se redresse pourtant en faisant une espèce de moue, mais ne vient pas s'asseoir, se contentant de rester debout, à tanguer légèrement sans rien dire. Je lui remets son cadeau, et donne le sien à Lucas sans lever les yeux.

Bugs semble encore plus perplexe. « Alors comme ça, tu me mets en concurrence avec des rivaux ? Et on doit ouvrir nos cadeaux en même temps, ou tu préfères qu'un de nous commence ? »

Je hausse les épaules avec un air morne. « Je m'en fous. »

Bugs et Stu commencent à déballer leurs paquets. Le bruit du papier déchiré et le crépitement du feu résonnent dans la nuit. Bugs ouvre le sien le premier ; la dextérité de Stu en a clairement pris un coup avec l'alcool. Je ne regarde toujours pas Lucas.

« C'est censé être drôle ? » Bugs ne semble pas impressionné, mais pas particulièrement énervé non plus.

Stu lorgne dans sa direction, et aperçoit les magazines porno, avant de sourire. « Ha ! Tu l'as trop bien cerné, Jem ! Hé, Bugs, on peut te laisser seul avec ces mecs sexy et super bien montés, si tu veux ? »

Bugs lance un regard cinglant à Stu avant de se tourner vers moi. « Je ne voudrais pas paraître ingrat, mais je ne vois qu'une chose à faire avec ces machins… » Sur ces paroles, il balance dans les flammes les revues dont les bords se replient aussitôt. Nous contemplons le mec ridiculement huilé en couverture noircir, puis se transformer en cendres.

Je sens les visages des autres se tourner vers moi, après ça, mais je reste concentrée sur Stu, qui a finalement retrouvé l'usage de ses doigts.

Son air n'indique rien. Il sait. Je ne sais pas comment son cerveau imbibé d'alcool a fait pour réagir aussi vite, mais il est évident qu'il a compris. Il se contente de me dévisager, et moi de lui rendre son regard. Je n'ai plus peur, ce qui me dépasse complètement.

Sasha rompt le silence. « Et toi, Stu ? C'est quoi, ton cadeau ? »

Il lève le stylo pour nous le montrer : un stylo vraiment banal à tous points de vue. Un gros marqueur noir. À l'encre indélébile.

« Ne le prends pas mal, Jem, mais tu devrais vraiment suivre des cours de cadeaux sur PapaNoël.com. Et juste pour info : on ne se plante jamais, avec des chèques cadeaux. »

Sasha intervient à son tour. « J'ai loupé un truc, ou quoi ? »

Stu serre le marqueur tellement fort que je ne serais pas surprise qu'il le casse.

« C'est elle…

— Quoi ? Comment ça, c'est elle ? De quoi tu parles, mec ? » Lucas semble inquiet. Il comprend que c'est sérieux. Il a peut-être déjà vu Stu dans cet état. Ou alors, il sent que quelque chose a changé chez moi.

« Les graffitis. C'était elle. » Je soutiens toujours son regard, comme si personne d'autre ne comptait.

« Comment ça ? Qu'est-ce que tu racontes ? » Lucas semble tellement convaincu, tellement sûr que sa petite amie n'aurait jamais fait un truc pareil. Mais oui, enfin, pourquoi aurait-elle fait un truc pareil ?

« T'as qu'à lui poser la question… » Il y a quelque chose de dangereux dans le ton de Stu.

« Jem ? demandent Lucas et Sasha en cœur.

— Ah ! On va enfin s'amuser un peu », murmure Louise. J'aimerais vraiment qu'elle dégage, celle-là.

Je pourrais toujours m'en sortir en disant que c'était une mauvaise blague. Les autres le croiraient, mais Stu serait difficile à convaincre, parce qu'il me voit telle que je suis vraiment.

« C'était moi. » Je regarde enfin Lucas, puis Sasha. Ils ne me croient pas, vu leurs tronches. Il faut qu'ils me croient. « C'est moi qui ai écrit ces trucs sur les murs. » J'ai du mal à reconnaître ma voix. Elle me paraît détachée. Détimbrée.

« Et c'est toi qui as mis ces magazines dans la voiture de Bugs. » Aucun point d'interrogation, à la fin de cette phrase. Stu a compris tout seul comme un grand. Quel malin !

« C'est vrai, Jem ? » Bugs a l'air super sérieux, ce qui ne lui va pas du tout.

« C'est vrai.

— Je ne... Je ne comprends pas. Pourquoi tu m'as fait ça ? Tout le bahut croit que je suis pédé, maintenant ! Je pensais... je pensais qu'on était amis ? » On dirait un gamin qui viendrait de découvrir que la petite souris n'existe pas. Ou que ses parents divorcent. « Qu'est-ce que j't'ai fait ? »

La question reste en suspens. Je ne suis pas sûre d'être prête à y répondre pour le moment. Je tourne enfin les yeux vers Lucas, qui fixe le paquet entre ses mains. Il l'ouvre lentement, comme s'il avait peur qu'il explose. Des petites lanières de cuir tombent sur ses genoux. Lucas secoue la tête d'incrédulité. Quelque chose se brise en moi, au moment où je croise son regard. Mais je dois tenir bon parce qu'il est trop tard pour revenir en arrière.

Louise se lève et fait signe à Max de la suivre. Il a l'air super mal, comme s'il ne savait pas quoi faire de lui-même. Louise s'adresse à Sasha. « Écoute, on va y aller, OK ? Je n'ai pas le courage d'assister à cette petite scène. Je suis censée éviter le stress. » Louise doit citer son psy, parce qu'elle a toujours adoré ce genre de drame. Elle tapote Sasha à l'épaule avant de lui murmurer un « on s'appelle », et de s'éloigner. Max se lève, et la suit en traînant les pieds. Mon vœu a fini par se réaliser…

Tout le monde se met à parler en même temps. Lucas pose sa main sur mon genou. Il est le seul que j'entende. Ce contact me ferait presque oublier mes objectifs de vue. « Jem ?

— Ne me touche pas. » Ma voix est glacée, dure. Lucas a un mouvement de recul avant d'enlever sa main.

Il revient pourtant à la charge. « Jem ? Parle-moi, s'il te plaît. On peut sûrement arranger ça… Je suis sûr qu'il doit y avoir une explication. Je… » Il avance de nouveau la main, mais avec plus d'hésitation, cette fois.

« J'ai dit : Ne. Me. Touche. Pas. » Je dégage Lucas sans oser le regarder en face. J'en suis incapable.

Sasha intervient alors. « Jem, dis juste que ce n'est pas toi qui as fait ça… C'est très marrant, comme blague, mais est-ce qu'on pourrait imaginer que ça n'est pas arrivé et rentrer à la maison ? Tu as voulu faire une farce, elle t'est revenue dans la gueule, fin de l'histoire. Oublions ça, d'ac' ? » Elle s'accroupit devant moi, à la recherche d'un contact visuel, les yeux écarquillés comme si elle avait peur. Je n'arrive pas à me contenir :

« Tu es complètement débile ou quoi ? Non, ne réponds pas. On connaît tous la réponse à cette question. Laisse-moi t'expliquer les choses, ma chère Sasha. C'est moi qui ai mis ces magazines dans la voiture de Bugs. Moi qui ai écrit ces trucs sur les murs des toilettes. Et pendant qu'on y est, je devrais te dire que je ne serai jamais ta meilleure amie. Même pas en rêve. Ta seule présence me fout des boutons. Je n'ai jamais rencontré quelqu'un d'aussi superficiel et égocentrique que toi, et pourtant, je connais Amber, c'est te dire ! »

Sasha met un moment à digérer cette attaque. Elle secoue la tête en fronçant les sourcils. « Pourquoi… pourquoi tu fais ça ? » J'ai l'impression qu'elle va chialer. Je serais capable de fondre en larmes, moi aussi, si je n'y prenais pas garde. Mais je dois tenir encore un peu.

Stu arrête de faire les cent pas. « Espèce de salope… Quelle grosse salope ! Tu te rends compte de tes actes ? C'est à cause de cette nuit à cette putain de soirée, c'est ça ? Tu as cru que j'essayais de… que j'allais te…

— Me violer ? » Je ne sais pas d'où cette personne calme sort, mais elle parle à ma place pendant que je me terre au fond d'elle. Elle m'inquiète un tout petit peu.

« Jamais je ne ferais un truc pareil ! Merde ! » Il recommence à marcher de long en large, et à boire du whisky à la bouteille. Les autres semblent attendre de voir comment cette petite scène va tourner. Je me demande si ce serait une mauvaise idée de dire à Stu de me passer la bouteille. Sans doute…

Stu inspire profondément pour essayer de se calmer. « Écoute… ce n'est pas parce que ça t'est déjà arrivé que… Je suis désolé, non, sincèrement. Mais ça ne veut pas dire que tous les mecs qui ont envie de te sauter sont des violeurs, OK ? »

Sasha écarquille un peu plus les yeux, en admettant que ce soit possible, et Lucas tressaille. « De quoi il parle, Jem ? Je ne comprends pas. »

Stu éructe un rire amer. « Je parle de la nuit où ta nana m'a sauté dessus avant de changer d'idée et de péter les plombs. »

Lucas se lève d'un bond en jurant qu'il va casser sa gueule à Stu. Bugs le retient. « Tu vas te la boucler, et immédiatement ! Laisse-la parler. » Lucas continue de me défendre. Même après ce que j'ai dit. Sans doute pour pouvoir penser du bien de moi malgré la montagne de preuves en ma défaveur.

Je me mets debout. Il est bientôt l'heure de rentrer.

Sasha se redresse à son tour, et m'attrape par le bras. « C'est vrai ? On t'a violée ? C'est ça le problème ? »

Je ris. Je serais incapable de dire si ce rire est sincère, ou fait pour énerver Stu encore plus. « Mais non ! Personne ne m'a violée… »

Stu secoue la tête. Il a l'air d'halluciner complètement. « Mais tu m'as dit que… quel genre de tarée irait raconter un truc pareil ? ! Louise avait raison, à propos de toi. Tu n'es qu'une grosse psycho. » Il vient se planter devant moi, son visage méprisant à quelques centimètres du mien, comme si on allait s'embrasser. « Tu rêves si tu crois que tu vas t'en tirer comme ça. » Il crache ces paroles plus qu'il ne les dit, au point qu'un jet de salive atterrit sur mes lèvres. Lucas s'interpose entre nous et commence à pousser Stu pour l'obliger à s'écarter.

Stu se retrouve plié en deux de douleur. Il en balance même la bouteille de whisky par terre. Il a du mal à respirer. Bugs pose une main sur son épaule. « Hé, ça va, mec ? Qu'est-ce qui se passe ? »

Stu finit par se redresser au bout de quelques secondes. Il a vraiment l'air de souffrir. « Tu veux vraiment le savoir ? OK. Très bien. » Il se rapproche du feu et relève son sweat à capuche sur ses abdos parfaits. Une grosse marque vraiment vilaine ressort juste sous les pectoraux. Toute rouge et violacée.

Tout le monde grimace à sa vue, sauf moi. « Merde… Qu'est-ce qui t'est arrivé ? »

Stu sourit, son air encore plus menaçant. « Eh bien, figure-toi que je ne me suis pas blessé au taekwondo, hier soir, Jem, mais que mon salopard de beau-père m'a foutu une raclée parce qu'il croit que je suis un délinquant sexuel. Il a même dit à ma mère qu'il allait "donner à ce petit connard une leçon qu'il n'est pas près d'oublier". Et que ça l'étonnerait beaucoup que j'approche de nouveau une fille après une raclée pareille. Ma mère n'a même pas essayé de l'arrêter, mais bon, elle ne le fait jamais, de toute manière. Je ne me suis pas défendu. J'ai essayé de le faire une fois, mais ce connard s'en est pris à mon petit frère. Je préfère qu'il passe ses nerfs sur moi que sur Danny.

— Merde… Pourquoi tu n'as jamais rien dit, mec ? » intervient Bugs.

Stu se contente de hausser les épaules. « Parce que je gère, et parce que ça n'arrive pas tous les quatre matins. Il fait ça seulement quand il est bourré. Sauf cette fois – cette fois, il était à jeun. Il a dû me péter deux côtes, et tout ça parce qu'une petite salope a trouvé marrant de jouer avec un marqueur. »

Lucas n'est plus près de moi. Je ne l'ai pas vu s'éloigner, mais il s'est rapproché de Stu. Sa loyauté indéfectible commence à s'effriter.

Sasha se tient toujours à mes côtés, elle, en revanche. Des larmes roulent le long de ses joues. Son cerveau imbibé d'alcool n'arrive pas à gérer. Elle inspire profondément avant de passer ses doigts dans ses cheveux, comme si elle voulait masser ses pensées. « Bon, heu, ça déconne complètement, là. On devrait rentrer et reparler de ça demain, quand on sera calmés.

— Non. Je crois qu'on devrait parler maintenant, en fait. » Je vais me planter sous le nez de Stu. Son haleine est immonde. « Tu mérites ce qui t'arrive, espèce de connard. On s'en fout, que tu aies vraiment violé quelqu'un ou pas, parce que ça arrivera un jour ou l'autre. Pourquoi tu crois que quelqu'un s'est amusé à récrire les graffitis chaque fois que le gardien les a nettoyés ? Je ne suis pas la seule à savoir qui tu es vraiment. Que tu n'es qu'un sale prédateur sexuel de merde… » Je ne sais pas d'où ces paroles sortent, mais elles s'enchaînent malgré moi. Je comprends que je devrais me taire, que je vais trop loin, mais je ne peux pas m'en empêcher. Je souris. « Et tu sais quoi ? Ton beau-père a bien fait de te foutre une raclée. C'est juste dommage qu'il ait pas frappé plus fort, parce qu'il aurait pu te perforer un poumon… »

Ça le fait, cette fois. Stu pète les plombs. Il me pousse. Très fort. Je trébuche en arrière, mais sans vraiment perdre l'équilibre. Je souris. « Tu vois ? Tu recommences. Tu utilises la violence contre une pauvre fille sans défense. T'es vraiment qu'un connard… » Je m'apprête à parler de Kai, dire que Stu a tué mon meilleur ami, mais il se précipite vers moi avec un drôle de regard. Je sais, à cet instant-là, qu'il serait capable de me faire du mal. Qu'il est tellement en colère et blessé qu'il n'a plus aucune limite. Je pense même qu'il voudrait me voir morte, à ce moment précis. Ce qui m'irait très bien.

Il m'attrape par les épaules et commence à me hurler dessus. « Je vais te tuer, espèce de salope ! »

Le fait que je n'aie pas peur le met encore plus en rogne. Je suis curieuse de savoir ce qu'il va entreprendre, mais Lucas s'interpose en lui criant de se calmer.

Tout va très vite, après ça. Stu me secoue en me couvrant d'injures. Lucas attrape Stu et tente de le contrôler, mais Stu est plus fort, malgré sa petite taille.

Sasha n'arrête pas de pleurer, de nous supplier de nous calmer… et commet alors l'erreur d'essayer de s'interposer entre Stu et moi. Mais à quoi elle pense, putain ? Si Lucas n'y arrive pas, je ne vois pas très bien comment elle pourrait s'en tirer. Mais elle tente quand même. Il me semble qu'elle donne un coup de coude dans les côtes de Stu, qui se met à hurler de douleur avant de pousser Sasha en arrière.

Il l'a poussée par réflexe. Elle le menaçait, elle l'a frappé, il a pété les plombs. Point barre. Mais la façon dont il l'a attrapée par l'épaule et fait pivoter sur elle-même…

Sasha trébuche sur quelque chose. Une racine d'arbre, peut-être.

Elle tombe. Et personne n'y peut rien.

Elle tombe, et j'ouvre la bouche pour dire quelque chose, crier quelque chose, mais rien ne sort.

Elle tombe toujours.

La tête la première dans les flammes.

52

J'étais censée me lancer dans un grand discours à propos de ce qu'ils avaient fait à Kai. J'étais censée avoir mon moment, un moment au cours duquel ils m'auraient tous regardée, atterrés par l'audace de mon plan. Ils étaient supposés se sentir coupables et honteux. J'étais supposée humilier Lucas devant ses amis, lui dire que je sortais avec lui uniquement pour me venger, que je ne pourrais jamais aimer quelqu'un comme lui, et il aurait dû se liquéfier sur place.

J'avais tout imaginé : comment Bugs comprendrait le rôle qu'il avait joué là-dedans, la tête de Stu lorsqu'il aurait appris la vérité. Lucas et son cœur brisé… Ça, je ne l'avais pas anticipé, par contre. Je pensais juste le jeter devant les autres en le traitant de coup pourri. Sa façon de me regarder avait pourtant changé, ces derniers temps. Elle était devenue… plus douce, d'une certaine façon. Mais le fait qu'il me dise qu'il m'aime m'avait paru trop beau pour être vrai, et le timing trop parfait. Comme je l'ai dit, il fallait qu'on sorte ensemble.

Mais *ça*... Ça, ce n'était pas du tout prévu au programme.

Des cheveux et de la chair qui brûlent, et des cris. Tellement de cris. Les miens et les siens, pas à l'unisson, mais résonnant en un chœur infernal. Je n'oublierai jamais ces hurlements. Ils me hanteront jusqu'à la fin de mes jours. Évidemment.

Ma grand-mère m'avait préparé un gâteau d'anniversaire, pour mes neuf ans. Comme tous les ans. Mais je me souviens particulièrement de celui-là parce qu'il était au chocolat, et qu'il y avait une quantité de glaçage incroyable. Des copeaux de chocolat. Et neuf bougies, bien espacées.

Il y avait eu plein d'enfants, à ce goûter, mais Kai est le seul dont je me rappelle vraiment. J'ai oublié les autres visages. Sauf celui de Louise. Maman m'avait obligée à l'inviter.

Je me revois agenouillée sur une chaise, inclinée au-dessus du gâteau pendant que tout le monde chantait « Joyeux anniversaire » (Kai surtout). Après le hip hip hip hourra d'usage, j'avais enfin soufflé mes bougies.

J'avais inspiré profondément, et soufflé si fort que j'en avais eu six d'un coup. Mais au moment où je m'étais penchée pour éteindre les deux du fond, la plus proche avait mis le feu à mes cheveux. Une odeur parfaitement identifiable avait commencé à se diffuser. J'avais hurlé. Heureusement, maman avait attrapé une serviette de table et réussi à étouffer la flamme. Les dégâts n'avaient pas été trop importants. Juste quelques mèches roussies. Nous n'en avions même pas parlé, Kai et moi, après la fête (le vomi au chocolat que Kai avait répandu dans la nouvelle voiture de papa sur le chemin du bowling ayant éclipsé le sujet). Mais je n'ai jamais oublié cette odeur.

L'odeur des cheveux de Sasha en train de brûler s'était logée au fond de ma gorge, au point que j'avais pratiquement eu l'impression de la goûter. Au point de couvrir celle de sa chair qui se consumait.

Sasha est toujours aux urgences. Ils chercheraient à l'envoyer dans un service pour grands brûlés à Liverpool. C'est tout ce que je sais. C'est Lucas qui me l'a dit. Il ne m'a pas regardée en face, mais au moins, il est venu en personne. Il se trouve dans la salle d'attente pour les familles, avec les parents de Sasha. J'ai vu M. et Mme Evans arriver, tout à l'heure. Lui portait une magnifique veste de smoking et un nœud papillon, elle une sublime robe bleu nuit. Il me semble avoir entendu Sasha dire que ses parents allaient à un gala de bienfaisance, ou un truc dans le style. Ils assisteraient souvent à ce genre de soirée. La mère de Sasha pleurait. Son maquillage avait coulé partout. Le père de Sasha avait l'air hagard, et la mine défaite. Ils ne m'ont pas vue me précipiter vers le fond du couloir pour me cacher. J'ai juste eu le temps de jeter un coup d'œil avant de m'éclipser pour aller me chercher un endroit où attendre à l'écart des autres.

Son diagnostic vital est engagé. Sasha pourrait mourir, et ce serait ma faute. D'autres accuseraient peut-être Stu de l'avoir poussée, mais nous connaîtrions tous la vérité.

Et si jamais elle ne meurt pas, elle le regrettera peut-être.

J'ai appelé à la maison pour informer maman de ce qu'il s'est passé. Je n'ai même pas braillé. Elle m'a posé tout un tas de questions auxquelles je n'ai pas pu répondre. Ensuite, *elle* s'est mise à pleurer, et à dire que papa et elle seraient à l'hôpital dans dix minutes. J'ai dû la supplier de ne pas venir. Elle a paru surprise, mais j'ai tellement insisté qu'elle a fini par accepter de me laisser tranquille quelques heures. Elle s'est retenue de balancer un commentaire, quand elle a appris que la fête s'était déroulée dans les bois et pas chez Lucas comme je le lui avais raconté. Je lui en suis vraiment reconnaissante.

Je repense sans arrêt à son visage. Son si beau visage.

On s'est tous retrouvés comme des ronds de flan, après que Lucas a réussi à éteindre les flammes avec une couverture. Sasha n'arrêtait pas de crier, mais nous n'avions aucun moyen de la soulager. Lucas a été le seul à agir. Il a dit à Bugs d'aller chercher de l'eau, qu'il a ensuite versée sur le visage de Sasha. Je me suis demandé si c'était la meilleure chose à faire, mais Lucas semblait tellement sûr de lui, tellement calme.

On n'avait qu'une bouteille de flotte. Les autres étaient remplies d'alcool. Quand quelqu'un se brûle ou se prend de l'eau bouillante, à la maison, ma mère dit toujours qu'il faut laisser la blessure dix minutes sous l'eau froide. Je ne sais pas si ça change quelque chose, mais maman est inflexible, sur le sujet. Qu'est-ce qu'une misérable bouteille d'eau aurait pu changer, dans le cas présent ? On aurait mieux fait de balancer Sasha directement dans la rivière.

Une fois arrivés, les auxiliaires médicaux ont commencé par stabiliser Sasha avant de la transporter sur un brancard. Lucas les a suivis sans y réfléchir à deux fois. Mes pieds les ont eux aussi suivis à l'hôpital alors que je n'en avais aucune envie. Bugs n'a rien dit pendant le trajet. Il a marché devant moi tout le temps, à moins que j'aie traîné derrière lui. Je ne me rendais compte de rien. Même pas de l'absence de Stu jusqu'à ce que les portes automatiques des urgences se referment sur nous. Son magnifique visage. Rouge cru, avec des paupières boursouflées et closes, des sourcils et des cils complètement brûlés…

Elle n'a pas eu le temps de mettre les mains en avant, en tombant.

Son si beau visage.

Dévasté.

53

Je suis assise avec la tête entre les mains, lorsqu'une voix que je n'ai plus entendue depuis des lustres s'adresse à moi. « Jem ? C'est toi ? »

Je réponds d'un « salut » un peu surpris, avant de lui demander ce qu'elle fait là. Une question débile, vu que je sais exactement ce qu'elle fait dans cet endroit. « Je travaille ici, chérie, tu te souviens ? » La mère de Kai me regarde comme si j'étais dérangée. Elle s'assoit à côté de moi sur une chaise en plastique toute déglinguée. « Cette fille… Sasha, c'est ça ? C'est ton amie ? »

Je hoche la tête, avant de me rendre compte que c'est la vérité : Sasha est une amie à moi, ou l'était, aurait pu l'être, aurait pu le devenir.

« Quelle horreur, cette histoire… tu étais là quand c'est arrivé ? » Un autre hochement de tête de ma part, et je me retrouve avec un bras autour des épaules. « Oh, ma pauvre chérie ! C'est tellement affreux, ce que tu as vécu, ces derniers temps. »

Je ne mérite pas sa pitié.

« Elle est entre de bonnes mains, tu sais. Tu ne dois pas t'inquiéter. Écoute, je finis de bosser dans quelques minutes. Tu ne veux pas que je te ramène chez toi ? Tu as l'air épuisée… Ça ne sert à rien de rester ici. »

Je croise enfin son regard. Je lutte pour ne pas éclater en sanglots et me blottir dans ses bras, du coup, je détourne vite les yeux avant que ça n'arrive. « Merci, mais je préfère rester jusqu'à ce qu'il l'emmène. J'ai l'impression que je dois rester, au cas où, vous voyez ?

— Oh, Jem… Tu dois rester positive, d'accord ? S'il y a une chose que j'ai apprise cette année, c'est qu'il faut toujours rester positif. » Sa voix tremble, mais ne craque pas. « Tu nous as beaucoup manqué, Jem. Non, non, ne dis rien. Je sais à quel point ça doit être dur pour toi. Mais je veux que tu saches que tu seras toujours la bienvenue chez nous. Je pensais ce que j'ai dit aux funérailles… Tu es comme une deuxième fille, pour moi. Donc si jamais tu as envie de parler à quelqu'un un jour – de n'importe quoi –, je serai là… et vu que ma propre fille ne me parle plus ou presque, ça me ferait vraiment plaisir d'avoir de la compagnie. » Elle a droit à un sourire bizarre en guise de réponse. « Heureusement que Louise n'était pas avec vous, hier soir… la seule idée de la perdre elle aussi… Bref, parlons d'autre chose. Et je n'ai pas dit ça parce que ton amie risque de… oh, excuse-moi. Je crois que je ferais mieux de me taire. Je suis complètement claquée. Je te laisse tranquille. » Elle me serre dans ses bras. Ses clavicules me paraissent tout osseuses. Elle a toujours était un peu maigre, mais là, elle est carrément squelettique.

Je ne sais pas où elle croit que Louise était, cette nuit. Et où Louise se trouve en ce moment. Je devrais l'appeler. Elle a le droit d'être au courant de ce qu'il s'est produit. J'ai essayé de joindre Amber, mais elle a dû laisser son portable au vestiaire de l'*Espionnage*. Lucas a peut-être téléphoné à Louise, mais je n'irai pas le lui demander.

Je devrais rentrer à la maison. Je n'ai aucune raison de rester. Sasha ne voudrait pas de moi ici. Mais l'idée de devoir tout raconter à maman et papa me fatigue d'avance. Et je préfère attendre, au cas où il y aurait des nouvelles.

J'envoie un texto à Lucas : *je serai à la cafète s'il y a du neuf.*

Je n'espère pas de réponse, et n'en reçois aucune.

Une demi-heure plus tard, je suis installée à la cafète dans un coin éloigné de la porte. Un homme passe le balai, et une femme médecin d'une quarantaine d'années drague un jeune mec sexy assis en face d'elle. Il a l'air intéressé – complètement nase, mais intéressé.

Je sirote du jus d'orange en brique – le genre qu'on me mettait dans ma *lunch box* quand j'avais dix ans. Ce truc me brûle l'estomac, mais je continue quand même de boire histoire de m'occuper. Je fais un boucan d'enfer avec ma paille, au moment où il arrive.

Il a l'air lessivé. On dirait qu'on l'a essoré plusieurs fois de suite à la machine. Il s'approche. Il a les yeux rouges. La panique me prend. Mon sang ne fait qu'un tour, au point que je le sens palpiter au bout de mes doigts. Elle est morte… Je suis sûre qu'elle est morte.

Je mets mes mains bien à plat sur la table pour me soutenir. Mon vernis est déjà écaillé. Sasha m'avait pourtant assuré qu'il tiendrait plusieurs jours, lorsqu'elle me l'a posé, tout à l'heure. Elle porte la même nuance. Un rouge profond presque noir. Sa couleur préférée.

« Elle est… ? »

Il se laisse tomber sur la chaise en face de moi. « Elle est partie. » Devant ma tête, il enchaîne aussitôt. « Non ! Ils l'ont juste emmenée en ambulance. Elle n'est pas… »

L'adrénaline ne redescend pas malgré mon soulagement. « Qu'est-ce que les médecins ont dit ?

— Heu… ça t'intéresse vraiment ? » La colère affleure sous la surface. Je la sens, même si le ton de Lucas est neutre.

« Oui, ça m'intéresse vraiment. » C'est la vérité, et sans doute la chose la plus honnête que j'ai dite depuis longtemps.

« Vraiment ?

— Évidemment, Lucas… » Il secoue la tête avant de regarder par la fenêtre. Sauf qu'il fait nuit. Du coup, il se retrouve à contempler notre reflet assis à cette table, dans cet endroit déprimant. « Elle ne va… elle ne va pas mourir, hein ?

— Ils pensent que non. Mais c'est grave – très grave. Son visage… » Il secoue de nouveau la tête. Je suis presque sûre que nous pensons à la même chose : à quel point Sasha est belle. *Était* belle.

« Ils arrivent à faire des trucs hallucinants, de nos jours… Les médecins, je veux dire. J'ai vu une émission à la télé où… »

On dirait une gamine.

« C'est grave, Jem, OK ? » Il y a eu de la pitié dans son ton, ou j'ai rêvé ? J'ai dû rêver.

« C'est ma faute. » Le simple fait de dire à voix haute ce que chacun pense tout bas me soulage un peu.

Lucas se tait. Il serre les poings.

« Je suis désolée, Lucas. » Je tends la main pour toucher la sienne, lorsque je me rends compte de ce que je suis en train de faire. L'espace qui nous sépare pourrait difficilement être plus grand.

« Ah ouais ? Désolée pour quoi, au juste ? Pour l'accident ? Les graffitis ? Les magazines ? Pour t'être comportée comme une vraie salope avec Sasha ?

— Heu… un peu tout ça, j'imagine ? » Ma tentative pourrie pour détendre l'atmosphère ne déride pas Lucas. « Et je suis désolée de la façon dont je t'ai traité.

— Tu as l'intention de m'expliquer pourquoi tu as fait ça ? Parce que autant te dire que je ne comprends rien… Ça n'a aucun sens. Bugs, Sasha, et même Stu, à sa manière… Ils ont tous été carrément adorables avec toi. Sasha, surtout. Et moi… Tu sais ce que j'éprouve pour toi. »

Mon cœur bondit dans ma poitrine, où moment où Lucas a sorti « éprouve », même si je sais qu'il voulait dire « éprouvais ». Parce qu'il n'y a pas moyen qu'il m'aime toujours. Non, vraiment aucun.

Je n'ai plus de raison de mentir. J'ai protégé ce secret si longtemps, l'ai enfoui tellement profondément en moi que je suis obligée de chercher mes mots, et encore, ceux qui me viennent ne sont même pas les bons. « Je l'ai fait pour Kai.

— *Quoi ? !* » Oups… J'y ai été un peu fort. Le type au balai se tourne vers nous. Lucas ne le remarque pas parce qu'il me dévisage comme si j'étais complètement tarée.

J'attends que le mec au balai veuille bien se reconcentrer sur la page trois du *Sun* avant de me pencher vers Lucas. « La vidéo… »

Lucas secoue de nouveau la tête. Il le fait un peu beaucoup. « Quelle vidéo ? Tu parles de celle où il…

— De quelle vidéo tu veux que je parle ? ! » La colère me reprend.

« Je ne comprends pas. Qu'est-ce que ça a à voir avec nous ? Avec moi ? »

C'est mon tour de secouer la tête. « Arrête, Lucas. » Je ne lui pardonnerais pas plus s'il reconnaissait les faits maintenant. Mais je me sentirais beaucoup plus indulgente s'il ne m'obligeait pas à lui tirer les vers du nez.

« Où est-ce que tu veux en venir ? Attends… tu ne penses quand même pas qu'on… » Mon expression lui confirme que c'est exactement ce à quoi je pense. « Pourquoi tu crois un truc pareil ? Putain, Jem, je ne ferais jamais un truc pareil ! Tu le sais, tu me connais, quand même. » Il joue trop bien le mec blessé.

Je réponds d'un murmure féroce. « Je sais que c'étaient vous, alors arrête, tu veux ? C'était peut-être une idée de Stu, peut-être que c'est lui qui a tout manigancé, mais vous étiez impliqués, ce qui vous rend tout aussi coupables à mes yeux. »

Il lève les mains comme si je pointais une arme sur lui. « Jem, ce n'est pas nous. Je te le jure. Regarde-moi, s'il te plaît. » Je croise son regard que je fixe attentivement. Je sais que je suis nulle pour ce genre de chose, en général, mais j'ai comme un doute, là, tout à coup… « Qu'est-ce qui t'a fait penser que ça pouvait être nous ? Parce que ça s'est passé à la fête chez Max ?

— Non. J'ai… quelqu'un me l'a assuré, et c'est devenu super clair, après ça. Stu était dégoûté que je n'aie pas couché avec lui. Son orgueil devait être blessé, ou un truc du genre. Tout le monde savait qu'on était inséparables, Kai et moi, et donc, ce connard a fait chier Kai pour se venger de moi. Et je vous ai vus, Bugs et toi, vous moquer de lui, faire semblant d'être homos. » Je ne dis pas que j'ai vu Stu mater son téléphone, parce que cette soi-disant preuve me semble beaucoup moins convaincante, soudain. Tout me paraît beaucoup moins convaincant qu'avant.

Lucas m'examine comme si j'étais folle. « Je ne sais même pas de quoi tu parles. Je n'en reviens pas que tu aies pu penser que je ferais un truc pareil. Pourquoi tu ne m'en as pas parlé, si tu étais aussi sûre de toi ?

— Mais oui, c'est ça. Ça aurait marché, c'est sûr. Vous ne saviez même pas que j'existais, jusqu'à l'année dernière. Et tu ne l'aurais jamais reconnu, de toute manière !

— Évidemment que je ne l'aurais jamais reconnu, parce que c'est faux, putain ! Alors tout ça, c'était juste… juste quoi, d'ailleurs, hein ?

— C'était pour vous rendre la monnaie de votre pièce. À vous tous. » Les choses me paraissent tellement bêtes, subitement – inutiles et pathétiques.

Lucas pose les coudes sur la table en se prenant la tête entre les mains. Seuls les gloussements débiles de l'autre dragueuse de médecin résonnent dans la pièce. Lucas finit par lever les yeux. Je comprends immédiatement à quoi il pense. « Tu ne m'as jamais aimé, c'est ça ? Alors pourquoi tu es… ? »

Ça ne sert plus à rien de mentir. « Ça faisait partie du Plan.

— Heu… Tu plaisantes, là ? » Mes yeux indiquent clairement que non. « Putain… » Il renifle avant de poursuivre. « Je dois te le reconnaître, Jem. C'est vraiment du bon boulot. Bugs, Stu, moi… Tu as vraiment su où frapper pour faire mal. Dommage que tu n'aies pas frappé les bonnes personnes, par contre. Dommage que Sasha se retrouve défigurée à vie parce que tu n'as pas pris la peine de vérifier tes soi-disant hypothèses avant de t'embarquer dans une vengeance complètement tarée. Mais qui fait ce genre de truc dans la vraie vie ? »

Il dit la vérité. Ce n'étaient pas eux. Jon aurait pu se tromper, finalement. Bugs et Lucas ont peut-être juste passé la soirée à déconner, et Stu était peut-être bloqué sur son téléphone parce qu'il branchait une fille ?

Mon cerveau ne gère plus rien, soudain, comme s'il n'arrivait pas à réaliser que je me sois plantée – mais tellement – durant tout ce temps. Mais ce n'est pas le cas… n'est-ce pas ? Je regarde le visage de Lucas ; il n'aurait jamais fait une chose pareille.

Je le sais avec une certitude qui m'étonne moi-même. Pourquoi je ne l'ai pas vu plus tôt ? Je suis tombée amoureuse de lui, quand même, putain ! Ça ne serait jamais arrivé si je l'avais vraiment cru capable d'avoir filmé Kai.

Je ne trouve rien à dire. « Je… je suis désolée, Lucas. J'étais tellement sûre. J'avais besoin de me venger de sa mort sur quelqu'un. Tu ne peux pas savoir à quel point il me manque. » Je ne veux pas pleurer, mais les larmes se mettent à couler malgré moi. Nos mains sont tellement proches l'une de l'autre. Je vais toucher Lucas lorsque je me ravise. Il risquerait de mal réagir.

« Évidemment qu'il te manque. C'est normal, qu'il te manque. Mais ce que tu as fait… » Il expire lentement, presque douloureusement. « Qui t'a dit que c'étaient nous ?

— Peu importe.

— Peu importe mon cul !

— J'ai reçu une lettre. Une lettre anonyme.

— Et tu as marché ? Comme ça ? Sans même prendre la peine de… putain, je rêve. »

Je me sens super mal, tout à coup, contrariée, fatiguée à un point inimaginable, mais je ne peux pas laisser passer l'occasion. « Qui a pu faire ça, alors, d'après toi ? Tu devais connaître la plupart des gens qui étaient à la fête, non ? Moi, je ne connaissais que deux, trois personnes… Tu ne devais même pas savoir que j'étais à cette soirée jusqu'à ce que je te le dise, je me trompe ? » Je ne cache même plus mon amertume.

« Je savais que tu étais à la soirée. J'ai vu Stu te suivre au fond du jardin. » Alors, là, pour une surprise...

« Tu... tu savais pour ça ? »

Il hausse les épaules, l'air embêté. « Disons que je me doutais de ce que vous aviez dû faire.

— Et tu n'as jamais rien dit ? ! » Le regard de Lucas m'empêche de parler.

« Je connaissais beaucoup de gens à cette fête, mais personne capable d'agir de cette manière. Ce que j'essaie de te dire, c'est qu'on en a beaucoup parlé entre nous, après. Max n'était vraiment pas content que... heu... que ça se soit passé dans sa chambre.

— Et personne n'a rien vu ? » Je sais que ce n'est pas le moment, que je devrais seulement penser à Sasha, là tout de suite. Mais l'heure tourne.

Je demande à Lucas s'il ne voit rien d'autre – n'importe quoi – susceptible de m'aider à comprendre qui a fait ça. Il ne m'envoie pas balader, étrangement. Je lui demande ensuite si quelqu'un lui a paru fuyant.

« Honnêtement, j'étais complètement bourré. Je me souviens qu'on a cherché un endroit où aller, avec Sasha. Max ne voulait personne à l'étage, mais j'imagine qu'il a dû faire une exception. La seule personne qu'on ait croisée, c'est Louise. Elle était assise dans le hall d'entrée. Franchement, elle avait l'air aussi bourrée que moi. Elle nous a montré la chambre des parents de Max, et avec Sasha on est… heu… bref. »

Ils avaient vu Louise.

Louise…

54

Je retourne au pont. Encore deux heures à tuer, mais je ne peux pas rentrer à la maison. Maman me prendrait dans ses bras et me servirait un thé dans mon mug préféré. Il me serait impossible de la regarder en face. Pas maintenant.

Bugs est arrivé à la cafète juste après la révélation à propos de Louise. Lucas n'a pas paru se rendre compte de ce qu'il venait de sortir. Il n'a pas eu l'air de soupçonner que ça puisse être elle. Je préférerais vraiment que les choses restent comme ça. Pour le moment, en tout cas.

Bugs n'a pas semblé ravi de me voir avec Lucas. Il m'a royalement zappée. Il s'est contenté de dire à Lucas que lui et son père le raccompagnaient chez lui en voiture s'il le souhaitait. Lucas lui a demandé si je pouvais venir, mais Bugs l'a regardé comme s'il avait littéralement pété les plombs. J'ai avancé que ma mère passait me prendre sans laisser à Bugs le temps de réfléchir.

Bugs a marmonné qu'il attendrait dans la voiture. Il tournait les talons lorsque je lui ai demandé s'il avait pu joindre Max et Louise. J'ai cru qu'il ne me répondrait pas, pendant une seconde, jusqu'à ce qu'il déclare qu'ils étaient chez Max et qu'il les avait tenus informés de l'état de Sasha. Disons qu'il a sorti ça à Lucas, plutôt. Je ne peux pas lui en vouloir. J'aurais aimé lui dire quelque chose, m'excuser, mais je n'ai pas pu.

Nous nous sommes retrouvés seuls, après ça, Lucas et moi. Docteur Drague avait dû partir baiser avec sa nouvelle conquête. À moins que le pauvre garçon ait percuté que cette nana aurait pu être sa mère, et qu'il ait pris ses jambes à son cou.

Lucas s'est levé dans un affreux crissement de chaise. « Je… on se voit plus tard… » Il a agrippé le dossier, peut-être pour ne pas me tendre la main. Ou pour se soutenir, plutôt, vu qu'il tenait à peine debout.

Je l'ai regardé. Il avait le teint cireux. Je me suis demandé si je le reverrais un jour. Il y aurait eu beaucoup de choses à dire, mais il était trop tard. Aucune parole ne réparerait jamais le mal que j'avais causé. Celles que j'ai réussi à formuler ont failli me faire éclater de rire, tellement elles étaient à côté de la plaque. « Je suis désolée. » C'est ce qu'on sort quand on a marché sur le pied de quelqu'un, ou grillé la file d'attente sans le vouloir. Pas après avoir manipulé quelqu'un de la pire des façons, accusé cette personne d'avoir fait quelque chose dont elle serait incapable, et pratiquement tué son ex. Il m'a fixée droit dans les yeux pendant un long moment avant de tourner les talons. Pas super agréable, comme silence… Lucas s'est arrêté quelques pas plus loin, mais sans se retourner. Il était de dos lorsqu'il a prononcé ces mots qui m'ont vrillé le cerveau. « Je t'avais déjà remarquée avant la soirée, tu sais. Je me souviens du jour où tu as débarqué au bahut avec des Docs violettes, et où Mme Maynard t'a virée de la cantine. Je vous revois rire avec Kai. Vous passiez votre temps à vous marrer, tous les deux. Je me suis souvent demandé ce que vous trouviez si drôle.

— Lucas ? Regarde-moi. S'il te plaît. »

Il a serré les poings, redressé les épaules. « Je ne peux pas. »

À ces mots, il est parti. Il a marché très lentement jusqu'à la porte, comme s'il voulait que je l'arrête. J'ai attendu qu'il fasse demi-tour, mais les portes battantes se sont refermées sur lui sans qu'il l'ait fait. Le garçon que j'aimais – celui qui m'aimait comme je rêvais d'être aimée – venait de partir sans se retourner.

Il fait encore nuit, lorsque j'arrive au pont. De la brume dissimule l'eau en contrebas. La pluie commence à tomber, et vite fort. Je claque des dents. Ça a dû être pareil pour lui.

Je ne sais même pas ce que je fous là. Ce n'est pas comme si j'allais sauter ni quoi, ou comme si le fait de me trouver dans cet endroit me rapprocherait particulièrement de lui, mais c'est une façon comme une autre de tuer le temps.

Je passe un coup de fil à maman pour l'informer que je vais un petit moment chez Lucas. Elle n'a pas l'air contente, mais ne dit rien, à part qu'elle s'inquiète pour moi, et que je n'hésite pas à appeler si je veux qu'elle vienne me chercher en voiture. Je réponds aussi sec que Mme Mahoney est justement en train de s'arrêter devant l'hôpital et que je ferais mieux de raccrocher. C'est dingue comme les mensonges sortent facilement, ces derniers temps. Sans aucun effort.

Je reste là un long moment, les mains accrochées au garde-fou pourtant mouillé. Mes mains sont rouges de froid.

Quelque chose se pose sur mon épaule. J'ai tellement peur que je trébuche contre la rambarde en me demandant si elle a cédé et si je vais tomber. Et ce serait si grave, d'ailleurs ? Mais le garde-fou tient bon. Je me retourne vers le propriétaire de cette mystérieuse main.

Une femme rousse d'une trentaine d'années, en leggings noirs courts et en sweat rose électrique. J'aperçois une voiture avec la portière ouverte côté conducteur, en jetant un coup d'œil par-dessus son épaule.

La femme se tient debout devant moi. La pluie rend la couleur de ses cheveux plus foncée. J'attends. Je ne vais pas lui faire le plaisir de parler la première.

« Salut. Tout va bien ? » Elle se met à trembler à son tour. Elle doit regretter de ne pas avoir de capuche. Ou de ne pas être restée dans sa voiture à la con.

« Oui.

— Je peux te déposer quelque part ?

— Non. » Mon ton me paraissant un peu rude, j'ajoute un petit « merci » malgré moi. Les habitudes ont la peau dure, comme on dit.

« Tu es sûre ? Tu veux que j'appelle quelqu'un ? »

Je secoue la tête.

« Écoute, je n'ai pas l'intention de te laisser ici comme ça, OK ? Je ne voudrais pas que tu... » Elle désigne la rivière en contrebas, et rit presque, un peu gênée.

« Qu'est-ce qui peut bien vous faire penser un truc pareil ?

— Oh, je ne sais pas... que tu restes plantée sous une pluie battante à une heure hallucinante pour un dimanche matin... »

Je grogne de rire alors qu'il n'y a vraiment pas de quoi. « Je vois. Mais ce n'est pas la peine de vous inquiéter, je ne vais pas me... » Je ne prononce pas le « encore » qui bouillonne en moi. Je regarde ma montre : une heure décente pour se présenter chez quelqu'un. « En fait, ça m'arrangerait que vous me déposiez en ville, si ça ne vous dérange pas. »

Le visage de la femme s'illumine. Elle s'imagine qu'elle vient de sauver une vie. Elle va sans doute se dépêcher de rentrer chez elle pour pouvoir raconter ça à son mari, à son mec, ou à son chat... Elle doit penser que la vie le lui revaudra bien. Et qui sait, ce sera peut-être le cas ? Surtout si je ne meurs pas d'hypothermie entre-temps.

Elle me dit s'appeler Melissa, au moment où je grimpe dans sa voiture. « Et toi, c'est... ?

— Kai. » C'est sorti tout seul.

« Kai... Original, comme prénom... Ça te va bien. »

Melissa monte le chauffage. Elle fait la conversation le reste du trajet, qui ne dure que dix minutes. J'en apprends beaucoup sur elle. C'est incroyable, ce qu'une parfaite inconnue peut vous lâcher, si elle s'imagine vous avoir sauvé la vie.

Elle arrête la voiture devant la maison avant de poser la main sur mon bras. « Ça va aller, Kai ? » Elle semble sincèrement concernée. C'est plutôt gentil.

« Oui, ça va aller. Merci. Je suis contente que vous vous soyez arrêtée. »

Elle ouvre la boîte à gants de laquelle elle sort une carte de visite, qu'elle me tend. Une carte professionnelle – sophistiquée, avec des lettres gaufrées. Melissa Hill... Elle est agente immobilière. Je croyais que les agents immobiliers étaient de l'engeance de démon. C'est ce que papa dit toujours, en tout cas.

Melissa paraît soudain gênée. « Écoute, je sais que ça va te paraître un peu bizarre, mais n'hésite pas à m'appeler, si jamais… Je ne sais pas. Si tu as besoin de parler à quelqu'un ? OK… Tu dois vraiment me prendre pour une folle, et je ne peux pas te le reprocher, mais… Il y a toujours une autre option, et les choses finissent par s'arranger, crois-moi. » Elle est rouge comme une tomate. Au lieu de me regarder, elle contemple la pluie couler le long du pare-brise. Elle vient de parler d'elle, là – c'est clair. Ça me gêne pour elle, qu'elle s'expose comme ça.

« Merci, Melissa. » Je descends de la voiture et ferme la portière sans lui laisser le temps d'ajouter quoi que ce soit. Je regarde le véhicule s'éloigner – descendre la rue, puis tourner à l'angle. Il n'y a personne. Pas d'autres voitures. Pas de joggeur. Pas de promeneur de chiens. Aucun sac en plastique en train de voler et que je pourrais faire semblant de mater.

J'ai la même sensation de trou à l'estomac que la dernière fois où j'ai remonté cette rue : de la peur, pure et simple. Mais je n'ai plus de raison d'avoir peur. Le pire est déjà arrivé. Kai. Sasha. Il s'agit juste de découvrir pourquoi, là tout de suite.

Pourquoi une sœur ferait un truc pareil à un frère qu'elle adore ?

Pourquoi est-ce que quelqu'un ferait ça tout court ?

55

Sebastian vient ouvrir la porte. Son caleçon blanc pendouille lâchement sur ses hanches. Il se gratte l'aisselle avec un air confus. « Heu, salut… Gemma, c'est ça ? »

Je déteste que les gens m'appellent Gemma. Je DÉTESTE ça.

« Ouais. Max et Louise sont réveillés ? »

Sebastian se met à bâiller. On dirait une gargouille, tout à coup. « J'en sais rien. Il me semble avoir entendu la douche, à un moment. T'as peut-être du bol. » Il ignore ce qu'il s'est passé hier soir. Ou alors il n'en a rien à foutre. Je me demande si Amber est vautrée dans le lit de Sebastian, sans savoir que l'une de ses meilleures amies a failli mourir cette nuit.

Le frère de Max me fait entrer avant de remonter son calbute. « T'as qu'à monter. Et frappe avant d'entrer, au cas où ils seraient en train de faire des trucs. Laisse tomber, t'as qu'à entrer sans frapper. »

Ne sachant comment prendre cette remarque, je ne dis rien, et grimpe l'escalier. Je me retourne, une fois arrivée sur le palier à l'étage, pour choper Sebastian en flagrant délit de matage de fesses. Il ne se cache même pas. « Troisième porte sur la gauche. » Il sourit. Mouais. Trop facile…

Je reste debout devant la porte. Aucun panneau défense d'entrer n'est accroché. (Sans doute parce que Max n'a plus dix ans.) Je frappe sans me laisser le temps de changer d'idée.

La voix de Max me dit d'entrer. Je me retrouve dans la chambre de la vidéo, près du lit devant lequel Kai était agenouillé. La housse de couette est la même.

Louise est assise en tailleur sur la couette, et mordille un toast tartiné de beurre de cacahouète. Kai adorait le beurre de cacahouète. Max est installé par terre, et tape sur un ordi portable extraplat. Ils sont habillés. Trop de chance ! Max a l'air surpris de me voir – Louise pas.

« Le look rat noyé te va super bien, Jem. Ah, et au fait, bien joué, pour hier soir. Non, vraiment.

— Louise ! » Max referme son ordi. « Comment ça va, Jem ? Ça a dû être vraiment affreux. »

Je referme la porte derrière moi avant de m'adosser contre le battant. Je n'ai aucune envie de me retrouver trop près de Louise.

Elle s'adresse à moi la bouche pleine. « Qu'est-ce que tu fous là ? T'es passée prendre le thé sur le chemin de l'église ? Tu vas confesser tes péchés, c'est ça ? »

La Louise que j'ai toujours connue... Le seul point noir dans mon amitié avec Kai. La Louise qu'elle a soigneusement planquée depuis ces deux derniers mois. Je me demande ce qu'il lui prend de lâcher la bête maintenant vu que je n'ai encore rien dit. Je ne sais pas du tout ce qu'elle va me sortir après ça. À moins qu'elle en ait marre de jouer la comédie, ce que je peux tout à fait comprendre.

Max semble mal à l'aise. Difficile de le lui reprocher. Aucun mec n'aimerait se retrouver au milieu des tirs croisés de deux nanas qui ne peuvent pas se blairer. « Max, tu pourrais nous laisser une minute, s'il te plaît ? »

Il est pratiquement debout quand Louise lui ordonne de s'asseoir. Il s'exécute, sans un mot. Un toutou bien dressé, qui sait quelle raclée il se prendrait plus tard s'il n'obéissait pas. Louise se tourne vers moi. « Tu penses quand même pas que tu peux te pointer ici et dire à Max de dégager de sa chambre, comme ça, non ? T'as intérêt à parler et te barrer très vite chez toi. Tiens, et t'auras qu'à réfléchir à un cadeau pour Sasha, en chemin... Mais qu'est-ce qui t'a pris de faire ça, putain ? »

Max garde la tête baissée. Il tripote un bout de tapis. Kai s'est agenouillé, sur ce tapis.

Je me tourne vers Louise. « Bon, puisque tu t'en fous que Max entende ce que j'ai à te dire... Et n'essaie pas de jouer à la conne avec moi, Louise. Tu sais très bien ce qui m'a pris, vu que c'est toi qui m'as fourré ces idées dans la tête. » Ce que je n'avais pas compris avant de le prononcer. Jon n'a jamais écrit ce mot – bien sûr que non.

Elle lèche du beurre de cacahouète sur son pouce avant de me sourire. « Je ne vois pas de quoi tu parles.

— Comment tu as pu faire ça ? Réponds-moi juste, et je m'en vais. Je ne le dirai à personne, si c'est ça qui t'inquiète. Kai ne voudrait pas que les gens sachent que sa propre sœur l'a trahi. Alors ? Vas-y, explique-moi comment tu as pu faire un coup pareil à ton propre frère, et je te fous la paix. »

Le silence s'éternise. Je fixe Louise. Max doit faire la même chose. Louise me regarde, calme et imperturbable malgré ce coup de théâtre. « Comment j'ai pu faire quoi ? » Elle ne sourit plus.

« Tu veux vraiment que je précise ? OK, très bien. Comment tu as pu filmer Kai et mailer la vidéo à tout un tas de gens... » Une autre pensée me vient à l'esprit. « Il a su que c'était toi ? »

J'observe Max. J'attends qu'il dise quelque chose. Il a recommencé à jouer avec le coin du tapis.

« Pour quelles raisons crois-tu que c'était moi ? » Louise passe sa langue sur ses lèvres gercées. Elle regarde vite la porte, puis la fenêtre, comme si elle cherchait un moyen de s'échapper. Mais elle secoue la tête, et laisse la façade se lézarder sous mes yeux. « Je ne voulais pas faire ça. » On dirait une gamine.

J'avance de deux pas vers elle, tellement j'ai envie de la frapper. J'ai vraiment, mais vraiment envie qu'elle ait mal. Elle ne bouge pas, et ne semble même pas y penser. Peut-être parce qu'elle sait qu'elle mériterait que je la cogne, là tout de suite, ou que je ne la toucherai pas... Je reste où je suis.

« Écoute... J'ai fait une grosse connerie, d'accord ? Une connerie terrible, genre énorme. Mais tout ce que tu pourras me dire ou me faire ne me causera pas plus de mal, alors ne perds pas ton temps. Et non, il n'a jamais su qui était derrière ça. » Elle croise les bras sur son torse en geste défensif ; elle semble petite, presque faible. Ça devrait me consoler. Qu'il n'ait pas su que sa sœur avait foutu sa vie en l'air, je veux dire.

« Je ne comprends pas comment tu as pu... Tu devais bien savoir que ça le détruirait. »

Une lueur de colère passe dans ses yeux. « Et toi ? Tu pensais qu'il risquait de se balancer du haut d'un pont ? » Ces paroles me font tressaillir, mais je ne bronche pas. « Non, bien sûr que non. Parce que tu ne l'aurais pas lâché une seconde, si tu avais pensé qu'il y avait la moindre chance qu'il le fasse... »

Elle a raison, là-dessus. Ça ne m'a jamais traversé l'esprit. Pas une seule seconde. Mais ce n'est pas le propos, non ? Elle savait qu'il serait dévasté. Qu'il se sentirait super mal.

Louise prend mon silence pour un accord. « C'est bien ça. Maintenant, si ça ne te gêne pas, on a des choses sur le feu… » Elle se lève en me montrant la sortie.

Ce « nous » me rappelle que Max est toujours là, même s'il reste en retrait. « Et toi ? Tu ne dis rien ? »

Il lève les yeux sur moi avant de secouer la tête. Il y a quelque chose dans ses yeux, un truc que j'ai du mal à interpréter. « Ça ne te gêne pas ? » Je ne sais peut-être pas ce que ce regard signifie exactement, mais je sais ce qu'il ne signifie pas : il n'exprime aucune surprise. « Qu'est-ce que c'est que ce… ? Putain ! Tu savais, c'est ça ? Tu savais que c'était elle, et tu t'es tu ? Ouah ! Je ne pensais pas qu'on pouvait être aussi lâche. Tu n'es pas mieux que ton porc de frère. Non, tu es pire, en fait. » Max serre les dents, mais ne répond toujours pas. « Tu te rends compte qu'elle m'a persuadée que c'est Stu et les autres qui avaient fait le coup ? Que c'est à cause d'elle que j'ai écrit le graffiti et que je suis sortie avec Lucas ? Tout ça, c'est sa faute ! » Pas vrai… Pas vrai du tout.

Louise vient se planter devant moi. « Je crois que tu ferais mieux de partir. Tout de suite. » Nous faisons exactement la même taille. Elle a encore plus mauvaise mine, vue de près, genre super fatiguée, défaite, vieille. Mais ses yeux me rappellent tellement ceux de Kai que j'en suffoque.

« Au fait, Louise, puisqu'on en parle, pourquoi tu les as accusés, dis-moi ? Je croyais que ces gens étaient tes amis ? Mais c'est peut-être ça, la loyauté, pour des gens comme vous… »

Elle va certainement mentir ou m'envoyer chier, mais non. Sa réponse arrive même à me surprendre. « Ils l'ont bien mérité. Ils n'ont jamais été mes amis. Lucas ne savait même pas que j'existais avant que je sorte avec Max. Pareil pour Bugs. Et qu'est-ce qu'il a à passer son temps à lécher les bottes de Sasha, comme ça, celui-là ? Comme si cette nana était spéciale… Et Stu… Ce mec n'est qu'un gros porc, mais je ne t'apprends rien. Il a cru qu'il pouvait s'amuser avec moi et me jeter pour la première pétasse qui passerait par là. Je me suis contentée de lui rendre la monnaie de sa pièce. » Elle sourit presque.

Une autre pensée me traverse l'esprit. C'est Louise qui a continué d'écrire les graffitis dans les toilettes. Je secoue la tête d'incrédulité. Je sais que je n'aime plus cette fille depuis longtemps, mais je n'aurais jamais imaginé qu'elle était devenue aussi amère. Dure, froide. Dire que j'ai marché dans son plan, que j'ai intégré le Groupe Populaire à cause d'elle, et fait semblant d'apprécier des gens que je méprise…

Je me recule, vu qu'elle est toujours plantée juste sous mon nez, mais elle s'avance aussi sec. On danse un drôle de pas de deux, elle et moi. Max se lève enfin, sans doute pour vérifier que Louise ne fera rien de taré, mais il se contente de ramasser son ordi et de le ranger dans sa housse. J'aimerais trop attraper ce foutu appareil et le balancer par la fenêtre.

Louise tend la main vers moi… pour ouvrir la porte. Non, pas du tout, je n'ai pas cru qu'elle allait me frapper… « Je ne sais pas comment tu arrives à vivre. Kai était dix fois meilleur que toi, tu le sais, ça ? » Même sachant ce qu'elle a fait, mes paroles m'indignent.

« T'inquiètes, je l'ai toujours su, réplique-t-elle. Je l'aurais su même si on ne me l'avait pas rappelé chaque jour. Mais il n'aurait pas dû… » Elle ferme les yeux avant de secouer la tête.

« Pas dû quoi ?

— Rien. » Ce rien indique clairement le contraire.

« Louise, si tu me caches quelque chose… » Ma voix me paraît plus calme. Celle de quelqu'un qu'on écouterait, d'une personne potentiellement dangereuse. C'est du chiqué, mais Louise n'en sait rien.

Elle recommence à secouer la tête en détournant les yeux. Elle regarde Max.

Tout s'éclaire, subitement. J'ai vraiment été très conne, sur ce coup-là. Nous avons tous été très cons.

56

« Toi… C'était toi. » Ce n'est pas une question. Une déclaration, plutôt.

Max se laisse tomber sur le lit. Louise referme la porte. Un truc vraiment bizarre se produit, après ça : Max se met à pleurer. « Putain, c'est pas vrai… », marmonne Louise, avant d'aller se planter près de la fenêtre en nous tournant le dos.

Je remarque que Max est assis exactement dans la même position que cette fameuse nuit, les reniflements en plus. Ce serait drôle si la situation n'était pas aussi tragique. « Alors tu es… homo ?

— Non ! Putain, non… » Il essuie ses larmes avec la manche de sa chemise. « Je l'aimais bien lui. Ça n'a rien à voir avec le fait d'être gay ou pas. » Louise lâche un grognement moqueur.

Mon cerveau a du mal à rassembler les morceaux. Tout est si simple, à présent. On dirait un puzzle pour gamins, tellement c'est simple. Putain ! « C'était pas la première fois, à la soirée… ? » Mon ton est doux ; la colère m'a quittée. Je me sens presque désolée pour ce garçon. Ce n'est pas sa faute. Pas vraiment.

Louise répond pour lui. « Oh non… Ils se voyaient déjà depuis plusieurs semaines, à ce moment-là. Mon frère en train de baiser mon mec… Est-ce que tu as la moindre idée de ce que ça fait ? » J'essaie de me mettre à sa place pour la première fois ; ouais, pas super confort, en effet… « J'ai trouvé un texto de Kai qui lui proposait de le retrouver à la soirée. » Elle frissonne de dégoût. Je ne sais pas si c'est d'imaginer deux mecs en train de baiser, ou ces deux mecs-là en particulier.

« Du coup… tu les as filmés ? » J'avais vraiment du mal à comprendre. C'était tellement cruel, tellement calculateur. Mais je n'avais jamais compris cette nana, de toute façon…

Elle s'appuie contre le rebord de fenêtre, les bras croisés bien haut sur la poitrine. « Ce n'était pas prémédité ni quoi. J'étais bouleversée. Et bourrée.

— Tu n'étais pas bourrée, quand tu as envoyé le mail, par contre. » C'est méchant, mais plus fort que moi. Je sais qu'elle s'en sortira. Que personne n'apprendra jamais la vérité. Je pourrais tout raconter, si je le voulais, en parler à Lucas, le dire à la police, mais ça n'arrangerait rien. Lucas et Sasha ne me pardonneraient pas pour autant, Kai serait toujours aussi mort. Ce serait même pire que maintenant, parce que les journaux étaleraient sa vie privée au grand jour. Et deux autres destinées se retrouveraient gâchées – celles de gens auxquels Kai tenait vraiment. Je me tairai.

Max tient sa tête entre les mains. J'aimerais passer un bras autour de ses épaules, lui dire que tout va bien, que je ne lui fais aucun reproche. Qu'on s'en fout qu'il soit homo, bi, ou je ne sais quoi. Qu'il n'est pas obligé de rester avec Louise s'il n'en a pas envie. Qu'il n'a pas besoin d'une petite amie, et d'une aussi tarée encore moins ! Je voudrais comprendre comment il s'est débrouillé pour continuer avec elle durant tout ce temps, sachant ce qu'elle a fait. Est-ce qu'elle a menacé de le balancer au premier faux pas ? Ou est-ce qu'il l'aime bien et souhaite redonner une chance à leur histoire ? A-t-il aimé Kai ? Kai l'a-t-il aimé ? Il y a tellement de choses que j'aimerais dire, demander... Mais je m'abstiens. Je ne connais pas ce garçon, même s'il est la clé.

Je me sens à la fois en colère et abattue, maintenant que j'ai découvert la vérité. Il est temps pour moi de partir.

Je me retourne, et actionne la poignée. « Tu n'en parleras à personne, hein, Jem ? » Max. Il n'a pas l'air très optimiste.

Je lui jette un dernier regard. Puis à elle. Ils sont brisés, eux aussi. Il faudra s'en souvenir. Mais je ne peux quand même pas les rassurer. Je ne suis pas sûre qu'ils le méritent.

Max aura la réponse à sa question très bientôt

Je marche lentement, en rentrant à la maison, au point que j'ai à peine l'impression d'avancer. J'essaie d'imaginer comment les choses auraient pu se passer.

Max et Louise ne seraient pas sortis ensemble. Non. Ce n'est pas le début… Kai et moi vivrions dans un monde où personne n'en aurait rien à foutre de l'orientation sexuelle des gens. L'homosexualité serait banale. Un détail insignifiant. Max intégrerait le lycée, il plairait à Kai et Kai lui plairait. L'un d'eux demanderait à l'autre de sortir avec lui (Max, sûrement). Et je ne serais pas jalouse parce que je verrais à quel point Kai serait heureux.

Ils seraient encore ensemble un an plus tard. Genre en couple. Le style de couple trop chouette qui fait dire immédiatement qu'il résistera à tout, tellement il est harmonieux. Qu'on ne détesterait pas parce qu'il vous donnerait envie de vivre la même chose un jour. Ça ne poserait aucun problème d'attendre ce fameux jour, dans cette situation précise, parce que votre super meilleur ami (votre personne préférée de l'univers) serait à vos côtés, et que vous n'auriez besoin de personne d'autre.

Je ne m'autorise pas à penser à ce monde idéal niché au fond de mon cœur. C'était déjà douloureux avant, alors maintenant… En plus, je n'ai jamais réussi à imaginer Kai m'aimer comme je l'aurais voulu. Mon cerveau ne se laissait pas manipuler, dans ces cas-là, sans doute parce qu'il savait, lui, qu'il n'y avait aucune chance que ce rêve se réalise.

Ces pensées optimistes ne servent à rien. Ce qui est arrivé à Sasha ne change rien. Connaître la vérité à propos de Max et Louise ne change rien.

Je vis toujours dans un monde où Kai n'est plus là, et je n'ai pas très envie de vivre ça encore longtemps.

57

La suite de la journée de samedi ne s'est pas très bien déroulée. Maman ne m'a pas lâchée. Elle m'a posé un tas de questions sur Sasha. Elle était hyper angoissée. Papa s'est contenté de me serrer dans ses bras et de me dire « Dieu merci, tu vas bien ! » avant de me foutre la paix. Je n'ai pas pu m'empêcher de me demander s'il m'étreindrait encore comme ça.

Au bout de deux heures passées à prendre le thé et à recevoir le soutien prévu, j'ai finalement réussi à battre en retraite dans ma chambre au prétexte d'aller dormir un peu. Une mauvaise surprise m'attendait. Surprise qui n'en aurait pas été une si j'avais réfléchi deux secondes.

Les affaires de Sasha étaient étalées partout. Une de ses bottes dépassait de sous le lit. Le haut qu'elle avait porté à son arrivée pendait sur le dossier de ma chaise, sur mon sweat à capuche préféré. Sa trousse à maquillage était retournée, son contenu répandu en travers d'un classeur violet qui traînait sur mon bureau.

J'ai tout ramassé sans me demander ce que je ressentais ou pensais. Tout mis dans son sac, et posé le sac près de la porte. Ensuite, je me suis roulée en boule sur mon lit, et j'ai fermé les yeux. Mais ça ne m'a fait aucun bien, parce que ça sentait le feu. Mes vêtements, mon corps puaient la fumée.

Je me suis rendu compte que c'était dans ma tête en prenant une douche.

J'ai essayé de dormir, mais je n'arrêtais pas de penser aux flammes, et aux cris. J'ai renoncé au bout d'une heure. Quel intérêt de roupiller, de toute manière ? Je n'en aurais plus besoin, d'ici vingt-quatre heures.

Il fallait que j'aie des nouvelles de Sasha. Maman me poserait des questions, et elle trouverait bizarre que je n'y réponde pas. Mais il faudrait contacter Lucas, pour ça. Les autres me zapperaient. J'ai récrit le message sept fois avant de l'envoyer : *je sais que je suis la dernière personne à qui tu as envie de parler, mais j'aimerais avoir des news de S. Stp. Je ne t'embêterai plus après. Je suis désolée.* Je n'ai pas ajouté de X. Ça m'aurait paru déplacé.

J'ai contemplé mon téléphone pendant je ne sais combien de temps, jusqu'à ce que je comprenne qu'il ne répondrait pas. Lorsque ma mère a posé des questions à table, le soir, j'ai dit que l'état de

Sasha était stationnaire, mais que les médecins semblaient pour le moment plutôt satisfaits de son évolution. Difficile de savoir si j'avais été convaincante, mais maman a hoché la tête avant de me caresser la main. « Elle est entre les mains de Dieu... » Je trouve bizarre de sortir un truc pareil, quand on n'a pas la foi...

Mon dernier dîner... J'ai fait attention à chaque détail : la façon dont papa tapait du pied sur le lino, dont maman coupait tout ce qu'elle avait dans son assiette avant de commencer à manger. On la charriait sans arrêt avec ça, Noah et moi. Je disais « Attention ! TOC à l'horizon ! », et ensuite, il chantait « TOC ! TOC ! » sans savoir ce que ce terme signifiait exactement.

Noah a avalé ses lasagnes en silence. J'aurais tellement aimé entendre son moulin à paroles habituel histoire d'emmagasiner ses bêtises et de les emporter avec moi dans la tombe. Maman et papa ont bien essayé de le faire parler, mais ça n'a pas marché. « Dis donc, ça te dirait de te prendre une raclée à la X-box, après dîner ? Choisis le jeu que tu veux. Le perdant devra... » J'allais dire se charger des corvées du gagnant pendant une semaine, mais ces mots ne sont pas sortis, parce que Noah se les taperait toutes, d'ici peu. Sauf si les parents décidaient de lui foutre la paix à cause de la mort de sa sœur, tout ça. Je n'ai pas eu besoin de terminer ma phrase, parce que Noah a dit qu'il n'avait pas envie. Maman a insisté. Elle lui a même proposé de lui préparer un milk-shake avec une boule de glace, son dessert préféré. Mais Noah a juste haussé les épaules en marmonnant qu'il faisait trop froid pour un milk-shake glacé.

Il est monté direct dans sa chambre à peine le dîner plié. Ma mère est allée le voir deux minutes après. Papa et moi avons regardé un documentaire qu'il avait enregistré pendant la semaine, et qui était pratiquement terminé au moment où maman est redescendue en traînant les pieds. Noah avait pleuré. Il était contrarié à cause de Sasha. Il avait peur que quelque chose m'arrive à moi aussi. Il se demandait pourquoi il arrivait autant de mauvaises choses à des gens qu'il connaissait.

Si l'enfer existait, j'irais directement là-bas.

La matinée du dimanche se passe comme d'habitude. Papa sort acheter le journal (et s'arrête boire un expresso en chemin). Maman court dans tous les sens à la recherche des lunettes de natation de Noah, qui est assis à table, et remonte sa serviette sur son slip de bain pendant que j'avale mes Cheerios. « Qu'est-ce que tu mates, la crevette ? » Il me tire la langue, et j'éclate de rire. L'un de nos petits rituels préférés.

Le seul changement dans cette routine est que je serre Noah dans mes bras au moment où il part. Notre mère ne se rend compte de rien, parce qu'elle est déjà arrivée à la voiture ou presque. Noah se serait dégagé, en temps normal, mais il me serre contre lui, aujourd'hui. Je lui dis que je l'aime, et il me dit qu'il m'aime. Des adieux parfaits – tellement parfaits que je me demande si Noah ne comprendrait pas ce qu'il se passe, à un certain niveau. Le genre de truc impossible, mais je ne peux m'empêcher de me poser la question au moment où je grimpe dans le bus.

Je regarde mon téléphone durant tout le trajet. Aucun message de Lucas ni de personne. Je l'éteins et le glisse entre le siège et la fenêtre avant de descendre.

Je vais traîner dans les bois histoire de passer le temps. Je m'assois sur un rocher tellement froid que j'ai les fesses gelées au bout de quelques minutes. Je tiens la dernière enveloppe dans ma main, mais j'ai peur de l'ouvrir.

Kai est mort il y a tout juste un an. J'ai vécu sans lui sur cette planète pendant trois cent soixante-cinq jours.

Trois cent soixante-six seraient vraiment trop.

58

Je prends le chemin du pont à 10 h 13. Je ne sais pas exactement à quelle heure Kai a sauté, mais à peu près à cette heure-là, j'imagine. Histoire de décourager toutes les Melissa-Bonne-Action potentielles, j'ai accroché l'appareil photo de papa autour de mon cou. Il est énorme. On ne peut vraiment pas le rater. Ceux qui passeront par là en voiture ne verront que lui, et ne penseront donc pas que je m'apprête à sauter tête la première par-dessus le garde-fou.

Je ne sais pas quand j'ai décidé de faire ça ici, et de cette façon plutôt qu'avec des médocs. Je n'aurais jamais cru en avoir le courage, mais je me sens étrangement calme. Comme si ça me paraissait normal. Si Kai l'avait fait, alors je le pouvais, moi aussi. Le journal local allait adorer.

Je pose mon sac sur la route avant de me pencher par-dessus la balustrade. Les rochers ne sont pas visibles, mais je sais qu'ils se cachent sous la surface, prêts à éclater mon crâne.

Le moment est venu d'ouvrir la lettre de Kai. Ses paroles sont la dernière chose que j'ai envie d'entendre résonner dans ma tête. Oublier le reste du monde et entendre sa voix une dernière fois…

L'enveloppe ressemble à toutes les autres. Le mot « octobre » est noté dessus. Je reconnais l'écriture impeccable de Kai. Je la porte à mes lèvres pour l'embrasser.

Quelque chose m'arrête dans mon élan chaque fois que je m'apprête à l'ouvrir. Parce que lorsque je l'aurai ouverte, et lue, il n'y aura plus qu'une chose à faire. Mais je ne me dégonflerai pas – y a pas moyen que je me dégonfle. J'ai juste besoin de vérifier que je suis prête.

Eh merde… La situation devient ridicule. Je secoue la tête et déchire l'enveloppe avec mon pouce. Il n'y a qu'une page, cette fois.

Un camion passe à toute allure près de moi. Le courant d'air qu'il soulève m'arrache la feuille des mains et l'emporte loin de moi. Je fais un mouvement brusque vers l'avant, sens mon centre de gravité basculer. Tout le haut de mon corps se retrouve par-dessus le garde-fou. Mon bras tendu me fait mal tandis que mes doigts caressent le vide pour rattraper la page. Je n'ai plus qu'un pied sur la route, mais si je pouvais étirer encore un peu le bras, je pourrais…

Je commence à tomber. Durant un moment, un moment complètement délirant, j'ai l'impression que je vais réussir à saisir la lettre, l'atteindre et la serrer dans ma main en chutant. Comme ça, au moins, je la tiendrai contre moi lorsque je mourrai. Je n'aurai qu'à fermer les yeux et me laisser disparaître dans l'oubli. Je heurterai peut-être les mêmes rochers que lui ? Mon sang se mêlera peut-être au sien ? Peut-être qu'il y a vraiment une vie après la mort, et que Kai m'attend là-bas, les bras tendus comme moi en cet instant ?

Mais…

Je ne veux pas mourir.

J'essaie de me retourner lorsqu'une douleur atroce se diffuse dans mon cou.

Il est trop tard.

J'ai choisi la vie trop tard.

59

09 : 53
23 octobre

Hé ! C ok. Eu sa mère au tel ce mat'. S peut parler, veut te voir. On pourrait y aller ensemble 2main. Si tu en as envie. J'ai réfléchi… Il faut qu'on parle. L.

Ma très chère Jem,
Nous y voilà. C'est la fin de notre voyage commun. C'est difficile de t'imaginer avec un an de plus (un an de sagesse en plus ?), avec cette lettre entre tes mains, en train de lire ces mots. Ça me donne de l'espoir. Ça me rassure de penser que tu fais ta vie, que tu apprends à être heureuse, et que tu fais ce que je n'ai pas pu faire parce que j'ai trop

peur. Tu as toujours été la plus courageuse de nous deux, tu sais.

J'espère que tu me pardonneras la brièveté de cette dernière lettre. Je préfère être bref que larmoyant.

Je te donne dans le désordre mon top cinq des espoirs et des rêves que j'ai en stock pour toi, ma chère Jemima Halliday, ma meilleure amie chérie :

1. J'espère que tu as réussi à trouver quelqu'un d'autre à qui foutre la pâtée au ping-pong.
2. J'espère que tu es partie visiter l'Inde sac au dos. Oui, je sais que tu as toujours refusé d'aller faire une rando dans la région du lac, alors en Inde... Mais c'est un truc que je te verrais bien faire, aimer faire. Appelle ça une intuition.
3. Je veux que tu profites de la moindre occasion de danser, chanter, rire, et que tu ne t'en sentes jamais gênée.
4. LE POINT PLUS IMPORTANT, au cas où tu survolerais cette lettre. Je veux que tu sois heureuse. Le jour où le bonheur viendra

frapper à ta porte (ce qui ne devrait pas tarder), surtout, accueille-le à bras ouverts. Je t'ordonnerais bien d'être heureuse, mais je crois que ça va aller, avec les je-t'explique-quoi-faire-de-ta-vie, non ?
5. a) Si ça peut aider pour le point 4, oublie-moi. Si ce n'est pas possible, mets le souvenir de moi dans un morceau de soie, et planque-le quelque part dans ton cœur. Tu pourras le ressortir de temps en temps, quand tu en auras besoin. Je serai toujours là.
b) Oui, je sais, je triche, mais j'espère vraiment que vous serez amies un jour, Louise et toi. Ou au moins que vous ne vous détesterez pas. Ce n'est pas quelqu'un de mauvais. Elle a juste commis une erreur, mais moi aussi. ~~On doit être quittes.~~ C'est peut-être une bizarrerie de la nature humaine, de ne pas pouvoir s'empêcher de faire du mal aux gens qu'on aime le plus. Mais quand on aime quelqu'un à ce point, on arrive à lui pardonner, en général. C'est étonnamment facile, en fait. De pardonner. Vraiment très facile.

Je pourrais continuer comme ça éternellement, mais ça ne suffirait pas. Les mots ne suffisent pas, le moment venu.

Je t'aime, Cornichon. Tu vas réaliser de grandes choses dans cette vie – assez grandes pour nous deux.

Ton meilleur ami, pour toujours,

Découvrez d'autres romans de

Cat Clarke :

CONFUSION

La vie est un beau mensonge.

Grace, 17 ans se réveille enfermée dans une mystérieuse pièce sans fenêtres, avec une table, des stylos et des feuilles vierges. Pourquoi est-elle là ? Et quel est ce beau jeune homme qui la retient prisonnière ? Elle n'en a aucune idée. Mais à mesure qu'elle couche sur le papier les méandres de sa vie, Grace est frappée de plein fouet par les vagues de souvenirs enfouis au plus profond d'elle-même. Il y a cet amour sans espoir qu'elle voue à Nat, et la lente dégradation de sa relation avec sa meilleure amie Sal. Mais Grace le sent, quelque chose manque encore. Quelque chose qu'elle cache.

De dangereux et inavouables secrets,
une amitié intense et exclusive, une attirance fatale...
Un roman qui a bouleversé l'Angleterre.

cruelles

Quatre filles.
Un secret partagé.
Une montagne de culpabilité.

Alice King, 16 ans, part avec sa classe pour un séjour en Écosse. Elle ne s'attendait pas à des vacances de rêve, mais jamais elle n'aurait pu imaginer la tournure cauchemardesque que vont prendre les événements.

La jeune fille et sa meilleure amie Cass se retrouvent à devoir partager un chalet avec Polly, l'asociale de service, Rae, la gothique bipolaire, et Tara, la reine des pestes. Populaire, belle et cruelle, cette dernière prend un malin plaisir à humilier les autres à longueur de journée.

Mais Cass compte bien profiter de cette semaine au vert pour donner à Tara une leçon qu'elle n'est pas prête d'oublier. Avec l'aide de ses camarades de chambrée.

Le vent a tourné pour la reine du lycée. L'heure de la revanche a sonné...

Une ténébreuse histoire de secrets coupables, d'amitiés troubles et de premier amour...

« Nous avions adoré Confusion *de Cat Clarke, mais* Cruelles *nous fait atteindre des sommets insoupçonnés ! »*
The Guardian

DÉJÀ PARUS

LA 5e VAGUE

de Rick Yancey

Tome 1

1re Vague : Extinction des feux. 2e Vague : Déferlante.
3e Vague : Pandémie. 4e Vague : Silence.

À l'aube de la 5e vague, sur une autoroute désertée, Cassie tente de *Leur* échapper... *Eux*, ces êtres qui ressemblent trait pour trait aux humains et qui écument la campagne, exécutant quiconque a le malheur de croiser *Leur* chemin. *Eux*, qui ont balayé les dernières poches de résistance et dispersé les quelques rescapés.

Pour Cassie, rester en vie signifie rester seule. Elle se raccroche à cette règle jusqu'à ce qu'elle rencontre Evan Walker. Mystérieux et envoûtant, ce garçon pourrait bien être son ultime espoir de sauver son petit frère. Du moins si Evan est bien celui qu'il prétend...

Ils connaissent notre manière de penser. *Ils* savent comment nous exterminer. *Ils* nous ont enlevé toute raison de vivre. *Ils* viennent maintenant nous arracher ce pour quoi nous sommes prêts à mourir.

Le premier tome de la trilogie phénomène,
bientôt adapté au cinéma par Tobey Maguire
et les producteurs de *World War Z*, *Argo*, *Hugo Cabret*,
***The Aviator*, *Gangs of New york*, *Ali*.**

Tome 2 à paraître en mai 2014

La Fille de Braises et de Ronces

de Rae Carson

Tome 1

Le Destin l'a choisie, elle est l'Élue, qu'elle le veuille ou non.

Princesse d'Orovalle, Elisa est l'unique gardienne de la Pierre Sacrée. Bien qu'elle porte le joyau à son nombril, signe qu'elle a été choisie pour une destinée hors normes, Elisa a déçu les attentes de son peuple, qui ne voit en elle qu'une jeune fille paresseuse, inutile et enveloppée... Le jour de ses seize ans, son père la marie à un souverain de vingt ans son aîné. Elisa commence alors une nouvelle existence loin des siens, dans un royaume de dunes menacé par un ennemi sanguinaire prêt à tout pour s'emparer de sa Pierre Sacrée.

La nouvelle perle de l'*heroic fantasy* pour les fans de la série *Game of Thrones.*

Le premier tome d'une trilogie « unique, intense... À lire absolument ! » (Veronica Roth, auteur de la trilogie *Divergent*).

Tome 2 : La Couronne de flammes

Tome 3 à paraître en avril 2014

VERSION BETA

Rachel Cohn

Elle est l'absolue perfection.
Son seul défaut sera la passion.

Née à seize ans, Elysia a été créée en laboratoire. Elle est une version beta, un sublime modèle expérimental de clone adolescent, une parfaite coquille vide sans âme.

La mission d'Elysia : servir les habitants de Demesne, une île paradisiaque réservée aux plus grandes fortunes de la planète. Les paysages enchanteurs y ont été entièrement façonnés pour atteindre la perfection tropicale. L'air même y agit tel un euphorisant, contre lequel seuls les serviteurs de l'île sont immunisés.

Mais lorsqu'elle est achetée par un couple, Elysia découvre bientôt que ce petit monde sans contraintes a corrompu les milliardaires. Et quand elle devient objet de désir, elle soupçonne que les versions beta ne sont pas si parfaites : conçue pour être insensible, Elysia commence en effet à éprouver des émotions violentes. Colère, solitude, terreur... amour.

Si quelqu'un s'aperçoit de son défaut, elle risque pire que la mort : l'oubli de sa passion naissante pour un jeune officier...

« Un roman à la fois séduisant et effrayant,
un formidable page-turner ! »

Melissa De La Cruz,
auteur de la saga *Les Vampires de Manhattan*

Tome 1 d'une tétralogie bientôt adaptée au cinéma
par le réalisateur de *Twilight II – Tentation*

Tome 2 à paraître début 2014

LES CENDRES DE L'OUBLI

-Phænix-

Livre 1

de Carina Rozenfeld

Elle a 18 ans, il en a 20. À eux deux ils forment le Phœnix, l'oiseau mythique qui renaît de ses cendres. Mais les deux amants ont été séparés et l'oubli de leurs vies antérieures les empêche d'être réunis...

Anaïa a déménagé en Provence avec ses parents et y commence sa première année d'université. Passionnée de musique et de théâtre, elle mène une existence normale. Jusqu'à cette étrange série de rêves troublants dans lesquels un jeune homme lui parle et cette mystérieuse apparition de grains de beauté au creux de sa main gauche. Plus étrange encore : deux beaux garçons se comportent comme s'ils la connaissaient depuis toujours...

Bouleversée par ces événements, Anaïa devra comprendre qui elle est vraiment et souffler sur les braises mourantes de sa mémoire pour retrouver son âme sœur.

La nouvelle série envoûtante de Carina Rozenfeld, auteur jeunesse récompensé par de nombreux prix, dont le prestigieux prix des Incorruptibles en 2010 et 2011.

Second volet : *Le Brasier des souvenirs*

de Myra Eljundir

SAISON 1

C'est si bon d'être mauvais...

À 19 ans, Kaleb Helgusson se découvre empathe : il se connecte à vos émotions pour vous manipuler. Il vous connaît mieux que vous-même. Et cela le rend irrésistible. Terriblement dangereux. Parce qu'on ne peut s'empêcher de l'aimer. À la folie. À la mort.

Sachez que ce qu'il vous fera, il n'en sera pas désolé. Ce don qu'il tient d'une lignée islandaise millénaire le grise. Même traqué comme une bête, il en veut toujours plus. Jusqu'au jour où sa propre puissance le dépasse et où tout bascule... Mais que peut-on contre le volcan qui vient de se réveiller ?

La première saison d'une trilogie qui, à l'instar de la série Dexter, offre aux jeunes adultes l'un de leurs fantasmes : être dans la peau du méchant.

Déconseillé aux âmes sensibles et aux moins de 15 ans.

Saison 2 : *Abigail*

Saison 3 à paraître en novembre 2013

de Kiera Cass

35 candidates, 1 couronne, la compétition de leur vie.

Elles sont trente-cinq jeunes filles : la « Sélection » s'annonce comme l'opportunité de leur vie. L'unique chance pour elles de troquer un destin misérable contre un monde de paillettes. L'unique occasion d'habiter dans un palais et de conquérir le cœur du prince Maxon, l'héritier du trône. Mais pour America Singer, cette sélection relève plutôt du cauchemar. Cela signifie renoncer à son amour interdit avec Aspen, un soldat de la caste inférieure. Quitter sa famille. Entrer dans une compétition sans merci. Vivre jour et nuit sous l'œil des caméras… Puis America rencontre le Prince. Et tous les plans qu'elle avait échafaudés s'en trouvent bouleversés…

Le premier tome d'une trilogie pétillante, mêlant dystopie, téléréalité et conte de fées moderne.

Tome 2 : ***L'Élite***

Tome 3 à paraître en mai 2014

Nouvelle numérique inédite : ***Le Prince***

de C.J. Daugherty

Tome 1

Qui croire quand tout le monde vous ment ?

Allie Sheridan déteste son lycée. Son grand frère a disparu. Et elle vient d'être arrêtée. Une énième fois. C'en est trop pour ses parents, qui l'envoient dans un internat au règlement quasi militaire. Contre toute attente, Allie s'y plaît. Elle se fait des amis et rencontre Carter, un garçon solitaire, aussi fascinant que difficile à apprivoiser... Mais l'école privée Cimmeria n'a vraiment rien d'ordinaire L'établissement est fréquenté par un fascinant mélange de surdoués, de rebelles et d'enfants de millionnaires. Plus étrange, certains élèves sont recrutés par la très discrète « Night School », dont les dangereuses activités et les rituels nocturnes demeurent un mystère pour qui n'y participe pas. Allie en est convaincue : ses camarades, ses professeurs, et peut-être ses parents, lui cachent d'inavouables secrets. Elle devra vite choisir à qui se fier, et surtout qui aimer...

Le premier tome de la série découverte par le prestigieux éditeur de *Twilight*, *La Maison de la nuit*, *Nightshade* et Scott Westerfeld en Angleterre.

Une série best-seller de cinq tomes, publiée dans plus de vingt pays !

Tome 2 : *Héritage*

Tome 3 : *Rupture*

Tome 4 à paraître mi-2014

Vous souhaitez être tenu(e) informé(e)
des prochaines parutions de la collection R
et recevoir notre newsletter ?

Écrivez-nous à l'adresse suivante,
en nous indiquant votre adresse e-mail :
servicepresse@robert-laffont.fr

Composé par Nord Compo Multimédia
7, rue de Fives, 59650 Villeneuve-d'Ascq

Cet ouvrage a été imprimé en France par
CPI Bussière
à Saint-Amand-Montrond (Cher)
en novembre 2013
N° d'édition : 53716/02 – N° d'impression : 2006519
Dépôt légal : octobre 2013